Ma folie la plus douce

EMILY
BLAINE

Ma folie la plus douce

ROMAN

&

HARPERCOLLINS FRANCE
83-85, boulevard Vincent-Auriol, 75646 PARIS CEDEX 13.
www.harlequin.fr

ISBN 979-1-0339-2265-0 — ISSN 2271-0256

Chapitre 1

Hamilton

— Avancez ! cria une voix éraillée.

Devant moi, cinq hommes, tête baissée, dos voûté, s'exécutèrent. À mon tour, je fis péniblement un pas en avant, le lino en plastique gris crissant sous mes pieds pendant que des entraves cliquetaient autour de mes chevilles. Les mâchoires serrées, je refoulai l'envie de me débattre. J'avais essayé au tribunal ; il avait fallu quatre gardes pour me sortir de la salle, et quatre autres pour me faire monter dans le bus qui m'avait conduit ici.

Ce n'était définitivement pas le plan de ma journée. Et je n'avais même pas eu le temps de faire annuler le restaurant de ce midi. Situé en face du palais de justice, c'était l'endroit tout indiqué pour fêter la fin de mon procès, ma liberté et mon nom blanchi. Évidemment, je n'avais pas prévu que je sortirais de la salle d'audience par une petite porte dérobée qui menait à un bus décati et puant.

Et, parce que j'étais un Monroe, le verdict avait été diffusé en direct à la télévision. Entre la table en merisier que j'avais soulevée, mon clan protestant bruyamment sur les bancs et le sourire victorieux du procureur, j'avais donné ma meilleure performance. J'avais fait profil bas pendant toute la procédure, persuadé que ce procès ne serait qu'une farce.

Et maintenant cette farce était devenue une mauvaise plaisanterie.

Je marchais lentement, cerné de murs gris à la peinture écaillée, avec la tuyauterie apparente et plus vraiment étanche, à en croire les larmes de rouille sur les murs.

— Avancez !

Je serrai les poings, eux aussi menottés, et piétinai un peu plus. Mon avocat devait déjà être en train de négocier un aménagement de peine. Je partirais de cet endroit plus vite que je n'y étais entré et je le virerais aussitôt, pour toute cette histoire merdique.

Et ensuite, avec un peu de chance avant minuit, je pourrais aller au restaurant, manger un steak saignant et vérifier mes prochaines fusions-acquisitions. Surtout, je m'emploierais à laver mon honneur et mon nom. Je n'étais peut-être pas un saint, mais je ne versais pas dans l'illégalité. Je me contentais de flirter avec, à l'occasion, pour le petit frisson d'adrénaline.

J'étais un Monroe. Mon nom, celui de mon père. Cela me rendait suffisamment fier et digne pour éviter de le traîner stupidement dans la boue.

Le détenu devant moi avança, et je l'imitai, me retrouvant devant un gardien planqué derrière un guichet, le visage luisant de transpiration. Il me fixa, avant de secouer la tête. Même s'il tentait de le cacher, je distinguais nettement son sourire ravi. Je posai mes poignets sur le comptoir et attendis patiemment qu'il me retire mes menottes. À mes pieds, un autre policier s'affairait, enlevant mes entraves.

— Je ne savais pas qu'on recevait le gratin, ironisa finalement l'homme devant moi, en jetant mes menottes derrière lui.

— Ce sera furtif, rassurez-vous, répondis-je en fichant mon regard dans le sien. Je ne voudrais pas vous déranger, vous et les rats de cet endroit.

— On n'a pas de cellule VIP, Monroe.

Il riva les yeux sur son ordinateur, plissant du nez quand son écran afficha des stries noires et blanches. Du plat de la main, il asséna une claque au moniteur. L'image vacilla, avant de devenir fixe et d'afficher une indéfinissable lueur verdâtre.

— Alors. Monroe, débita le policier avec satisfaction.

De ses deux index, il tapa mon nom, laissant apparaître mon dossier, assorti de la photo prise au moment de mon arrestation. Il jubilait de me voir à sa merci.

— Joli sourire, commenta-t-il.

— C'est ce qui arrive quand on voit un dentiste régulièrement. Vous devriez essayer.

Il ricana et but une gorgée de son café.

Un appareil dentaire à douze ans, de longues années de maltraitance de mes mâchoires, des bagues affreuses, une visite mensuelle chez le meilleur orthodontiste d'Ashbourne… Ce sourire, je l'avais mérité. Alors, oui, même devant l'appareil des flics, je l'avais arboré.

Le policier - Wayne, à en croire le badge doré accroché à sa chemise noire au tissu trop tendu - secoua à nouveau la tête. Puis, il se leva, s'éloigna avant de revenir quelques instants plus tard, avec un tas de fringues bleu marine sous cellophane.

— Voilà le *dress code*, Monroe. Vide tes poches.

— Je veux appeler mon avocat.

— Et, moi, je veux perdre trente kilos pour le mariage de ma fille.

— Laissez-moi l'appeler et je mets à votre disposition la demeure des Monroe, tous frais payés pour le mariage de votre fille. Je fais venir le meilleur traiteur, le styliste de ses rêves, je programme un feu d'artifice et je m'arrange pour que le maire vous remette une décoration.

Il haussa un sourcil. Même s'il ne l'avouerait jamais, je savais qu'il imaginait la scène. Ça représentait sûrement plus d'argent que les salaires de tous les gardiens de cette prison.

— Et si je peux le faire dans moins de deux minutes, je vous offre des soins dentaires à vie, ajoutai-je avec un large sourire.

C'était ce que j'aimais le plus avec les gens : instiller le doute. Je savais évidemment qu'il allait refuser - il n'avait pas trop le choix, vu le nombre de témoins - mais j'avais la certitude qu'il allait se coucher ce soir, en imaginant la possibilité de dire oui.

C'était ça, flirter avec l'illégalité. C'était marcher sur un fil tendu en savourant son pouvoir, en ayant la certitude de ne jamais tomber.

Sauf aujourd'hui. Aujourd'hui, j'étais tombé. Ou plutôt, quelqu'un avait provoqué ma chute et j'allais mettre toute mon énergie à découvrir qui et à réhabiliter mon nom.

— Vide tes putain de poches, Monroe, reprit le flic énervé en tendant une enveloppe en kraft épais.

Je m'exécutai docilement. Portefeuille en cuir marron, clés de l'Aston Martin, celles de mon appartement, mes deux téléphones, un stylo de luxe. J'étais à peu près certain que je ne retrouverais pas tout à ma sortie, d'ici quelques heures.

La prison, c'est vraiment mal famé, quand on y pense.

— Maintenant tu avances. Tu te changes et tu te prépares à passer un an de ta vie parmi nous.

— Je serai parti avant toi ce soir et j'irai saluer votre fille.

Son sourire s'effaça et sa mâchoire tressauta de nervosité. À la lueur sinistre dans ses yeux, je savais qu'il avait envie d'enfoncer rageusement ma tête dans l'écran de son ordinateur. Je n'étais pas assez idiot pour croire que ses collègues l'en empêcheraient.

D'après la majorité des flics que j'avais croisés dans ma vie - et j'en avais croisé pas mal pour un mec de moins de trente ans - j'étais une tête à claque. Je me battais, je me faisais arrêter au bord de la route parce que j'osais dépasser la vitesse limite. J'aimais jouer, notamment parce que je gagnais toujours et que le parfum de la victoire était aussi capiteux qu'addictif.

Sauf aujourd'hui. Apparemment, ma victoire était différée et sa fragrance était mâtinée d'humidité puante et de produits désinfectants.

— Ce fut un plaisir, Monroe, lança le policier, alors que j'allais vers l'emplacement qu'il me désignait.

— C'était loin d'être partagé, Wayne.

— Contre le mur, ordonna un des policiers.

Des mains me palpaient plus que de raison. Je savais que les flics savouraient l'instant. Un vrai moment de gloire pour eux, pour toutes les fois où je leur avais glissé entre les mains. Que je sois innocent ou coupable leur importait peu : j'étais là, enfin, privé de ma liberté, loin de mon avocat.

Condamné. Innocent. Déterminé à me sortir de cet endroit pour dénicher le vrai coupable et lui faire goûter la saveur de la prison.

On me fit faire volte-face et, de nouveau, des mains examinèrent chaque centimètre carré de mon corps.

— Vous perdez votre temps, dis-je dans un grognement agacé. Je ne cache rien, et, en plus, je serai sorti avant ce soir.

— Le dîner est servi à 18 h 30, j'espère que tu aimes la gelée, ironisa l'un des flics, sa main droite posée sur son arme.

Je restai muet, me contentant de braquer mes yeux sur son arme. Ce mec ne transpirait pas le courage et j'étais certain qu'il avait autant de talent en tir que moi en danses folkloriques péruviennes. Aussi, quand mon regard remonta lentement jusqu'au sien, je lui adressai un sourire plein de promesses. Et elles n'étaient franchement pas douces et suaves. Quand je le vis faire un pas en arrière, je sus qu'il l'avait compris. Je ne voulais pas vraiment le tuer. Je ne versais pas dans le meurtre, de toute façon. Mais j'avais envie qu'il sache que j'allais me souvenir de lui, que je pouvais lui pourrir la vie de mille et une façons différentes, et surtout que j'assisterais au spectacle avec plaisir.

— Tu rentres là-dedans, m'intima le maton.

Je jetai un coup d'œil sur la gauche. Un rideau en plastique crasseux, un carrelage ébréché, et un éclairage au néon vacillant : la douche obligatoire, option voyage dans le Moyen Âge, odeurs douteuses et tenaces incluses. Je me promis de tuer mon avocat – qui me faisait maronner ici – dès que je serais dehors.

— Je m'en passerai, dis-je.

— Ce n'est pas une option. Douche, Monroe !

Je me déshabillai devant eux. Mon costume Dior termina en boule dans un sac poubelle, pendant qu'on m'autorisait, gracieusement, à garder ma chemise, une fois tous les boutons retirés. Je ne baissai pas les yeux pour autant. Au contraire, je les fusillai des yeux un à un. La prison ne me priverait pas de ma fierté.

Une main s'écrasa dans mon dos, m'expédiant dans le réduit. La pomme de douche, maculée de rouille et de calcaire était fichée au mur. Un des gardiens tourna le robinet et un jet d'eau glacée mitrailla mes épaules, comme une multitude de billes de plomb gelées.

Je ravalai la boule de rage qui grossissait dans ma gorge et serrai les poings. Je n'avais rien à faire ici. L'eau fouettait ma peau douloureusement, et je déguerpis de la douche au bout de dix secondes. Je récupérai une serviette rêche jetée par l'un des matons, avant d'enfiler ma tenue.

Le pantalon de la prison était informe et, vu son poids et sa texture, il donnait la sensation de porter un cilice. J'étais définitivement et injustement puni.

Un T-shirt blanc, au tissu quasi transparent, complétait la tenue. Mes chaussures - les lacets en moins -, parfaitement lustrées et importées d'Italie demeuraient mon seul signe extérieur de richesse. Un des gardiens me railla.

— Tu vas quand même pas pleurer, Monroe.

— De joie, quand j'aurai rasé cet endroit en vous laissant à l'intérieur, assurai-je.

Les gardiens ricanèrent de concert. Nous attendîmes le dernier détenu et reprîmes notre marche cadencée. Trois grilles verrouillées, quatre longs couloirs et la sensation désagréable que tout le personnel de la prison s'était réuni pour me voir entrer dans les lieux. J'avais l'habitude des regards sur moi, j'attirais l'attention et mon nom suffisait à faire taire une foule. Mais cette fois, c'était différent.

Leurs regards pétillaient de malice et de satisfaction. J'étais sûrement une prise de choix et je me retrouvais avec des gardiens qui me détestaient et des prisonniers qui gagnaient en deux ans ce que je gagnais en deux heures.

Je levai le nez vers le plafond, espérant apercevoir la lumière du jour. Je n'avais aucune idée de l'heure qu'il était, ni du temps qu'il faisait. Entrer en prison, c'était sortir du monde réel, c'était effacer ce que vous étiez, votre personnalité, votre voix et une partie de votre âme.

Et ça effaçait aussi ce qui comptait le plus pour moi, ce que je chérissais le plus : mon nom. J'étais un Monroe. J'en étais fier et l'idée de salir mon patronyme avec ce passage en prison me mettait en rage. Peu à peu, la perspective de sortir d'ici avant la nuit s'amenuisait. Si mon avocat avait trouvé une solution, je n'aurais pas eu à subir tout le protocole d'accueil.

— Suis la ligne jaune, Monroe, m'intima un maton, alors que j'avais eu l'audace de faire un pas de côté.

Je serrai les poings et les dents. Faire la forte tête était tentant. Mais me battre contre une vingtaine de gardiens revenait à finir en miettes. J'allais devoir faire preuve de patience. Et je savais d'expérience que ce n'était pas la première de mes qualités.

On énonça des matricules. Je vis mes acolytes se disperser un à un, gagnant leurs cellules sous les applaudissements des autres détenus.

— Monroe.

J'étais le dernier et pour moi, le gardien avait opté pour une dose d'humiliation supplémentaire en appelant mon nom au lieu de mon matricule. Ce dernier sembla résonner dans toute la prison. Il y eut un court silence que je pris pour de la stupéfaction. On m'annonça ma cellule et, parce que la vie ne pouvait pas être plus garce avec moi aujourd'hui, je constatai avec plaisir que j'y serais seul.

Une chaise en formica, un bureau chancelant et un lit au matelas si mince qu'il en était presque inutile. Par la fenêtre, je vis que le ciel était assorti au mur : grisâtre et sinistre.

Sinistre. Oui, c'était le meilleur mot pour définir cette journée et cet endroit.

— Je veux passer un coup de fil, marmonnai-je, le dos tourné à mon gardien.

— Pour les rendez-vous galants, il va falloir attendre demain.

La porte se referma derrière moi, dans un bruit de ferraille plaintif. Je fis demi-tour, constatant que le gardien tournait la clé. Ce bruit allait me hanter quelque temps. Je m'assis sur le lit, devinant les ressorts sous mes cuisses. J'allais dresser une liste de tous les gens que j'allais pulvériser dès que possible, en commençant par les gardiens pour finir par mon avocat. Cette liste s'allongeait de minute en minute.

— Toujours persuadé que tu seras sorti ce soir ? demanda l'agent pénitentiaire.

Je levai les yeux vers lui, conscient de mon impuissance à avoir gain de cause. J'avais toujours été un mauvais perdant. Déjà, quand j'étais petit et que je jouais avec mes frères, j'étais horrible, tricheur et capricieux. Perdre n'était jamais une option.

— Allez vous faire foutre, murmurai-je.

— Tu penses que papa va te sauver ? Ou que ton avocat va débouler ? Bienvenue en enfer, Monroe. Tu vas adorer.

Chapitre 2

Violette

Le bâtiment de la prison faisait un peu tache. C'était un immense cube grisâtre, cerné de hauts grillages réhaussés de barbelés. Tout autour, la forêt s'étalait, verdoyante et feuillue. La prison était une anomalie, un monstre de ciment et de béton dans les arbres. Le parking était tout aussi triste et aucun arbre n'avait été sauvegardé pour donner un semblant de vie à l'endroit.

J'avais dix minutes d'avance pour mon rendez-vous avec le directeur de la prison. Après avoir appelé des dizaines de fois et envoyé autant de courrier, il avait accepté, à contrecœur de m'accorder quinze minutes pour lui parler de mon projet. Ce rendez-vous était donc déjà un aboutissement.

Je vérifiai mon sac, mon dossier et mon reflet dans le miroir de courtoisie. J'appliquai une touche de rouge à lèvres pêche et ajustai une ou deux mèches de cheveux. Je devais avoir l'air sérieuse, professionnelle et déterminée.

En tout cas, c'était ce que m'avait conseillé Rita, après m'avoir fait changer trois fois de tenue.

— Ce mec est sûrement un coincé notoire, tendance traditionnaliste, avait-elle dit avec conviction en me tendant une robe longue. Avec celle-ci, il ne verra pas tes chevilles.

— Tu exagères, avais-je soupiré, en prenant la robe. Je vais juste lui présenter mon projet et...

— Tu vas présenter ton projet au directeur de la prison du comté. Sa femme fait des dons à l'église et participe à toutes les mondanités caritatives possibles. Elle finance une partie des travaux de l'université et, si j'en crois les dernières photos que j'ai vues, n'a jamais enfilé une robe qui laissait apparaître ses chevilles. Il ne lui manque plus qu'à réaliser un ou deux miracles et elle sera dans la short-list *des canonisées.*

Je l'avais regardée, stupéfaite.

— J'ai effectué des recherches, avait-elle expliqué en haussant les épaules. Tu as fait une tarte ?

— Une tarte ?

— Pour lui apporter. Robe longue, coiffure sage et tarte.

— Je n'ai pas fait de tarte. Je vais lui présenter mon projet et on verra où cela me mène.

Devant le miroir, j'avais tiré sur la robe, mal à l'aise. Elle était longue, couvrante et digne du dressing de la famille Ingalls. Mais si elle me permettait d'avoir gain de cause, alors j'étais prête à trahir Anna Wintour et tous les dieux de la mode.

En sortant de la voiture, j'avais l'impression d'être déguisée. Le vent frais souleva ma robe et, sûrement parce que Rita avait bien trop d'influence sur moi, je me retrouvai à me battre avec le tissu pour qu'il reste à sa place. Je regardai la prison, consciente que mon projet était aussi fou que prometteur. Je pouvais encore reculer, comme beaucoup m'avait dit de le faire, mais je tenais à aller au bout du processus.

La grande grille d'enceinte s'ouvrit dans un couinement atroce. Si un détenu avait l'audace de vouloir s'évader par cette porte, les gardiens en seraient alertés dans la seconde.

— J'ai rendez-vous à 15 heures avec le directeur, expliquai-je à la gardienne qui faisait office d'hôtesse d'accueil.

— Vous devez passer les contrôles de sécurité, répondit-elle d'une voix automatique.

Elle désigna le couloir sur ma gauche. Des fenêtres en brique de verre laissaient passer la lumière naturelle. J'avançai prudemment. L'atmosphère glaciale du lieu commençait à s'insinuer sous le tissu de ma robe. Mes pas résonnaient dans le couloir – chaussures plates, sans talon pour être parfaitement raccord avec ma tenue – et je sentais une forme de tension brute me gagner. Je serrai mon dossier de présentation contre moi. À bien y réfléchir, ce n'était pas l'idée du siècle de venir.

Ou alors, Rita aurait dû m'accompagner. Elle avait l'art de détendre n'importe qui.

Le portique de sécurité – gris, évidemment – se matérialisa devant moi. J'esquissai un bref sourire vers le gardien qui fit courir ses yeux sur ma personne comme si j'étais un être surnaturel. Je déposai le contenu de mes poches sur un plateau, puis passai le portique.

— Vous pouvez m'indiquer le bureau du directeur ? demandai-je en récupérant mes affaires.

— En haut de l'escalier, porte de droite.

À nouveau, ses yeux me détaillèrent et ses lèvres se soulevèrent dans un petit sourire inexpliqué. En montant les quelques marches de l'escalier, je me rendis compte que je retenais mon souffle. C'était ridicule : j'étais en train de me laisser impressionner par un truc en ciment et quelques regards curieux.

Je ne pouvais pas entrer dans ce bureau en étant bouleversée. Ou sur les nerfs. C'était en totale contradiction avec mon projet « Des livres partout ». Prison, hôpital, parc ou atelier de menuiserie : je voulais que tout le monde puisse avoir accès aux livres et à la lecture. Si j'arrivais à convaincre le directeur de la prison, j'aurais pris un bastion. C'était symbolique, certes, mais c'était surtout un projet que je voulais réussir.

En haut de l'escalier, mes mains tremblaient de nervosité.

— Pourquoi tu t'infliges ça ? m'avait demandé Rita en me voyant lire pour la dixième fois ma présentation.

— Je ne m'inflige rien. Tout le monde devrait pouvoir lire. Quand il veut et où qu'il soit. Être en prison ne veut pas dire être isolé de tout.

— Je crois que c'est justement le principe, m'avait-elle rappelé. Certains de ces mecs sont dangereux et sûrement détenus pour de bonnes raisons. Ils se fichent d'avoir des livres.

— On peut au moins leur laisser la possibilité d'en avoir, non ?

— Mais je ne parlais pas de ça. Je pensais à ta présentation, tes relectures, tes mails, tes appels. Il y a une stratégie beaucoup plus simple.

J'avais relevé les yeux vers elle. Rita avait seulement haussé un sourcil, avant de glisser la paille de son milk-shake *à la cerise dans sa bouche.*

Je pris une profonde inspiration et lissai le bas de ma robe. Rita avait raison. Rita avait souvent raison : son pragmatisme compensait mon tempérament idéaliste. Mais pour ce projet ma méthode avait fonctionné. J'avais réussi à déployer mon idée dans deux hôpitaux, cinq lycées, trois restaurants et même dans un commissariat de police. Ce projet, c'était ma fierté et ma réussite.

— Entrez !

Une voix forte et éraillée retentit à l'instant où je frappais à la porte. Je m'exécutai et pénétrai dans le bureau. À l'inverse du reste du bâtiment, il faisait chaud et une délicieuse odeur de café chatouilla mes narines. Cela suffit à chasser mon trac.

— Bonjour, monsieur. Nous avions rendez-vous à 15 heures. Pour vous présenter mon projet « Des livres partout ».

— Ma secrétaire a fini par céder ? demanda-t-il, l'air renfrogné.

— Je pense, oui. Je sais que vous êtes très pris, alors je vous propose de balayer le projet rapidement.

C'était faux, c'était la même excuse bidon que sa fameuse secrétaire me sortait indéfiniment.

Il hocha la tête mais ne m'invita pas à m'asseoir en face de lui. Dans un élan de confiance, et refusant de me laisser déstabiliser par un homme qui avait l'âge d'être mon grand-père, je m'installai. Sur le bureau, trônaient des cadres photos, exposant la réussite familiale de ses père et grands-pères.

— Vous avez une très belle famille, dis-je pour dégeler la conversation.

— Faites vite, mademoiselle.

Il s'enfonça dans son siège, jetant un coup d'œil ostensible à sa montre et attendis que je me lance.

Je n'avais jamais fait de saut à l'élastique, mais j'avais quand même la sensation d'être au bord du précipice et qu'une main peu amicale me poussait dans le dos. J'ouvris mon dossier et commençai ma présentation : organiser des ateliers, proposer des livres, créer des espaces de discussions...

J'avais passé une grande partie de la veille à potasser mes arguments.

— Nous avons d'excellents retours des premiers ateliers que nous avons mené, notamment au sein de l'hôpital pour adolescents. Nous allons d'ailleurs commencer un nouveau cycle d'animation autour de la littérature classique.

— Vous vous rendez compte, mademoiselle, que le public ici n'est pas du tout celui de cet hôpital ?

— À vrai dire, ce projet vise tout type de public. Je cherche juste à garantir l'accès aux livres. Les gens pourront...

— Détenus. Ce sont des détenus, me corrigea-t-il en s'enfonçant dans son fauteuil.

— Les détenus pourront nous faire part de ce qu'ils veulent lire et nous leur proposerons une sélection. C'est une activité qui plaît et...

— Mademoiselle, je vous reçois parce que vous avez inondé mon secrétariat d'appels et de messages. Je ne dirais pas que je le fais par politesse mais, honnêtement, j'ai du mal à comprendre pourquoi vous tenez à fréquenter des prisonniers.

— Ce sont des lecteurs potentiels. Je me fiche de leur pedigree. Je leur parlerai comme je vous parle, ou comme je m'adresse aux clients de ma librairie. On ne discutera que de livres, monsieur.

— Certains sont dangereux.

— Je ne suis pas assez stupide pour me dire que vous n'allez pas trier et choisir les participants.

Il se redressa subitement et darda son regard dans le mien. Je me demandais si j'avais été trop loin. Mais il avait l'air de me prendre pour une charmante idiote, naïve et rêveuse. J'étais idéaliste, mais j'avais conscience des réalités. J'allais me confronter à des gens qui avaient transgressé la loi et dont les valeurs n'étaient sûrement pas en plein accord avec les miennes.

Ce n'était pas un risque. Avec les livres, j'avais appris que les personnalités les plus opposées pouvaient se rejoindre. Créer du lien, provoquer des conversations, établir des rencontres : les livres m'avaient donné beaucoup de choses, je voulais maintenant les partager.

— Ce que je veux dire, c'est que vous aurez évidemment toute latitude pour autoriser les détenus à participer.

— Et comment financez-vous tout ça ? s'inquiéta-t-il.

— C'est bénévole.

— Bénévole ne veut pas dire gratuit. Vous allez venir ici, vous allez apporter des livres. Certains seront abîmés. Ou volés. Dans votre présentation, je ne vois aucune mention de mécènes, de financements ou de donations.

— Je gère tout moi-même. Avec quelques autres personnes qui m'appuient.

Je me retins de lui dire que l'argent n'avait jamais été un problème. Et il y avait peu de chance qu'il le devienne. Tant pour mon projet que pour moi, ma descendance et la descendance de ma descendance. Je devais tout de même reconnaître que mon interlocuteur avait du flair. Il avait sûrement un passé de flic derrière lui : côtoyer des gens douteux devait finir par lui faire douter de tout et de tout le monde.

Je ne pouvais pas lui en vouloir. Mon passé – et mon présent, pour être honnête – me poussait aussi à être plus soupçonneuse que la normale. Gagner ma confiance était une lutte ; la perdre pouvait se jouer en un claquement de doigt. De fait, mon entourage proche était sélectionné avec soin, et donc, restreint.

— Quel est votre but alors ? Vous frotter à la racaille ? Vous avez besoin de frisson dans votre vie de petite fille sage ? ironisa le directeur avec un petit sourire suffisant.

— Je vous l'ai dit : mon but est de donner envie de lire et de partager autour de la lecture. Ça ouvre des brèches et ça évite de ruminer généralement.

— Vous pensez que les détenus ruminent ? s'esclaffa-t-il.

— Tous les gens dans cette prison ruminent. Je n'ai pas senti beaucoup de chaleur humaine depuis mon arrivée. Ça doit être l'épaisseur des murs, ça coupe du monde et des rayons du soleil.

Son sourire se fana un peu et il se redressa dans son fauteuil, mains croisées sur son bureau. Peu à peu, mon vernis de fille sage et bien élevée craquait. Ce type me prenait de haut et, surtout, il pensait que j'étais une idiote fragile. J'étais l'opposée : parfaitement déterminée dans ce que je proposais. Et, parce que j'étais la fille de mon père, je n'avais pas pour habitude qu'on me marche sur les pieds sans rien dire.

— Écoutez, mademoiselle, tout comme vous, ce projet a l'air charmant, mais je ne vois pas en quoi les hommes de cette prison pourraient être intéressés. Ils devront donc ruminer sans vous, ajouta-t-il en se levant de son fauteuil.

Je pinçai les lèvres de dépit. L'entretien était terminé et entre son attitude glaciale et mon franc-parler, je savais qu'il n'y aurait pas de deuxième chance. Déçue, je poussai un long soupir et me levai pour qu'il m'accompagne à la porte.

Il l'ouvrit, puis poliment et avec un sourire de façade, il me tendit la main pour me saluer. Je cherchai encore un argument, envisageai même de faire ce que je m'interdisais depuis mon adolescence. C'était pourtant tentant, et, c'était la fameuse stratégie simple que prônait Rita.

— Je vous souhaite un bon retour et une bonne continuation dans ce projet, lança-t-il en désignant d'un geste du menton mon dossier coincé contre ma poitrine.

— Merci de m'avoir reçue, monsieur le directeur.

Ma main était ferme, mes yeux plantés dans les siens. Je me promis de revenir à la charge et de le faire céder. Je trouverais d'autres idées, d'autres arguments, je lui prouverais que ce projet était intéressant et riche.

Oui, il finirait par changer d'avis. D'une manière ou d'une autre.

— À bientôt, mademoiselle... Je me rends compte que vous ne m'avez même pas donné votre nom.

D'une manière ou d'une autre. Il avait ouvert les hostilités, j'imaginais que tous les coups étaient permis. En particulier les plus vicieux et les plus efficaces.

Il me testait. C'était ce que faisaient les hommes comme lui : ils tentaient leur chance, se demandant si j'allais oser leur tenir tête. J'étais une fille discrète, je refusais la médiatisation familiale et j'évitais le plus possible d'apparaître à côté des miens. Pour autant, je n'ignorais pas l'impact du nom de mon père et je détestais qu'on m'écrase comme un vulgaire insecte.

— Cosgrove, répondis-je d'une voix suave.

Je vis sa pomme d'Adam tressauter, tandis que sa main, toujours dans la mienne, ressemblait maintenant à de la pâte à modeler moite. Je lui adressai un sourire conquérant, ravie de mon effet. Il avait tendu la perche, je n'avais fait que la saisir.

Je libérai sa main et le directeur fit un pas en arrière, comme sonné. Son regard s'éteignit un peu et il m'examina comme pour juger de mon honnêteté. C'était le moment de porter le coup final, celui qui me ferait remporter cette manche, le jeu et le match tout entier, sans aucune discussion.

— Avant que vous ne posiez la question : oui, je suis sa fille.

Chapitre 3

Hamilton

Je grattai le fond de mon assiette en plastique rouge sans grande conviction. Le mec qui avait inventé les œufs en poudre avait sûrement plus sa place derrière les barreaux que moi. Quant à l'idiot qui m'avait assuré que ce truc beigeasse était du poulet, il méritait une mort lente et douloureuse, étouffé par un de ces petits os pointus.

Avec un grognement de dégoût, je repoussai mon plateau-repas. Le réfectoire était bruyant et il y flottait une odeur abjecte, mélange de nourriture industrielle, de transpiration et de moisissure. Je levai les yeux vers l'horloge et poussai un soupir en constatant que je ne pourrais pas sortir de cette pièce avant dix bonnes minutes.

Un mois que je supportais mon incarcération.

Un mois que je ruminais ma rage et me refaisais le film de cette histoire.

C'était le seul avantage de la prison : j'avais du temps. Trop de temps. Au bout de deux nuits blanches, j'avais fini par poser par écrit tout ce que je connaissais de mon affaire. Les dates, les lieux, les personnes impliquées, l'argent, l'enchaînement des faits... Parfois, il manquait des pièces à cet immense puzzle ; parfois, les contours de certaines étaient trop floues.

Mais j'en arrivais toujours à deux conclusions : je n'avais rien fait et un paquet de gens avait menti pour m'expédier ici.

— Infâme, hein ?

La voix de mon voisin de table me sortit de mes réflexions noires et redondantes.

— Ils disent que c'est de la purée de pommes de terre, mais ça ressemble plus à du navet réhydraté avec trop d'eau.

Je dévisageai mon voisin. Je n'avais pas vraiment parlé avec d'autres détenus depuis mon arrivée ici. Je me contentais de hocher la tête ou d'émettre un vague grognement quand on me posait une question. Les galas et autres soirées caritatives m'avaient appris à tenir des conversations vides de sens avec des gens que je ne connaissais pas et que je ne verrais plus ensuite. Évidemment, ici, j'étais à des kilomètres de ces mondanités.

— Et ils rajoutent du sel pour faire gonfler, ajouta-t-il en triturant ses légumes. C'est sûrement pour nous inciter à ne pas revenir.

Il rit, avant de se renfrogner en constatant que je restais de marbre. Il s'essuya la main dans sa serviette en papier et la tendit dans ma direction.

— Jonah, se présenta-t-il.

Après quelques secondes de flottement, je serrai sa main dans la mienne. Je hochai la tête. Je ne pouvais même pas dire que j'étais « enchanté », ni même « ravi ». En théorie, j'aurais dû me présenter.

— Je sais qui tu es, lança Jonah avec un sourire. L'information circule vite ici.

— Je ne devrais pas être là, répondis-je immédiatement.

— Ils font un exemple avec toi.

— Parce que je suis riche ?

— Parce que tu as du pouvoir et de l'ambition. Et parce que tu es encore jeune. Sûrement que ce petit séjour vise à refroidir tes ardeurs.

Je restai silencieux. Me calmer, ralentir. Ce n'était pas dans ma nature. Quand je voulais quelque chose, je faisais mon possible pour l'avoir, et si possible, dans les plus brefs délais. À l'extérieur, je n'avais aucune raison de prendre mon temps.

Ici, il paraissait s'écouler plus lentement, et cette impuissance me dévorait à petits feux.

— Je vais sortir, dis-je, confiant.

Jonah étouffa un rire avant de secouer la tête.

— C'est dans l'ordre des choses, non ? Un an, c'est ça ?

— Onze mois maintenant. Mais, comme je le disais, je vais sortir. Sans attendre ces putains de onze mois.

— Tu ne devrais pas le dire trop fort, me conseilla-t-il.

— Pourquoi ça ?

— D'une part, parce que les surveillants vont prendre un malin plaisir à te pourrir la vie. D'autre part, parce qu'il y a un sacré paquet de paris sur ta tête et que je n'aimerais pas perdre une fortune.

— Tu as parié sur moi ?

— Tout le monde parie sur toi. Tu es une sorte d'attraction locale. La nouveauté, ça divertit.

— Ravi d'animer vos journées, marmonnai-je.

Un surveillant passa près de nous et nous scruta avec curiosité. Je soutins son regard, nullement intimidé. Nos couverts étaient en plastique, nos serviettes en papier : il croyait vraiment qu'on préparait l'évasion du siècle ou une émeute sanglante au milieu du réfectoire ?

— C'est pourtant simple pour toi de sortir d'ici, reprit Jonah dès que le surveillant fut hors de vue. Il suffit de payer.

— Payer ? répétai-je, sans comprendre.

— Soudoyer, corrompre, graisser la patte. Payer, répéta-t-il. Quelques chèques avec beaucoup de zéro devraient déverrouiller les quatre grilles qui mènent vers l'extérieur.

— Non, répondis-je avec fermeté. Jamais. Je crois que tu n'as pas compris, Jonah : je n'ai rien fait et je ne devrais pas être là. Donc je ne vais pas commettre plusieurs crimes fédéraux pour sortir de cet endroit.

L'idée était séduisante et facile. Suffisamment facile pour que j'y ai pensé dès que j'étais monté dans le bus pénitentiaire. Même mon père me l'avait proposé quand l'affaire était en pleine instruction. Mais, confiant dans la justice, j'avais refusé. Je payais cher ma naïveté. Pour autant, je n'étais pas un criminel. Surtout, je refusais de sortir d'ici sans avoir été blanchi. Je n'avais ni détourné l'argent de ma société, ni réalisé de transactions frauduleuses

— Un Monroe idéaliste, commenta Jonah. Je vais peut-être parier un peu plus sur ta tête.

— Vous pariez sur quoi au juste ?

— Ton espérance de vie.

À mon tour, je ravalai un rire. Jonah me répondit par un haussement d'épaules, comme si parier sur ma mort était innocent et normal. Je savais pourtant que ma présence ici faisait parler. Les surveillants ne se gênaient pas pour me coller aux basques et les autres prisonniers parlaient de moi, devant moi, sans même se cacher.

— On parie surtout sur le temps que tu passeras en cellule. Pour être franc, je te donnais deux jours avant que tu finisses à l'hôpital, précisa Jonah.

— À l'hôpital ? répétai-je.

— Une façon plus douce de passer ta détention. En plus, les infirmières sont plutôt mignonnes et elles te donnent de la vraie nourriture. Ta détermination à rester parmi nous m'a fait perdre de l'argent, Monroe, m'informa-t-il tout en riant.

— Tu ne t'attends tout de même pas à des excuses ? l'interrogeai-je.

— J'ai arrêté de croire au Père Noël.

— Continue de parier, je vois mon avocat cet après-midi et je compte bien quitter cet endroit rapidement.

Jonah leva un sourcil, dubitatif. L'alarme du réfectoire retentit, signifiant la fin de la pause déjeuner. En quelques jours, la notion de temps était devenue un vrai paradoxe pour moi. Mes journées étaient longues, les nuits interminables, et tout était rythmé par ces signaux stridents. Mon quotidien se résumait à ça : la sonnerie du réveil, celle du déjeuner, celle du dîner... Rarement ma vie n'avait été aussi calibrée.

Je me levai de table, accompagné par Jonah. Apparemment, il venait de décréter que nous étions amis.

— Tu as les meilleurs avocats de la ville, tu as de l'argent, tu es connu et tu as de l'influence. Tu ne crois pas que si tu avais dû sortir d'ici rapidement, ça serait déjà fait ?

— Parfois, ça prend du temps.

Du moins, c'était ce que m'avait dit mon avocat, m'expliquant que la procédure était en cours et que mon dossier devait passer dans un nombre incalculable de mains avant d'être revu. Malgré ma confiance en la justice - qui m'avait déjà trahi une fois -, Jonah me faisait douter. J'avais déjà fréquenté certains commissariats et, généralement, en moins de deux heures, mon avocat avait déboulé pour m'en faire sortir.

— Crois-moi, Monroe, tu es là pour de bon.

Sa remarque sonna comme une sentence définitive. Le doute se répandit en moi comme un poison vicieux, s'infiltrant dans toutes mes certitudes et fissurant ma détermination. Quelqu'un avait fait son possible pour que je finisse ici. Et je me demandais maintenant si cette même personne n'œuvrait pas pour que j'y reste aussi longtemps que possible.

— Un an, c'est ça ? demanda Jonah.

Je répondis d'un hochement de tête. J'avais un rendez-vous prévu avec mon avocat cet après-midi et, désormais, j'envisageais sérieusement de le remercier après lui avoir offert un coup de pied dans les parties en guise de prime de départ.

— Tu es ici pour combien de temps ? lui demandai-je finalement.

— Trois ans. Avec un peu de chance et une bonne conduite, je serai sorti dans dix-huit mois. Ça me laisse donc tout loisir de parier sur toi, Monroe.

Je restai silencieux, ruminant encore et toujours les mêmes pensées. C'était comme s'enfoncer dans des sables mouvants. Je m'agitais, cherchais une solution, me tourmentais sans cesse, sans jamais trouver le début d'une explication.

Nous parvînmes dans la cour principale et ce fut la sensation du vent frais et humide sur mon visage qui me fit revenir à la réalité.

— Tu devrais faire gaffe à toi, lâcha Jonah, alors qu'un trio de détenus me dévisageait.

— Pourquoi ?

— Parce qu'il y a pas mal de types qui rêvent de te mettre une raclée. À force de ne parler à personne, tu passes pour un mec méprisant et prétentieux.

— Je suis un mec prétentieux, répondis-je avec sérieux. Je ne méprise pas les gens.

— Vraiment ? s'étonna Jonah.

— La plupart du temps, je les ignore. Donc je ne peux pas vraiment les mépriser.

Jonah me fixa comme si un troisième œil venait d'apparaître sur mon front. C'était pourtant la réalité : j'avais une poignée d'amis, j'avais une famille et ma priorité était ma carrière professionnelle. En dehors de ce noyau dur de proches, je n'étais guère sociable.

— Redescends sur Terre, mec. T'es en taule. Et tu sens l'argent et le pouvoir à des kilomètres. Ces mecs t'observent depuis des jours et attendent le moment où tu seras seul pour t'en coller une.

— Pour le symbole, j'imagine ?

— Et pour se défouler. Peut-être que taper dans un sac de frappe te suffit. Mais pas eux. Et puis qui peut se vanter d'avoir massacré un Monroe récemment ?

— Le symbole et la gloire, donc.

Je lançai un regard vers les trois prisonniers dont nous parlions. Costauds, l'air peu avenants et avec un regard éteint et froid : ils avaient au moins le mérite d'être transparents. Même si j'étais un bon boxer – dix années de cours et de matchs derrière moi –, je savais qu'à trois contre moi, ils pourraient m'exploser quelques dents et transformer mon visage façon portrait de Picasso.

Jonah s'assit sur un banc et tira un paquet de cigarettes de sa poche. D'un signe de tête, je refusai d'en prendre une. Un peu malgré moi, je m'installai près de lui. Dès ma première nuit enfermé, j'avais décrété que je la jouerais en solitaire, que le monde de la prison était aux antipodes du mien. Je n'avais aucune raison de frayer avec ces gens, encore moins de sympathiser avec Jonah.

Je comprenais maintenant que j'avais eu tort. Le monde de la maison d'arrêt n'était pas différent du mien. C'en était une version condensée, avec ses jeux de pouvoirs et d'influence, ses provocations et sa routine. Si Jonah avait raison et si j'étais effectivement ici pour purger toute ma peine, j'allais devoir épouser les us et coutumes de cet endroit.

— Pourquoi tant de prévenance ? demandai-je finalement.

Il recracha la fumée de sa cigarette et se tourna vers moi. Sa peau était marquée par le soleil et une cicatrice fine courait de la commissure de ses lèvres jusqu'à son menton. Ses cheveux longs étaient rassemblés dans un *bun* et il avait roulé les manches de sa chemise réglementaire jusqu'à ses coudes. À la vue de sa carrure, il avait dû être joueur de football dans une vie précédente.

— J'aurais aimé qu'on me prévienne, expliqua-t-il. Et puis, tu es un Monroe, ma mère a toujours voulu que j'aie de bonnes fréquentations.

— Dans la mesure où je suis en prison, elle pourrait être déçue.

— Tu m'as bien dit que tu étais innocent, non ? demanda-t-il avec un sourire.

— Je le suis, confirmai-je.

— Ça me va. Et ça ira sûrement à ma mère.

Il esquissa un nouveau sourire auquel je répondis. Je n'avais aucune idée de ce qu'attendait les mères de leurs enfants, la mienne n'avait pas vécu assez longtemps pour me voir faire mes premiers pas. Pour autant, je me doutais que la prison ne faisait sûrement pas partie de leurs ambitions.

— Je suis vraiment innocent, insistai-je.

Il y a encore un mois, je me fichais de ce qu'on pensait de moi. J'étais attaché à mon nom, à ma famille, mais ce que la presse ou les gens pouvaient dire de moi ne m'intéressait pas. Mais ici, avec Jonah et tous les autres détenus, rétablir la vérité comptait plus que jamais.

— Je le sais. Comme je te le disais, j'ai lu des trucs sur toi. Tu as l'air d'être un mec intelligent. Si tu avais vraiment fait ce dont on t'accuse, tu ne te serais sûrement pas fait choper.

Il tira sur sa cigarette, laissant le silence planer autour de nous. Je fixai le mur d'enceinte devant nous, espérant naïvement le voir se désagréger. Quelques secondes plus tard, ma vue fut obstruée par un gardien.

— Parloir, Monroe. Ton avocat.

Il tourna aussitôt les talons. Je saluai Jonah d'un signe de tête avant de suivre le surveillant jusqu'à la salle où mon avocat m'attendait.

James Powell était le dernier d'une longue lignée à la tête du cabinet Powell & Powell. D'après ce qu'il m'avait raconté, quand il était petit son père récitait ses plaidoiries tout en lui apprenant à nager dans la piscine familiale. Plus tard, alors que nous fréquentions la même université, James potassait le code pénal, tandis que j'achetais ma première entreprise pour la redresser. Outre ses compétences, quasi innées pour le droit, James était aussi talentueux dans une cour que pour organiser une soirée en moins d'une heure. Impeccable de sérieux le jour, fêtard invétéré la nuit. Il avait mené ses études avec brio – major de sa promotion – tout en se construisant un réseau tentaculaire au fil des nuits branchées d'Ashbourne.

Et surtout, il était revanchard. Perdre un procès – en particulier quand j'étais le client – le mettait en colère. Mais loin de mes coups d'éclats nerveux et spectaculaires, James restait froid, hermétique, tout en retenue. Après presque trente ans à le côtoyer – nos pères étaient évidemment amis –, je n'avais jamais vu James sortir de ses gonds.

Ou être ému. Ou touché. C'était fascinant.

— Hamilton, me salua-t-il en se levant de sa chaise.

Sa poignée de main était chaleureuse et je m'assis face à lui. James ne laissait jamais rien paraître. Un rocher pouvait sûrement montrer plus d'émotion que lui. Je nouai mes mains et soutins son regard.

— L'appel a été rejeté, m'informa-t-il avec l'empathie d'une pierre tombale.

— Rejeté ? James...

Je serrai le poing, pendant que ma jambe tressautait de rage sous la table en formica. James ouvrit l'épais dossier devant lui, pendant que je tentais de retrouver mon calme. Cet appel, c'était mon unique chance de sortir d'ici. Qu'il soit rejeté, sans même que j'aie pu être entendu par le juge, était une injustice flagrante.

— Je sais, je sais. Le juge a estimé qu'il fallait de nouveaux éléments pour rouvrir un procès.

— James, c'est un putain de coup monté, répondis-je, dents serrées. Quelqu'un veut ma peau et me voir pourrir ici.

— D'un point de vue technique, c'est plutôt brillant. Même si ton nom n'apparaît pas, toutes les transactions frauduleuses sont intraçables. Des comptes bancaires multiples, certains hébergés à l'étranger, mais évidemment tous les bénéficiaires de ces comptes ont un lien avec ton projet d'hôtel.

— Tu es mon avocat ou tu bosses pour le procureur ? l'interrogeai-je.

— Hamilton, je peux lancer des pourvois et argumenter en ta faveur pendant des jours. Mais, d'un point de vue légal, je n'ai pas d'éléments. Mes enquêteurs ont fait chou blanc.

— Il y a forcément une faille dans ce dossier, ripostai-je en tapant mon poing dessus. Il faut que tu me sortes de là.

— Est-ce que tu as reçu des menaces ? As-tu des ennemis qui pourraient t'en vouloir pour monter une telle opération ?

Il y eut un court silence. J'avais des ennemis. Ce n'était pas nouveau. Mais cela s'apparentait plus à de la jalousie qu'à une véritable envie de me nuire. En tout cas, c'était ce que j'avais toujours pensé.

Aujourd'hui, dans cette petite pièce aveugle et crasseuse, je ne pouvais qu'admettre que j'avais eu tort.

Je ravalai un rire ironique, tout en retrouvant le regard de James. Soudain, tout coulait de source. Toutes mes questions avaient enfin une réponse. Mon avocat tressaillit et referma le dossier vivement. James me connaissait depuis suffisamment longtemps pour comprendre. Un sourire féroce étira mes lèvres.

— Pas cet ennemi, Hamilton.

Cela sonnait comme un avertissement. Mais je n'avais plus rien à perdre.

— Ça ne peut être personne d'autre, murmurai-je. Tu le sais, James. Et je sais que tu y as pensé aussi.

Pendant une fraction de seconde, son masque de parfait gentleman polaire et respectueux des lois se fendilla. Il secoua la tête et son trouble se dissipa aussitôt, comme s'il avait chassé une mouche récalcitrante.

— Hamilton, répéta-t-il d'une voix grave.

— Ce sont eux, James. Si je suis ici, c'est à cause d'eux. Ils nous détestent depuis des décennies. Ils veulent notre ruine et régner sur Ashbourne depuis toujours. Et tu sais qu'ils ne mégotent pas sur les moyens pour y arriver.

— Non, reprit James en remballant ses affaires.

J'agrippai son poignet pour le forcer à me regarder, manquant d'arracher sa Breitling. Après la rage, c'était l'excitation qui dominait. J'avais raison. Je le savais, intimement, au plus profond de moi et de manière irraisonnée.

— Hamilton, ne t'aventure pas dans ce genre de spéculations sans preuve. C'est délirant et ça ne...

— Ils sont derrière tout ça, James. Ce sont eux.

La tension dans la pièce était palpable et le silence aussi lourd que du plomb. Je refermai ma main sur le poignet de

James. Il voulait être raisonnable et posé ; je voulais ma liberté et j'étais prêt à tout pour la retrouver.

Quand je repris la parole, ma voix résonna et le son sembla vibrer contre les quatre murs pour faire écho.

— Les Cosgrove. Les Cosgrove m'ont envoyé ici.

Chapitre 4

Violette

— Je fais des essais !

Je posai mon parapluie humide dans l'entrée du café-librairie et avançai vers le bar. Rita se tenait derrière, un crayon coincé derrière l'oreille, à peine masqué par sa longue chevelure noire. Sur le comptoir, je décomptai une dizaine de tasses de café parfaitement alignées et un bloc-notes gribouillé de ratures et d'annotations.

— Quel genre d'essai ? demandai-je, soupçonneuse.

— Pour Halloween.

— Nous sommes le 4 août, Rita.

— Je sais. C'est pour ça que j'essaie maintenant. Pour être parfaitement prête le moment venu. Tu veux goûter ? Le troisième est le meilleur pour le moment, expliqua-t-elle en désignant la troisième tasse en partant de la droite.

Je me penchai vers le mug, tentant d'en deviner le parfum. L'odeur du café était puissante, mais je décelai une pointe de cannelle et de miel. Je jetai un coup d'œil à mon amie ; d'un mouvement de tête, elle m'encouragea à goûter sa décoction. Prudemment, je portai le bord de la tasse à mes lèvres. La météo était digne d'un mois d'octobre : vent, pluie et fraîcheur persistante. Aussi, la gorgée de café me réchauffa.

— C'est... pas mal, dis-je finalement.

— Vraiment ? Tu aimes ? s'exclama Rita avec enthousiasme.

— Oui, c'est bien. Même si j'ai du mal à comprendre pourquoi tu prépares Halloween avec trois mois d'avance.

— J'ai une idée. Une vraie bonne idée.

Je retirai ma veste trempée de pluie et ouvris mon ordinateur portable qui traînait derrière le bar. Mon petit déjeuner avec ma mère m'avait retardée dans mes projets de la journée. Mais après avoir décliné à deux reprises et reporté trois fois, je n'avais pas eu d'autres choix que d'honorer son invitation au *country-club*.

Les deux heures les plus longues de la semaine.

— Quel genre d'idée ? demandai-je en vérifiant mes mails.

— Un truc, genre... soirée horrifique. Littérature de l'horreur, toiles d'araignée partout et citrouilles évidemment. On pourrait faire ça à l'étage, en arrangeant les rayonnages et en bougeant les fauteuils. Je pense même qu'on pourrait faire une journée d'ouverture, suivie d'une nocturne.

Je relevai les yeux vers Rita. Elle se tordait nerveusement les mains et trépignait d'excitation. Je la connaissais depuis toujours. Nous étions comme sœurs. Et si ma mère m'invitait souvent à petit-déjeuner avec elle, c'était bien celle de Rita qui m'avait élevée, nourrie, bercée et soignée. Nous avions grandi ensemble : elle dans une petite maison chaleureuse de banlieue, moi dans un hôtel particulier immense et aussi froid que le marbre qui recouvrait les sols du rez-de-chaussée.

Dans un monde normal, nos chemins n'auraient jamais dû se croiser. Mais, de toute évidence, je ne vivais pas dans un monde normal et je faisais tout mon possible pour m'en éloigner.

— Qu'est-ce que tu es en train de faire ? demandai-je à Rita.

— Tu en penses quoi ?

— Tu veux mon avis ?

— C'est ta librairie, Violette. Donc, oui, je veux ton avis. Tu as ton mot à dire et...

— Tu n'as pas à me demander d'autorisation, la coupai-je. Tu es mon associée, lui rappelai-je.

— Une associée qui n'a pas apporté un dollar en investissement dans cet endroit.

— Une associée qui a un sens créatif incroyable. On a déjà eu cette conversation, Rita. Tu peux faire ce que tu veux, ici. On s'en parle, histoire que je sois au courant, mais tu es maîtresse à bord.

— Donc, ça ne te dérange pas si je change les rayonnages et si je bouge certains titres. Je sais que tu...

— Ce sont des livres, Rita, pas des pièces de musée. Ils doivent vivre. Donc tout ce que tu feras pour mettre en avant la librairie me conviendra forcément. Je te fais confiance.

Elle poussa un petit cri de joie qui me fit rire. L'instant suivant, elle me serrait dans ses bras, comme si je venais de lui offrir le meilleur cadeau de sa vie. Au-delà d'être mon amie et associée, Rita était aussi mon alibi. La création du café-librairie avait rassuré mes parents ; mais mon temps était plus souvent occupé par l'association. Depuis ma naissance, mon père avait mis de l'argent de côté pour mon avenir. Étant loin d'être un philanthrope, il n'apprécierait sûrement pas que cet argent serve à une œuvre de charité.

Ou alors s'il l'avait su, il en aurait fait une publicité gênante pour mettre en avant le nom des Cosgrove.

Ce que je détestais profondément.

Je préférais rester dans l'ombre. Par habitude, sûrement, car j'étais toujours restée à l'écart des tumultes familiaux. Et par goût aussi : j'étais une Cosgrove, c'était suffisamment lourd à porter pour ne pas, en plus, jouer un rôle.

— Comment va ta mère ? m'interrogea Rita en emportant les tasses du comptoir vers l'évier.

— Elle va bien.

— Elle voit toujours son coach sportif chaque matin ?

— Elle a changé. Elle fait du pilates maintenant.

En me voyant lever les yeux au ciel, Rita retint difficilement un sourire. Ma mère avait toujours pris un soin infini de son image. Elle avait un dressing pour chaque saison, renouvelé par une *personal shoper*, un créneau réservé chez le coiffeur chaque semaine et un abonnement au *country-club* pour cultiver son réseau et s'assurer de sa popularité.

— Est-ce qu'elle voulait que tu l'accompagnes ? demanda Rita en me servant un café au lait dans un mug.

J'en pris une longue gorgée, observant la mise à jour de ma boîte mail où les courriels s'entassaient. Je vérifiai mon planning, constatant que j'avais un atelier pour adolescents dans le courant de la soirée et que je devais présenter mon projet à une maison de retraite avant ça.

— Elle voulait que je vérifie la liste des invités, expliquai-je en serrant ma boisson entre mes mains.

— Laisse-moi deviner, mon nom avait disparu ?

— Comme toujours. Je t'ai fait rajouter, évidemment. Tout comme Adrian, Serena, Alex et Liam.

— Mystérieusement disparus eux aussi ?

— Apparemment, dis-je sans masquer mon agacement.

Je n'avais pas besoin de vérifier la liste de noms que j'avais envoyée à ma mère le mois dernier pour savoir qu'elle avait sûrement fait un tri drastique : ma courte liste d'invités avait été sacrifié pour que la sienne, interminable, y trouve toute sa place. Ma mère avait un véritable talent mondain : elle savait organiser une réception en un temps record, et surtout, elle savait transformer le moindre événement en prétexte pour capter la lumière. J'étais discrète quand elle n'était qu'extravagance. Mon anniversaire, dans quelques semaines, ne faisait pas exception.

J'aimais ma mère, mais plus les années passaient, plus je me rendais à l'évidence : nous n'avions pas grand-chose en commun. Et surtout pas les mondanités qui me donnaient la sensation de me donner en spectacle devant des courtisans.

— Tout va bien ? s'inquiéta Rita devant mon silence.

— Oui. C'est... J'ai aussi invité Ben.

Rita me dévisagea avec curiosité. Je me pinçai les lèvres, me demandant ce qui était le pire : avoir invité Ben ou l'avoir dit à Rita. Elle semblait sous le choc. À vrai dire, je l'étais aussi un peu. J'avais sûrement cédé à un moment de faiblesse avec ma mère. Je le regrettais déjà.

— Ben ? répéta-t-elle.

— Ce n'est pas si grave.

— Tu as invité Benjamin Luke Charles Bradford III ?

— Ben suffira. Ma mère a insisté, expliquai-je pour me défendre.

— Ta mère insiste depuis que tu as cinq ans, Violette. Il est peut-être temps de lui dire que Benjamin Luke Charles Bradford III n'est pas l'homme de tes rêves.

— C'est une relation de mon père et nous nous fréquentons depuis qu'on est tout petit. Je l'aime bien, dis-je en haussant les épaules. Et arrête de l'appeler avec son nom complet : on dirait que tu parles d'un tueur en série !

Benjamin était le digne fils de son père. Ambitieux, brillant, pétri de bonnes manières et promis à un bel avenir professionnel, il finirait par hériter de l'entreprise familiale. Au cours des années, Benjamin - Ben - et moi avions développé une forme d'amitié.

— C'est le fils d'une des relations de ton père. Tu te rends compte que tu es dans ces grands projets de fusion-acquisition ?

— Nous sommes amis.

— Je sais. Et tu le sais. Mais je crois que l'information ne lui est pas parvenue encore.

Lors d'une soirée pour célébrer la fin de mes études, Ben avait tenté sa chance. Ça m'avait effrayée. Notre amitié était inhabituelle et passablement orchestrée par nos parents respectifs, mais je savais que je ne ressentais rien de plus. Ben n'éveillait ni curiosité, ni désir, ni battements de cœur frénétiques.

Et aucun putain de papillons.

J'avais déjà eu des relations amoureuses. Plutôt courtes et surtout sans saveur. Aucune de ses relations ne m'avaient donné autant d'excitation haletante que la lecture d'un bon livre assise devant ma fenêtre.

Et Ben était... un livret. Ni bon, ni mauvais. Juste un livret. Du genre, notice pratique pour nettoyer votre four.

— Ben est du genre bien élevé et il tient à sa réputation : ce qui lui donne deux bonnes raisons de ne pas tenter sa chance avec moi lors de cette soirée.

— Ça donne aussi deux bonnes raisons à ta mère d'insister, me fit remarquer Rita.

Je terminai mon café d'un trait, songeant aux espérances de ma mère. J'avais quatre frères, tous plus âgés, tous promis à un bel avenir dans la multinationale paternelle. Mais, en tant que fille, mon avenir pour eux semblait se résumer à un beau mariage : une occasion en plus de célébrer le nom des Cosgrove et de prouver leur réussite en tant que parents.

La sonnette de la porte retentit, mettant fin à cette conversation. Un livreur en uniforme marron entra dans le café-librairie et présenta un bon à signer à Rita. Pendant qu'elle réceptionnait sa commande, je m'emparai d'un carton et filai en réserve – ma réserve personnelle dédiée à l'association – pour préparer mes livres pour la soirée.

Quand j'avais racheté cet endroit pour le transformer en café-librairie, cette pièce était devenue le refuge de l'association. J'achetais des livres par dizaine chaque mois, j'en récupérais certains d'occasion et je les entassais ici, dans une organisation spécifique et j'étais sûrement la seule à pouvoir m'y repérer. Rita n'y mettait jamais les pieds : derrière son apparence parfois fantasque, elle était obsessionnellement maniaque. La simple vue de mes livres empilés les uns sur les autres, au sol, appuyés dans un équilibre périlleux contre les murs ou parfois juste rassemblés dans des cartons lui collait des angoisses.

Ma première dispute – et l'une des seules depuis notre tendre enfance – avec Rita concernait les livres. En y repensant, un sourire étira mes lèvres. Elle utilisait des marque-pages, pendant que je cornais le coin des feuillets.

Je pris plusieurs livres adaptés à mon groupe d'adolescents, avant d'entendre Rita pousser un long soupir derrière moi. Je pivotai vers elle, observant ses yeux fureter partout dans la pièce, avec un effroi grandissant. Cela m'amusait de la rendre chèvre avec cette pièce et de titiller sa patience.

— Tu sais, dit-elle finalement en s'appuyant contre le chambranle de la porte, ça me donne une idée.

— Une idée sur quoi ?

— Sur Benjamin Luke Charles Bradford III.

Je levai les yeux au ciel. Je pensais que le livreur m'avait sauvée de cette conversation pénible. J'étais naïve. Rita ne lâchait jamais le morceau. Elle avança prudemment dans la pièce, comme si elle craignait une attaque féroce d'un animal sauvage.

— Il te suffirait de lui montrer cette pièce, œuvre sublime de bordel et de désorganisation. Il comprendrait tout de suite que derrière ton éducation bourgeoise, il y a... de la rébellion.

— Je ne suis pas une rebelle, Rita. Je gagne juste du temps : je passe ma vie à entrer et sortir des livres. Je n'ai pas le temps de...

— Tu es une rebelle, assura-t-elle en hochant la tête. Tu as abandonné tes longs cheveux pour un carré dans le dos de ta mère, tu refuses de te servir de ton nom de famille, tu es restée vivre à Ashbourne, alors que tu pourrais jouer les jet-setteuses partout dans le monde... Et, tu es une des rares femmes à avoir dit non à Benjamin Luke Charles Bradford III.

Je sortis de la salle en riant, suivie par mon amie, mon carton lourd comme une enclume dans les bras. Je le posai sur le comptoir, avant d'essuyer mes mains sur mon jean.

— Pitié, Rita, cesse de l'appeler avec son nom complet.

— Je n'y peux rien. Je trouve ça hyper classe d'avoir un nom à rallonge. Et honnêtement, quand je fantasme sur ce genre de mec, c'est toujours en les appelant avec leur nom complet. C'est sexy, roucoula-t-elle en s'éventant de la main.

— Je ne veux rien savoir, répliquai-je grimaçant de dégoût.

Je me réinstallai devant mon écran. Mes mails étaient chargés, prêts à être lus.

– Tu devrais lui parler de moi, continua Rita. Je sais que je n'ai pas ta classe, mais...

— Ils ont accepté, murmurai-je, incrédule.

Je me tournai vers Rita qui haussa les épaules, sans comprendre.

— Ils ont répondu. La prison du comté. Ils ont répondu ! Ils sont d'accord, hurlai-je. Ils ont dit oui !

L'instant suivant, alors que j'entraînais Rita dans une danse improvisée entre les rayonnages de livres et les canapés à disposition des clients, je l'entendis rire aux éclats.

— Et tu oses dire que tu n'es pas une rebelle ?

Chapitre 5

Hamilton

— Tu peux cesser d'aller et venir ? me demanda James. Ça me colle un début de migraine.

— À mon avis, c'est plutôt l'odeur, répondis-je en m'appuyant contre le mur.

Depuis notre dernier entretien, et à défaut de pouvoir faire appel, James avait tenté de faire une demande d'aménagement de peine. Ça ne résolvait pas vraiment ma situation, mais ça pourrait peut-être me faire sortir de ces murs au plus vite pour prendre une vraie douche longue et chaude. Seul, la douche. La promiscuité en prison m'avait rappelé à quel point j'aimais la solitude.

— Est-ce que tu as pu étudier ma théorie ? demandai-je à mon avocat.

— Hamilton, on en a déjà parlé. Je ne vois pas pourquoi les Cosgrove seraient derrière ton incarcération.

— Parce qu'ils nous détestent, James.

Mon avocat poussa un long soupir las. Depuis que j'avais évoqué cette hypothèse, il n'avait eu de cesse de la repousser. Pour lui, c'était improbable et délirant. Pour moi, c'était pourtant la seule explication possible et évidente.

— Ils nous détestent, répétai-je. C'est même plus que ça : les Cosgrove haïssent les Monroe. Et on leur rend bien. Papa, maman et tous les moufflets Cosgrove passent leur temps à contrecarrer chacun de nos projets.

— Hamilton, tu as racheté un de leurs immeubles uniquement pour le dynamiter. Et tu as fait ça en direct, pendant le journal télévisé.

— Ils l'auraient su de toute façon, non ? rétorquai-je, sans masquer mon sourire victorieux.

— Sûrement. Ce que je veux dire, c'est qu'il y a un monde entre se vouer une haine féroce et monter un dossier de toute pièce pour t'enfermer ici. Et puis, dans quel but ?

— Ternir le nom des Monroe.

— Je sais que Cosgrove ne manque pas de ressources, mais ça me semble disproportionné et parfaitement inutile. Désolé de te l'annoncer comme ça, Hamilton, mais l'empire Monroe ne va pas s'écrouler pendant que tu es ici.

— Ils veulent nous ruiner, James. La presse est autorisée en prison, j'ai vu que l'action dévissait et que nous allions sûrement perdre un ou deux contrats. On va essuyer des pertes et les banques n'aiment pas ça, lui rappelai-je.

James ouvrit son dossier et en sortit deux formulaires. Avec son parfum de savon et son costume sur mesure, il détonnait entre ses quatre murs grisâtres. Mais au moins il était là. Mon père n'avait pas eu le courage – ou l'envie ? – de me rendre visite ; quant à mes frères, ils étaient venus la semaine dernière, en groupe, et avaient regardé leur montre pendant toute l'heure qu'ils avaient passée ici.

— Il faut que tu oublies cette idée, Hamilton. Même si tu perds un ou deux contrats, ça fera à peine vaciller ton empire tout entier. Et puis, ton père est là pour assurer tes arrières.

— Je dois sortir d'ici, James. Quelles sont nos options maintenant ?

— La première chose à faire est de nous assurer que tes affaires sont entre de bonnes mains. Barthelemy m'a appelé hier : on doit prolonger sa procuration sur l'ensemble de tes dossiers.

James me tendit l'un des formulaires, quasiment identique à celui que j'avais signé le jour de mon procès. Cela permettait à Barthelemy, mon associé et ami de confiance de la famille Monroe, d'agir en mon nom pour les acquisitions à finaliser. Cela lui donnait aussi la possibilité d'agir sur les opérations financières, en investissant de l'argent où cela s'avérait nécessaire.

— Pour six mois ? m'étonnai-je.

— C'était pour être optimiste.

— Me laisser moisir ici pendant six mois est, pour toi, de l'optimisme ?

— Vu les options qu'il nous reste, c'est très ambitieux, crois-moi.

Avec un regard sombre et sa mine des mauvais jours, il me tendit son stylo de luxe et je signai la procuration pour Barthelemy. Je me sentais impuissant et démuni. J'avais toujours eu le contrôle de mon entreprise, je prenais les décisions, je choisissais mes projets. Désormais, je devais me contenter d'être un spectateur lointain et informé de temps à autre.

Être enfermé ici était une chose ; être privé de toutes décisions en était une autre.

— Est-ce que tu as des dossiers à surveiller ? me demanda James. Des transactions en cours ? Ou à boucler ? Des urgences que tu n'aurais pas eu le temps de régler ?

— Évidemment que j'en ai. Barthelemy peut agir en mon nom. Il est au courant de tout.

— Parfait. J'ai aussi eu des demandes de la part de journalistes. La plupart veulent une interview exclusive et...

— Tu plaisantes ? le coupai-je.

Son visage était aussi neutre et impassible que celui d'un banquier suisse. Pendant un instant, j'avais oublié que James ne plaisantait jamais dans le cadre du travail. Lors des soirées, discuter avec lui était aussi chaleureux que de nettoyer une pierre tombale. Il savait pourtant faire la fête – sa période universitaire me l'avait prouvé mille fois – mais désormais plongé dans le monde adulte, James appréhendait chaque événement avec distance.

— C'est non, évidemment, répondis-je, agacé.

— Ça pourrait jouer en ta faveur.

— Prendre la pose en tenue carcérale ? Tu te fous de moi ?

— Hamilton, soyons honnête, ton image est assez déplorable. Les jurés t'ont condamné aussi parce que tu es antipathique et sûr de toi. Tu n'as pas montré la moindre once d'humanité pendant le procès et...

— Oh, donc c'est ma faute ? James, tu étais assis près de moi pendant ce procès et tu m'as défendu. Visiblement pas assez bien, puisque je suis ici.

James se renfonça dans son siège, son visage ne trahissant aucune émotion. Pourtant, son regard brillait d'une lueur de colère contenue. James n'aimait pas échouer. Venir ici, dans cette prison, se confronter à moi, lui rappelait qu'il avait perdu le seul procès qu'il ne devait pas perdre.

— Le dossier était accablant et ta personnalité n'a pas aidé, Hamilton.

— Ce dossier accablant était monté de toutes pièces.

— Tu n'as pas besoin de me convaincre, murmura-t-il. Mais maintenant que tu es ici et que je n'ai pas de nouveaux éléments à soumettre au juge pour demander la réouverture d'un procès, on doit agir autrement.

Il se redressa, retrouvant sa position conquérante habituelle. Cela me rassura presque : si James avait une idée pour me faire sortir d'ici plus rapidement, j'étais prêt à tout mettre en œuvre pour l'appliquer.

— Et comment on doit agir ? demandai-je.

— Comment *tu* dois agir, corrigea-t-il. La bonne conduite, Hamilton.

— La bonne conduite ? T'as décidé de te foutre de moi pendant tout notre entretien ?

— Je suis très sérieux. Les recours légaux ne vont rien donner. Comme je te le disais, nous n'avons pas d'éléments nouveaux à soumettre à la justice, qui permettraient de semer le doute sur ta culpabilité. Il va donc falloir que tu donnes de ta personne.

— James, personne ici ne m'apprécie vraiment. Et les gardiens sont prêts à se servir de moi comme bouclier humain en cas de mutinerie.

Mon image tira un sourire furtif à James. En silence, il tendit la seconde feuille qu'il avait dégainée au début de notre entretien.

— Ce sont des suggestions, expliqua-t-il pendant que je lisais.

Je levai les yeux sur lui, partagé entre stupéfaction et hilarité. James, imperturbable, me dévisageait. Il était sérieux ! Je repoussai la feuille et m'accoudai à la table pour me pencher vers lui.

— James, il n'y a pas si longtemps, on m'a demandé pourquoi je ne faisais pas un gros chèque pour sortir d'ici. J'ai refusé.

— Tu m'en vois ravi, ironisa-t-il.

— J'ai refusé parce que je veux sortir d'ici en homme blanchi et innocent. Et maintenant tu me dresses une liste de propositions pour... pour devenir un mec bien ? Je crois que c'est encore plus malhonnête.

Je ricanai.

— Oh non. Je sais que, ça, c'est peine perdue. Mais tu peux essayer de faire semblant. Sourire, faire preuve de politesse, participer aux ateliers de réinsertion... Tu peux sûrement faire illusion, histoire de sortir d'ici rapidement.

— James. Ma famille doit représenter la cinquième fortune du pays. Je n'ai pas besoin d'atelier de réinsertion. J'ai besoin de déguerpir d'ici, de trouver le mec qui m'a expédié dans ce trou et de l'envoyer au fond de l'eau avec un sac de sable attaché aux chevilles, explosai-je, fou de rage.

Je me levai brutalement de la chaise et fis voler les quelques feuilles qui traînaient sur la table.

— Hamilton, comme je te le disais, je ne peux rien faire pour rouvrir l'instruction. En revanche, toi, de l'intérieur, tu peux agir pour redorer ton blason et faire comprendre à l'institution pénitentiaire que tu peux sortir d'ici.

J'arpentai la petite pièce de long en large. Rester ici me rendait fou. La liberté me manquait. Ma vie me manquait. Patiemment, James ramassa les feuilles éparpillées au sol. D'un geste rapide, il annota la feuille de propositions qu'il m'avait donnée.

— Je rajoute « gestion de la colère », m'annonça-t-il en me tendant à nouveau le papier.

James était la patience incarnée. Dans le silence de la pièce et pendant une bonne minute, il garda la feuille tendue dans ma direction, attendant autant que je la prenne que j'accepte sa proposition.

— Tes options sont limitées, Hamilton, me rappela-t-il.

Je soutins son regard, contenant difficilement la rage qui me consumait. Je savais que James avait raison. Et si j'étais un peu lucide, je savais aussi qu'il était un des rares à me croire et à me soutenir.

— Ça ne règle pas le sujet de ma condamnation, lui fis-je remarquer.

— Un sujet à la fois. Et comme tu l'as dit, une fois hors d'ici, tu pourras faire ta propre enquête.

Je lui arrachai la feuille des mains et, plus calmement, lus les propositions. Toute sa liste visait à faire de moi un gentil garçon, lisse, poli et en chemin vers la rédemption. Ce qui revenait à dire que je devais devenir tout l'opposé de l'homme que j'étais actuellement, colérique, glacial, impulsif et rongé par la vengeance.

— Comment je pourrais être crédible pour la réinsertion ? interrogeai-je James en ravalant un rire.

— Tu pourrais animer ces ateliers, dire aux autres détenus comment tu as réussi.

— Je suis le fils de mon père, lui fis-je remarquer.

— C'est vrai. Mais tu as aussi monté de nouvelles entreprises, tu as pris des décisions, tu as fait des investissements. Tu pourrais donc les conseiller et les aider.

Je poussai un lourd soupir. Je n'avais jamais eu l'âme d'un mentor. J'agissais à l'instinct et je ne savais pas si j'étais capable d'expliquer mes décisions. Toute ma vie, j'avais baigné dans le monde de l'entreprise et des finances, je savais lire un bilan en dix secondes et déceler un potentiel en quinze.

— Participer à des activités ? Tu veux quoi ? Que j'apprenne comment cuisiner des *cupcakes* ? Ou que je m'initie à la maçonnerie ?

— Hamilton, soyons clairs, je me fous de ce que tu dois faire. Tu pourrais te mettre à la peinture sur porcelaine que ça ne me ferait ni chaud, ni froid. En revanche, je veux que tu leur montres à tous que tu es un gentil petit agneau.

— Ils ont déjà leur avis sur moi, répliquai-je.

— Il faut que tu joues le jeu.

— Et c'est tout ? Je me lance dans le point de croix, j'arrête de jurer et je sors ?

— Presque.

À nouveau, un vague sourire flotta sur les lèvres de James. Avoir mon attention semblait déjà être une petite victoire.

— Tu dois être exemplaire, Hamilton. Tu marches sur la ligne jaune, tu files droit, tu contiens ta colère et tu te comportes comme si on devait élire le prisonnier de l'année.

— Et ensuite ?

— Dans quelques semaines, je pourrai demander une audience de remise de peine. On fera témoigner les personnes qui t'auront vu et tu devras faire une déclaration. Tu diras à quel point tu es désolé, que tu as compris ta condamnation et à quel point tu souhaites reprendre ta vie au plus vite.

— Et je sortirai ?

— Aucune garantie.

Je me rembrunis. Si c'était ma seule chance, je pouvais concéder des efforts - et, là, c'était un effort énorme - mais je devais être certain que ça allait fonctionner. Je refusais de perdre mon temps, mon énergie et ma personnalité pour finir par rester cloîtré ici.

— Tu me demandes de sacrifier toute ma personnalité, sans être certain que je puisse sortir ?

— Je te demande de faire profil bas, Hamilton. C'est ta seule chance de sortir d'ici avant la fin de ta peine. Et, comme tu la compris, cette chance est infime. Vois-le comme un de tes grands projets d'expansion de ton empire, suggéra James.

— Ça n'a pas grand-chose à voir.

— Bien sûr que si : il s'agit de convaincre. Tu sais charmer, amadouer et mentir comme personne.

— De toute évidence, tu me surpasses à ce petit jeu.

— J'ai appris du meilleur.

Cette fois, ses lèvres se soulevèrent dans un large sourire, laissant apparaître ses dents blanches, parfaitement alignées et carnassières. Un long silence plana dans la pièce. C'était une des meilleures techniques de James : instaurer de longues plages de pause, pour mieux vous faire douter de vos décisions.

— D'accord, abdiquai-je. Je ferai tous ces... machins.

— Tu deviens raisonnable. Déjà un bon point pour toi.

Il se leva et rassembla ses affaires. Je lus sa liste de propositions distraitement, me demandant comment quelqu'un pourrait croire dans cette grande mascarade. Entre l'atelier menuiserie et celui d'arts plastiques, je n'aurais pas su dire dans quelle situation je serais le plus ridicule.

— C'est ta seule chance, Hamilton, m'encouragea James.

— J'ai compris, marmonnai-je.

— Et continue le sport, on pourra toujours dire que ça fait partie de ton chemin vers la rédemption.

James était si satisfait de lui que, pendant une seconde, je crus qu'il allait se laisser aller à un rire gras d'autosatisfaction. Mais il se contenta de me jeter un regard concerné, avant de tendre la main pour me saluer.

— On refait le point dans une semaine. D'ici là, fais en sorte d'être plus souvent dans des ateliers que dans ta cellule.

Je serrai sa main. Même si je détestais l'idée de James – peut être encore plus que d'être ici –, je savais que s'il défendait cette proposition elle finirait par aboutir à ma libération. L'effort était surhumain, mais sortir d'ici n'avait pas de prix.

— Merci, murmurai-je.

— Ne me remercie pas. C'est à toi de faire tous les efforts. De mon côté, je vais juste faire en sorte d'avoir une commission de remise de peine dès que possible.

Il plongea ses yeux brillant de certitude dans les miens. James s'était présenté ici en tant qu'avocat, mais il se révélait être un véritable ami. Le seul même, puisque tous les autres avaient déserté dès que le vent avait tourné en ma défaveur. C'était le rare avantage de la prison : le tri s'était fait naturellement et sans effort. Je pouvais compter sur les doigts d'une main ceux qui étaient restés. Je n'avais pas de rancune contre les autres, mais j'avais une très bonne mémoire.

Quelques jours plus tard, je retrouvai Jonah dans la cour. Il fixait le portail d'accès à la prison, tout en profitant d'un rare rayon de soleil. L'humidité persistait dans l'air et les murs, comme le sol, suintaient

— La rumeur dit que tu ponces comme personne, déclara-t-il, moqueur, en jetant un coup d'œil à mes mains.

Mes doigts étaient abimés et douloureux et j'étais certain d'avoir une ou deux échardes enfoncées dans mon pouce droit.

— M'occuper m'évite de trop gamberger. Et puis, si un jour j'ai besoin d'un coffret à cigares, je saurai le fabriquer.

Jonah étouffa un rire, pendant que je frottais mes paumes rêches l'une contre l'autre. Évidemment, l'atelier ébénisterie ne m'empêchait pas de ruminer ma présence ici, mais il avait le mérite de faire passer le temps.

— Tu vises la conditionnelle ? me demanda Jonah.

— Je l'aurai, assurai-je.

— Je me demande combien je vais pouvoir vendre cette histoire à la presse. Hamilton Monroe ponce du bois, Hamilton

Monroe aide les détenus, Hamilton Monroe traîne dans l'atelier conditionnement... J'ai de quoi me faire un peu d'argent.

— Mon avocat s'est déjà chargé de communiquer sur le sujet, lâchai-je en haussant les épaules. La presse s'en fiche. Je suis déjà de l'histoire ancienne. Il va falloir te trouver un autre plan pour arrondir les fins de mois !

— Bonne stratégie : jouer la carte du mec normal et repentant... Combien prend ton avocat pour une heure ?

— L'équivalant de trois coffrets à cigares.

Jonah émit un sifflement admiratif. Il n'avait sûrement jamais fumé un seul cigare de sa vie, et son avocat devait être un de ces jeunes idéalistes gratuits et commis d'office. Une sonnerie stridente nous annonça la fin de notre pause à l'air libre.

— J'ai atelier lecture, annonçai-je en me dirigeant vers la salle dédiée.

— Je te suis. J'y suis inscrit aussi.

Même si Jonah n'était pas un ami, c'était réconfortant de l'avoir près de moi. Il savait qui j'étais mais s'en fichait ; il se moquait de mon argent et de ma vie à l'extérieur, mais ne m'avait jamais demandé si j'étais vraiment innocent. Il m'aidait à survivre ici et à ne pas finir fou furieux. Et rien que pour ça, je n'étais que gratitude à son égard.

La salle où devait se tenir l'atelier était verdâtre du sol au plafond. À croire qu'un missile de peinture kaki avait explosé dans toute la pièce. Les murs étaient percés de vasistas hauts et sales, filtrant la lumière du jour. Dans un coin, une dizaine de cartons étaient empilés et, au milieu de la salle, deux tables étaient collées l'une à l'autre, entourées de quelques chaises.

Je grimaçai en sentant l'odeur de désinfectant et de moisissure qui imprégnait la pièce. J'avais envie d'ouvrir une de ses vieilles fenêtres rouillées pour laisser de l'air frais s'y engouffrer. Un gardien se positionna près de l'une des portes, pendant que douze détenus, sales et au parfum douteux s'installaient sur les chaises.

Je restai collé contre le mur, à proximité des cartons et de la deuxième porte, observant mes acolytes faire la conversation. Ils s'installèrent dans un brouhaha désagréable, tandis que j'attendais avant de m'asseoir. J'échangeai un coup d'œil fugace avec Jonah, constatant qu'il avait gardé une chaise vide près de lui.

La porte par laquelle nous étions entrés fut verrouillée. Les conversations reprirent, entrecoupées de rires gras et de grognements. Certains de ces mecs n'avaient sûrement jamais ouvert un livre. Je doutais même qu'ils sachent déchiffrer l'alphabet. Pour autant, nous étions tous ici pour la même raison : faire bonne figure pour sortir au plus vite.

L'autre porte – celle qui donnait vers l'extérieur et la liberté – s'ouvrit en grinçant sur ses gonds. La lumière des néons du couloir éclaira le kaki, pendant que notre intervenante entrait dans la pièce. Je suivis sa silhouette des yeux. Elle était chaussée de baskets bleu nuit, les jambes enserrées dans un jean noir et les fesses à peine camouflées par un ample gilet en mohair bleu.

Dans son sillage, je devinais des effluves de jasmin et cela suffisait à rendre cette pièce plus agréable et douce. Je me redressai, l'observant prendre une chaise et embrasser mes codétenus du regard. Au milieu de la crasse et de la puanteur, elle détonnait par son visage avenant et son sourire discret.

Je me surpris à reprendre mon souffle, captivé par cette fille lumineuse malgré les ténèbres. À entendre les sifflements et les remarques salaces dans la pièce, je n'étais pas le seul à l'avoir remarquée.

Nullement décontenancée, elle balaya la pièce des yeux, ravala une grimace et finit par accrocher mon regard pendant quelques secondes. Ses joues prirent une délicieuse coloration rose, ses mains se crispèrent sur son carnet, pendant qu'au milieu du chaos de cet endroit, je sentais une vague de calme m'envahir.

Elle s'éclaircit la gorge et laissa échapper un petit soupir par ses lèvres entrouvertes. J'étais tenté de m'asseoir, mais de ma place, j'avais tout loisir de l'observer et de compter le nombre de fois où je verrais sa fossette sur la joue gauche apparaître.

Je me promis de remercier James. Il avait eu une idée fabuleuse.

Chapitre 6

Violette

— Comment ça tu es au fond de ton lit ? hurlai-je dans mon téléphone.

— J'ai la grippe, répondit Liam d'une voix enrouée et faiblarde.

— La grippe ? En août ?

— Tu as vu la météo dernièrement ? m'interrogea-t-il.

Je levai les yeux vers le pare-brise de la voiture. Il pleuvait à nouveau. Encore. Et cela durait depuis des jours. Les températures étaient anormalement fraîches, m'ayant forcée à ressortir gilets et pulls de l'automne en avance.

Plus loin, le bâtiment de la prison s'élevait. Les murs d'enceinte, habituellement gris clair, semblaient désormais anthracites, rendant l'endroit encore plus sinistre. Après le mail d'acceptation du directeur, j'avais programmé au plus vite un premier atelier. Je craignais qu'il ne change d'avis si je traînais trop. Liam, un ami et l'un des premiers à m'avoir aidée dans l'association, devait m'accompagner.

En temps normal, être seule ne m'aurait pas dérangée. J'aurais improvisé. Mais j'allais être confrontée à une dizaine de prisonniers hommes dans une pièce sûrement aussi chaleureuse qu'une chambre froide, et cela me dévorait de nervosité.

— Appelle quelqu'un d'autre, proposa Liam entre deux quintes de toux.

— C'est trop tard. L'atelier commence dans vingt minutes.

— Eh bien reporte !

— Hors de question. J'ai fait des pieds et des mains pour franchir ces murs, le directeur se servira de n'importe quel prétexte pour revenir sur sa décision.

— Je suis désolé, Violette. Mais, là, je suis incapable de me lever et je ne voudrais pas qu'on me reproche d'avoir contaminé toute une prison.

Je basculai notre conversation sur le haut-parleur, cherchant mon bloc-notes dans mon sac à main. L'atelier devait durer une heure et j'avais prévu un déroulé adapté à la population que j'allais rencontrer. Liam était là pour animer la deuxième partie de l'atelier ; mais surtout, il devait veiller sur moi. Je n'étais ni inconsciente, ni dupe : une femme seule devant douze prisonniers, j'allais forcément être une petite attraction.

— Tu peux le faire, Violette. Je t'assure. Tu l'as déjà fait des dizaines de fois et c'était très bien !

— C'est différent, Liam. Tu le sais. Cette prison est horrible et angoissante. C'est comme si j'étais la fille dans les films d'horreurs qui va se promener seule à la cave !

— Tu n'auras pas de tueurs en série en face de toi.

— Je ne crains pas les détenus, Liam. C'est cet endroit qui est sinistre, murmurai-je.

À nouveau, je regardai la prison. Pendant ma rencontre avec le directeur, j'avais joué les filles fortes et déterminées. Dès que j'avais franchi la dernière porte d'enceinte en acier, un sentiment diffus de malaise m'avait saisie, grignotant le creux de mon estomac et s'insinuant dans mes pensées. Même à l'air libre, je me sentais bancale, comme si cet endroit avait gardé une partie de moi en otage.

Désormais sur le point d'y retourner, je me demandais si j'allais pouvoir en sortir indemne, ou si la prison et son atmosphère gluante et nauséabonde allait encore prendre un morceau de mon âme.

— Rien ne te force à le faire, Violette. Personne ne t'en voudra et...

— Je dois y aller, Liam. J'ai trop lutté pour avoir gain de cause. Et moi, je pourrai sortir d'ici une heure, ces hommes là-dedans...

Rien n'avait de sens. La prison m'attirait autant qu'elle me répugnait. Il y avait l'association, bien sûr, mais cette fois, c'était différent, loin de mes ateliers avec les adolescents ou de mes interventions auprès des personnes âgées.

— Respire un bon coup, Violette. Promis, je ferai le prochain avec toi !

Une nouvelle quinte de toux emporta Liam, et je coupai la communication. La pluie fine cessa et un maigre rayon de soleil perça les nuages pour éclairer la prison d'une douce clarté. Peut-être que c'était un signe, m'indiquant que tout allait bien se passer. Toujours aussi nerveuse, je remballai mon bloc-notes dans mon sac et sortis de la voiture.

Le cœur battant et les mains moites, je franchis un à un les contrôles de sécurité. Les gardiens avaient toujours ce regard moqueur et je me demandais maintenant si toute cette histoire était une vraie bonne idée. D'après ma mère, j'étais une fille passablement têtue et incapable d'admettre mes torts. Je me rendais compte maintenant qu'elle avait peut-être raison : j'avais harcelé le directeur de mails, j'avais dégainé mon nom pour avoir gain de cause et j'avais agi comme si la prison était un endroit comme un autre.

Ce n'était pas le cas. Tout ici était gris et terne. Les quelques fenêtres étaient couvertes de poussière et empêchaient la lumière du jour de percer, les gardiens avaient oublié ce que signifiait sourire et, le pire, c'était ce parfum persistant d'humidité et de rance. Ça me collait à la peau et m'avait coûté un long bain moussant pour tenter de m'en débarrasser après ma première visite.

— Vous devez patienter ici, m'informa un gardien. Le temps qu'on fasse rentrer les prisonniers de l'autre côté.

Je m'installai sur une des chaises en plastique, tentant de canaliser ma respiration. J'avais le trac comme rarement je l'avais eu. Je connaissais pourtant mon déroulé de session par cœur, je savais par quoi j'allais commencer, quel thème j'allais aborder. Toute cette préparation aurait dû me rassurer.

Pourtant, j'envisageais maintenant de tout jeter à la poubelle et de laisser le champ libre aux participants, leur offrir un peu de liberté au milieu de cette atmosphère glauque.

— Mademoiselle Cosgrove. Quel plaisir de vous voir ici !

La voix du directeur, un peu trop chantante, me tira de mes pensées. Je me levai et pris sa main molle dans la mienne, me mordant la langue pour retenir la première réponse qui me venait. Venir animer un atelier restait un plaisir, le rencontrer, lui, était plutôt une vraie calamité.

— Monsieur le directeur. Merci d'avoir permis à mon association de trouver une place entre ses murs, dis-je poliment.

Mon sourire était aussi factice que le sien. J'étais là grâce à mon nom. Même sans le dire, il espérait qu'il lui ouvrirait des portes. C'était un vrai jeu de dupe : j'avais toujours refusé de m'en servir pour obtenir des passe-droits ; je n'allais certainement pas l'utiliser pour lui. Mais, tant qu'il l'espérait, je pourrais intervenir ici.

— Vous êtes venue seule ? demanda-t-il.

— Oui. La personne qui devait m'accompagner est malade. J'assurerai cette première session toute seule. Vous allez y assister ?

Dis non, dis non, dis non !

— Non. J'ai des réunions, malheureusement, qui m'empêchent de me rendre à cette séance.

— J'espère vous y voir une prochaine fois, dis-je sans masquer ma satisfaction.

Il n'y avait aucune chance que ce type s'abaisse à être dans la même pièce que les pensionnaires de son établissement. Il avait une trop haute opinion de lui-même pour fricoter avec des détenus.

— Je verrai si mon agenda le permet.

J'avais si souvent entendu cette phrase quand j'étais une enfant, puis une ado, qu'elle me tira un sourire. Son agenda ne permettait pas à mon père d'assister aux spectacles de classe, aux réunions de parents, et encore moins à la remise des diplômes. J'avais l'habitude de ce type d'excuse.

— Avez-vous examiné ma requête ? l'interrogeai-je.

Devant le gardien, le directeur se dandina d'un pied sur l'autre, mal à l'aise. Après avoir obtenu l'accord de l'administration pénitentiaire pour l'association, j'avais échangé plusieurs mails pour l'organisation avec sa secrétaire et le responsable de la sécurité. Le dernier message concernait les règles strictes qu'imposait la prison et qui limitait ma marge de manœuvre.

— Je suis certaine qu'on peut trouver une solution, continuai-je.

— Les instructions sont très claires : les détenus ne peuvent rien rapporter de l'extérieur dans leurs cellules.

— On parle de livres, pas d'armes de destruction massive. Ou même de lime à ongles ! Les prisonniers sélectionnés purgent des peines courtes.

En guise de réponse à ma plaisanterie, j'eus le privilège d'un sourire pincé. Il jeta un coup derrière moi, à l'endroit où se tenait un gardien. Céder à ma demande allait sûrement écorner son image de directeur implacable et garant des règles.

— De l'avis général, la lecture apporte de l'apaisement, argumentai-je. Je n'y vois pas de risque particulier.

— Il s'agit des règles, mademoiselle Cosgrove. Nous tenons à garder une certaine discipline. Y déroger reviendrait à accepter de futures concessions.

— Le but de notre association est aussi de les aider dans la réinsertion. Un homme aussi expérimenté que vous doit avoir à cœur d'aider ces hommes afin de limiter le risque de récidive.

Son masque professionnel et inflexible se fendilla légèrement. Je risquai un large sourire, espérant oublier rapidement le ton mielleux que j'avais employé. Je détestais minauder, mais je me souvenais parfaitement des conseils de Rita. Avec son tempérament traditionnel, il devait apprécier que je le valorise... et que je m'abaisse à lui demander une faveur.

— Je pense que nous devrions faire au moins un essai, ajoutai-je. Tous les livres apportés sont des classiques de la littérature. À mon avis, lire un Shakespeare ne fait jamais de mal. Et nous pourrons ensuite en parler à la presse, afin de promouvoir vos actions.

C'était une promesse en l'air. J'avais toujours refusé de m'exprimer face à des journalistes. De nombreuses fois, mon père s'était servi de ses relations pour voir fleurir des articles élogieux tant sur l'homme d'affaires à la réussite insolente que sur le bon père de famille proche de ses enfants. Avec mes frères, nous avions une collection de photos ahurissantes, où nous posions autour de lui, dans notre salon, fraîchement et nouvellement décoré à chaque fois. Ça m'avait dégoutée des relations publiques et m'avait fait comprendre que ma famille ne valait pas plus que de la pacotille.

Le directeur poussa un lourd soupir, puis jeta un coup d'œil derrière moi, à l'endroit où un des gardiens devait être posté. Il se pencha vers moi, comme s'il préparait un complot d'ampleur.

— Je crois en effet que nous pouvons... faire une exception, murmura-t-il.

Nous échangeâmes un sourire, aussi faux l'un que l'autre. Je ne savais plus trop qui manipulait qui.

— Ils sont prêts, nous informa un gardien.

En tendant l'oreille, je pouvais entendre des éclats de voix et le son diffus de conversations. Mon trac refit son apparition, me forçant à serrer mon bloc-notes plus fort contre moi. Le directeur me tendit à nouveau la main, et ce fut une épreuve de la serrer. Il s'éclipsa l'instant suivant, me laissant seule avec le gardien.

— Il y a un autre surveillant à l'intérieur. En cas de problème, il interviendra et je devrai vous exfiltrer de la pièce.

Je hochai la tête. J'avais lu les consignes de sécurité deux fois et j'avais aussi signé une décharge de responsabilité en cas d'incident. Je connaissais parfaitement le protocole.

— Pour votre sécurité, pas d'informations personnelles, pas de contact, pas d'échange écrit d'aucune sorte.

— Je connais les règles, dis-je en affichant un visage confiant.

— Parfait. Dans cinquante-cinq minutes, je rentrerai dans la salle. Mon collègue fera sortir les prisonniers en premier par l'autre porte. Je vous escorterai ensuite jusqu'à la sortie.

— Les détenus sont autorisés à prendre un livre en cellule, l'informai-je.

— Parmi ceux qui ont été livrés hier ?

— Le directeur vient de donner son accord. Vous voulez lui demander confirmation ?

Le gardien esquissa un bref sourire. C'était inattendu et inédit. Pour la première fois depuis que je fréquentais cet endroit, j'eus la sensation que la couche de glace impénétrable et opaque qui cernait les lieux connaissait une première fissure.

— Le grand pouvoir des livres, dis-je tandis que le gardien déverrouillait la porte.

— Ce n'est pas ce que j'ai vu.

Son sourire se fit plus franc et chaleureux. Cela me rassura un peu et me donna la force de franchir le seuil de la salle sans trembler.

Les yeux rivés sur une des chaises libres, je traversai la pièce d'un pas décidé. À peine assise, l'odeur répugnante de l'endroit me fit plisser le nez. Rien n'était agréable ici : les murs verdâtres auraient donné mauvaise mine à un cadavre ; l'éclairage de la pièce était trop cru et les rares fenêtres qui auraient pu rendre l'endroit plus vivable semblaient ne pas avoir été nettoyées depuis quinze ans.

Je balayai des yeux les participants à mon atelier. J'avais l'habitude d'avoir un public silencieux, voire intimidé. Ici, c'était l'inverse. Les participants me reluquaient avec insistance et ne prenaient même pas la peine de murmurer leurs commentaires déplacés. Tout le monde m'avait prévenue, mais cela ne m'empêcha pas d'être embarrassée. Entre leurs regards curieux et sombres, et leurs allures sinistres, j'avais la sensation d'être un morceau de viande sur un étal.

Malgré tout, une dernière silhouette attira mon regard : à l'écart des autres prisonniers, son corps musclé et athlétique appuyé contre le mur, visiblement plus jeune que la majorité des participants. Une tempête semblait couver dans ses yeux gris. Il me scrutait avec une telle intensité que je m'agitai sur ma chaise, ma poitrine comprimée par un mélange de stress et de curiosité.

Un bruit de chaise raclant le sol me força à détourner le regard. Mais, très vite, incapable de me contenir, je pivotai doucement vers ces mystérieux yeux d'un gris magnétique. Il soutint mon regard, ténébreux et déterminé. Contrairement aux autres prisonniers, il n'y avait pas cette lueur vicieuse et désagréable dans ses iris. La gorge serrée, je sentis mon cœur s'emballer et mon visage rougir. Soudainement, mon gilet me tenait trop chaud et j'étouffais dans cette pièce.

Putain de merde.

— Bonjour à tous !

Ma voix n'était qu'un maigre filet enroué. Les mains cramponnées à mon bloc-notes, je m'éclaircis la gorge. Au milieu du brouhaha de leurs conversations, il n'y avait aucune chance qu'ils m'aient entendue.

Je jetai un nouveau coup d'œil vers l'homme debout contre le mur. Un sourire flottait sur ses lèvres, comme si la situation l'amusait. Je me tendis sur ma chaise, déstabilisée et impuissante. Tout m'échappait, et je n'avais jamais rien ressenti d'aussi contradictoire : je voulais autant quitter cette pièce pour fuir l'atmosphère étouffante qu'y rester pour sentir son regard troublant sur moi.

— Bonjour à tous, répétai-je d'une voix plus forte.

Les conversations continuèrent et quelques rires fusèrent. Ça allait être plus difficile que ce que j'avais imaginé.

Alors que je me demandais comment j'allais pouvoir me faire entendre, je devinai le regard du prisonnier aux yeux gris sur moi. Un picotement agréable courut sur ma peau tandis que, dans un élan de courage, je retrouvais ses iris. Il avait toujours les bras croisés sur sa poitrine. Nos regards s'accrochèrent, et ses lèvres s'étirèrent dans un sourire d'encouragement.

Je repris mon souffle, soulagée d'avoir un peu de soutien.

— Si vous êtes prêts, nous allons pouvoir commencer cet atelier ! Je vous propose de...

À mon grand désarroi, le bourdonnement des conversations ne cessa pas. Je jetai un coup d'œil vers le gardien, impassible. J'allais devoir trouver une autre solution pour gagner ma place. Je me tournai vers mon unique soutien. Son sourire s'était effacé et il abandonna son allure défensive pour se redresser. Il toisa le groupe de participants devant moi et se dirigea vers les cartons de livres empilés dans un coin.

Un début de panique me saisit. Même si je sentais une inexplicable attraction pour cet homme, je ne connaissais rien de lui. Et il était en prison. Je n'avais aucune idée de la raison de sa présence ici, tout comme je n'avais aucune idée de ce qu'il allait faire avec mes livres. Tétanisée, je suivis sa silhouette du regard : son pantalon réglementaire bleu foncé tombait sur ses hanches et sa chemise dans le même ton laissait apparaître un t-shirt grisâtre. Sa démarche était assurée et... élégante.

J'étais de plus en plus troublée et dévorée de curiosité.

Il se saisit de l'un des cartons, le souleva et avança dans ma direction, ses yeux rivés aux miens. Je retins mon souffle, mon corps en ébullition et mes pensées dispersées. Je ne faisais même plus attention aux autres participants, je ne regardais que cet homme qui marchait dans ma direction portant un lourd carton, complètement hypnotisée.

Parvenu à ma hauteur, il esquissa ce même sourire mystérieux et complice auquel je répondis. Il leva un sourcil et, soudainement, il laissa tomber le carton au sol. Dans la pièce quasiment vide, le son percuta les murs, le sol, le plafond et même ma chaise vibra sous mes fesses.

Les conversations s'arrêtèrent aussitôt pour laisser place à un silence apaisant.

— Merci, murmurai-je.

L'inconnu me gratifia d'un hochement de tête avant de regagner son coin de mur. Je posai mon carnet au sol, consciente que mon déroulé ne tiendrait plus maintenant.

— Bonjour à tous ! lançai-je de ma voix la plus enjouée. Nous allons pouvoir commencer cet atelier.

J'entendis quelques ricanements et une nouvelle bouffée de chaleur d'embarras me saisit. D'un geste vif, je finis par me lever et je retirai mon gilet. J'ajustai mon haut et récoltai des sifflements d'appréciation. Pendant une seconde, j'envisageai de simuler un malaise pour prendre la fuite. Mais renoncer n'était pas à l'ordre du jour.

Je pris une profonde inspiration et leur fis face.

— Messieurs, je vous remercie pour vos compliments. Néanmoins, je pourrais vous suggérer quelques ouvrages classiques romantiques pour améliorer tout ça !

Malgré moi, mon regard se porta sur le prisonnier qui m'avait aidée. Ses yeux avaient pris une teinte plus claire, comme si l'orage s'était éloigné. Il m'observait. Ou, parce que je percevais une pointe de douceur dans ses iris, peut-être veillait-il sur moi. Peu importait, cela suffit à m'insuffler une dose de courage pour affronter la suite.

— Je m'appelle Violette. Vous êtes libres de me donner vos prénoms si vous le voulez.

Quelques prénoms fusèrent, mais le prisonnier aux yeux gris ne descella pas les lèvres. Une pointe de déception me piqua l'estomac. Son silence attisait ma curiosité. Ce n'était pas parce qu'il était à l'écart que je l'avais remarqué, ce n'était pas à cause de ses cheveux bruns ébouriffés, ni parce qu'il m'avait aidée, ni encore parce qu'il était... insoutenablement beau. C'était parce qu'il détonnait. Son attitude, son regard, ses parfaites mâchoires sculptées : tout cela masquait mal la révolte sombre et intérieure qu'il contenait. Je redirigeai mon attention vers les participants de l'atelier et donnai ma consigne d'une voix assurée.

— Nous allons commencer : j'ai apporté plusieurs cartons de livres. Il y a des classiques, essentiellement. Je vous propose d'en choisir un, en fonction du titre ou de la couverture.

Je pivotai vers le mur et adressai un sourire à l'inconnu.

— Pouvez-vous apporter les cartons près de moi ?

En silence, il s'exécuta, les déplaçant avec aisance. Il prit soin d'éviter mon regard et je ravalai un début de frustration. Les participants se rassemblèrent autour des livres et s'agitèrent sur le choix qu'il devait faire, tandis que l'homme qui m'avait aidée s'éloignait à nouveau.

— Vous devez prendre un livre, lui indiquai-je. Comme ça, vous pourrez participer à la suite de l'atelier.

— Choisissez pour moi, répondit-il d'une voix enrouée.

Une vague de douce chaleur courut le long de mon dos. Son regard fixa le mien et pendant une courte seconde, j'en oubliai que j'étais dans une prison et que respirer pouvait me maintenir en vie.

Putain de bordel de merde...

— Je ne peux pas, dis-je d'une voix fébrile. C'est un choix personnel, en fonction d'un titre ou d'une couverture qui vous attire plus particulièrement.

Il passa une main dans ses cheveux, avant de rejoindre le groupe, à la recherche d'un ouvrage. Après dix minutes d'agitation, chacun reprit sa place et l'inconnu s'installa à quelques chaises de la mienne. Du coin de l'œil, je vis qu'il avait jeté son dévolu sur un Toni Morisson. Cela me tira un sourire. *Beloved* avait toujours été un de mes livres favoris.

Les conversations reprirent et je me sentis à nouveau désarmée.

— La ferme, proféra l'inconnu.

— Toi, la ferme, rétorqua aussitôt un des prisonniers.

Les conversations reprirent, plus fortes, me laissant encore plus désemparée. Le cœur battant la chamade, je vis le prisonnier aux yeux gris traverser la salle, le regard rivé sur l'homme qui avait répondu. Son visage était dur, ses lèvres pincées et son attitude belliqueuse. J'ouvris la bouche pour tenter de l'arrêter, mais c'était déjà trop tard.

Le prisonnier qui m'avait aidée soulevait déjà l'autre par l'arrière du col et le repoussait contre le mur. Ce dernier étouffa un cri douleur quand son dos percuta le béton.

— La ferme, répéta-t-il, ses yeux gris flamboyants de rage.

En voyant les gardiens, il le lâcha, le laissant reprendre son souffle et retraversa la salle d'un pas vif, faisant tomber, au passage, la chaise sur laquelle son adversaire était assis.

Le silence se fit. À en croire les regards surpris échangés entre prisonniers, ça ressemblait plutôt à de la sidération. Je profitai de ce moment de flottement pour reprendre la parole et tenter de mener mon atelier.

Si je parvenais à ne pas laisser mes yeux s'égarer sur une paire d'yeux gris, je pouvais le faire.

— Est-ce que l'un de vous veut nous expliquer son choix ?

J'avais réussi. J'étais parvenue à animer les deux séquences et les participants avaient eu l'air aussi surpris que moi quand un des gardiens avait annoncé la fin de l'atelier. Comme je l'avais prévu, ils avaient tous été contents de pouvoir garder leurs livres jusqu'à ma prochaine intervention dans une semaine.

J'avais récolté des sourires, trois ou quatre compliments – aux antipodes des compliments de début de séance sur mes seins ! – et quelques promesses d'autres participations. Ce fut donc avec un large sourire et un profond soulagement que je retrouvai ma voiture. Cet atelier me confortait dans mes choix de vie et de carrière.

Et ce n'était pas les cinq appels en absence de ma mère qui allait me gâcher ma réussite.

Pourtant, alors que je sortais du parking pour retrouver le café-librairie, le visage de l'inconnu persista. Ses yeux gris, son attitude impénétrable, son magnétisme, sa voix rauque et profonde, son sourire fugace qui diffusait une douce chaleur sur ma peau. Cet homme était comme un vieux livre, au parfum d'encre entêtant.

Un coup de klaxon rageur me tira de mes pensées envahissantes. J'écrasai la pédale de frein aussi fort que possible, et ma voiture s'immobilisa au beau milieu d'un croisement. Quand je relevai les yeux, je compris pourquoi un second conducteur klaxonnait : j'avais brulé un feu.

— Putain de merde, marmonnai-je.

Chapitre 7

Hamilton

— Je pensais qu'on avait touché le fond, mais ils parviennent à rendre la nourriture de plus en plus immangeable ! dit Jonah en repoussant son plateau.

— Je sais. J'ai trouvé une mouche dans la purée, répliquai-je en désignant mon déjeuner quasiment intact et d'ores et déjà abandonné.

La cantine semblait se dégrader un peu plus à chaque repas. En quelques semaines, j'avais déjà perdu du poids et je puisais dans mes réserves pour tenir le coup. À l'occasion, James parvenait à faire entrer des gâteaux, que je dévorais le temps du parloir.

Je jetai un coup d'œil à l'horloge pour la centième fois de la journée. Et depuis ce matin, je constatai que les minutes s'éternisaient de plus en plus. Avec l'enfermement, la notion de temps était tordue : les jours me paraissaient interminables, minés par un ennui profond et une colère persistante ; quant aux nuits, au mieux, elles ne m'offraient qu'un répit trop court et, au pire, me permettaient de ruminer davantage.

Aujourd'hui, le temps semblait même s'être arrêté.

Jonah prit sa pomme et croqua dedans avec énergie.

— Tu sais, je crois que quand je vais sortir d'ici, je vais m'offrir le hamburger le plus gras possible, avec supplément œuf et bacon, dit-il la bouche encore pleine. C'est même le premier truc que je ferai !

Sa remarque me tira un sourire. Avec ses joues rondes et son large sourire, il donnait la sensation d'avoir dix ans. Parfois, il réfléchissait aussi comme un gamin de cet âge.

— Tu as des nouvelles de ton avocat ? l'interrogeai-je.

— Pas vraiment. Mais il faudrait que je travaille ma réinsertion. Genre, ce que je vais faire à l'extérieur, où je vais vivre... Le juge veut savoir si je vais finir par me ranger.

À nouveau, mes yeux se portèrent sur l'horloge. Jonah continuait de parler, mais je ne l'écoutais plus vraiment. À force, j'avais fini par faire abstraction du bruit autour de moi, parvenant à m'isoler au milieu de la foule.

Pendant que je fixais les aiguilles de l'horloge comme si je craignais qu'elles disparaissent, Jonah finit par me donner un coup de coude dans les côtes. Avec un grognement, je sortis de mes pensées.

— Tu sais que si tu vas dans la cour, tu as une chance de la voir, lâcha-t-il avec son sourire de gosse.

— De quoi tu parles ? grommelai-je.

— Tu as les yeux rivés sur l'heure depuis ce matin. Ton avocat est venu hier, donc ce n'est pas lui que tu attends.

Jonah marqua une pause, attendant que je réagisse. Malgré moi, je jetai un coup d'œil vers l'horloge. Quand je pris conscience de mon geste, je poussai un lourd soupir : la prison était en train de me détraquer ; en temps normal, à l'extérieur, je parvenais à conserver un visage de marbre en toutes circonstances. Je n'avais pas l'habitude qu'on devine mes pensées. On me disait impassible, voire imperturbable.

Ce n'était plus le cas. J'avais vu une fille pendant une heure et je lui avais à peine parlé. C'était incompréhensible et je ne cessais de me dire que c'était parfaitement irrationnel. Et aussi certainement dû à l'enfermement et au manque de distraction.

— Donc, j'ai raison, claironna Jonah avant de mordre à nouveau dans sa pomme.

— Raison sur quoi au juste ? demandai-je, tout en connaissant déjà la réponse.

— Le seul truc prévu aujourd'hui, c'est l'atelier lecture. Et tu as ton livre juste ici.

À la vue du visage triomphant de Jonah, je serrai les dents, détestant être aussi transparent. Ma colère bouillonnante ne me permettait plus d'afficher un masque indifférent en permanence.

— Dans une demi-heure, c'est ça ? fit-il en vérifiant l'heure à son tour.

Je me retins de le corriger. Vingt-sept minutes précisément. Vingt-sept longues minutes. J'aurais aimé dire que j'étais juste impatient. Mais c'était plus que ça : j'étais tendu et agité. Là encore, cela ne me ressemblait pas.

— Comme je le disais, si on sort maintenant dans la cour, tu as une chance de la croiser, proposa Jonah.

— Qu'est-ce que tu racontes ?

— La fille, expliqua-t-il. Vu l'heure de son atelier, le temps qu'elle passe les contrôles de sécurité et qu'elle remonte les kilomètres de couloir vers notre salle. À mon avis, elle ne va pas tarder à arriver.

— Violette, corrigeai-je.

— Tu as même retenu son prénom, se moqua-t-il. Tu vas lui envoyer des fleurs ?

— Je crois que j'ai loupé la boutique planquée quelque part ici, répondis-je dans un rire.

— Ton avocat connaît sûrement le meilleur fleuriste de la région. Et je lui donne moins d'une heure pour trouver l'adresse de la fille.

— Violette, le corrigeai-je à nouveau.

— Violette. Selon moi, elle est en train de se garer. Et donc logiquement, elle va prendre...

— L'entrée nord.

— Exactement !

Les yeux de Jonah brillaient d'excitation, et son visage rond rayonnait de triomphe. Cela suffit à me tirer un rire. On aurait dit un gosse ravi de son plan parfait pour commettre une bêtise. J'étais partagé : une part de moi – la part irrationnelle – voulait dégager au plus vite de ce banc pour rejoindre la cour et sa vue imprenable sur l'entrée nord, quand mon côté rationnel me sermonnait pour que je ne me comporte pas en groupie stupide.

Je n'eus pas le temps de prendre une décision. Déjà Jonah se levait et m'assénait une claque dans le dos.

— Viens, on va prendre l'air ! Il nous reste vingt-six minutes, non ?

À nouveau, il parvint à me tirer un sourire. Je le suivis dans le couloir menant à la cour, sous le regard méfiant des gardiens. Le ciel couvert et les bourrasques me donnèrent la sensation que septembre était arrivé plus tôt que prévu. Quelques feuilles volaient dans la cour, s'accumulant dans un coin du grillage. Jonah s'appuya contre l'un des murs du bâtiment et, d'un geste de la main, m'invita à l'imiter.

— Tu me surprends, fit Jonah, alors que j'avais les yeux rivés sur le parking visiteur.

— Pour quelle raison ?

— Je ne pensais pas que c'était ton genre. Elle semble… normale. Je te voyais plutôt avec une grande brune élancée, piquante, jambes interminables, talons vertigineux et poitrine refaite.

J'arquai un sourcil stupéfait. Jonah était perspicace. L'avantage avec ce type de femmes, c'était qu'elles étaient interchangeables à l'infini. Je passais une soirée ou un week-end avec elles et, dès le lundi, elles se réveillaient nues et seules entre mes draps, avec suffisamment d'argent pour se payer un taxi et de nouveaux sous-vêtements.

— En effet, murmurai-je en guise d'aveu.

— Et donc… la fille aux livres ? Ni élancée, ni piquante, et sa poitrine semble…

— Pas de commentaires sur sa poitrine. Et c'est Violette, lui rappelai-je.

— Elle est gentille, dit Jonah avec sincérité. Genre, sainte ou un truc du genre.

— Un truc du genre ? répétai-je.

— Elle a osé franchir cette porte pour animer des ateliers avec des prisonniers. Et elle a convaincu le directeur de nous laisser partir avec nos livres.

— Vraiment ? D'où te vient cette information ?

— J'ai entendu des gardiens en parler. Paraît que c'était particulièrement jouissif à voir.

Je tentai d'imaginer la scène entre Violette, douce, polie et gracieuse affrontant le directeur de la prison avec son air suffisant et son odeur tenace de tabac froid. Cela suffit à me faire sourire. Sous ses airs inoffensifs, Violette avait donc du tempérament.

Et cela aiguisait encore plus ma curiosité.

— Tu comptes l'aborder ? demanda Jonah.

— Au cas où tu ne l'aurais pas remarqué, nous sommes dans une prison.

— Et ?

— Et je suis un prisonnier.

Jonah éclata de rire, attirant sur nous tous les regards. Je gardai mon attention sur le parking, me demandant si Violette n'était pas déjà entre ces murs.

— Tu es un Monroe, mec. Hamilton Monroe. À mon avis, ça suffit à attirer l'attention des saintes… et des pécheresses, expliqua-t-il.

— Je ne compte pas donner mon nom, ici. Et si cette fille est effectivement une sainte, elle gardera ces distances avec cet endroit. Et avec nous, ajoutai-je dans un murmure contrarié.

L'une des portes de la clôture émit un lourd grincement, interrompant notre conversation. Les yeux rivés sur l'allée qui longeait le grillage d'enceinte, je ravalai ma déception en voyant un homme blond aux cheveux courts avancer à grandes enjambées. Il portait un carton encombrant et manqua de trébucher sur un caillou.

— Eh bien apparemment, pas de sainte aujourd'hui ! fit Jonah en haussant les épaules.

Il se redressa dans la foulée pour rejoindre la salle où devait se dérouler l'atelier. Je gardai les yeux sur cette fameuse allée, scrutant le gravier et le voile de poussière que soulevait le vent. Je n'avais pas expérimenté beaucoup de déceptions dans ma vie, mais celle-ci avait un goût amer. Renfrogné, je lui emboîtai le pas. Participer à cet atelier était indispensable pour obtenir une libération plus rapide : il fallait que je me concentre sur cet objectif, et uniquement celui-ci.

En une semaine, rien n'avait changé. La salle était toujours aussi verte que l'herbe et l'odeur aussi tenace qu'ignoble. Nous avions perdu deux participants et, surtout, à la place de la fille aux livres, se tenait l'homme que j'avais vu dehors.

Le bruit de fond des conversations cessa quand il prit la parole d'une voix forte.

— Bonjour à tous, je m'appelle Liam.

— Où est la fille ? demanda un détenu avec un rire gras.

— Je note une belle énergie sur la gauche, remarqua Liam avec un sourire poli. Ça tombe bien, aujourd'hui on va vous laisser prendre la parole ! Mais, avant ça, je vous propose de rendre les livres de la semaine dernière et d'en reprendre un.

Je fixai le livre entre mes mains, hésitant à le restituer. Je fis défiler les pages avec mon pouce, avant de tapoter nerveusement mes doigts contre la couverture cartonnée. Dans un coin de la pièce, les détenus s'agitaient autour des cartons. Je savais que ce n'était pas pour les livres, c'était parce qu'on leur laissait la liberté de faire un choix.

Forcément, cela les enthousiasmait.

Je restai sur ma chaise, ruminant ma colère sourde. C'était une sensation familière. Mais aujourd'hui, dans cette salle, elle avait aussi le goût désagréable de la déception. La fille aux livres n'était pas là et cela me contrariait plus que cela ne devrait.

Et ce qui me contrariait encore plus, c'était que je n'avais aucun moyen de remédier à la situation.

— Vous pouvez aussi le garder une semaine de plus, si vous le souhaitez, reprit notre animateur en me fixant.

Ravalant ma frustration, je m'apprêtai à me lever, quand la porte s'ouvrit dans un cliquetis. Le gardien apparut et, l'instant suivant, la silhouette de Violette, chaussée de talons, se faufila dans la salle. Instantanément, ma mauvaise humeur s'effaça et quand ses yeux noisette trouvèrent les miens, nous échangeâmes un sourire.

Ce seul sourire suffit à me faire oublier ma semaine d'attente - un véritable calvaire - et la déception de ce début d'atelier.

Elle ancra ses yeux dans les miens et se mordilla la lèvre, comme si elle était embarrassée.

— Toutes mes excuses pour le retard, dit-elle.

Je hochai la tête doucement. Je ne savais même pas si je la saluais ou si je la remerciais d'être venue. Mais, au milieu du brouhaha, j'étais convaincu que ses excuses ne s'adressaient qu'à moi. Je soutins son regard pendant plusieurs secondes, ignorant cette salle nauséabonde autant que les autres autour de nous.

Tout ce que je sentais, c'était cette tension lourde et intense, mélange de défi et de fascination. Ses yeux décrochèrent des miens et je retrouvai mon souffle.

— La circulation en centre-ville était impossible, ajouta-t-elle en se tournant vers Liam.

Elle l'embrassa sur la joue, avant que ce dernier ne l'aide à retirer son manteau. Aussitôt des sifflets retentirent et je réprimai un grognement d'agacement. Certains prisonniers regagnèrent leurs places, pendant que d'autres fouillaient toujours les cartons.

— On se calme, messieurs, c'est juste une épaule dénudée, fit Liam en nous jetant un regard sévère.

Je me fichais de l'étincelle d'avertissement dans son regard. Mes yeux restaient sur Violette, sur ses jambes emprisonnées dans un pantalon noir de tailleur et sur son épaule gauche sur laquelle glissait un haut en soie écrue. Dans un autre lieu, on aurait pu penser qu'elle sortait d'une réunion stratégique d'une multinationale bancaire.

Elle retira la pince qui maintenait ses cheveux et la glissa dans son sac. Puis, elle ébouriffa ses mèches et retrouva son carré ondulé un peu bohème.

— Tu as commencé ? s'inquiéta-t-elle.

— Nous étions en train de faire la restitution des livres. D'ailleurs, j'ai rapporté d'autres romans, expliqua-t-il en désignant le carton.

— Super !

Elle se dirigea vers la boîte et je me levai, prêt désormais à abandonner mon livre pour un autre. Je fis de mon mieux pour détacher mes yeux de Violette, pendant qu'elle échangeait quelques mots avec les participants de l'atelier. Malgré tout, je remarquai son sourire chaleureux et son regard pétillant. Violette semblait se ficher de notre statut de prisonnier et de cette salle lugubre : elle nous parlait avec enthousiasme et se permit même d'étouffer un rire quand l'un de nous tenta une plaisanterie.

Je secouai la tête, espérant que cette image de Violette - douce, chaleureuse et à l'épaule sexy foutrement attirante - ne me tourmente pas trop. Durant la semaine passée, malgré mon impatience de la revoir, j'étais parvenu à me convaincre que je l'avais idéalisée, qu'elle n'était pas si attirante, pas si douce, pas si énigmatique.

Je m'étais trompé. Plus je la regardais, plus j'avais envie de plonger dans ses yeux brillants et de connaître ses secrets.

Je déposai mon livre dans un des cartons et fouillai à la recherche du prochain. Ce fut au parfum de jasmin que je compris que Violette était près de moi. Les fesses appuyées contre la table où étaient posés les livres, les mains cramponnées au rebord, elle m'adressa un sourire lumineux. Je fixai ses lèvres ourlées, sur lesquelles elle avait appliqué une touche de brillant, me donnant envie de les dévorer.

Au bout de quelques secondes, elle finit par s'éclaircir la gorge et pencha la tête, comme une mère compréhensive avec son enfant.

— Alors ? fit-elle.

— Alors quoi ?

— Je vous demandais si vous aviez apprécié votre lecture. Un classique de la littérature.

— Je l'avais déjà lu. Y a longtemps. Dehors, précisai-je.

— J'aime à croire qu'un livre peut être une forme de gardien de la mémoire. Au même titre qu'un bibelot ou un bijou. Donc, quand je relis un livre, je me souviens souvent d'où je l'ai lu la première fois, de l'âge que j'avais ou de ce que j'avais vraiment aimé dans le roman.

Je la fixai, décontenancé. Pour moi, un livre n'était qu'un livre ou un objet de décoration en devenir. Pour Violette, cela ressemblait à un bijou précieux renfermant une partie de ses souvenirs, avec son lot de confessions, de rêves et de secrets.

— Enfin, c'est peut-être juste pour moi et...

— Je n'y ai pas réfléchi, dis-je brusquement.

— Malheureusement pour vous, je vais désormais aussi penser à vous quand je verrai ce livre.

Je haussai un sourcil, et ses joues prirent une superbe teinte rouge quand elle prit conscience de ce qu'elle venait de dire. Je réprimai un rire, pendant qu'elle cachait son visage entre ses mains.

— Ce n'est pas ce que je sous-entendais, marmonna-t-elle.

— Vous n'allez pas penser à moi ?

— Si, enfin, non, bafouilla-t-elle.

Elle finit par se taire et je l'entendis reprendre son souffle. Elle écarta ses doigts pour laisser apparaître ses yeux, comme une enfant terrifiée cherchant à vaincre ses peurs. Ses iris trouvèrent les miens. Elle était mortifiée et cela la rendait encore plus touchante.

— Ce n'est pas vraiment ce que je voulais dire, expliqua-t-elle.

— Vous avez l'air d'être passionné par les livres. Vous avez un titre à me proposer ?

Désarçonnée par le changement de conversation, elle prit un temps pour chasser son embarras. Elle se redressa et se tourna vers les cartons, fouillant dans l'un d'entre eux. Je fixai son épaule dénudée qui laissait entrevoir une peau veloutée.

Appétissante. J'étais certain de n'avoir jamais utilisé ce mot pour une femme.

— Puisque vous semblez apprécier les classiques. Pourquoi pas un livre de Poe ?

Elle me tira de mes pensées scabreuses, mais un sourire vorace flottait toujours sur mes lèvres. Elle me tendit le livre, me proposant un classique de l'horreur dans un endroit qui suintait la noirceur. Ce n'était pourtant pas de la maladresse : Violette semblait trop empathique pour commettre un tel impair. Elle était sincère, se fichait que je sois enfermé ici et agissait comme si nous étions dans une librairie à échanger sur nos goûts de lecture.

— J'ai un truc sur le visage ? s'inquiéta-t-elle en captant mon sourire à peine retenu.

— Non. C'est... Rien, répondis-je en prenant le livre de ses mains.

Je frôlai ses doigts et ma peau picota agréablement. Nous nous dévisageâmes, interdits.

— Merci, dis-je dans un souffle.

— Vous me direz ce que vous en avez pensé ?

— Je penserai à vous, répondis-je en rivant mes yeux aux siens.

— Oh, je... je...

— Et c'est tout à fait ce que je voulais dire, insistai-je.

Elle resta immobile et retint son souffle. Je me réinstallai sur ma chaise, mon livre entre mes mains, feuilletant les premières pages. Quelques secondes plus tard, Violette, hésitante, se posta près de Liam et nous offrit un sourire timide. Ce dernier, interloqué, la regarda, comme s'il attendait qu'elle prenne la parole.

— Tout le monde a un livre ? demanda-t-il.

Un concert dissonant de voix lui répondit.

— Bien, nous allons commencer. Violette ?

Elle sursauta et son regard balaya l'ensemble des participants. Elle se remit debout et reprit la parole :

— Aujourd'hui, on va parler tous ensemble de votre premier souvenir de lecteur. Parce que les livres sont comme d'immenses boîtes à émotions. Donc, on va vous demander de parler de vos premiers souvenirs de lecture.

À nouveau, son regard passa sur nous. Son attitude était plus assurée, son sourire plus franc. Et carrément désirable.

— Nous avons un peu moins d'une heure devant nous. Alors, qui veut commencer ? lança-t-elle.

— Le prochain atelier aura lieu la semaine prochaine, lança Liam alors que nous nous levions pour quitter la salle. Donc ceux qui n'ont pas participé cette semaine seront sur le grill lors de notre prochaine séance.

Violette rassemblait les cartons avec application pour les entreposer dans un coin de la salle. J'avais eu du mal à ne pas la regarder pendant l'atelier. Dès qu'elle parlait livre, son visage s'illuminait. Elle ne craignait ni d'affronter le regard des prisonniers, ni de respirer l'air vicié de la pièce.

C'était suffisamment inédit pour me dire qu'elle était courageuse. Ou complètement folle à lier. Et les deux options me plaisaient.

— Allez, on ne traîne pas ! hurla le gardien pour nous faire sortir de la salle.

Je me tournai une dernière fois vers elle, remarquant la manière dont elle ramenait une mèche de cheveux récalcitrante derrière son oreille. Quand elle leva les yeux vers moi, son carton rempli entre les bras, je lui adressai un petit signe de tête.

Pour toute réponse, j'eus le droit à un petit cri de douleur : le fond du carton de livres venait de céder et, à ses pieds, s'amoncelaient une dizaine d'entre eux. Je fronçai des sourcils et, sans réfléchir, m'avançai vers elle. Violette se tenait sur une jambe, massant son autre cheville et gémissant de douleur

— On sort ! hurla le gardien alors que je m'apprêtais à l'aider.

Liam fut plus rapide que moi, me bousculant presque pour faire asseoir Violette sur une chaise.

— Tout va bien ? m'inquiétai-je.

— Vous devez sortir, me rappela Liam.

Violette s'effondra sur la chaise et ses yeux trouvèrent les miens. Son visage était blême, ses lèvres pincées et ses iris avaient perdu de leur éclat habituel. Une main imposante m'agrippa l'épaule et me força à reculer.

— Dehors !

Je trébuchai, mes yeux verrouillés à ceux de Violette, mon épaule broyée par le gardien qui me forçait à sortir de la salle.

Quand la porte de la salle claqua derrière moi, je me libérai d'un geste vif, passablement énervé. Le gardien se contenta de ricaner :

— Crois-moi, Monroe, cette fille est beaucoup trop bien pour toi !

Chapitre 8

Violette

Un bruit de tôle plié me détourna de mon livre. Assise sur une vieille balançoire rouillée menaçant de s'effondrer, je profitais d'un rare rayon de soleil et surtout d'une heure de calme.

— J'étais certaine que tu te cachais là, lança Rita, son pas rapide faisant bruisser les premières feuilles mortes.

— Je ne me cache pas ! répondis-je en refermant mon livre.

— C'est un endroit désert et interdit d'accès. Je sais que tu le sais. Donc, si tu es ici, c'est bien que tu te caches.

Je souris à sa démonstration. Je ne me cachais pas vraiment. Mais entre le bourdonnement des conversations au café et les appels intempestifs de ma mère, j'avais besoin d'une pause et d'un moment de calme. Rita s'empara de la seconde balançoire et, avant de s'y asseoir, s'assura de sa solidité. Elle empoigna les cordes prudemment et amorça un léger mouvement. Cela suffit à faire grincer les attaches et l'ensemble de la structure vacilla.

— J'imagine que c'est pour ça qu'ils veulent détruire ce parc, marmonna-t-elle en examinant un des poteaux rongés par la rouille.

— C'est dommage, répliquai-je en soupirant.

— Je pensais que tu avais cessé de venir ici. Toi et moi n'avons plus l'âge de nous balancer sur ces trucs. Et puis, c'est interdit !

Je haussai les épaules. J'aimais l'ambiance apaisante de cet endroit et je doutais de la trouver ailleurs. J'appréciais la façon dont les feuilles bruissaient sous le vent, comme le mouvement des branches et les ondulations sur le plan d'eau plus loin.

— Le cadenas ne tient plus et j'ai juste soulevé un coin de tôle pour entrer, expliquai-je. Je ne pense pas que la police lance un avis de recherche contre moi.

— C'est fascinant comme derrière ce visage angélique se cache un tempérament aussi... indocile.

— Je ne suis pas indocile, répondis-je dans un sourire. Je suis juste assise ici, en train de lire. Ça ne fait pas de moi une grande criminelle.

— Ils veulent faire un immeuble, c'est ça ? demanda Rita.

— Deux. Avec un parking et un fast-food. En tout cas, si j'en crois l'illustration accrochée à l'entrée.

Rita balaya le parc des yeux. Nous avions passé un nombre d'heures incalculables dans ce parc. Quand la mère de Rita me gardait - c'est-à-dire, à peu près tout le temps, vu que ma mère n'avait jamais apprécié ce rôle - elle nous amenait ici toutes les deux. Si on oubliait la rouille, tout était encore comme avant : le portique en fer, peint en vert, avec ses deux balançoires et sa nacelle ; le toboggan rouge, impraticable quand il faisait trop chaud ; les cordes auxquelles on pouvait se suspendre... Tout était là, à la même place.

— Ma mère s'installait sur ce banc, se rappela Rita. Et je crois qu'elle essayait de nous surveiller !

— Attends, ce n'est pas sur ce banc que tu as...

— Embrassé Marco Valenti, finit-elle pour moi avec une grimace. Il l'a ensuite raconté à tout le monde et même ma mère l'a su ! J'ai eu le droit à un sermon et à une leçon de biologie, c'était encore pire que de mettre ma langue dans la bouche de Marco ! dit-elle avec un rire.

— Je n'ai que de bons souvenirs ici, murmurai-je.

J'étais toujours un peu nostalgique de mon enfance. À l'époque, je n'étais qu'une gamine qui courait partout, inconsciente du nom que je portais. J'étais comme tous les autres enfants… à l'exception du train de vie de mes parents et de l'hôtel particulier familial doté d'un service de sécurité.

À l'adolescence, j'avais intégré un pensionnat strict et loin de la maison. Les livres, qui étaient déjà de proches compagnons, sont alors devenus aussi des confidents. J'avais appris que mon nom de famille comptait plus que tout, et surtout plus que moi. Je gardais un souvenir amer de cette période de ma vie, un mélange de solitude profonde et de privilèges détestables et effrayants. Malgré tout, je revenais ici. Je regardais les enfants courir, j'écoutais Rita parler des garçons qui lui plaisait, je révisai mes cours de maths.

Surtout, je lisais. Je me plongeais dans un tas d'histoire pour oublier la mienne, oublier que j'étais une Cosgrove, oublier le pouvoir que donnait ce nom, oublier les obligations qui en découlaient et que ma mère ne cessait de me rappeler.

Ce parc était devenu un refuge, un gardien de souvenirs heureux et doux. C'était ici que j'avais eu l'idée de monter l'association et ce lieu avait été déterminant dans le choix de l'emplacement du café-librairie. J'étais triste à l'idée de voir cet endroit disparaître, c'était comme voir ma toute petite part de liberté s'envoler avec.

— Ils vont détruire le plan d'eau ?

— Je pense.

— Et ils vont abattre les arbres ? s'inquiéta Rita.

— En partie, oui.

— Même le saule ?

Sa voix était montée d'une octave et je ne pus m'empêcher de laisser échapper un rire en voyant sa mine alarmée. Le saule pleureur du parc était sûrement séculaire. Sous le poids des feuilles, à chaque printemps, les branches retombaient au sol, donnant une touche romantique à ce square pour enfant.

Surtout, cet arbre avait abrité les rendez-vous amoureux clandestins de Rita.

— Ils ne peuvent pas faire ça ! s'écria-t-elle.

— Je crois qu'ils n'ont pas prévu de demander l'avis des habitants.

— Mais il y a nos initiales sur ce tronc !

— Je sais.

— Tu sais ? Et tu ne fais rien ? Oh, j'ai compris : c'est ton père qui a racheté cet endroit ? C'est lui qui va faire ces deux immeubles et raser notre saule ?

Rita venait d'atteindre une nouvelle octave et son débit de mot trahissait sa colère et son incompréhension. Je pivotai vers elle, un peu perdue. Je n'avais pas prêté attention au panneau détaillant les travaux à venir sur le mur de tôle qui bloquait l'accès au parc. Je m'étais contentée de jeter un coup d'œil furtif et peiné à l'illustration du rendu final du projet.

— De quoi tu parles ? demandai-je.

— Ce parc doit coûter une petite fortune. Et le projet associé encore plus. À ma connaissance, dans cette ville, il n'y a que deux familles qui peuvent dépenser autant d'argent : soit les Cosgrove, soit les Monroe.

— Franchement, j'en ai aucune idée ! dis-je en ravalant un rire.

— Ce n'est pas drôle ! Ils vont abattre notre saule !

— Rita, si tu avais déjà vu la tête de mon père quand j'ose lui demander le sel à table, tu comprendrais à quel point notre relation est… inexistante. Donc même s'il était à l'origine de ce projet, je ne me vois pas débouler dans son bureau pour exiger qu'il laisse cet endroit tel quel.

— Tu devrais lui demander ce parc en cadeau d'anniversaire.

— On ne sait même pas si c'est lui, lui rappelai-je. Je choisis mes combats, et mon premier est de limiter mes interactions avec tout ce qui touche de près ou de loin l'empire familial.

Rita resta silencieuse, les yeux rivés sur le saule témoin d'une partie de nos souvenirs d'enfance. C'était loin d'être impossible que mon père soit derrière ce projet immobilier : le terrain était bien placé, le quartier en plein développement et il avait toujours eu du flair pour mener brillamment ses affaires, disposant maintenant d'une galaxie d'entreprises au sein du groupe Cosgrove. Mais je refusais de lui en parler : je ne voulais pas lui être redevable de quoi que ce soit.

— Puisqu'on parle de l'empire, il faut que tu rappelles ta mère, me prévint Rita.

Je laissai échapper un grognement de protestation. Pour la première fois depuis plusieurs jours, le soleil avait enfin percé les nuages, l'air semblait même se réchauffer et la perspective de parler avec ma mère ruinait maintenant tous les effets positifs de la météo.

— Elle m'a dit qu'elle avait laissé plusieurs messages sur ton portable et a fini par appeler le café.

— Est-ce qu'elle a dit pourquoi ? demandai-je dans un soupir.

— J'ai cru comprendre que ton frère s'était battu et elle voulait être certaine que tu saurais quoi dire si la presse venait te poser des questions.

— La presse ne vient jamais me poser des questions. Et mes frères se battent en permanence ! Ils sont persuadés que le nom des Cosgrove mérite de se faire casser le nez régulièrement. Je crois que je préfère encore me farcir un rendez-vous avec le directeur de la prison et son haleine à décoller le papier peint que de parler avec ma mère.

Je me levai de la balançoire, consciente que ma parenthèse de calme était terminée. Rita m'imita et nous sortîmes du parc. Je jetai un coup d'œil à mon téléphone, soupirant lourdement en constatant les dix appels manqués de ma mère.

— Mais enfin où étais-tu ? s'exclama-t-elle après avoir décroché le téléphone.

Elle parlait si fort que j'écartai le combiné de mon oreille. Rita pouffa de rire tandis que je lui intimais de se taire en plaquant mon index contre mes lèvres. Ce n'était pas le moment d'avoir un fou rire.

— J'étais occupée, dis-je en levant les yeux au ciel.

— Ton frère s'est battu, expliqua-t-elle.

— Lequel ?

Quatre frères, et ils étaient tous candidats au titre de bagarreur de la semaine. Dès leur plus jeune âge, mon père leur avait appris à défendre la famille coûte que coûte. Malheureusement, il ne leur avait pas appris à communiquer, donc c'étaient leurs poings qui parlaient le plus et le mieux pour eux.

— William.

— Et pour la bonne cause, j'imagine ?

Je levai tellement les yeux au ciel, qu'une migraine menaça de me barrer le crâne. Mes frères étaient tous plus vieux que moi et agissaient comme s'ils avaient trois ans, accumulant les caprices et les crises de colère.

— Évidemment !

Ma mère ne comprenait pas le sarcasme. Dans sa vie, tout était premier degré. Par ailleurs, elle vénérait mon père autant que chacun de ses fils. Me concernant, elle disait toujours qu'elle espérait mieux de moi. J'imaginais qu'elle voulait que je lui ressemble, alors que nous étions aux antipodes l'une de l'autre.

— Je voulais qu'on discute de ton anniversaire, enchaîna-t-elle. On va convoquer la presse pour prendre des photos et...

— Je te rappelle ce soir, maman, la coupai-je, effrayée.

J'arrêtai la conversation aussitôt. Pendant une seconde, je fus tentée de jeter mon téléphone dans une poubelle attenante. Appartenir à cette famille me rendait dingue. Ma famille et leurs frasques étaient du pain béni pour les foules et les journalistes.

— Tout va bien ? s'inquiéta Rita.

— La routine pour les Cosgrove, répondis-je dans un sourire.

— Qu'ont-ils fait aux Monroe cette fois-ci ? Attaque en bourse ? Photos scandaleuses ? Ou est-ce que ton frère aîné a trouvé d'autres preuves irréfutables de leur ascendance vampirique ?

Je laissai échapper un rire. La créativité de ma famille pour nuire à ses ennemis, les Monroe, était sans limites. Les deux patriarches se vouaient une haine féroce, sur fond de guerres économiques et d'affaires. Je m'en tenais à l'écart, me contentant de rester prudente dans mes interactions avec des inconnus. Le moindre mot ou geste pouvait être mal interprété et je refusais de donner un prétexte à mes frères pour provoquer une nouvelle altercation.

— J'avoue que cette histoire de vampire était bluffante, continua Rita alors que nous atteignions le café. Je vois très bien le patriarche Monroe dormir dans un cercueil.

— Mes frères sont très créatifs, admis-je, malgré moi.

— Tu n'approuves pas ? s'étonna-t-elle.

— J'approuve rarement les idées de mes frères. Et de ce que j'en vois, ça n'a pas vraiment l'air de les contrarier.

— J'imagine qu'ils seront présents à ton anniversaire ?

Dans le café, encore calme à cette heure, je posai mon livre sur le bar. Puis, je gagnai la réserve, m'assurant que Liam avait bien pris le carton pour l'atelier au pénitencier. Je savais maintenant pourquoi je m'étais réfugiée au parc : j'avais cherché un moyen de fuir ma mère exigeante, mes frères bagarreurs et mes pensées envahissantes. Participer à l'atelier en prison m'offrait une nouvelle perspective de calme et une échappatoire à l'inquisition de Rita.

— Tu y vas ? s'étonna ma meilleure amie alors que je saisissais mon badge d'accès suspendu au portemanteau.

— J'ai un atelier dans une heure et demie.

Rita fronça des sourcils, pendant que j'entortillais une écharpe autour de mon cou. Puis, elle détailla ma tenue : une longue robe noire, au col en « V », parsemée de touches orangées et dorées qui rappelaient les couleurs de l'automne.

— Quoi ? fis-je.

— Habituellement, tu fais les deux premiers et tu laisses ensuite quelqu'un prendre le relais.

— C'est différent, répondis-je, consciente que cette seule phrase allait susciter encore plus de questions.

À nouveau, Rita darda son regard curieux sur moi. Je parvins à échapper à son examen en fouillant dans mon sac à la recherche d'un stylo imaginaire. Ma meilleure amie me connaissait par cœur, elle savait comment je travaillais avec l'association et pouvait débusquer n'importe quel mensonge ou secret à des kilomètres.

— Tu as vraiment besoin de partir avec une heure d'avance ? me demanda-t-elle. Il y a seulement dix kilomètres entre la prison et ici.

— La dernière fois, je suis arrivée en retard à cause de la circulation.

— Parce qu'un camion-citerne s'était renversé.

Je fouillais toujours dans mon sac. Même si je lui tournais le dos, je sentais les yeux de Rita brûler ma nuque. J'étais incapable de lui fournir une explication. J'étais même incapable de m'en fournir une. Cet atelier ne ressemblait à aucun autre : l'énergie était différente, l'atmosphère plus électrique, les échanges plus francs.

Et puis, il y avait ce détenu, avec son regard gris impénétrable, intense et déstabilisant. Il n'avait pas la rudesse des autres, ni leur impolitesse graveleuse. Chez lui suintait une forme de rage contenue et de bouillonnement permanent. J'étais dévorée de curiosité et même les livres ne parvenaient pas à me distraire.

Depuis la fin du dernier atelier, j'oscillais entre mon envie tenace de lui poser des questions et le besoin de me raisonner. Les règles de la prison étaient claires : je n'étais pas là-bas pour me lier avec les prisonniers.

— Je crois que tu vas finir par faire un trou dans ton sac !

La voix de Rita me sortit de mes pensées. Je poussai un lourd soupir et pivotai vers elle, affichant le visage le plus neutre - et donc le plus coupable - possible.

— Nouvelle robe ?

— Oui. Je n'ai pas le droit de m'acheter des vêtements ?

— Tu ne veux rien me dire ?

— Tu me questionnes comme ton flic de père ! lui fis-je remarquer.

— Sûrement parce que tu es très suspecte ! Est-ce que je dois savoir quelque chose ? Un truc avec Liam ? tenta-t-elle.

— Liam ? répétai-je dans un rire. Mais...

— Tu es bizarre, alors je fais des suppositions bizarres ! se justifia Rita tandis que je quittais la réserve.

Je parvins à enfiler mon trench et à m'emparer de mon sac sans que Rita ne pose une nouvelle question. Ça relevait presque du miracle. Mes clés de voiture à la main, j'ouvris la porte du café, ravie de retrouver l'air frais et la liberté.

— Tu viens toujours prendre un verre avec nous tous ce soir ? demanda Rita sans masquer son inquiétude.

— Je te tiens au courant !

En marchant à grandes enjambées en direction de ma voiture, j'eus la sensation d'une fuite en avant. À mon retour, Rita redoublerait de questions et mes réponses risquaient d'être encore plus évasives. Je m'installai derrière le volant et y cramponnai mes mains. La tête penchée en avant, je repris mon souffle, cherchant à chasser l'image du prisonnier aux yeux gris.

Cet atelier, ce n'était peut-être pas tant une volonté de fuir qu'une véritable envie de le revoir. C'était plus fort que moi, plus fort que les règles sévères de la prison, plus fort que tout ce que j'avais vécu avant.

Ses mâchoires carrées, son regard scrutateur, ses cheveux indomptés, ses sourires fugaces... Chaque détail me revenait en boucle, à tout moment de la journée et me plongeait dans une torpeur agréable. Cela m'effrayait : je ne connaissais même pas son nom et nous avions à peine parlé. Il n'y avait rien de normal dans cette situation.

Et en plus j'étais à peu près certaine que cet homme agissait ainsi par politesse et pour éviter les ennuis en prison. J'avais toujours eu un tempérament un peu rêveur ; je doutais que lui, aussi taiseux que magnétique, ressente quelque chose pour une fille rougissante.

Surtout, cet inconnu était un repris de justice, purgeant une peine de prison dans un établissement des plus glauques. Je ne connaissais rien de son passé et tout cela aurait dû suffire à me faire retrouver la raison.

Des coups contre la vitre de la voiture me firent sursauter. Rita me fixait, agitant un livre. Je descendis la vitre, l'esprit encore embrouillé.

— Tu as oublié ton bouquin ! dit Rita en me le tendant avec un sourire.

— Merci.

Ma voix tremblait et j'étais certaine d'être pâle comme la mort.

— Tu es certaine que tout va bien ?

— Oui, tout va bien. Je... je dois y aller.

J'abandonnai le livre sur le siège passager et démarrai la voiture, laissant Rita, perplexe, sur le trottoir.

Comme elle l'avait prédit, j'étais très en avance pour l'atelier. La voiture de Liam n'était pas garée. Je fixai les hauts murs grisâtres de la prison, décidant de patienter dans mon véhicule.

Je m'emparai du livre et retrouvai la page cornée. À la suite de l'atelier de la semaine dernière, j'avais récupéré le roman que mon énigmatique détenu avait pris. Après quelques paragraphes, je remarquai un mot entouré au crayon. Il n'aurait pas attiré mon attention s'il n'y en avait pas eu un deuxième, puis un autre et encore un autre.

Je fouillai frénétiquement tous les vide-poches de la voiture pour trouver un stylo. Quand, finalement, j'en dénichai un, je me retins d'arracher les pages d'excitation pour résoudre l'énigme. Il ne me fallut que quelques secondes pour mettre bout à bout chaque mot.

Je n'ai pas vraiment le droit de vous écrire. Toutes mes excuses pour ce stratagème. J'aime beaucoup vous regarder et vous voir sourire. N'arrêtez pas.

Je vérifiai l'heure sur le cadran du tableau de bord. L'atelier était dans trente minutes : ça me laissait le temps de lui répondre.

Enfin, si j'arrivais à cesser de sourire comme une idiote.

Chapitre 9

Hamilton

Pour la cinquième fois de la journée, l'électricité sauta. Les lampes qui éclairaient la cour jour et nuit venaient de s'éteindre. Mon attention était pourtant ailleurs, entièrement aspirée par l'entrée de la prison et son parking attenant. J'étais certain d'avoir vu Violette passer en voiture, mais le fait que l'atelier ne soit que dans trente minutes me faisait douter. Même avec le passage des contrôles de sécurité habituels, elle n'avait aucune raison d'être ici si tôt.

J'avais probablement eu une hallucination, provoquée par un excès d'impatience et un manque cruel de distraction. Jonah ricana en s'asseyant sur le banc près de moi.

— Ça sent le flagrant délit ! C'est bien ? demanda-t-il en désignant le livre que je lisais.

Je lisais la même page depuis presque un quart d'heure. C'était sans importance, vu que j'avais découvert ce titre au lycée et que j'en gardais un bon souvenir. Jonah se pencha et commença à déchiffrer, à haute voix, le début du chapitre.

— Tu me le passeras ? demanda-t-il. Il a l'air intéressant.

— Je dois le rendre.

— Oh, la fille aux livres...

Je fis comme si je n'avais pas envie de lui arracher son sourire plein de sous-entendus vulgaires. Je ne comprenais toujours pas pourquoi Violette venait ici, respirer cet air nauséabond et se frotter à des individus aussi grossiers que sales. Voir leurs regards vicieux sur elle, entendre leurs remarques obscènes me révoltaient. Dans ces moments-là, je me répétais en boucle de ne pas réagir, me rappelant qu'une sortie anticipée de cet endroit dépendait de mon exemplarité.

— Elle s'appelle Violette, lui rappelai-je avec un vague sourire.

— Alors, sainte ou pécheresse ?

Devant mon incompréhension silencieuse, Jonah reprit :

— J'ai vu que tu avais parlé avec elle. Et j'ai vu aussi que c'était elle qui t'avait proposé ce roman.

À nouveau, il se pencha vers les pages et lut quelques phrases. Je refermai mon livre d'un geste vif. Il n'y avait aucune chance que Jonah comprenne le sens des mots entourés, mais j'avais la sensation qu'il violait une partie de mon histoire avec Violette. Ce qui était d'autant plus idiot que je ne savais pas si la principale intéressée avait compris mon subterfuge.

— Y a son parfum là-dedans ? reprit-il pour plaisanter.

— La ferme ! On a juste parlé livres. Parce qu'elle est ici pour ça !

Même si Jonah semblait être de mon côté, lui confier mon secret était trop dangereux. Il aurait pu l'utiliser contre moi et hypothéquer totalement mes chances de sortir d'ici avant la fin de ma peine.

— Quand on parle du loup...

Jonah me gratifia d'un coup de coude dans les côtes. Il m'avait distrait de ma mission de surveillance. Je relevai les yeux brusquement vers le portail d'accès, découvrant Liam, carton à la main, riant de bon cœur avec Violette. Son rire était communicatif et franc. Il illuminait son visage, et elle effaça furtivement une larme au coin de son œil. Son ample robe noire volait autour d'elle, lui donnant une allure très bohème.

Dans l'instant, je détestai Liam. Je détestais qu'il sache la faire rire, je détestai qu'il puisse se tenir près d'elle. Je détestai surtout qu'il soit de l'autre côté du grillage et libre d'aller et venir où il voulait. Il avait Violette et la liberté.

Putain de veinard trop bien coiffé.

— C'est peut-être son mec, murmura Jonah alors que je les suivais des yeux.

Je fronçai les sourcils. J'avais stupidement espéré que Violette sentirait mon regard sur elle, qu'elle devinerait un crépitement de tension. Mais elle gardait les yeux sur Liam, sa main serrant son sac à bandoulière, souriant aussi largement que je ruminais ma colère.

— Je ne crois pas, répondis-je.

Je me targuais de connaître les femmes. Généralement, un regard et quelques minutes d'observation me permettait de savoir si j'avais mes chances avec une d'entre elles. Je décryptais ses gestes par cœur : cette mèche de cheveux avec laquelle elle jouait, sa façon de porter son cocktail à ses lèvres, ses regards fuyants... C'était simple et facile. Je me demandais cependant si je n'avais pas mal interprété les gestes de Violette, tant son rougissement que sa maladresse.

Liam lui tint le deuxième portail. D'ici quelques mètres, ils seraient hors de vue.

— Ils ont l'air très copains pourtant, commenta Jonah en voyant Liam poser sa main dans le bas du dos de Violette.

Je serrai les poings. Jaloux. J'étais stupidement jaloux et c'était nouveau. J'étais un Monroe, j'avais toujours eu ce que je voulais, et cela concernait autant les affaires que les femmes. La jalousie n'était donc pas un sentiment familier chez moi. Agacé, je me levai du banc, envisageant de faire l'impasse sur l'atelier. De toute évidence, je m'étais trompé et si elle était aussi fûtée que je le pensais, je m'étais en plus ridiculisé en laissant un message dans mon dernier livre.

— Attends, fit Jonah en me retenant par le bras.

Je regardai à nouveau en direction du grillage. Violette était toujours là... en train d'opérer un demi-tour à grandes enjambées. Elle fit un petit signe à Liam et, à cet instant, nos yeux se trouvèrent. Mes muscles se détendirent pendant que je cherchais à retrouver mon souffle.

— Tu crois qu'elle a eu une urgence de dernière minute ? demanda Jonah.

— Aucune idée.

— Monroe !

La voix d'un des gardiens me tira de ma contemplation. Violette était déjà parvenue au portail. Avoir croisé son regard avait suffi à faire retomber mon amertume. Jonah se leva à son tour et alors que j'allais me diriger vers notre atelier lecture, un gardien approcha de moi.

— Tu es attendu, m'expliqua-t-il.

— Je vais à l'atelier lecture.

— Pas cette fois. Ton avocat est là.

— Dites-lui d'attendre. Il est payé à l'heure de toute façon, marmonnai-je.

— C'est pas un salon de thé ici, Monroe. Tu me suis !

Sa main enserra mon biceps, m'indiquant clairement que je ne pouvais pas négocier. Jonah haussa les épaules, impuissant lui aussi. Résigné, je suivis le gardien en direction des parloirs, pestant déjà contre le *timing* de James. Même si notre entretien ne durait que quelques minutes, les règles des ateliers étaient strictes : il fallait être impérativement à l'heure, sous peine d'être refusé.

Le gardien me fit entrer dans un couloir, me laissant le temps de voir les autres participants entrer dans la salle.

— Est-ce que je peux au moins rendre mon livre ? demandai-je au gardien.

— Tu m'as pris pour un coursier ?

— On est censé les rendre chaque semaine.

— Tu suis les règles toi maintenant ?

Il laissa échapper un rire ironique, tout en me faisant entrer dans un sas. Les parloirs étaient de l'autre côté de la cour. Cela voulait donc dire que nous allions devoir traverser toute la prison, soit une succession de sas sécurisés et de couloirs.

J'en étais au quatrième, quand j'entendis une voix féminine. Dans une prison pour hommes, avec quasiment que des gardiens masculins, cela dénotait. La grille se déverrouilla et je levai les yeux vers la porte.

Violette était là, derrière une rangée de barreaux, tapant nerveusement du pied, tout en tenant tête à un gardien. Elle me tournait le dos.

— Je suis déjà en retard et vous voulez vider et fouiller mon sac ? s'exclama-t-elle.

— Instructions du directeur, répondit l'homme.

— C'est ridicule. Vous pensez que je planque des limes à ongles ? Ou que j'ai piqué un de vos trousseaux de clés ?

— Mademoiselle...

— On m'attend pour un atelier, reprit-elle. Vous me faites perdre mon temps !

Elle piaffait d'impatience et d'agacement. Cependant, devant l'absence de réaction du gardien, elle finit par abdiquer et ouvrit son sac pour qu'il puisse procéder à la fouille. Je passai un nouveau sas. Hélé par un de ses collègues, le gardien qui m'escortait entra dans une salle attenante, me laissant seul.

— Tu t'assieds là et tu ne bouges pas d'un poil, toi ! me prévint-il.

— Vous voyez ? Il n'y avait rien dans mon sac !

— Et votre livre ? fit le gardien.

— Vous voulez vérifier mon livre ? Vous plaisantez ?

Je retins un rire. Elle était incrédule et, surtout, très énervée. C'était une nouvelle facette de Violette que je découvrais : un tempérament ardent sous une apparente douceur. Cette fille me fascinait de plus en plus. Un lourd soupir lui échappa et elle lui tendit son livre. Puis, elle l'observa, ses poings sur les hanches. L'imaginer ruminer me tira un nouveau sourire.

— C'est bon, allez-y !

Je suivis la silhouette de Violette des yeux, m'assurant qu'elle franchissait les sas de sécurité. Alors qu'elle passait l'avant-dernier, elle pivota vers moi et ses yeux noisette trouvèrent les miens. Elle se figea, surprise, et ouvrit la bouche, mais aucun son n'en sortit. Je la saluai d'un hochement de tête.

Comme habités par la même idée, nous tournâmes la tête tous les deux en tous sens pour savoir si nous étions surveillés. Mon gardien n'était pas revenu et Violette, elle, s'éloigna des siens pour approcher des barreaux qui nous séparaient.

— Bonjour, murmura-t-elle.

Les règles étaient claires : nos échanges en prison devaient être limités à l'atelier. Discuter hors de la salle – discuter tout court même – n'était pas envisageable. James m'aurait sûrement recommandé de me taire et de rester assis sagement sur mon banc. Mais James ne connaissait pas Violette, il n'avait aucune idée du pouvoir d'attraction de cette femme, ni de sa capacité à illuminer un endroit aussi triste que ce pénitencier.

— Je sais que... Enfin je crois que nous n'avons pas vraiment le droit de nous parler, reprit-elle.

— En effet. Comment va votre pied ?

Elle fronça des sourcils, comme si elle ne comprenait pas ma question.

— Vous avez pris un carton de livres sur le pied la semaine dernière, lui rappelai-je.

— Oh, ça ! dit-elle dans un rire. J'ai toujours été très maladroite. Juste un gros bleu. Liam est en train de terminer ses études de médecine. Il s'est assuré que je n'avais rien de cassé. C'est gentil de vous inquiéter.

— Tant mieux.

Nous nous dévisageâmes silencieusement pendant quelques secondes. Violette enserra les barreaux de ses mains et diminua encore l'espace entre nous. Je jetai un coup d'œil autour de nous : si les gardiens me surprenaient en train de lui parler, j'étais bon pour deux jours d'isolement et un sermon de James.

Aussi, je résistai à l'envie de poser mes mains sur les siennes et je fis comme si son sourire timide ne m'affectait pas. De toute ma vie, j'avais rarement fait deux choses aussi désagréables, au point que ça me tordait le ventre.

— Reculez !

Violette sursauta en entendant le gardien lui intimer de s'écarter des barreaux. Elle obtempéra, lâchant les barreaux en secouant la tête et s'éloignant de deux pas à contrecœur.

— Vous aussi !

Je m'écartai à mon tour, sentant une boule de colère se former dans ma gorge. J'étais un détenu : les gardiens pouvaient légitimement m'aboyer dessus. Mais pas sur elle. À nouveau, je pris sur moi, me contentant de lancer un regard sombre au gardien, plutôt que de lui hurler dessus.

— C'est joli. Votre robe, précisai-je.

— Merci, Je... Vous n'allez pas à l'atelier ?

— Mon avocat m'att...

Interrompu par un claquement sourd, je n'eus pas le temps de finir ma phrase. L'instant suivant, toutes les lumières s'éteignirent, nous plongeant dans le noir presque complet. Seuls demeuraient éclairés les panneaux signalant les sorties de secours.

— L'électricité n'arrête pas de sauter depuis ce matin, expliquai-je.

Je voyais à peine Violette. Aussi, profitant du noir, j'avançai vers les barreaux. Elle avait sûrement eu la même idée, car je devinais son parfum de jasmin. À mon tour, je posai les mains sur les barreaux, trouvant les siennes sur le métal froid. Le contact de sa peau me rassura et me tira un sourire. Elle retint un petit cri de surprise et je murmurai :

— J'aurais préféré participer à l'atelier. Je voulais vous rapporter le livre.

— Vous avez aimé ? demanda-t-elle.

— Beaucoup. Je vous le rendrai la semaine pro...

— Non, non, me coupa-t-elle précipitamment. On pourrait... Donnez-le-moi ici, si vous voulez. Et je vous donne le mien !

— Le vôtre ?

— Enfin, celui que j'avais prévu de vous recommander. Du théâtre pour changer un peu. Arthur Miller.

— *Les sorcières de Salem* ?

— *Mort d'un commis voyageur*. Je l'avais oublié dans ma voiture et je suis allée le chercher. Donc, je suis en retard.

— Vous voulez faire un truc interdit ? m'étonnai-je.

— J'adore l'idée qu'un détenu me fasse la leçon, ironisa-t-elle.

Elle se détacha de moi et je devinais qu'elle reculait de quelques pas, avant qu'elle ne revienne vers moi, sa main gauche couvrant ma main droite. J'aurais pu très vite m'habituer à cette sensation, mélange de réconfort et de douceur. J'en étais certain maintenant : cette fille était trop bien pour moi, trop bien pour cet endroit et sûrement trop bien pour cette vie.

Nous échangeâmes maladroitement nos livres, les faisant passer entre les barreaux. Le geste, à la fois anodin et interdit, me sembla d'une audace presque irréelle. Les lumières clignotèrent brusquement, illuminant l'espace d'éclats blancs intermittents, avant de s'éteindre à nouveau.

Un nouveau sursis d'intimité.

— Je vous vois la semaine prochaine ? demanda-t-elle.

Sa voix était guillerette et pleine d'enthousiasme. J'aimais qu'elle me parle en oubliant que mon adresse actuelle était la prison ; mais pour son bien, je devais la rappeler à une certaine réalité.

— Violette, je ne suis pas un mec bien.

— Je me fiche de qui vous êtes. Et puis, qui vous dit que je suis une fille bien ? me demanda-t-elle.

— La manière dont vous souriez.

— Nous sommes plongés dans le noir, me rappela-t-elle dans un rire.

— Je vous vois. Même dans le noir.

Ma voix était si sérieuse que son rire s'éteignit. Même dans cette pénombre, je devinais ses traits et j'entendais sa respiration. Surtout, il y avait cette tension lourde et palpable qui picotait ma nuque et m'empêchait d'être raisonnable.

— Votre imagination vous joue des tours, murmura-t-elle.

— Peut-être. Ou peut-être que vous êtes plus lumineuse que vous le pensez.

Elle retint son souffle pendant que, derrière nous, les gardiens s'agitaient. C'était vrai, je la voyais à peine, mais tout en elle, de sa façon de parler à sa manière de me regarder, n'était que douceur.

— Vous pourriez être surpris, lâcha-t-elle finalement.

— Par quoi ?

— Par ce qui peut se cacher derrière un sourire.

— Qu'est-ce que vous cachez ? demandai-je avec curiosité.

Je ne sais comment, une de ses mains trouva la mienne. Elle la pressa doucement, avant de la lâcher. Et, brutalement, une nouvelle facette évidente de la personnalité de Violette s'offrit à moi : elle se fichait des limites qu'on lui imposait. La prison, les barreaux entre nous, les gardiens qui risquaient de nous écarter l'un de l'autre.

Elle me parlait, me touchait et semblait osciller entre sa bonne éducation et ses émotions.

— Vous aimez jouer avec le feu ?

— Parfois même, je me brûle.

L'électricité revint soudainement, baignant la prison d'une lumière crue et impitoyable. Instinctivement, je m'écartai des barreaux. Violette fit de même, mais pas avant de m'adresser un sourire complice, comme si cette lumière éclatante n'effaçait rien de ce que nous venions de partager.

— C'est quoi ça ? lui demanda un gardien en désignant son livre légèrement déformé.

— Un stylo. À ma connaissance, écrire dans les livres ne constitue pas un crime, répliqua-t-elle avec malice.

Le gardien grommela une réponse tandis qu'elle me lançait un dernier coup d'œil. Elle avait lu mon message, et, avec un peu de chance, elle m'avait répondu. Cela me stupéfiait au point que j'en étais un peu sonné.

— Mademoiselle ?

Elle adressa un hochement de tête à son interlocuteur et sortit du sas. Mon gardien réapparut et m'agrippa le bras.

— On y va ! lança-t-il.

Je serrais le livre contre moi et, en silence, nous traversions le dédale de couloirs de la prison. Quand enfin j'atteignis le parloir, James était assis à notre table habituelle, habillée d'une chemise noire et d'un jean bleu, déchiré aux genoux. On était loin de ses standards habituels, tiré à quatre épingles.

— Je travaillais de chez moi, expliqua-t-il en me voyant hausser un sourcil.

— J'ai toujours cru que tu dormais en costume.

— De l'humour, commenta-t-il alors que je m'installai en face de lui. À quoi est dû ce regain de bonne humeur ?

— Tu bouleverses ma douce routine habituelle, répliquai-je d'une raillerie.

— Je ne te savais pas féru de théâtre, dit-il en posant sa main sur mon livre.

Il le fit glisser vers lui et, sans prendre une seconde pour réfléchir, je posai ma main par-dessus la sienne pour l'arrêter. Si Violette m'avait répondu, je voulais être le premier et le seul à le voir. Je n'aurais pas su définir ce qu'il y avait entre elle et moi - désir, attraction, curiosité ou une complicité dangereusement interdite - mais je voulais que cela reste entre elle et moi.

Surtout, je voulais éviter un nouvel avertissement de James. Ce qu'il ne savait pas ne pouvait pas lui nuire.

— Je me suis mis à la lecture. Ça me distrait, dis-je.

— Tant que cela t'évite de ruminer sur ta présence ici.

— Je sais très bien qui est responsable de ma présence ici, répliquai-je, un éclair de colère dans la voix. Et je compte bien faire payer les Cosgrove.

Même si ma colère était cadenassée, elle n'était jamais très loin. Elle coulait dans mes veines, hantait mes nuits et me motivait à sortir au plus vite de cet endroit. Je ne voulais pas la chasser, j'en avais besoin pour tenir ici et avoir un but.

— Que vous vous détestiez ne signifie pas qu'ils peuvent faire ce genre de coup bas. Pour être franc, je dirais même que c'est un jeu dangereux : si on découvrait que les Cosgrove étaient derrière ton dossier, leur réputation serait ruinée.

— Est-ce que j'ai l'air de me préoccuper de leur réputation ?

— Te venger ne servira à rien.

— Bien sûr que si ! Ça me soulagera. Et accessoirement, cela réhabilitera le nom des Monroe.

James me dévisagea comme pour mesurer ma détermination. C'était au-delà de la vengeance. Restaurer la dignité de ma famille et protéger l'héritage de mon père étaient une priorité. Et j'étais prêt à tout pour ça.

— Pourquoi es-tu venu ? demandai-je finalement à James.

— J'ai fait relire ton dossier par un confrère, histoire d'avoir un œil neuf et de trouver un nouvel angle d'attaque pour demander un réexamen.

— Je croyais que nous avions épuisé les recours et que je devais jouer les enfants sages pour espérer une libération sur parole, dis-je dans un sourire ironique.

— Réjouis toi, tu peux retrouver ta vraie personnalité.

Mon sourire s'effaça et James me tendit une feuille. Je lus le papier rapidement, me perdant dans le charabia juridique, jusqu'à ce que les mots « libération immédiate » me sautent aux yeux. Je levai la tête, incrédule.

— Eh bien je pourrai me vanter de t'avoir vue bouche bée au moins une fois.

— Je sors ?

— Tu sors.

— Innocenté ?

— Pas tout à fait. Cet autre avocat a débusqué un mauvais référencement des pièces à conviction. Et pour l'une d'entre elle, la procédure d'enregistrement n'est pas conforme. C'est assez pour un vice de procédure : le juge ne pouvait que signer ta demande de libération.

Donc, il y aura un nouveau procès ?

James hocha la tête. Il m'adressa un large sourire victorieux. Je n'avais pas gagné la guerre, mais j'avais emporté cette bataille. J'étais libre et j'allais tout faire pour prouver mon innocence.

J'allais tout faire pour que le nom des Monroe rayonne à nouveau.

J'allais tout faire pour détruire les Cosgrove et leur faire payer toute cette histoire.

— Merci, murmurai-je.

— Tu sors dans une heure. Ça te laisse le temps de rassembler tes affaires. Je t'attends dans la zone d'accueil.

Il se leva alors que je lisais encore et encore mon acte de libération signé. J'avais fini par me résigner à mon emprisonnement, alors l'idée d'être dans mon lit ce soir et de manger de la vraie nourriture me semblait irréel. James frappa à la porte pour appeler le gardien.

— C'est une bonne nouvelle, Hamilton.

— Oui, je sais. Je suis juste surpris.

Mes yeux se portèrent sur le livre et je repensai à Violette, à son visage angélique, à sa malice et à sa peau tiède contre la mienne. Je n'étais pas surpris, j'étais déçu : parce que, au milieu du chaos de ce séjour en prison et de ma rage, Violette avait été un éclat de joie salvateur.

Un nouveau claquement se fit entendre et nous nous retrouvâmes dans le noir.

— Tu aurais préféré rester ici ? me demanda James, sur le ton de la plaisanterie.

— Peut-être, murmurai-je.

Chapitre 10

Violette

— Café ? proposa Rita en me tendant une tasse.

Je relevai les yeux vers elle, abandonnant ma lecture en cours. J'avais tenté de me distraire toute la journée en lisant. Mais après avoir parcouru cinq fois la même page, je pouvais volontiers admettre que cela ne fonctionnait pas. Je passais mon temps à vérifier l'heure et à soupirer sur le temps qui semblait ralenti.

— Ta mère a appelé, m'informa Rita en s'installant dans le fauteuil près du mien. Je suis juste le messager, ajouta-t-elle quand je dardai un regard sombre sur elle.

— Que voulait-elle ?

— Te rappeler ton rendez-vous pour ta robe. Celle pour ta soirée d'anniversaire.

— Ma mère n'a pas compris que je n'ai plus cinq ans, grommelai-je.

Enfant, j'adorais mon anniversaire et tous les préparatifs liés. J'aimais choisir ma robe, j'aimais aller en cuisine pour demander un gâteau au chocolat agrémenté de framboises, j'aimais donner les cartons d'invitations à mes rares amis et j'assistais même aux décorations de l'hôtel particulier. Les ballons, les guirlandes lumineuses, les fleurs... Rien ne manquait.

À l'adolescence, j'avais finalement compris que cette soirée d'anniversaire servait de prétexte à mes parents pour que le nom des Cosgrove apparaisse en une de la presse. Au passage, mon père faisait un don à des associations de bienfaisance, lui permettant ainsi de faire oublier les frasques de mes frères.

Désormais adulte, je considérais mon anniversaire comme une véritable corvée. Ma mère, en grande maîtresse de cérémonie, organisait cette soirée des mois à l'avance et me harcelait de coups de fil pendant des semaines pour que j'y contribue. Entre petits déjeuners pour vérifier et corriger la liste des invités et dîner pour goûter les petits fours, je me pliais aux exigences parentales, espérant chaque année que ça serait la dernière fois.

J'allais fêter mes vingt-cinq ans. Il était temps que cette mascarade cesse. Ça devenait ridicule qu'une femme de mon âge fête son anniversaire avec des invités dont la plupart frôlaient les cinquante-cinq ans.

— Si tu ne veux pas de cette robe haute couture, je peux t'en débarrasser ! rétorqua Rita en guise de plaisanterie.

— La robe n'est pas vraiment le problème. C'est tous ces... trucs, marmonnai-je. Ça confine au harcèlement !

— Tu devrais leur en parler.

J'éclatai de rire avant de secouer la tête. Grimper l'Everest pieds nus semblait plus réaliste qu'avoir une conversation constructive avec mes parents. J'avais la sensation d'être condamnée à demeurer la fille des Cosgrove, alors que je désirais plus que tout avoir ma propre identité.

Je jetai un coup d'œil à l'horloge. Les minutes qui me séparaient du pénitencier étaient interminables.

— Tu peux sûrement te contenter de faire une brève apparition à cette soirée.

— Ma mère a tout minuté. Je n'échapperai à rien.

— Au moins elle ne montre pas tous les albums familiaux aux premiers venus, reprit mon amie dans un soupir.

Je laissai échapper un rire. La mère de Rita avait une fierté sans bornes pour sa famille. Aussi, à chaque réunion de famille, elle dégainait un album – elle en possédait un nombre incalculable – et pouvait vous raconter avec détails l'anecdote derrière chacune des photos. Lors du dernier anniversaire de mon amie, nous avions eu le droit à une rétrospective vestimentaire hilarante : un costume de princesse rose bonbon pour son huitième anniversaire, une robe fluo, acheté dans une friperie, pour notre première soirée au lycée, et même un pyjama Minnie, avec paillettes, porté avec un sérieux désarmant lors d'une soirée pyjama.

— Pas certaine que ma mère dispose d'albums. Et je ne crois pas qu'elle m'aurait laissée me balader avec ce costume de hamburger géant pour la fête nationale.

Rita rit à son tour. Je lui étais reconnaissante d'avoir su me changer les idées. Sa joie de vivre, parfois débordante, était contagieuse et bienvenue.

— La seule année où nous avons fait ce barbecue géant dans le parc, se remémora Rita. Je ne sais pas pourquoi ma mère me laisse m'humilier ainsi en public.

— Elle te laisse faire tes choix. Tu as de la chance.

— J'étais la seule déguisée ! Ce n'est plus de la liberté, c'est du sabotage. C'était atroce : il faisait une chaleur épouvantable, ce déguisement est devenu un sauna et j'ai fini dans le plan d'eau.

J'éclatai d'un rire franc. À chaque fête nationale, mes parents nous embarquaient, mes frères et moi, dans les Hamptons. Maman appelait ça notre maison de campagne. C'était plutôt un immense manoir avec une douzaine de chambres, une piscine et du personnel à demeure pour l'entretenir. Nous y passions tous nos étés, et mes parents organisaient chaque week-end de vastes et opulentes réceptions.

J'enviais Rita et ses souvenirs de barbecue avec sa famille. Tout semblait tellement plus simple.

— Et tu sais qui m'a sauvée de la noyade ? continua Rita.

— De la noyade ? répétai-je, hilare. Rita, tu as le record du lycée du 50 mètres crawl, non ?

— Je le sais et tu le sais. Mais lui, ne le savait pas. Et franchement, j'aurais été trop bête de ne pas profiter de la situation. Crois-moi, ce n'est pas tous les jours qu'un Monroe s'intéresse à moi.

— Un Monroe ? m'étonnai-je.

— Rassure-toi, je suis toujours de la *team* Cosgrove. Mais Hamilton Monroe pourrait me faire renoncer à toutes mes convictions. Et quand je dis « toutes », j'inclus le poster de Harry Styles dans mon dressing.

Son sérieux me tira un nouveau rire. Rita avait une passion pour Harry Styles depuis ces quinze ans. Évidemment, à Ashbourne, aucun garçon ne pouvait tenir la comparaison.

Je ne connaissais pas les fils Monroe. Toute mon enfance, j'avais entendu qu'il fallait les détester. Mes frères avaient bien retenu la leçon. Mon père, lui, les haïssait. Et les Monroe nous le rendaient bien : des coups bas dans les affaires, des petites phrases vicieuses dans la presse pour attiser les braises. Cela nous consumait tous et permettait aux journaux de se régaler de notre guerre froide.

Quant à moi, je restais à l'écart. Cette haine profonde était une sorte d'héritage. Mais détester quelqu'un demandait des efforts et je préférais me consacrer à autre chose qu'à une rivalité destructrice.

— Il a tendu sa main et m'a sortie du plan d'eau. J'étais éblouie ! Tu devrais dire à ta famille qu'il y a au moins un Monroe récupérable !

— Je doute que ma famille apprécie que je plaide la cause des Monroe. Et ils n'ont pas besoin de moi. Ils savent très bien se défendre ! Je préfère rester loin de tout ça ! Et ensuite ?

— Il a juste vérifié si je respirais encore et il est parti. Un putain d'ascenseur émotionnel !

— Très romanesque, commentai-je dans un sourire.

— J'étais déguisée en hamburger de la honte, me rappela-t-elle. Je n'avais aucune chance.

Elle haussa les épaules, pendant que je buvais une gorgée de mon café.

— Et cela suffirait à te faire renoncer à Harry Styles ? l'interrogeai-je.

— Et bien, ce brave Harry semble avoir perdu mon numéro de téléphone. Et Hamilton Michael James Monroe ferait un excellent substitut.

Elle haussa un sourcil, et je manquai de m'étouffer avec mon café. Rita collectionnait les aventures et avait suffisamment de confiance en elle pour aborder un homme qui lui plaisait.

— Les trois prénoms ? demandai-je. Vraiment ?

— Vraiment. Hamilton Michael James Monroe est torride, répondit-elle en hachant le dernier mot.

— Et puissant.

— Torride et puissant. Mais ma loyauté va à la *team* Cosgrove. Notre histoire a donc été étouffée dans l'œuf.

Elle soupira lourdement, puis battit des cils, en véritable *pin-up*. Je secouai la tête, hilare. Rita ne cachait jamais rien de ses envies ou projets, et cela incluait son imagination prolifique avec les hommes.

Mes yeux s'égarèrent sur mon livre, celui que j'avais échangé avec le prisonnier aux yeux gris. Le souvenir de notre conversation me tira un sourire furtif. Je n'avais pas l'imagination de Rita, mais je devais admettre que notre dernier échange m'avait touchée, au point d'avoir eu du mal à me concentrer pour mener mon atelier.

Il fallait bien l'admettre : j'avais hâte de le revoir.

— Violette ?

— Pardon, je pensais à autre chose.

Ses yeux se braquèrent sur le livre et je me réfugiai dans ma tasse. Je n'avais pas l'habitude d'avoir des secrets pour Rita. Mais cette fois, c'était différent.

Et interdit.

Et complètement irrationnel.

Et sûrement le fruit de mon imagination détraquée par trop de lectures.

Pour autant, je n'arrivais pas à me sortir ses yeux gris et envoûtants de la tête. À chaque fois que j'y songeais, un délicieux frisson courait dans mon dos, et mon cœur s'emballait. Et puis, il y avait cette tension crépitante entre lui et moi, une attraction incontrôlable et étourdissante.

C'était comme perdre pied au milieu de l'océan et se sentir flotter malgré tout. Dangereux et pourtant agréable. De la folie pure, en somme, mélangé à une culpabilité dévorante : je ne pouvais pas me laisser séduire par un participant à l'atelier.

Encore moins si ce participant était occupant d'une cellule en prison.

— Tu peux m'en parler, tu sais, reprit Rita.

— Te parler de quoi ?

— De tes pensées.

Elle pencha la tête sur le côté, comme l'aurait fait une mère avec un enfant cachotier. Cela suffit à me faire culpabiliser encore plus. Je posai ma tasse délicatement sur la table et pris mon livre.

— Tu vas... Tu vas trouver ça dingue, marmonnai-je en feuilletant le livre.

— Je m'inquiète pour toi, répondit-elle avec sincérité. Je sais que l'association te tient à cœur et que tu t'impliques, mais...

— C'est différent, finis-je pour elle.

Rita se contenta d'acquiescer. Elle avait toujours eu un tempérament joyeux et extraverti quand j'étais beaucoup plus réservée. Cependant, lorsque nous étions seules, ma discrétion s'estompait et je me sentais suffisamment confiante pour tout dire. Après avoir trouvé la page que je cherchais, je tournai le livre pour le donner à Rita.

Elle fronça des sourcils, et après quelques secondes, je vis son index se promener sur les mots comme je l'avais fait quelques jours avant. Je la regardais avec anxiété : même moi, je trouvais la situation délirante.

Délirante mais juste. Et intense.

— *Vous étiez en retard. Et cette semaine déjà trop longue est devenue interminable*, lut doucement Rita.

Elle releva ses yeux vers moi. J'avais la sensation d'avoir un secret horrible, mains moites et cœur palpitant en bonus. Je pinçai les lèvres, embarrassée. Elle haussa un sourcil et continua :

— *Vous avez raison pour les livres. Maintenant, dans la noirceur de Poe, je penserai à vous. Et à votre épaule. Surtout à votre épaule.*

Entendre les mots de cet homme dans la bouche de Rita rendait la situation encore plus surréaliste. Je me dandinai sur mon fauteuil, comme une gamine prise la main dans le pot de confiture.

— *Merci pour tout*, termina Rita.

Je scrutai son visage, remarquant autant de perplexité que d'amusement. Je gigotai sur mon siège, brulant d'envie de lui arracher le livre - et une partie de mon intimité - de ses mains. Un silence insoutenable s'installa entre elle et moi et je finis par reprendre la parole, trop tendue pour attendre qu'elle parle.

— Rita, je... enfin, il...

— Magique, murmura-t-elle.

En un seul mot, elle venait d'ôter la chape de plomb qui pesait sur mes épaules. Un large sourire s'installa sur ses lèvres et, soulagée, j'y répondis.

— Ça, c'est romanesque ! dit-elle en pressant son index contre le livre.

— Tu ne trouves pas ça dingue ?

— Si. Et c'est justement ce qui rend cette histoire romanesque ! Et tu lui réponds ?

Je hochai la tête. Ce livre, les messages... Tout cela était suffisamment tangible pour que je puisse l'expliquer à Rita. Mais pour ce que je ressentais quand ces yeux gris trouvaient les miens, c'était plus délicat.

— Attends, attends, fit Rita. C'est pas un tueur en série ou un truc du genre ? m'interrogea-t-elle. Parce que je ne veux pas finir dans un documentaire qui aurait pour titre *Le Meurtre de la jeune héritière Cosgrove*.

— Non, pas du tout. Les prisonniers de l'atelier ne purgent que de courtes peines.

— Et il te plaît ?

— Je crois, oui. En tout cas, il se passe quelque chose quand on se voit. Il est… différent. Je sais que ça peut te sembler ridicule, parce que je ne le vois qu'en atelier, mais c'est comme si on était… liés, alors que je ne sais même pas comment il s'appelle !

Je ne trouvais pas de mots plus adéquats pour définir ma relation avec ce prisonnier. Quand j'y réfléchissais, c'était ce que j'avais ressenti dès que je l'avais vu : un magnétisme si puissant que je parvenais à peine à mener mes séances.

— Et tu le revois aujourd'hui ? demanda Rita.

— J'ai un atelier avec Liam.

J'attendis une réponse, une remarque, voire une recommandation, mais Rita se contenta de se lever de son fauteuil et de prendre ma tasse vide. Je me sentais mieux d'avoir partagé mon histoire, mais assez démunie pour la suite.

— Tu as le droit de trouver ça bizarre. Ou dangereux. Ou fou ! dis-je à Rita.

— C'est fou et probablement dangereux. Mais est-ce que ça va te faire cesser de penser à lui ?

— Non, murmurai-je.

— Tu devrais y aller alors, histoire de découvrir s'il porte trois prénoms !

J'étouffai un rire, le rouge aux joues, et Rita me laissa pour retrouver le comptoir. Je vérifiai l'heure sur mon téléphone et pris le livre pour le ranger. Dans ma réserve, j'en choisis un autre – encore un classique – et entrepris de répondre au prisonnier.

En quittant le café, je me sentais plus légère. Le trajet jusqu'à la prison ne prit que quelques minutes, et je patientai sur le parking, fixant les imposants murs grisâtres du pénitencier. Je savais que je prenais un risque en développant une relation avec un détenu. Je risquais de me brûler les ailes, d'y laisser un bout de mon âme et, surtout, de détruire tout ce que j'avais bâti avec l'association.

Mais ce que je ressentais était plus fort que toutes les bonnes raisons que ma tête me dictait.

Je devais m'éloigner. Du moins, j'aurais dû. Mais je ne pouvais pas le faire.

À l'heure prévue, je me présentai à la grille d'accès de la prison. Je remontai l'allée qui longeait la cour principale, cherchant des yeux l'homme qui m'écrivait dans les livres. Je marchais lentement, en vain. M'arrêter aurait été trop suspect, donc je continuai jusqu'à l'accueil, préoccupée par son absence.

Liam me rejoignit alors que je franchissais le deuxième sas de sécurité. Je serrai mon livre contre moi, espérant naïvement rejouer la rencontre impromptue de la semaine précédente.

— Tout va bien ? demanda Liam. Tu as l'air de chercher quelqu'un.

— Tout va bien, le rassurai-je. Je pensais juste à la semaine dernière avec cette panne d'électricité.

— C'est vrai que c'était compliqué. Oh, j'ai reçu l'invitation officielle à ton anniversaire ! m'informa-t-il alors que nous marchions vers la salle dédiée à notre atelier.

— Tu viendras ? Parce que je vais avoir besoin de soutiens amicaux pour affronter ça !

— Nourriture à volonté : évidemment que je viendrai. Je dois te réserver une danse ou je peux jouer aux opportunistes le soir même ?

— Je compte sur toi pour me sauver de cet enfer dès que j'aurai soufflé les bougies.

— Vendu ! Je mettrai une cape pour l'occasion.

Un large sourire étira ses lèvres. Liam, parce qu'il avait été élevé par une mère célibataire et entouré de deux sœurs, avait une tendance naturelle à protéger les femmes autour de lui. J'appréciai son aide, en particulier quand je devais me confronter à ma famille.

— La thématique du souvenir a bien fonctionné la dernière fois, dit Liam. On fait quoi aujourd'hui ?

— Le héros que vous aimeriez être !

Je fixai la porte devant nous, l'estomac dévoré par le trac. J'avais eu mon lot de premiers rendez-vous, je connaissais cette sensation d'attente et d'excitation. Cette fois, parce que c'était interdit, ce trac avait un goût de danger. Et j'aimais ça, plus que je ne voulais bien l'admettre.

Liam rétorqua en plaisantant :

— Oh. Appelle-moi Clark Kent. On y va Lois ?

— On y va, répondis-je d'une voix étranglée par le stress.

La porte s'ouvrit dans un grincement, et nous pénétrâmes dans la salle. Les détenus étaient déjà assis sur leurs chaises, discutant bruyamment. Mes yeux naviguèrent sur chacun d'eux, cherchant les redoutables iris couleur d'orage.

Une fois. Deux fois. Dix fois. Je m'arrêtai sur chacun d'eux, mais il n'était pas là. Près de moi, Liam ouvrit l'atelier, mais sa voix me parvenait à peine, comme étouffée par la chape de déception qui venait de me tomber dessus. Je serrai mon livre contre moi, consciente qu'il n'aurait pas mon message cette semaine.

— Violette ? m'interpella Liam en me donnant un léger coup d'épaule.

— Je... Oui. Pardon. On devrait commencer par les livres. Est-ce que certains veulent en prendre un nouveau ?

J'affichai un sourire factice et un visage de marbre. Les prisonniers se levèrent et fouillèrent dans les cartons. Liam me dévisagea, perplexe, tandis que mon accès de trac se transformait en amas de regrets.

Un putain d'ascenseur émotionnel.

Chapitre 11

Hamilton

— On vous attend, monsieur.

La voix de mon assistante me tira de la lecture de mon dossier. Je jetai un coup d'œil rapide à l'heure. C'était le moment d'affronter mon premier conseil d'administration depuis ma libération. À mon retour au bureau, je m'étais entretenu avec les membres rapprochés de mon équipe pour leur expliquer les raisons de ma libération et les prochaines étapes de l'instruction.

Je voulais surtout faire un point. En mon absence, je savais que certaines choses avaient changé. Les personnalités même les plus effacées pouvaient se révéler quand le pouvoir devenait un véritable enjeu.

J'étais innocent, libre, mais absolument pas blanchi. Aussi, je comprenais leurs doutes, mais les affronter me faisait bouillonner de rage. Mieux valait pour moi, comme pour mes subordonnés, que je reste sagement dans mon bureau. Exploser de colère ne servirait pas mon image.

Par ailleurs, je n'avais pas pu ignorer les regards en coin et les murmures à peine cachés de mes employés quand je passais dans les couloirs. Je suscitais de la méfiance et des doutes. Je devais donc rassurer et marquer mon territoire pour faire taire les inquiétudes et les rivalités.

— Ils sont tous là ? demandai-je à Linda.

— Tous, oui.

Je me levai de mon fauteuil, empoignai ma veste et l'enfilai. J'avais repoussé autant que possible cette réunion stratégique. Ces dix jours étaient ce dont j'avais eu besoin pour m'assurer de l'état de l'entreprise et pour affûter mes arguments. Je savais que je risquais d'être mis sur la sellette. La prison avait sérieusement écorné ma réputation et celle de l'entreprise.

— James Powell a demandé à vous voir ensuite, ajouta mon assistante.

— Il a dit pourquoi ?

— Non.

Je poussai un soupir. James et son mystère perpétuel. C'était sûrement pour me parler de mon dossier et me répéter, encore et encore, que les Cosgrove n'avaient rien à voir avec mon emprisonnement.

— Réservez une table au Sky, dis-je finalement. Et dites-lui de me retrouver là-bas vers 18 heures. Je lui dois bien un verre. Et je lui en offrirai un deuxième en sortant de ce conseil d'administration pour fêter ma victoire.

Elle acquiesça et retourna docilement à son bureau. J'ouvris mon tiroir pour ranger mon dossier et mes yeux tombèrent sur le livre que j'avais échangé avec Violette entre les barreaux de la prison. Depuis ma libération, j'oscillais entre l'envie de la revoir et le besoin de tourner la page de cet épisode. Cela n'empêchait pas mes pensées de dériver trop souvent vers elle et de rejouer notre dernière conversation.

Elle aimait jouer avec le feu, elle s'amusait des règles elle cachait des secrets. Elle me fascinait.

Je refermai le tiroir pour mieux chasser son image. Cela ne fonctionnait pas vraiment. Je connaissais son dernier message par cœur, tant je l'avais lu et relu. Elle se félicitait d'être une distraction dans ma semaine, me mettait en garde sur mon obsession envers son épaule et finissait son message en me demandant si Poe m'avait inspiré d'autres tourments...

Il me suffisait de fermer les yeux pour qu'une ribambelle de ces fameux tourments me hantent. Sous ces airs angéliques, Violette me provoquait.

Je pris mon téléphone et me tournai vers mon imposante baie vitrée. Une fine pluie tombait, signant une nouvelle percée de l'automne. Certains arbres avaient déjà perdu leurs feuilles et le paysage avec ce camaïeu de gris inspirait de la tristesse.

J'avais bâti cette entreprise, je l'avais fait grandir, je l'avais développée et je l'avais fait rayonner. Mon nom était gravé dans le hall d'entrée et je connaissais chaque mètre carré de ces bureaux. Je ne pouvais pas être écarté. Je ne le permettrais pas.

Et ceux qui allaient essayer de m'évincer – je savais déjà qui – se souviendraient de ce conseil d'administration.

À mon entrée dans la grande salle du conseil située au même étage que mon bureau, les conservations cessèrent. Des yeux, je balayai les membres du conseil d'administration : dix hommes, quatre femmes. Je n'avais à convaincre que la moitié d'entre eux pour garder mon poste de président.

L'ambiance était glaciale et tendue. Je longeai la table pour retrouver ma place, en bout de table. Je fis comme si cette petite dizaine de regards n'était pas rivée sur moi. Barthelemy me gratifia d'un petit hochement de tête, en signe de soutien. Je m'installai dans mon siège, prêt à faire face aux membres du conseil pour défendre mon entreprise.

— Bonjour à tous, lançai-je en joignant mes mains sur la table vernie. Comme vous le savez, je suis à l'origine de la tenue de cette réunion extraordinaire de notre conseil d'administration.

— On peut faire vite ? demanda l'un des administrateurs d'un ton sec.

— L'ordre du jour me concerne, continuai-je en ignorant sa remarque. Nous sommes ici pour discuter de mon rôle de président de cette entreprise.

— On est surtout ici pour discuter des conséquences de votre absence, rectifia une administratrice.

— Une absence forcée et qui aurait pu être beaucoup plus longue sans l'intervention de mon avocat.

— Une absence suffisante pour mettre en péril l'entreprise, nos clients, nos fournisseurs et nos employés ! contra-t-elle.

— Par ailleurs, vous êtes libre, mais pas innocenté, continua un autre administrateur. Qui nous dit que nous n'allons pas vivre une nouvelle absence… forcée.

Il risqua un sourire ironique qui fit rire certains membres du conseil. Je ne cillai pas et pris sur moi pour ne pas l'épingler contre le mur. Je repris mon souffle, mais Barthelemy prit la parole avant moi.

— C'était une absence courte. Et tout à fait maîtrisée. Nous avons tenu les délais pour l'ensemble de nos projets. Le *cash-flow* est positif et nos prévisions pour le prochain trimestre ont été revues.

— Revues à la baisse, ajouta le même homme.

— Nos profits vont augmenter de 12 % en une année, lui rappelai-je.

— Si nos projets sont confirmés. Hamilton, vous êtes assez intelligent pour savoir que votre image et celle de l'entreprise sont liées. Et même si votre avocat a su faire taire la presse, ce séjour en prison n'est pas une bonne publicité.

Je détestais cet homme. Vieil ami de mon père, il se permettait un ton paternaliste et sentencieux dès que j'étais en désaccord avec lui. Il me considérait avant tout comme un fils Monroe. Quand je serais innocenté, je ferais le nécessaire pour l'expulser de ce conseil, lui et son odeur tenace de cigare bon marché.

— Avec tout le respect que je vous dois, Harold, ici, c'est monsieur Monroe.

— Monsieur Monroe, reprit-il, en insistant sur mon nom, vous laisser reprendre les rênes pourrait signer l'arrêt de mort de l'entreprise.

— Et vous pensez que je vais empirer les choses ? Intéressant ! Peut-être pourriez-vous nous expliquer si l'entreprise a stagné en mon absence ?

— Nous devons penser aux actionnaires, reprit la femme d'un ton plus neutre. Nos partenaires s'inquiètent d'un nouveau scandale. Ils ne s'engageront pas dans une entreprise qui risque d'entacher leur réputation et donc de leur faire perdre de l'argent.

— Je ne crois pas que m'écarter de mon poste de président de cette entreprise soit de nature à les rassurer, répondis-je. C'est d'ailleurs pour cette raison que je vous ai convoqués aujourd'hui. Je sais qu'un certain nombre d'entre vous souhaitent me voir quitter le navire.

Je comptai autant de hochements de tête que de regards fuyants. Et, si Barthelemy était de mon côté, il risquait de devenir un dommage collatéral s'il affirmait un peu trop son soutien. Je devais être mon propre avocat.

Je me penchai en avant, espérant que cela suffirait à capter mon auditoire.

— J'ai monté cette entreprise, je lui ai donné mon temps, mon énergie, mon instinct. Et je crois pouvoir dire que j'ai réussi. Nous bénéficions d'une excellente image, nous avons la confiance des banques et de nos clients. Je connais chaque projet et chaque dossier. Nous sommes solides et je suis le garant de cette image de stabilité. Me virer, c'est montrer à nos investisseurs que vous doutez et c'est remettre en cause tout ce que pour quoi nous avons travaillé.

— Hamilton a raison, dit Barthelemy. Il est l'incarnation de l'entreprise et nous avons besoin d'un cap.

— Un cap ? Et s'il est finalement condamné, que ferons-nous ? On ira chercher notre boussole en prison ?

Des murmures s'élevèrent, mais personne ne répondit à cette tentative de putsch. Je me renfonçai dans mon fauteuil, cherchant, dans les visages de mes vis-à-vis, un indice sur ce qu'ils pensaient. J'avais déjà été puni en étant incarcéré pour un crime que je n'avais pas commis. Perdre l'entreprise serait un affront supplémentaire inacceptable.

Lassé de ce silence, je finis par me lever. Les membres du conseil me suivirent des yeux, tandis que je marchais dans la salle en frôlant leurs chaises.

— J'aime cette entreprise, lançai-je. J'ai encore des tas de projets d'investissements immobiliers, de diversification de nos intérêts. J'ai aussi certainement le meilleur carnet d'adresses de tout le pays. Surtout, j'ai une vision claire de que je souhaite faire, de ce que nous souhaitons tous faire.

Je posai les mains sur les épaules de l'administrateur le plus virulent. Sous mes paumes, je sentis son corps se tendre, signe qu'il n'était pas rassuré. Les autres membres me scrutaient, mais leur détermination à me voir partir semblait s'émousser.

— Alors si vous ne comprenez pas en quoi ma présence en tant que président est la meilleure solution pour cette entreprise, c'est que vous ne comprenez pas cette entreprise.

Je pressai mes mains sur les épaules de l'homme à l'odeur de cigare, conscient que je devais lui faire un peu mal.

— Et si vous ne comprenez pas cette entreprise, vous n'avez rien à faire ici, ajoutai-je en écrasant mes doigts sur ses omoplates.

— Cessons de nous battre. Quels sont ces fameux projets ? demanda la femme en levant un sourcil plein de curiosité.

— On doit revoir notre stratégie. Surtout, nous devons lancer un projet phare avec une vaste campagne de communication autour de lui et de l'entreprise pour nous assurer de la confiance de nos actionnaires. En trois mois, on peut redorer notre image et réaliser d'importants bénéfices.

Je cessai de torturer mon administrateur et libérai ses épaules. Je terminai mon tour de table, conscient des remous que mon petit discours venait de provoquer.

— Je ne m'avoue jamais battu. Au cas où certains ici l'auraient oublié, dis-je sèchement.

— Et s'il ne se passe rien dans trois mois ? Ou si vous êtes condamné pour de bon ? demanda un homme sur ma gauche.

— Dans ce cas, je vous reconvoquerai et je rédigerai ma lettre de démission. Pour le moment, c'est encore mon nom qui est inscrit dans le hall.

De retour à ma place, Barthelemy se pencha vers moi. J'avais les poings serrés tant je retenais ma rage.

— Du grand art. Tu as travaillé ta force de conviction en prison ? s'amusa-t-il.

— J'ai appris à ne plus perdre mon temps. D'ailleurs, on m'attend.

— Tu n'attends pas le vote ? demanda-t-il alors que je me levais déjà de mon fauteuil.

— Personne ne fait mieux ce boulot que moi. Ils ne vont pas me virer.

Je quittai la salle, confiant. Je jetai un coup d'œil vers la paroi vitrée. Dix mains levées. J'avais gagné. Barthelemy me rejoignit dans mon bureau dix minutes plus tard, me tendant le procès-verbal du conseil signé par la majorité des membres confirmant mon maintien.

— Où as-tu appris ça ? demanda-t-il, en dénouant sa cravate en soie bleue.

— Mon père et quelques leçons de boxe.

— Et maintenant on fait quoi ?

— On attache sa ceinture. Je vais trouver le salopard qui m'a expédié en prison et j'enterrerai son corps moi-même sous trois couches de béton.

L'ambiance au Sky était calme. Je ne pouvais donc pas accuser le brouhaha ambiant quand je demandai à James de répéter sa suggestion parce que je doutais de l'avoir bien comprise.

— Adoucir ton image, dit-il avant de boire une gorgée de vin.

— Mon image va très bien.

— Ton image convient parfaitement à la réincarnation de T-1000.

— T-1000 ?

— Le méchant dans *Terminator*. Regard glacial, petite raideur musculaire et légère obsession pour la violence. Tu es son portrait craché.

— C'est censé m'émouvoir ? l'interrogeai-je, perplexe.

— Hamilton, tu fais partie des gens qui n'ont pas pleuré devant *Bambi*. Ce n'est pas grave en soit. Mais si l'opinion publique devait élire le type le plus sympathique du monde, il choisirait plus volontiers l'iceberg qui a coulé le Titanic que toi.

— C'est ma petite fierté personnelle. Je suis déjà assez sympa pour t'offrir le dîner et ce grand cru.

James esquissa un sourire avant de se redresser. Depuis le début du repas, nous avions parlé de mon dossier et de la stratégie que James espérait mettre au point. Au-delà du dossier, d'après lui, je devais travailler mon image.

— Je veux défendre l'idée d'un coup monté. Je vais donc réépluchер toutes les pièces à conviction pour trouver une faille et m'y engouffrer, Mais, de ton côté, il faut que tu deviennes sympathique aux yeux du public.

— Tu veux que... je me victimise ? l'interrogeai-je.

— Je veux que tu deviennes le mec avec qui tout le monde veut devenir ami, je veux que les filles fantasment sur toi et je veux que tu deviennes le gendre idéal pour les mères de famille.

— Les filles fantasment déjà sur moi, répondis-je sans cacher la pointe de sarcasme dans ma voix.

— Oui, parce qu'elles te trouvent dangereux. Il faut que tu sois sympa, Hamilton. Tu tiens la porte, tu vas donner de ton temps dans une association... Deviens humain, en gros !

— James, je viens de me donner en spectacle devant mon conseil d'administration où j'ai promis de m'investir à fond dans mon rôle de président. Je n'ai donc pas prévu de me radoucir.

— Ça aiderait ton dossier pourtant. Pour le moment, tout le monde pense que tu es un connard privilégié avec une collection de voitures de sport. Montre-leur qu'ils ont tort.

— Et si j'étais effectivement un connard privilégié avec une collection de voitures de sport ?

James avala un morceau de salade et secoua la tête. Je n'avais pas vraiment envie de jouer un rôle. Mon innocence n'était pas contestable et ma personnalité n'avait rien à avoir avec ça.

— Nous sommes amis. Si tu étais un connard, alors j'en serais un aussi. Et je crois vraiment que je n'en suis pas un.

— Tu es avocat. C'est pareil !

— Tu veux gagner ce procès ?

— Évidemment.

— Alors, sur ce coup, tu vas devoir me faire confiance. Crois-moi, Hamilton, ton image compte autant que ton dossier.

James me fixa longuement. Il avait gagné un nombre impressionnant d'affaires et connaissait les rouages de la justice. Le conseil d'administration de cet après-midi était un parfait exemple de sa théorie : on doutait de moi et je ne bénéficiais d'aucune indulgence. Sortir de prison sur un vice de procédure devait paraître, aux yeux de certains, comme un passe-droit.

— Descends de ta tour d'ivoire et viens côtoyer ton prochain. Je t'assure que tout Ashbourne sera ravi de constater à quel point ton humour est aussi mauvais que ton caractère.

— Ce que tu ne comprends pas James, c'est que je ne souhaite pas être seulement innocenté. Je veux être totalement blanchi. Et surtout, je veux que le mec derrière tout ça pourrisse en enfer, assénai-je en tapant mon index contre la table en bois.

— Tout doux, cheval fou ! répondit James dans un rire.

Il piqua un morceau de tomate dans son assiette et prit son temps pour le déguster. Il ne semblait pas impressionné par mon accès de colère. Je poussai un grand soupir et terminai mon verre de vin d'un trait.

— Je suis là pour assurer ta défense, Hamilton. Le reste... ne me regarde pas. Enfin sauf si tu comptes engager un tueur à gage pour traquer les Cosgrove !

— L'idée est plaisante.

— De la sympathie et de la normalité, Hamilton. Ça nous aidera à plaider ton affaire. Et je ne plaisantais pas sur ta tour d'ivoire. Si tu continues à te terrer, les gens vont penser que tu as quelque chose à cacher.

— Je ne veux pas devenir une bête de foire.

— Tu es déjà une bête de foire ! J'ai obtenu des invitations pour une soirée demain.

— Et ?

— Et tu viens. C'est non négociable, Hamilton, me prévint-il alors que j'allais lui couper la parole. Tu viens, tu serres quelques mains, tu te montres, trois ou quatre sourires et tu pourras rentrer chez toi ensuite tranquillement.

— C'est quoi comme soirée ?

— Fête d'anniversaire. Mais il y a aura tout le gratin d'Ashbourne.

— Tout le gratin ? Et je ne suis pas invité directement ?

— Tout le gratin fréquentable. Un bain de foule ne peut pas te faire de mal.

Je lâchai un grognement. Je savais que James avait raison. C'était l'un des meilleurs avocats de la ville et il était redoutable devant une cour. Ma personnalité était autant jugée que le fond de mon dossier. J'abdiquai à contrecœur.

— Très bien.

Un sourire satisfait se peignit sur les lèvres de mon avocat. James s'enfonça dans son fauteuil, aussi détendu que s'il avait gagné un procès, pendant que je commandais une autre bière.

— Je passerai te prendre. 20 heures. Chemise blanche, pantalon noir. Je te donnerai un masque.

— C'est déguisé ? Mais c'est l'anniversaire d'un gamin de cinq ans ?

— Une gamine de vingt-cinq ans. Et sa mère adore les soirées à thème.

— Encore une fille à papa, marmonnai-je.

— C'est juste une soirée, Hamilton, insista James. Ça ne va pas bouleverser ta vie !

Chapitre 12

Violette

— Pouvez-vous vous tourner, s'il vous plaît ?

Je baissai les yeux sur la jeune vendeuse. À genoux devant moi, elle piquait des épingles sur le bas de ma robe pour y ajouter une frange de plume. Je poussai un lourd soupir. Ma mère avait calé ce rendez-vous sans m'en parler et je ne cessais de regarder l'heure.

Je refusais d'être en retard au pénitencier

— Attendez, dis-je dans un sursaut de fierté.

Elle lâcha immédiatement ma robe et releva des yeux effrayés sur moi. Je détestais voir cette lueur dans le regard des gens. Le nom des Cosgrove effrayait : un seul mot de notre part et votre réputation et tout votre avenir pouvait devenir un tapis de cendres.

— Quel âge avez-vous ? lui demandai-je.

— 22 ans.

— Étude de stylisme ?

Elle hocha la tête et se redressa, un peu surprise que je tombe juste. Je fis face à l'imposant miroir du magasin. Pieds nus, mes cheveux ondulés un peu fou, j'avais la sensation de disparaître dans cette robe. Je soupçonnais ma mère de l'avoir justement choisie pour cette raison. Cette robe était belle, mais tellement classique qu'elle ne reflétait rien de ma personnalité.

— Chaque année, ma mère achète ma tenue d'anniversaire ici. Chaque année, une étudiante comme vous est chargée des retouches. Et que pensez-vous de cette robe ? demandai-je.

— Collection printemps, Valentino. C'est une très jolie robe. La soie est vraiment sublime et...

— Non, la coupai-je. Ce que je voulais dire, c'est est-ce que, vous, vous la porteriez ?

Elle scruta mon visage dans le miroir, comme pour s'assurer de la sincérité de ma question. Je me tournai vers elle, attendant sa réponse. Les mots de Rita me revinrent : j'avais peut-être une propension à la rébellion.

Ou alors, c'étaient mes parents qui réveillaient mon esprit de révolte. J'avais toujours pris soin de me tenir à l'écart tant de la famille que de l'héritage Cosgrove. Dès qu'on me poussait à retrouver le clan, à rentrer dans le rang, je cherchais un moyen de m'en écarter pour exister.

Je pinçai le tissu de la robe entre mes mains. La soie était douce contre ma peau et le tombé était élégant. Mais elle n'était pas pour moi.

— Elle est trop... sage, commentai-je dans un soupir.

— Elle a du potentiel, lâcha la vendeuse. Il faudrait la raccourcir. Et dégagez le décolleté, et la rendre plus lumineuse.

— Faites-le.

— Je vous demande pardon ?

— Faites-le, répétai-je.

— C'est une Valentino, protesta-t-elle. Je ne peux pas...

— Vous le pouvez. Ma mère a choisi la robe, je choisis d'en faire ce que je veux.

Dans le miroir, je me surpris à sourire de ma détermination. Je n'en voulais pas à ma famille et je n'avais rien contre mon patronyme. Mais je voulais exister. Je voulais qu'on cesse de me résumer à mon nom. Quelques minutes plus tard, la jeune vendeuse s'affairait sur le tissu. Le décolleté trop sage disparut sous mes yeux, les bretelles s'allongèrent pour se croiser dans le dos et, en quelques coups de ciseaux, la robe qui traînait au sol fut raccourcie et gagna une interminable fente jusqu'en haut de ma cuisse gauche.

— Je n'arrive pas à croire que j'ai fait ça, murmura la vendeuse tout en admirant son travail.

— Moi non plus, répliquai-je avant d'éclater de rire. Vous pensez que je peux la récupérer quand ?

— Je peux faire tout ça en deux jours.

— Parfait !

Je sortis de la boutique avec l'esprit plus apaisé. Cela semblait puéril, mais cette histoire de robe m'avait offert un peu de liberté. Je me promis de faire cesser ces fêtes d'anniversaire ringardes et inutiles. À chaque soirée, je finissais invariablement seule, dans la bibliothèque, à savourer le calme et à éviter ma mère qui voulait me présenter à tous les célibataires de la ville.

— La dernière fois, me promis-je en démarrant la voiture.

Deux jours plus tard, la fameuse robe était suspendue dans le salon de mon appartement et Rita s'affairait à boucler mes cheveux. Elle avait déplacé la psyché de ma chambre et s'assurait de la qualité de son travail en y jetant régulièrement un coup d'œil.

— J'ai effectué mes recherches sur le projet immobilier du parc, dit-elle.

— De quel côté est tombé la pièce ? Face Cosgrove ou pile Monroe ?

— Face.

Je poussai un grognement de lassitude et grimaçai. Savoir que mon parc préféré allait être détruit par l'empire de mon père rendait la situation encore plus pénible.

— À mon avis, reprit Rita, si tu vas voir ton père et que tu lui expliques, il annulera le projet et…

J'éclatai d'un rire ironique. Mon père n'était pas du genre à annuler un projet ; encore moins si c'était pour des raisons purement sentimentales. Par ailleurs, même si le nom des

Cosgrove apparaissait, le projet avait dû être délégué à une des filiales du groupe. Ma voix ne portait pas assez haut pour être écoutée et prise en compte.

— Je ne suis même pas certaine que mon père connaisse tous les projets de son propre empire, dis-je.

— Ça, c'est parce qu'il est bien trop occupé à jouer les grands manitous pour s'intéresser aux détails, lança mon amie, avec une pointe de sarcasme.

— Sûrement. De toute façon, mon père n'est pas du genre à se faire dicter sa conduite. Je crois qu'il faut se rendre à l'évidence et se faire à l'idée que ce parc n'existera bientôt plus.

Rita abandonna son projet coiffure et, par miroir interposé, planta ses yeux dans les miens. Elle était opiniâtre et combative. De mon côté, j'étais déterminée, mais j'avais appris à choisir mes batailles. D'expérience, je savais que lutter contre mon père était voué à l'échec. Gagner était un *leitmotiv* pour lui.

— Donc, tu ne vas rien faire ? me demanda Rita.

— Je vais tenter de survivre à cette soirée. Je réfléchirai ensuite à une stratégie militaire pour sauver notre parc.

— Ton père n'est pas la seule solution. On pourrait… s'enchaîner au saule, par exemple. Ou organiser une manifestation devant le parc ?

— Tu as l'air très motivée, dis-je dans un sourire. J'ai déjà l'association à gérer, mais si tu fais quelque chose, je me joindrai à vous, promis-je.

Elle sembla accepter ma réponse et, armée de son fer à boucler, reprit son travail sur mes cheveux. Dès qu'elle eut terminé, j'allai dans ma chambre pour enfiler ma robe. L'étudiante styliste l'avait totalement remaniée, retirant même les bretelles au profit d'un bustier scintillant. La jupe, elle, avait gagné en sensualité, laissant apparaître ma jambe.

Quand je réapparus dans le salon, j'eus la sensation que les yeux de Rita allaient sortir de leurs orbites. Elle émit un sifflement d'appréciation et applaudit doucement.

— Les pompiers sont au courant ? demanda-t-elle.

— Qu... Quoi ?

— Est-ce que les pompiers sont au courant de l'incendie que tu vas provoquer ? Et, au passage, ils devront sûrement réanimer ta mère !

J'éclatai de rire, tout en jouant avec le tissu ample du bas de ma robe. La fente était audacieuse et ma mère n'allait certainement pas apprécier que je me dévoile ainsi, mais au moins, cette robe me ressemblait et je n'étais plus invisible.

— Donc... C'est une robe ? Ou un manifeste ? m'interrogea-t-elle.

— J'avais juste envie d'être moi-même.

— Eh bien, c'est réussi. Et je suis certaine qu'un tas d'hommes vont vouloir faire connaissance avec ce « moi-même » dans un coin sombre.

— J'ai fait retoucher cette robe pour moi, pour personne d'autre.

Je me réinstallai sur ma chaise, les paupières closes, prête à me faire maquiller par ma meilleure amie. Elle s'empara d'une éponge de fond de teint et commença à tapoter ma peau.

— De toute façon, tu n'es pas vraiment disponible, n'est-ce-pas ? me demanda Rita.

— De quoi tu parles ?

— Je parle du livre sur ton chevet, dans ta chambre.

Je restai silencieuse. Rita avait un don d'observation redoutable. Elle avait sûrement noté le titre du livre quand je lui avais fait lire le message du prisonnier. Le voir sur mon chevet avait dû lui mettre la puce à l'oreille.

Ce bouquin, c'était ce qui me restait de ma rencontre avec ce détenu. C'était la preuve que je n'avais pas imaginé tout ce que je ressentais. Ça avait existé. Ça avait été réel. Court, fugace, improbable, mais vrai.

Et, maintenant, j'étais triste. Parce que tout cela avait un goût amer d'inachevé et que j'avais la sensation que mon cœur était un peu fissuré et bancal. Il me manquait.

— Il ne vient plus aux ateliers, avouai-je finalement.

— Il ne vient plus ? répéta Rita. Mais… tu sais pourquoi ?

— Je ne suis pas censée demander des informations sur les prisonniers.

— Peut-être qu'un gardien vous a repérés et qu'il a été exclu, suggéra Rita.

— C'est possible. Et ce livre… je sais que ça peut paraître ridicule, mais j'ai l'impression qu'il est toujours là, quelque part, à me regarder à travers chaque page.

— D'où la robe, conclut Rita.

— La robe ?

— Et bien, tu oscilles entre deux mondes : il y a ce livre, avec cette histoire impossible et inachevée avec un prisonnier et puis, il y a ta vie ici, cette soirée, avec nous et des milliers de possibilités.

— Je peux venir à cette soirée. Mais ce livre demeure important.

— Alors cherche-le ! conclut Rita.

Je poussai un lourd soupir. J'y avais pensé au moins cent fois. Et cent fois, j'avais fini par me raisonner : comment allais-je trouver un homme dont je ne connaissais absolument rien hormis la couleur des yeux et le son rauque de la voix. Secrètement, j'espérais que lui me chercherait. Il avait mon prénom, il avait le nom de l'association. Une simple recherche sur Internet lui aurait donné tout mon pedigree.

Et mon nom.

Et je me demandais si être une Cosgrove n'était finalement pas un obstacle.

— Peut-être que c'est mieux comme ça, dis-je finalement, Peut-être que j'ai fantasmé cette histoire.

— Violette, il t'a écrit dans un livre… Pour n'importe qui, c'est un détail. Pour toi, c'est comme si ton destin s'accomplissait.

— Rita, je ne sais rien sur lui. Et je ne peux pas aller demander au directeur de la prison de me donner des détails. En revanche, ce prisonnier connaît mon prénom, le nom de l'association. S'il avait voulu me retrouver, il l'aurait fait. Ça se termine ainsi.

— C'est nul comme fin, grommela-t-elle.

— Toutes les fins ne sont pas heureuses, répondis-je dans un sourire.

— Elles devraient l'être. Sinon, comment on continue à y croire ?

Je haussai les épaules. Certaines histoires étaient vouées à rester inachevées.

Ma mère avait réservé la salle de bal du Verona Hall, le plus grand hôtel de luxe d'Ashbourne. À mon arrivée dans la salle, avec Rita, Liam et Alex, j'avais été épatée par le déluge d'or et de nacre qui nous avait engloutis.

— Impressionnant, avait murmuré Alex. Je ne sais même pas où regarder.

Ma mère avait sûrement engagé un régiment de décorateurs. Nos pieds foulaient un tapis épais blanc cassé, lequel était bordé de colonnes d'inspiration gréco-romaine. Les tables qui entouraient la piste de danse étaient drapées de blanc, avec des chemins de table dorées. Au plafond, des lustres extravagants, chargées de cristaux, illuminaient la salle.

— À mon avis, on ne trouve plus une seule fleur dans toute la ville, commenta Liam.

Des boules de roses étaient suspendus un peu partout et, sur les tables, trônaient des chandeliers imposants, décorés de fleurs et de perles. Des employés s'agitaient partout dans la salle, armés de bouteilles de champagne.

L'extravagance avait trouvé parfaite illustration.

— On va boire un verre, dis-je, déjà épuisée par cette soirée.

Nos masques sur le visage, nous nous dirigeâmes vers le bar. Des dizaines de flûtes à champagne étaient alignées et, à l'extrémité du comptoir, je repérai quelques bouteilles d'alcool fort. Prendre une vodka et m'effondrer dans un coin était tentant.

— Pour mon anniversaire, ma mère a fait un panneau avec des photos de moi. Honnêtement, je préfère ta soirée à la mienne, déclara Alex amusé.

Ses yeux sombres pétillaient de joie. Je l'avais rencontré à la cafétaria de l'université. Il était serveur pour arrondir ses fins de mois et nous avions découvert que nous avions quelques cours en commun. Nous étions devenus amis et il m'avait aidée dans les premiers mois de l'association.

— À ton anniversaire, Violette, lança-t-il en levant son verre.

Rita et Liam l'imitèrent, et j'avalai le contenu de mon verre d'un trait. Le volume de la musique augmenta et soudain, les basses firent vibrer le sol de la salle. Cette soirée allait vraiment être longue.

Discours, dîner, discours. Rediscours. Ce n'était pas une fête d'anniversaire, c'était une soirée visant à mesurer la popularité des Cosgrove. Dans la mesure où l'alcool coulait à flot et où le repas était supervisé par un grand chef, je pouvais assurer que notre cote était haute. Je détestais ces soirées, mais je devais admettre que ma mère avait un véritable talent pour les organiser. Liam s'effondra sur une chaise près de moi, essoufflé de danser depuis presque une heure. Rita se dandinait toujours, avec la main d'Alex autour de sa taille. Adrian et Serena, qui nous avaient rejoints, discutaient avec un des associés de mon père.

— Tu sais où est Graham ? m'interrogea Liam en balayant la foule des yeux.

— Graham ? Mon frère ?

— Lui-même. Serena m'a dit qu'il était de nouveau célibataire. Et vu que je le suis aussi, je me disais que je pouvais tenter ma chance.

— Il te plaît ? m'étonnai-je.

Liam connaissait ma famille depuis presque cinq ans. Graham était le plus âgé et le plus secret de mes frères. Grand, brun, des yeux aussi sombres que la nuit, il avait aussi hérité du sens des affaires de mon père. Contrairement à mes trois autres frères, il ne passait pas son temps à se battre et, de temps à autre, nous partagions un déjeuner ensemble.

— Vous avez une génétique incroyable dans cette famille. Et ton frère est... impressionnant, dit-il, un peu rêveur.

Au même instant, Graham, masqué, apparut dans la foule. Il me gratifia d'un petit signe de tête, avant de jeter un coup d'œil furtif à Liam.

— Il est temps d'abandonner le banc de touche. Ça t'ennuie si je vais lui parler ?

— Ça ne me regarde pas, surtout.

— Tu devrais en faire autant. Je crois qu'Alex tente d'attirer ton attention.

Ce dernier dansait toujours avec Rita, en nous jetant des coups d'œil. J'avais déjà échangé quelques baisers avec Alex, et nous avions même passé une nuit ensemble. Mais passé ce moment de désir et d'égarement, j'avais compris que son amitié comptait beaucoup plus pour moi.

— Il sait que je ne veux pas être plus qu'une amie, murmurai-je, mes yeux balayant la foule. Et que...

Ma voix s'éteignit brusquement et mon cœur s'emballa. Pendant une fraction de seconde, au milieu des invités, j'avais croisé des iris gris familiers. La gorge serrée, je me levai de ma chaise, les cherchant frénétiquement. Ce regard, cette intensité... C'était lui.

— Violette ? m'interpella Liam, surpris par mon élan soudain.

— Je... Rien.

Je tentais de m'en convaincre. Mais même si cela avait été fugace, mon esprit jouait encore et encore la scène. C'était impossible... Impossible, et pourtant bien réel.

— Tu devrais aller voir Graham, dis-je d'une voix enrouée.

Il s'éclipsa dans la seconde, pendant que, malgré moi, mes yeux se posaient sur chacun des invités. La musique changea pour un morceau plus lent et, subitement, une main se présenta devant moi.

— Une danse ? me proposa Alex.

Hésitante et trop distraite, j'acceptai. Ma main dans la sienne, il m'entraîna vers la piste de danse, avant d'attirer mon corps contre le sien. Je tentai de me concentrer sur mes pieds, mais j'avais l'esprit ailleurs.

— Je voulais te parler en tête à tête, commença Alex.

— Alex...

Et à l'instant où Alex pressait sa main contre mes reins, j'accrochai à nouveau ces inoubliables yeux gris. Deux secondes, pendant lesquelles je ne fis même plus l'effort de danser et où ma respiration devint laborieuse. C'était lui, je le savais. La façon dont mon corps réagissait, les frissons sur ma peau, le vacillement de mes jambes : cela effaçait tous les doutes.

Et il m'avait vue aussi.

Mais Alex reprit notre danse, et l'homme aux yeux gris disparut dans la foule. Je le cherchai frénétiquement, tournant ma tête en tous sens, ignorant Alex dont la main remontait dans mon dos. Entre lui, la musique, le brouhaha des conversations et la foule dense, j'avais la sensation d'étouffer. Tout était flou. Sauf cette certitude qui menaçait de faire imploser mon cœur.

Rien de tout cela n'avait de sens. Il ne pouvait pas être là. Et pourtant j'étais certaine que c'était lui.

— Excuse-moi, lâchai-je soudain en me dégageant de l'étreinte d'Alex.

Il fallait que je sorte de cet endroit, que je prenne l'air et que je retrouve mon calme. En tremblant, je traversai la salle en bousculant tout le monde, cherchant mon souffle en me demandant si je n'étais pas folle à lier.

Quand j'arrivai enfin sur la terrasse qui surplombait les jardins illuminés de l'hôtel, j'étais à bout de souffle. Je retirai mon masque et contemplai la nuit pour m'apaiser. La musique était désormais en sourdine, j'étais seule et ma respiration frénétique se calmait. Après quelques minutes, saisie par le froid, je décidai que j'avais assez donné pour cette soirée. De toute façon, elle était plus pour la famille Cosgrove que pour moi.

À l'instant où je pivotais pour retrouver la sortie, je le vis. Debout devant moi, élégant, masqué, ses incomparables yeux gris ancrés dans les miens.

— J'attendais que vous soyez seule, dit-il finalement.

Il retira son masque, et je pris conscience que je tremblais. De froid, probablement. De stupéfaction et de trac aussi. Je ressentais tant de choses à la fois que j'étais incapable de parler.

Il s'approcha de moi, félin, déterminé et si beau que ça devait être illégal. Un sourire accrochait ses lèvres, et je parvins à en faire un à mon tour. Il était là, confiant, le col de sa chemise déboutonné et avec un éclat sauvage dans le regard.

— Bonsoir, Violette.

Chapitre 13

Hamilton

— Tu veux un verre ? me demanda James dès que nous fûmes dans la salle de réception.

— Je veux une bouteille entière, répondis-je en grognant.

— On va quand même commencer par un verre.

La musique me tapait sur les nerfs et, malgré le masque, j'avais l'impression que tout le monde savait qui j'étais. J'avais évidemment reconnu quelques visages : le maire d'Ashbourne, le procureur général et deux ou trois acteurs en vogue. Avec cette décoration imposante et ces guirlandes scintillantes, on était loin d'une ambiance d'anniversaire.

Je me frayai un chemin dans la foule, regrettant ma décision de venir.

— Whisky, m'informa James en me tendant un verre.

— Tu peux me dire ce qu'on fait ici ?

— On s'amuse, Hamilton. Tu as besoin de faire la fête. Avec un peu de chance, tu peux même trouver une fille pour finir la soirée.

— Je vais rentrer, dis-je en lui tendant mon verre intact.

— Arrête de faire le rabat-joie !

Il cogna son verre contre le mien, et j'en bus une gorgée. L'alcool me brûla la gorge et, pendant une seconde, je fermai les yeux et oubliai la foule. Sur la piste, les invités commençaient à se déhancher. James fut abordé par une jeune femme métisse aux longs cheveux noirs. Elle affichait un sourire éclatant et une silhouette féminine et voluptueuse.

À en croire les yeux brillants et gourmands de James, elle était tout à fait son genre.

— Mais comment fais-tu pour être plus belle à chaque fois que je te vois ? la complimenta-t-il.

— Et comment fais-tu, toi, pour être un tel flagorneur ? répliqua-t-elle.

— C'est un avocat, intervins-je. C'est naturel, chez lui.

— Ne fais pas attention à lui, c'est sa mauvaise humeur qui est naturelle chez lui ! se défendit James.

Il enroula son bras autour de la taille de la jeune femme et chuchota à son oreille. Elle éclata de rire et pressa sa main contre son torse. J'assistais à une véritable parade de séduction, et ça me collait la nausée.

— En tout cas, je vais me répéter, mais tu es vraiment sublime, reprit James.

Elle s'écarta de lui, lui laissant tout loisir de la détailler. Au-delà de ses courbes sensuelles, ce qui devait plaire à James, c'était l'assurance qu'elle dégageait. Elle le fixait droit dans les yeux, comme pour mieux le défier. L'instant suivant, elle croisa une connaissance et ils discutèrent ensemble avec animation pendant deux bonnes minutes, avant de revenir vers James.

— Qui était-ce ? demanda-t-il en suivant l'homme des yeux.

— Un ami d'enfance. Je ne l'avais pas vu depuis des mois.

James avala une rasade de son whisky, et je fis comme s'il ne suintait pas le parfum âcre de la jalousie. Les mâchoires serrées, il dégagea une mèche de cheveux du masque de la femme, effleurant sa peau.

— Quand vas-tu accepter mon invitation à dîner ? s'enquit-il.

— On travaille ensemble, James. Mélanger le travail et le plaisir n'est pas une bonne idée.

— Je ne veux pas te faire virer. Tu es la meilleure chargée de recherche du cabinet.

— Alors il faut te résigner, dit-elle avec un doux sourire.

— Jamais.

Je compris alors ce qui lui plaisait chez elle : elle lui résistait. Dans le chemin parsemé de victoires et de réussites de James, on pouvait sûrement compter sur les doigts d'une seule main les femmes qui lui avaient tenu tête.

Soudain, mon meilleur ami sembla se souvenir de ma présence, et il se tourna vers moi.

— Je crois que je n'ai pas fait les présentations. Hamilton, cette sublime créature s'appelle Serena.

— Sublime et inaccessible, souligna-t-elle en tendant sa main vers moi.

Je me demandais si James allait me pulvériser si je risquais un compliment. Il attendrait certainement qu'on soit seul pour le faire, histoire de faire couler mon corps attaché à une parpaing au fond de l'océan. C'était trop tentant de l'emmerder. Aussi, je pris la main de Serena et la portai à mes lèvres pour y déposer un furtif baiser. Près de moi, James se crispa et me fusilla du regard.

— Enchanté, Serena. Vous êtes en effet éblouissante !

— De bonnes manières, s'amusa-t-elle.

— Serena travaille au sein du cabinet depuis presque un an. Elle est chargée de recherche pour Mark, un de mes confrères. Serena, je te présente mon meilleur ami.

Un an. James allait me devoir une sérieuse explication. Les femmes avaient du mal à lui résister une heure ; que Serena ait tenu un an était admirable et intrigant. J'échangeai un regard avec mon meilleur ami : son visage trahissait sa frustration.

— Meilleur ami, hein ? Eh bien, je vais donc pouvoir vous soutirer des informations sur James, se réjouit-elle.

— Avec plaisir. Que voulez-vous savoir ?

— Est-ce qu'il est toujours aussi insistant ?

— Il est pugnace, confirmai-je, devant un James qui fulminait.

Il voulait cette femme. Pas pour agrandir sa collection, pour un moment de plaisir ou pour satisfaire un caprice, il la voulait vraiment et était prêt à tout pour elle. Et surtout à m'étrangler sur le champ.

— Mais il est digne de confiance, ajoutai-je. S'il se montre si insistant, c'est que ses intentions sont louables. Et James connaît d'excellents restaurants dans Ashbourne. Je suis certain que vous passeriez une soirée mémorable.

— Je vais y réfléchir alors, répondit-elle en adressant un sourire à James. Et vous êtes ? demanda-t-elle.

— Hamilton Monroe.

Son sourire s'effaça dans la seconde et sa bonne humeur s'envola. Elle recula de deux pas et jeta un coup d'œil paniqué vers James.

— Tu as amené l'héritier Monroe ici ? lui demanda-t-elle, sans cacher son inquiétude.

— Il est masqué, aucun risque qu'on le remarque.

— C'est particulièrement culotté et dangereux. Même de ta part, répliqua-t-elle.

— Il n'arrivera rien, je t'assure. Tout le monde est ici pour faire la fête.

— Si on apprend que c'est grâce à moi que tu as pu entrer ici...

Serena ne masquait rien de son angoisse. Elle balaya la salle des yeux, comme pour s'assurer de la véracité des propos de James. Ce dernier entoura sa taille de son bras et l'attira contre lui. Il déposa un baiser contre sa tempe et ajouta :

— Il ne craint rien. Et toi non plus. Je te protégerai en cas de problème.

Serena sembla se détendre près de lui, et James resserra encore son étreinte, lui parlant doucement à l'oreille. Je ne comprenais rien. Elle avait l'air vraiment paniquée et malgré l'assurance de James, ses yeux ne cessaient de guetter un éventuel danger.

— Navré de vous interrompre, mais je peux savoir quel est le problème ?

— Il n'y en a aucun, répondit James, placide.

— La soirée a été organisée par les Cosgrove, avoua finalement la jeune femme.

— Tu plaisantes ?

Elle secoua la tête et se libéra de l'étreinte protectrice de James. Ce dernier garda les yeux sur elle, la couvant du regard. Je parcourus la salle à mon tour. Être ici revenait à fréquenter un nid de serpents et à espérer qu'aucun d'eux ne me morde.

— C'est juste une soirée, Hamilton. Tu es là pour replonger dans la vraie vie et passer un bon moment ! me rappela James.

— C'est une soirée organisée par les Cosgrove ! Ces gens veulent ma perte et, d'ailleurs, ils ont presque réussi !

— Il faut que j'y aille, murmura Serena.

Elle était sûrement pressée de déguerpir, complètement affolée à l'idée d'être surprise en train de parler à un Monroe quand, manifestement, elle était proche des Cosgrove. James, déçu, parvint à lui saisir la main :

— Garde-moi une danse, murmura-t-il.

Elle hocha la tête avant de se volatiliser dans la foule agitée. James la suivit des yeux autant que possible, pendant que j'avalais une nouvelle rasade de whisky pour me calmer. Je n'en revenais pas que James m'ait fait un coup pareil.

— Il y a au moins cinq cents invités. Et sûrement que tu as déjà été reconnu. À mon avis, les Cosgrove ne vont pas prendre le risque de faire des vagues ce soir. Alors, détends-toi !

— Tu aurais pu au moins me prévenir !

— Pour que tu refuses ? Ce n'est qu'une soirée, Hamilton. Il faut que tu te montres, que tu serres quelques mains et que tu affiches ta détermination. Prouve-leur que tu n'as rien à cacher.

— J'ai failli tout perdre à cause d'eux ! m'emportai-je.

— Tu n'en sais rien ! Cesse de ruminer ta rancune. Tu es libre, tu participes à une fête qui va être mémorable. Tu devrais t'amuser, Hamilton. C'est ce que tous ces gens autour de nous font !

James poussa un lourd soupir. Je desserrai lentement les poings. Autour de nous, les invités dansaient et riaient.

Personne n'avait l'air de nous porter une attention particulière. C'était nouveau : j'avais plutôt l'habitude d'être le centre de l'attention. Un silence s'installa entre James et moi. D'un ton plus posé, il poursuivit :

— Hamilton, je suis ton avocat et ton meilleur ami : jamais je ne te mettrais dans une situation délicate.

— Tu en es certain ?

— Je suis le mec qui te sort des situations délicates, me rappela-t-il. Même si le patriarche Cosgrove t'apercevait, il ne te ferait pas évacuer. Il tient trop à son image pour provoquer un scandale. Il s'agit juste de te montrer, de reprendre une vie normale et de faire taire les rumeurs. Je te le répète, Hamilton : ce n'est qu'une soirée. Tout le monde est ici pour faire la fête et profiter de l'*open bar*. Montre-leur que tu es tout aussi humain qu'eux et offre-toi une gueule de bois sur le compte des Cosgrove si tu en as envie !

— C'est l'anniversaire de qui au juste ? demandai-je.

— De leur plus jeune fille.

— Génial ! Je lui enverrai un cadeau. Ne me refais plus jamais un coup si pourri ! Accompagne-moi au bar, on va achever leur whisky.

Après le dîner, je retrouvai James dans un des recoins de la salle, en pleine séance d'observation. Adossé à une colonne, il suivait Serena des yeux. Elle riait avec un petit groupe d'invités, son charme éclipsant tous les autres. James sirotait son verre d'un air nonchalant, mais son regard sombre brillait de frustration.

— Tu comptais me parler d'elle un jour ?

James ne tourna pas la tête, mais ses doigts se crispèrent légèrement autour de son verre.

— Pas vraiment, non.

— Elle est rayonnante.

— C'est vrai.

— Et tu la veux.

— Hamilton...

— Et on dirait qu'elle résiste à ton charme légendaire. Ce qui te fait perdre tes moyens.

James soupira, avant de reprendre une gorgée de sa boisson ambrée. Il gardait les yeux sur elle, mais il était tendu comme un arc, prêt à bondir sur la pauvre âme qui aurait l'audace d'approcher d'elle d'un peu trop près.

— Elle ne me fait pas perdre mes moyens, dit-il, avec un calme sidérant.

— Vraiment ? Tu as l'air d'un homme prêt à traverser un champ de mines pour elle. Honnêtement, je te comprends, elle est très attirante.

— Elle l'est, admit James. Et elle est brillante.

— C'est pour elle qu'on est venu ici ce soir ?

— On est venu pour toi. Elle, c'était juste... une belle rencontre, répondit-il dans un soupir impuissant.

James resta silencieux, son regard fixé sur Serena. Elle s'esclaffait à une remarque de son interlocuteur, et cela me rappela ce que j'avais ressenti en voyant Violette rire avec Liam. La colère m'avait comprimé la poitrine et, surtout, j'avais eu la sensation qu'elle m'échappait.

Ce sentiment ne m'avait pas quitté depuis ma libération : Violette était quelque part dans cette ville mais, pour son bien, je devais me tenir à l'écart. Elle méritait mieux : j'avais trop de choses à régler et mon avenir était encore incertain.

— On bosse ensemble, reprit James. Le cabinet interdit ce genre de relations.

— Tu suis les règles ? m'étonnai-je.

— Je la protège de moi-même.

— En l'invitant à dîner ?

Je n'avais jamais vu James aussi vulnérable et désarmé. Là encore, les souvenirs de mes échanges avec Violette me revinrent. Elle était douce, pétillante et chaleureuse et j'avais la sensation qu'elle était inaccessible.

Aussi bizarre que cela semblait l'être, Violette me manquait. Nos messages, nos trop courtes conversations, sa délicatesse, son indépendance... Dans une autre vie, j'aurais fait comme James : je l'aurais protégée de tout.

— Je n'ai jamais dit que j'étais un mec raisonnable. En particulier avec elle. Regarde-la, belle, forte, indépendante. Elle n'a pas besoin de moi. Certaines choses doivent rester...

— ...inachevées, terminai-je pour lui. Mais elle te doit une danse, non ?

James ravala un rire et son regard s'éclaira. Il se redressa, avala le contenu de son verre, et après un dernier signe de tête dans ma direction, se dirigea vers Serena. Je les observai de loin, réfléchissant à ma propre histoire inachevée avec Violette.

Je quittai mon poste d'observation pour laisser à James un semblant d'intimité. Traversant la foule, je fus heurté par un homme d'une soixantaine d'années qui manqua presque de me faire tomber. Je pivotai et m'arrêtai net, stupéfait.

Elle était là. Assise près de Liam, plongée dans leur conversation, ses yeux noisette mis en valeur par un maquillage charbonneux, elle esquissa un bref sourire. Mes souvenirs ne lui rendaient pas justice. Violette était magnifique et irradiait de joie.

Je la dévorai des yeux, la peau fine de son cou, son décolleté provocant, ses lèvres délicates. Elle n'était qu'à quelques mètres de moi et paraissait encore plus inaccessible que lors de ses passages à la prison.

Quand elle tourna la tête, ses yeux accrochèrent les miens et je vis un éclat de surprise illuminer son regard. Un homme passa devant moi et j'en profitai pour chercher un meilleur poste d'observation.

Comme l'avait fait James avant moi, je trouvai un recoin plongé dans une semi-pénombre et regardai Violette. À la façon dont ses yeux papillonnaient, je sus qu'elle me cherchait. Un homme l'invita à danser et elle se retrouva sur la piste de danse, visiblement peu concernée par la musique plus douce qui sortait des enceintes.

Je me décalais pour mieux la suivre des yeux, serrant les mâchoires à m'en faire mal, quand je vis cet homme poser une main possessive sur elle. Son malaise et sa nervosité étaient perceptibles et j'envisageais d'aller à son secours quand nos yeux se trouvèrent.

Deux secondes. Trois peut-être. Ses yeux étaient verrouillés aux miens, posant mille questions. La stupéfaction, puis le soulagement et enfin la crainte apparurent sur son visage. Son partenaire menait la danse, la faisant tourner sur la piste sans prendre conscience qu'elle était ailleurs.

Elle était avec moi. Définitivement.

Alors que j'allais intervenir, je la vis prendre la fuite et sortir de la salle en repoussant les invités qui se mettaient sur son chemin. L'homme, hagard, poussa un soupir avant de secouer la tête. À mon tour, je quittai les lieux, espérant pouvoir la retrouver sans difficulté.

Quand je déboulai sur la terrasse, l'air frais nocturne me fit du bien. J'avais traversé la salle en apnée, concentré sur elle et cette robe noire époustouflante. Violette me tournait le dos, ses épaules se soulevant comme si elle tentait de reprendre, elle aussi, sa respiration. Elle retira son masque et fixa la vue devant elle.

J'hésitai à lui parler. Je me demandais même si j'avais bien fait de la suivre ici. Depuis ma libération, je m'étais raisonné pour me tenir à l'écart ; mais voir son regard s'illuminer en me voyant avait fait exploser mes bonnes résolutions.

Elle pivota et, pour la troisième fois, son regard doux accrocha le mien. J'y trouvai encore toutes ces questions silencieuses et ses doute légitimes.

— J'attendais que vous soyez seule, murmurai-je.

Je retirai mon masque et réduisis l'espace entre nous. Je percevais toujours les basses de la musique, et surtout, je sentais ces picotements agréables et électrisants sur ma peau. Elle m'adressa un sourire timide.

C'était tout ce dont j'avais besoin.

— Bonsoir, Violette.

Chapitre 14

Violette

— Bonsoir, murmurai-je. Je... pardon, j'essaie de comprendre ce que vous faites ici. C'est tellement...

— ... improbable ? finit-il pour moi.

— Fantastique, corrigeai-je. Et inespéré et un peu fou aussi. Je ne sais même pas...

J'étais perdue. Un tas de sentiments se bousculaient en moi : la joie de le revoir, la stupéfaction qu'il soit libre, la crainte qu'il disparaisse à nouveau. Je n'avais jamais été aussi bouleversée et heureuse en même temps. Et cet homme aux insondables yeux gris était là, immobile et imperturbable, si proche et pourtant toujours autant insaisissable.

— On devrait commencer par le début, proposa-t-il en retirant sa veste. Je m'appelle Hamilton.

Il posa sa veste sur mes épaules. Je glissai mes bras dans les manches, savourant la caresse de la soie chaude et douce sur mes bras nus. Il en tira les larges pans sur ma poitrine, me protégeant du vent glacé. Ses doigts effleurèrent ma peau et son parfum boisé m'enveloppa. Il planta ses yeux dans les miens et repoussa les quelques mèches qui voletaient sur mon visage.

— Violette, répondis-je, appréciant sa prévenance.

— J'ai été libéré. La procédure dans mon dossier n'a pas été totalement respectée. Je l'ai appris après notre échange de livres à travers les barreaux.

Je hochai la tête. Cela n'effaçait pas totalement la déception que j'avais ressentie en constatant son absence, mais son explication était plus rassurante que tous les scénarios tordus et cruels que j'avais imaginés. Il s'écarta de moi, un sourire espiègle sur ses lèvres.

— J'imagine que tout le monde vous l'a déjà dit : vous êtes superbe, Violette. Et cette robe vous va divinement.

Son regard de braise balaya mon corps et ma jambe dévoilée par la vertigineuse fente que j'avais exigée. Cela me réchauffa plus encore que sa veste de smoking. Je me mordis nerveusement la lèvre : cet homme était trop irréel et prévenant pour moi.

— Merci, murmurai-je.

— Ne me remerciez pas. Vous aviez raison, vous êtes une femme dangereuse. Et je sais que la robe n'y est pour rien.

Nous étions sur une pente glissante. Encore sous le choc de son apparition, je cherchais à reprendre le contrôle de la situation. En prison, les règles et les barreaux avaient dressé des limites entre nous. Ici, sur cette terrasse, nous étions seuls et je n'étais pas certaine de pouvoir lutter longtemps contre la voix de la raison.

— Si vous êtes à cette soirée, c'est que nous avons des amis en commun, dis-je pour changer de sujet.

— Probablement. Une certaine Serena, qui travaille dans le cabinet de mon avocat, nous a fait entrer ici.

— Je comprends mieux. C'est un peu démesuré comme soirée, dis-je en m'excusant presque.

— Les Cosgrove ne font jamais dans la subtilité, répondit-il. D'ailleurs, je ne sais même pas à quoi ressemble la star de la soirée. Je n'ai pas apporté de cadeau en plus !

Il laissa échapper un rire qui me tétanisa. Mon identité, qui me pesait si souvent dernièrement, était encore préservée. Une nouvelle vague de soulagement me submergea. Devant lui, j'étais Violette, une fille comme les autres, dans une soirée trop extravagante. Je pouvais encore garder mon secret quelque temps.

— Elle est sûrement sur la piste de danse, éludai-je.

— Comme vous tout à l'heure.

— Alex est un de mes amis, expliquai-je précipitamment. Il adore me traîner sur la piste et... ce n'était pas le bon moment.

— À cause de moi ?

Je sentis mes joues chauffer et ma gorge se serrer. Ma respiration se fit encore plus lourde quand il réduisit le faible espace entre lui et moi. À nouveau, avec précaution et langueur, il repoussa une de mes mèches de cheveux, avant de faire courir ses doigts délicatement sur ma peau. Je fermai les yeux, refusant de me battre contre le désir dévorant qui me gagnait.

— Oui, avouai-je.

Je soulevai les paupières, le souffle court et prête à rendre les armes. Avais-je vraiment cru que j'allais pouvoir résister ?

— J'ai cru... Je me disais que mon imagination me jouait des tours, continuai-je.

— On est deux.

— Et maintenant on fait quoi ?

— On peut rester un moment ici. Pour discuter. Sauf si vous voulez retourner danser !

— Non, non, surtout pas, répondis-je précipitamment.

— Vous n'aimez pas danser ?

— Je préfère rester ici. Avec vous. On n'a jamais eu l'occasion de vraiment parler ensemble sans témoin.

— On parlait, dit-il en haussant un sourcil. Par livres interposés. Et ce n'était même pas un crime !

— C'est vrai, concédai-je. L'idée était aussi géniale que frustrante.

Mon compliment lui tira un sourire fier. Je baissai les yeux, il irradiait de lui cette beauté sauvage et animale qui m'avait conquise dès notre première rencontre. Un court silence s'installa. Nous avions sûrement mille choses à nous dire, mais j'étais encore stupéfaite de sa présence à cette soirée.

— Je vais pouvoir vous rendre votre livre maintenant, reprit-il.

— C'est... Non, gardez-le !

Je ne voulais pas parler de livre, maintenant, Je le voulais lui, je voulais sentir ses mains sur ma peau et oublier cette petite voix insidieuse qui me faisait douter de ce qui était en train de se passer.

— Je ne sais pas si je peux.

Il soutint mon regard, et cette fois, je n'eus plus la force de détourner les yeux. Ce gris intense et orageux m'envoûtait et m'empêchait de prendre mes distances. Je n'avais jamais pu le faire : dès le premier jour, Hamilton avait capté mon attention.

— Parce que vous aviez raison sur les livres et les souvenirs qu'ils conservent. À chaque fois que je le vois, je pense à vous.

— Agréablement, j'espère.

— Très agréablement.

— Pourquoi ne m'as-tu pas cherché ? l'interrogeai-je le tutoyant brusquement.

C'était plus fort que moi. Parmi toutes les questions qui me hantaient, celle-ci, la toute première qui avait surgi après la déception de son absence à l'atelier, me taraudait. Il serra les mâchoires et son regard se durcit.

Je fis de mon mieux pour refouler la vague de panique prête à m'engloutir. Je venais juste de le retrouver et je craignais maintenant de le perdre à nouveau.

— Je te l'ai dit : je ne suis pas un mec bien.

— Ce n'est pas suffisant. J'ai cru... J'ai imaginé le pire quand tu n'es pas venu à l'atelier.

— J'avais des choses à régler, dit-il en passant une main nerveuse dans ses cheveux. J'ai toujours des choses à régler. Regarde-toi, Violette : tu es magnifique, douce et indulgente. Je sors de prison et je vais peut-être y retourner. Il faut que je reste à l'écart.

Il me fixa avec intensité, une lueur de douleur éclairant son regard. Cela me rassura : lui aussi sentait cette connexion puissante entre nous. Tout comme moi, il n'était pas prêt à me laisser.

— Alors, tu comptais... m'ignorer ?

— Je comptais te préserver.

— J'aimerais avoir mon mot à dire, dis-je, déterminée.

Il haussa un sourcil, avant de rire. En une seconde, la tension entre nous s'allégea. Je resserrai la veste autour de moi, luttant contre le froid qui griffait ma peau. Je fixai son visage détendu et lumineux. C'était la première fois que je voyais Hamilton décontracté.

— Tu trouves ça drôle ? demandai-je.

— Je ris parce que j'aurais dû me douter que tu n'allais pas être d'accord. Tu aimes braver les interdits.

— De manière générale, je n'aime pas qu'on me dise ce que je dois faire.

— Pendant une seconde, j'ai cru que c'était un traitement de faveur qui m'était réservé.

Ses yeux gris pétillaient de malice, bien loin de l'orage qui y couvait habituellement. Je retins difficilement un sourire. Hamilton avait de l'humour et même si c'était pour se moquer de moi, j'appréciais cette facette de sa personnalité et cette légèreté.

— Malheureusement, j'agis ainsi avec tout le monde. Y compris avec ma famille, précisai-je.

— Oh. Famille compliquée ?

— Père protecteur, mère intrusive, résumai-je. Je fais de mon mieux pour éviter les réunions de famille.

— Je comprends mieux cette passion pour la littérature. Mais, si j'étais ton père, je te protégerais aussi. Tu pourrais tomber entre de mauvaises mains.

— Les tiennes par exemple ?

— Tu veux tomber entre mes mains ?

C'était une question rhétorique. Il n'y avait ni surprise, ni avertissement dans sa voix. Hamilton voulait s'assurer que j'étais d'accord. Je voulais tout.

Y tomber. M'y perdre. Me laisser aller. Les caresser. Les sentir. Les toucher. Y rester.

Tout. Et même ce que je n'envisageais pas encore.

— J'y suis déjà, murmurai-je, prise au piège.

Résister n'était plus à l'ordre du jour. C'était justement ce qui m'avait frappée en le voyant apparaître sur cette terrasse : tant qu'il était en prison, je me raisonnais sur cette relation unique. Maintenant qu'il était libre et si proche, je n'avais plus aucune excuse pour ne pas céder à l'attirance que je ressentais.

— Tu ne m'as même pas demandé pourquoi j'étais en prison, dit-il, le souffle court.

— Parce que c'est sans importance, parce que je me fiche de tout ça.

— Ma vie est un chaos, répondit-il pour tenter de me raisonner encore.

— J'aime le chaos.

Déstabilisé par ma réponse, il esquissa un sourire. Je restai silencieuse, pendant qu'il avançait vers moi, son regard brillant d'un nouvel éclat. En temps normal, j'aurais reculé, j'aurais mis de la distance. Mais Hamilton était en train de me tester pour s'assurer de ma sincérité. La tension ressurgit, palpable et crépitante, me faisant haleter.

— Et j'aime ça, ajoutai-je un ton plus bas en désignant un vague espace entre nous deux.

— La fille aux livres qui aime jouer avec le feu, dit-il amusé.

— Tu n'as pas l'air dangereux, répliquai-je.

Hamilton esquissa un sourire malicieux et chaud, qui allumait quelque chose de brûlant au creux de mon ventre. Puis il avança d'un pas, son parfum m'enveloppant à nouveau et je me retrouvai incapable de détourner les yeux des siens.

— Tu es seule, sur une terrasse, en pleine nuit avec un homme qui sort de prison. Tu devrais être effrayée.

Un frisson parcourut ma colonne vertébrale. Mon cœur battait à tout rompre et, pourtant, je me sentais sereine et en sécurité.

— Tu devrais me repousser, murmura-t-il.

Ses doigts effleurèrent ma peau, et je tremblai d'anticipation et de désir. Hamilton me dominait de toute sa taille, ses yeux gris luttant contre un nouvel orage. Je ne savais pas ce qui le retenait à ce point. Je me fichais de cette histoire de prison, de son passé et du fameux chaos dont il parlait. Il était là, après presque deux semaines sans nouvelles et je me rendais compte maintenant qu'il m'avait cruellement manqué.

— Si tu voulais rester à l'écart, tu ne m'aurais pas suivie ici, dis-je pour le forcer à faire face à ces propres contradictions.

— Je n'ai pas réfléchi, admit-il. Il fallait que je te voie.

— Pour quelle raison ?

— C'était... C'était juste plus fort que moi. J'avais besoin de te voir et de te toucher, ajouta-t-il en caressant ma joue.

— Tu m'as manqué, chuchotai-je.

— Tu m'as manqué aussi.

Ses yeux se braquèrent sur mes lèvres. Je n'arrivais toujours pas à mettre des mots sur ce qu'il se passait, l'attraction entre Hamilton et moi était indéniable. Il hésita, mais, à ma grande déception, ne fit aucun geste pour m'embrasser.

— Recule, m'intima-t-il.

— Tu veux m'amener dans un coin sombre ? répondis-je dans un rire.

— Je veux admirer la vue. Et il y a des gens derrière moi.

Je grimaçai, encaissant une nouvelle déception. Hypnotisée par le regard d'Hamilton, je ne m'étais pas rendu compte que des invités avaient choisi, eux aussi, de prendre l'air. Des éclats de voix me parvinrent, pendant qu'Hamilton, sans masquer son sourire moqueur, me repoussait en direction de la balustrade.

Mon dos heurta doucement le haut garde-fou en pierre et Hamilton m'emprisonna en y posant les mains, de part et d'autre de ma taille. Je cessai de respirer, enivrée par son parfum et par son attitude confiante et déterminée. Il jouait de sa puissance et j'appréciais un peu trop ça.

— Et je n'ai pas besoin d'un coin sombre, murmura-t-il à mon oreille,

Dans un geste possessif, il passa le dos de sa main sur ma joue, puis sur ma gorge, écartant les pans de sa veste. Haletante, je savourai le contact trop furtif de nos peaux. J'étais à sa merci, le cœur battant à tout rompre, pendant qu'une chaleur intense se nichait dans le creux de mes reins.

— Toujours pas effrayée ? demanda-t-il d'une voix chaude.

— Non.

— Tu devrais l'être. Ici, il n'y a aucune règle, aucun barreau pour te protéger.

Sa voix vibra contre ma paume et un frisson d'excitation me parcourut. Il reposa sa main sur la balustrade, plongeant son regard sombre dans le mien. Depuis le premier jour, j'avais été fascinée par Hamilton. Cette nuit, je comprenais qu'il n'y aurait pas de retour en arrière, que d'une manière ou d'une autre, Hamilton laisserait son empreinte sur moi. Sa voix, ses mains, son souffle : tout cela allait rester gravé sur mon corps. Hamilton respira mon parfum et chantonna les paroles de la chanson qui me parvenait au loin.

C'était trop et à la fois pas assez. Tout mon corps vibrait d'excitation et de désir. Je voulais qu'il me touche et qu'il me fasse oublier ces derniers jours de tristesse et d'angoisse.

— Tu es cruel, dis-je dans un souffle.

— Et, toi, tu fais de la tachycardie, répliqua-t-il en abaissant ses lèvres sur mon cou.

Il sourit contre ma peau, à l'endroit où mon pouls frappait, frénétique. J'oubliai le froid, les invités et cette soirée grotesque d'anniversaire.

— Je ne veux pas être protégée, dis-je, la respiration lourde.

De l'index, il me fit relever le menton pour que nos yeux se trouvent à nouveau. Ce gris sombre et intense allait me hanter. Hamilton était en train d'abandonner la lutte et cela me faisait ressentir autant de fierté que de désir.

— Tu ne sais pas dans quoi tu t'embarques, dit-il d'une voix étranglée.

— C'est vrai. Mais le chaos ne m'effraie pas. Tu ne m'effraies pas.

Ses lèvres étaient si proches des miennes, qu'il aurait simplement fallu me hisser sur la pointe des pieds pour l'embrasser. Près de nous, j'entendis des rires et des éclats de conversation.

— J'ai menti, dit-il.

Je redescendis aussitôt de mon petit nuage à fantasmes, piquée de curiosité. Devant ma mine défaite, Hamilton ne cacha pas sa satisfaction. Il aimait jouer avec mes émotions, je trouverais le moyen de me venger.

— À quel sujet ?

— Ton livre. Celui que je dois te rendre.

— Je ne comprends pas.

Il soutint mon regard et, cette fois, je n'eus plus la force de détourner les yeux. Ce gris intense et orageux m'envoûtait et m'empêchait de prendre mes distances. Je n'avais jamais pu le faire : dès le premier jour, Hamilton avait capté mon attention.

— Je pense à toi, tout le temps. Pas uniquement quand je vois ce livre. Tout le temps, répéta-t-il.

Son aveu me coupa le souffle et j'eus la sensation que ses paroles s'insinuaient sous ma peau.

— Chaque mot, chaque silence me ramène à toi. Ça me... consume. Tu es dans la lumière, dans les ombres, dans chacun de mes gestes. Tu es partout, en permanence. Et après cette soirée, je ne sais pas si je parviendrai à te laisser.

— Tu n'as pas à le faire, répondis-je, émue par sa confession.

Un frisson parcourut son corps, une tension presque palpable vibrant entre nous. Sa respiration devint plus profonde, et il pencha son front vers le mien, comme s'il cherchait une réponse, ou peut-être une délivrance. J'aurais été incapable d'expliquer comment tout cela s'était produit. Nous nous connaissions à peine, nous avions assez peu parlé, mais, malgré tout, un lien tangible et une attirance irrésistible nous poussaient l'un vers l'autre. C'était insensé, presque irrationnel. Une force invisible, indéniable, qui défiait la logique et le bon sens.

— J'ai cru que ça passerait, qu'en restant à l'écart j'oublierais l'effet que tu me fais, ton sourire doux, tes yeux brillants, ton parfum. Je me suis trompé.

— Je voulais que tu penses à moi. Comme je pense à toi.

Un sourire lent, presque imperceptible, effleura ses lèvres. L'air devint irrespirable et il posa sa main sur ma taille comme pour mieux me retenir. C'était inutile : je n'avais aucune intention de quitter son étreinte.

— Cela confirme ce que je disais : tu n'as pas besoin de me le rendre.

— Dans ce cas, j'aimerais rajouter un souvenir à ton livre, murmura-t-il. Un souvenir commun.

J'acquiesçai, incapable de parler. Hamilton repoussa légèrement la veste pour découvrir une de mes épaules. Je frissonnai, autant de froid que de trac. Avec délicatesse, il pressa ses lèvres contre ma peau et je laissai échapper un soupir d'aise, relâchant la tension latente qui paralysait mon corps. Je me cramponnai à sa chemise. Lentement, il remonta jusqu'à mon cou, déposant de furtifs baisers qui éveillaient chaque nerf de mon corps.

— Tu as raison. Je vais le garder, finalement.

Il sourit contre ma peau, et je laissai échapper un rire à mon tour. On ne m'avait jamais traitée ainsi, avec une telle révérence et une telle envie. Cela me bouleversait. J'ignorais de quoi serait fait mon avenir, mais Hamilton était en train de tout chambouler sur son passage.

Il cessa sa caresse et posa son front contre le mien. Dans le froid, nos souffles se mêlèrent et nous échangeâmes un sourire.

Sous les étoiles, sur cette terrasse, le moment était parfait.

— Violette ?

La voix de Rita me sortit de ma bulle. J'envisageai pendant un instant de rester cachée dans ses bras, mais il s'écarta pour toiser ma meilleure amie. Son large sourire s'affaissa lentement, au fur et à mesure qu'elle approchait de moi. Ses yeux passèrent d'Hamilton à moi alternativement, avant de s'arrêter sur mes mains accrochées à sa chemise.

— On... On t'attend, dit-elle d'une voix blanche.

— J'arrive.

Elle recula de quelques pas, tout en hochant la tête. Ma mère l'avait sûrement expédiée ici à ma recherche pour le rituel des bougies. C'était le clou du spectacle de ces soirées : un gâteau plus grand que moi et plus large que l'État était apporté et je devais alors souffler toutes les bougies plantées sur la crème, avec les invités en spectateurs.

— Il faut que j'y aille, on peut se retrouver plus tard ?

— Je serai près du bar. Garde la veste, dit-il alors que je m'apprêtais à la retirer.

— Merci. J'en ai seulement pour quelques minutes.

Je me détachai à regret d'Hamilton, lui adressant un ultime sourire. Je rejoignis Rita, inhabituellement silencieuse alors que j'étais euphorique. Je l'interrogeai sur le ton de la plaisanterie.

— Ma mère me cherche depuis combien de temps ?

— Quinze bonnes minutes, répondit-elle en accélérant le pas.

— C'était lui, m'exclamai-je avec joie. Le prisonnier, celui qui m'a écrit. Le hasard a fait qu'on s'est retrouvé ici, c'est fou non ? Il est... Il est incroyable, Rita !

Elle me tira par la main, me faisant traverser la foule si vite que je manquai presque de trébucher. Elle n'avait pas l'air elle-même et semblait même inquiète. En arrivant près de la table d'honneur où était installée toute ma famille, elle libéra ma main et afficha un sourire aussi faux que suspect.

— Tout va bien ? m'inquiétai-je en voyant ses yeux brillant de larmes.

— Oui. Je suis juste... émue, fit-elle. On craignait que tu sois partie et... Bref, ça va être ton moment.

Elle me fit un signe d'encouragement, mais son attitude sonnait faux. Un malaise diffus me saisit : de toute évidence, je n'avais pas toutes les pièces du puzzle. Derrière moi, je sentis qu'on agrippait ma veste pour la retirer.

— C'est pour les photos, ma chérie, roucoula ma mère. Tu passes une bonne soirée ?

Elle afficha un sourire ravi, tandis que je hochai la tête. Elle avait passé des semaines à organiser cette soirée : je pouvais bien admettre que, grâce à elle, indirectement, elle serait inoubliable. Mon regard se porta sur le bar, à gauche de la salle. Hamilton me tournait le dos, commandant certainement un verre. La foule des invités était rassemblée devant notre table, prête à célébrer mon anniversaire.

— Je ne reste pas après, dis-je à Rita. On m'attend.

— Il faut que je te parle avant, répondit-elle. C'est important, répliqua-t-elle.

Je décelai de l'affolement dans sa voix. Cette fois, j'en étais sûre, il se passait quelque chose. Je n'eus pas le temps de la questionner : la salle fut plongée brutalement dans le noir quasi complet et les invités commencèrent à chanter « Joyeux anniversaire ».

Quelques spots éclairaient alternativement la foule et la table d'honneur. Le gâteau surmonté de mes vingt-cinq bougies apparut, poussé par trois serveurs et le chef en personne. Je souris automatiquement alors que mes parents m'encadraient, mon père posant une main protectrice sur mon épaule. Mais mon esprit était ailleurs.

Près de moi, Rita applaudissait, mais elle semblait pressée de passer à autre chose. À la faveur d'un mouvement furtif d'éclairage, j'aperçus Hamilton, les traits tendus, un éclat d'incompréhension dans le regard. Les voix continuaient de chanter, mais elles n'étaient plus qu'un murmure indistinct dans mes oreilles.

Mon cœur s'emballa, une sensation glaciale s'infiltra dans mes veines. Le spot balaya à nouveau le bar. Hamilton affichait maintenant un visage fermé et irrité. Cela suffit à me retourner l'estomac.

— Souffle tes bougies, ma chérie ! m'encouragea ma mère.

La gorge nouée, je m'exécutai et quand les flammes s'éteignirent sur le gâteau, la lumière implacable de la salle se ralluma. La foule applaudissait à tout rompre. Je reculai, un peu sonnée, laissant les commis découper et servir la pâtisserie. Je n'étais plus vraiment présente, obnubilée par Hamilton et son visage pétrifié.

Dans ses yeux gris, l'orage ne menaçait plus : il avait éclaté. Nos yeux restèrent soudés l'un à l'autre, mais le froid avait réussi à chasser toute mon euphorie.

Rita agrippa mon coude et m'attira à elle. À son tour, elle regarda en direction d'Hamilton.

— C'est Hamilton. Hamilton Monroe, expliqua-t-elle d'une voix tremblante. L'un des héritiers de la famille Monroe.

À chaque mot de Rita, j'avais la sensation de prendre un coup. Mon cœur sembla s'arrêter, suspendu dans un vide oppressant où seules ces paroles résonnaient.

Hamilton Monroe.

Je n'arrivais plus à respirer. L'air me manquait, comme si on m'avait arraché le cœur et qu'on se régalait de me voir souffrir. Les larmes me piquaient les yeux et mes mains tremblaient.

J'avais toujours voulu me tenir à l'écart de ma famille et de leurs affaires. J'avais maintenant la sensation de payer très cher mon envie d'indépendance. Si j'avais prêté attention à l'empire familial, si j'avais pris soin de m'intéresser aux médias, j'aurais certainement reconnu Hamilton.

Hamilton était un Monroe. J'étais une Cosgrove.

Deux noms. Deux empires. Deux univers. Deux ennemis jurés.

Et, à nos pieds, un gouffre abyssal qui était en train d'engloutir nos deux cœurs.

Chapitre 15

Hamilton

— Je t'ai cherché partout, tu étais où ? me demanda James lorsque je rejoignis le bar.

— Tu étais avec Serena, tu ne m'as aucunement cherché !

Je lui tendis une coupe de champagne, dissimulant tant bien que mal l'enthousiasme qui m'animait. À mon tour, je pris mon verre et le cognai contre celui de James. Revoir Violette m'avait apaisé. Durant ces derniers jours, j'avais passé beaucoup de temps à m'interroger sur qui elle était et où elle pouvait se trouver.

La rencontrer ici était un signe heureux du destin.

Et la sentir contre moi était un doux poison. Dès que je l'avais vue, j'avais oublié toutes les bonnes raisons que j'avais de rester à l'écart. Elle m'attirait à elle et j'avais eu le besoin irrépressible de lui parler.

— Tu es étrangement joyeux, fit remarquer James en arquant un sourcil. Il y a vingt minutes, tu étais furieux et sur le point de partir… Soit, tu as trop bu, soit tu n'es pas réellement Hamilton Monroe et je dois donc chercher son corps quelque part dans cette salle.

— La soirée est agréable, c'est tout, répondis-je avant de boire une longue gorgée de champagne.

Mais mon esprit n'était plus dans cette salle, ni dans cette conversation. Il était encore avec elle : ses yeux étincelants, son sourire lumineux, et cette façon qu'elle avait de me défier et de me pousser dans mes retranchements. C'était ce que j'appréciais le plus chez elle : Violette ne minaudait pas. Elle était confiante et opiniâtre.

James me dévisagea. J'aurais aimé afficher un visage neutre, mais j'étais trop heureux d'avoir retrouvé Violette.

— Putain, tu t'es envoyé en l'air, s'exclama James, indifférent aux regards autour de nous.

— Pas encore.

— Oh, donc c'est prévu. J'avoue que je préfère nettement te voir de cette humeur !

Soudain, les lumières dans la salle s'éteignirent et les premières notes de « Joyeux anniversaire » retentirent.

— On peut dire ce qu'on veut, mais les Cosgrove savent organiser une soirée, me glissa James alors que nous pivotions tous les deux vers le centre de l'attention.

Son ton était neutre, mais l'évocation de ce nom fit l'effet d'un uppercut. La coupe que je tenais faillit m'échapper. Violette était là, debout, éclairée par un spot à la lumière blanche. Elle affichait ce sourire familier, fixant la foule qui chantait.

Qui chantait pour elle. Pour son anniversaire.

Le gâteau apparut, imposant et extravagant, avec ces bougies vacillantes et son parfum écœurant de sucre. Je fixai Violette, puis la foule, cherchant une explication à ce que je voyais. Du moins, je cherchais une autre explication à celle qui s'imposait.

— Le clou de la soirée, fit James. Les Cosgrove au grand complet : papa, maman, les quatre héritiers et la benjamine. La photo sera prête juste à temps pour être publiée dans la presse demain !

— Les Cosgrove ? répétai-je, d'une voix blanche.

James fronça les sourcils, surpris par ma réaction. Je fixais la scène devant moi : Violette, rayonnante sous les projecteurs, entourée de sa famille, la main sur son épaule était celle d'un homme que je ne pouvais qu'identifier comme étant son père.

— C'est... C'est une Cosgrove, murmurai-je, stupéfait.

Le champagne dans ma bouche avait un goût amer. Ma joie débordante s'effaça immédiatement, remplacée par une rage inédite. Elle m'avait menti et je me sentais trahi. J'avais eu mon lot de coups bas de la part de cette famille, mais celui-ci dépassait tout ce que j'avais vécu.

C'était une Cosgrove.

James posa une main sur mon épaule, visiblement inquiet. Violette souffla toutes ses bougies et éteignit du même coup le maigre espoir qu'il me restait.

— Tout va bien ?

— Parfaitement, répliquai-je, la voix froide et tranchante.

Les lumières se rallumèrent et j'accrochai le regard de Violette. Je ne sentais plus que de la rage, intense et dévastatrice. Je la vis blêmir et ouvrir la bouche, sans qu'aucun mot n'en sorte. Son regard était éteint et pendant une seconde, je crus qu'elle suffoquait.

Elle était la fille de l'homme que je haïssais le plus au monde, l'homme qui nous avait humiliés si souvent, l'homme qui avait failli nous ruiner, l'homme qui ne s'embarrassait d'aucun état d'âme.

L'homme qui était à l'origine de mon séjour en prison. Une partie de moi voulait retourner vers elle pour exiger des explications. Mais ce n'était pas ce que faisaient les Monroe.

Je relevai la tête, une résolution froide et implacable prenant place en moi. Cette fille ne m'aurait pas. Ni ce soir, ni jamais.

— Il faut que j'y aille, dis-je d'une voix enrouée.

— Tu es sérieux ? La soirée commence à peine ! s'exclama James.

Je traversais déjà la foule à grandes enjambées, ruminant ma colère et mon amertume. Rester ici était trop dangereux : je ne savais pas si je pouvais contenir l'envie irrésistible de renverser toutes les tables.

Elle aimait le chaos. J'allais faire de sa vie un enfer.

À mon réveil, le lendemain matin, j'avais une migraine phénoménale et ma bouche était tapissée de sable. Mon dos me faisait mal, sûrement parce que s'endormir, ivre mort, dans un canapé n'est jamais une bonne idée. Je me redressai en gémissant, pressant mes doigts contre mes tempes, dans l'espoir fou de faire refluer la douleur.

Mes pieds heurtèrent une bouteille de whisky vide et renversèrent mon verre. J'avais bu jusqu'à l'oubli. Et évidemment, vu que je me souvenais de chaque détail de cette fichue soirée, je pouvais maintenant affirmer que cela ne fonctionnait pas.

Me lever du canapé me demanda un effort surhumain. Je n'avais aucune idée de l'heure qu'il était, mais les rayons du soleil me piquaient les yeux. Je passai mes mains sur mon visage et retirai ma chemise puante. Je la jetai sur le rare meuble encore sur ses pieds.

À en croire l'état de mon salon et de la cuisine attenante, j'avais laissé ma rage dévaster mon appartement. De la vaisselle cassée gisait au sol, un fauteuil avait été renversé, des cadres photos étaient décrochés et un des miroirs fixés au mur du salon portait la marque parfaite de mon poing.

Ce qui expliquait les plaies sur le dos de ma main droite.

Je me glissai sous la douche, laissant l'eau chaude couler sur ma peau. Cela ne chasserait ni mes courbatures, ni mes souvenirs de cette soirée, mais, avec un peu de chance, cela me permettrait de survivre à cette journée.

Elle m'avait trahie. Cela tournait en boucle dans ma tête. Elle s'était servie de moi, avait joué aux gentilles filles indulgentes et pleine de mansuétude pour mieux me manipuler et m'humilier. Et ce que je détestais le plus dans cette histoire, c'était qu'elle m'avait rendu vulnérable : je m'étais confié à elle, elle connaissait mes sentiments et...

Je pressai mon front contre le carrelage froid. Je ne voulais plus y penser, je voulais oublier Violette et tout ce qu'elle avait provoqué en moi. Une Cosgrove ne devait pas me bouleverser ou me faire dévier de ma vie.

Résolu, je sortis de la douche. Un coup d'œil à mon téléphone me confirma l'heure : presque 11 heures. En me dirigeant vers ma cuisine en vrac, j'envoyai un message à mon assistante lui demandant d'annuler tous mes engagements pour la journée et surtout, de ne me déranger sous aucun prétexte. J'avais besoin de solitude et de calme. De toute façon, je n'étais pas certain d'être suffisamment concentré pour travailler efficacement.

Après avoir avalé une petite bouteille d'eau, mon estomac se révolta. J'avalai un toast et un fruit, tout en tentant de contrôler mes pensées déviantes. L'image de Violette me revenait, envahissant chaque recoin de mon esprit, avec la saveur amère de la déception. C'était comme se rejouer un mauvais film en espérant naïvement pouvoir en changer la fin.

J'avais trois jours pour effacer Violette de mon existence et reprendre le contrôle.

Lundi, ma vie serait de nouveau normale, centrée sur la pérennité de mon entreprise et sur ma défense devant la justice.

Lundi, Violette Cosgrove ne serait plus qu'une ombre du passé.

— Trois bars, deux restaurants, ton bureau, ton garage et même ton appartement... Ça fait trois heures que je te cherche, déclara James.

Je jetai un coup d'œil dans sa direction. Il se tenait à l'entrée, l'épaule appuyée contre l'encadrement de la porte, les mains dans les poches. Il leva un sourcil, attendant patiemment une explication.

— Félicitations, tu m'as trouvé !

Je frappai le sac de sable en face de moi de toutes mes forces. La douleur irradia dans mon poing et remonta jusqu'à mon épaule, mais cela ne m'arrêta pas. Depuis une heure, j'enchaînais les coups, me faisant ruisseler de sueur et me poussant à abandonner mon T-shirt sur un banc. J'espérais ainsi autant me débarrasser de ma gueule de bois que de mes souvenirs avec Violette.

— Tout le monde s'inquiète pour toi, continua James.

J'avais fait équiper cette salle de sport, situé au sous-sol de mon immeuble, lorsque j'avais emménagé. De temps à autre, je croisais les autres résidents. En pleine journée, j'avais la certitude de ne pas avoir de spectateur.

— Tout le monde ? répétai-je.

— Eh bien au moins ton assistante et Barthelemy. Vous aviez une réunion ce matin.

— J'ai tout annulé. Et Linda le sait, je l'ai prévenue.

— Elle m'a appelé pour me le dire. Je crois qu'elle a un *crush* sur toi. Elle voulait que je m'assure que tu allais bien.

Le bruit sourd de mes poings frappant le sac rythmait l'atmosphère de la salle. Mâchoires serrées, essoufflé, j'écrasai mon poing contre le sac. James quitta son point d'observation et saisit une serviette éponge. En silence, il attendit que je cesse de faire pleuvoir les coups. Le sac oscilla dans un petit grincement et mon meilleur ami me tendit la serviette.

— Tu peux la rassurer, je vais bien, dis-je en la saisissant, glacial.

— Tu veux dire aussi bien que ta cuisine ?

Je pivotai brusquement vers lui, fronçant les sourcils, tout en essuyant la sueur de mon torse. Je n'avais pas vraiment eu envie de faire l'inventaire des dégâts. Ma frustration et ma colère étaient encore trop à vif.

— Tu es rentré chez moi ?

— J'ai fait défoncer la porte. J'espère que tu es bien assuré, répondit-il d'un air faussement innocent.

— T'as fait quoi ?

James haussa les épaules, comme si ce qu'il venait d'annoncer était parfaitement normal. Il ne cilla pas et esquissa à peine un sourire poli. Il ne plaisantait donc pas.

— Quand Linda m'a dit que tu avais annulé ta journée et que tu ne répondais pas aux appels, je suis passé. La porte était verrouillée et ton téléphone coupé. Après ton départ inexpliqué d'hier soir, je m'inquiétais vraiment. Donc, j'ai préféré être sûr qu'il ne te soit rien arrivé.

— Et tu t'es dit que défoncer ma porte était la meilleure des idées ?

— Ça ou appeler la police. Tu devrais me remercier, si j'avais choisi la deuxième solution, tu aurais dû leur expliquer pourquoi ta cuisine ressemble à une scène de crime.

— Maintenant, elle ressemble à une scène de crime qui a été perquisitionnée. Merci, James, ironisai-je. Je suis en vie, tu peux repartir !

— Je ne repartirai pas sans une solide explication.

Méthodiquement, je retirai les bandages autour de mes mains. Mes plaies de la nuit dernière saignaient toujours. Je plongeai mes poings dans l'eau glacé, retenant un gémissement de douleur. Je sentis le regard de James sur moi, comme s'il m'analysait.

— Est-ce que tu vas enfin me dire ce qui te met dans cet état ? m'interrogea-t-il.

— Rien.

Les mains sèches, je refis mes bandages, les serrant aussi fort que possible autour de mes paumes. Les muscles tendus, je retrouvai mon sac de frappe et décochai un crochet qui le fit vaciller.

— Hamilton, je suis ton avocat. Mais je suis ici en tant qu'ami. Je ne vais pas te laisser massacrer ce sac et te regarder t'autodétruire sans agir.

Je levai les poings, la respiration lourde et les yeux rivés sur ce fichu sac qui me résistait. James s'installa sur le banc. Il était aussi patient que j'étais impulsif, il finirait par m'avoir à l'usure.

— Je reformule : qui te met dans cet état ? demanda-t-il.

J'abandonnai ma séance d'entraînement. Ça ne servait pas à grand-chose, l'image de Violette était encore bien présente et mes mains me faisait un mal de chien. Ma migraine tapait contre mes tempes, comme pour me punir de ma nuit d'ivresse.

— Violette Cosgrove, dis-je finalement.

James haussa un sourcil, visiblement surpris par ma réponse.

— Violette Cosgrove ? répéta-t-il. La Violette Cosgrove ?

— Elle-même.

Un silence s'installa. James attendait visiblement une véritable explication. Il poussa un lourd soupir, avant de reprendre :

— Alors, je sais que c'est une Cosgrove et que techniquement, je n'ai pas à te demander pourquoi elle t'a mis en colère, puisque tu les hais… Mais, j'aimerais savoir ce qu'elle a fait pour te mettre dans cet état.

— Elle existe. Elle m'a menti. Trahie aussi. Manipulé. Et humilié.

— Cinq bonnes raisons de tout détruire sur ton passage, en effet.

— Elle s'est servie de moi, continuai-je en retournant à mon sac de frappe.

— Violette Cosgrove ? Tu es sûr qu'on parle de la même personne ? Parce que je connais Violette et…

— Tu la connais ? m'étonnai-je.

— On a fréquenté les mêmes cercles et j'ai dû lui parler une ou deux fois lors de galas de bienfaisance. Contrairement à ses frères, elle est plutôt discrète. Et très engagée auprès des jeunes, notamment pour la lec…

James s'interrompit et je vis, dans ses yeux, le moment précis où il emboîta une des pièces du puzzle. Je lançai mon poing dans le sac, refoulant l'image de Violette lors de notre première rencontre. Elle avait eu l'air si vulnérable. J'étais tombé dans le panneau, j'avais baissé ma garde et je devais maintenant reprendre le contrôle de ma vie.

— Tu l'as rencontrée en prison, conclut-il.

— Elle n'avait pas donné son nom.

— Elle ne donne jamais son nom. Elle ne veut pas exister seulement au travers de sa famille.

Je dévisageai James. Il ne semblait pas comprendre la situation. J'étais un Monroe, elle était une Cosgrove. Nous étions voués à nous haïr et je comptais consacrer beaucoup d'énergie à ce projet. Le sac de frappe encaissait mes coups, des gouttes de sueur cavalaient dans mon dos et ma rage coulaient dans mes veines, brûlante et dévastatrice.

— Et tu l'as revue hier soir, continua James, Putain, Hamilton, c'était elle ?

— De quoi tu parles ?

— Quand je t'ai retrouvé au bar, tu étais euphorique. C'était elle ?

Je hochai la tête, refusant de penser à ce que j'avais avoué à Violette sur la terrasse. Si cette histoire était découverte et mon moment de faiblesse éventé, je serais la risée d'Ashbourne et je pourrais faire mes adieux à mon entreprise.

— La fille avec qui tu devais t'envoyer en l'air, c'était elle ? s'exclama James, stupéfait.

Je pivotai brusquement vers lui, le regard noir.

— Dis le plus fort, encore. Ils ne t'ont sûrement pas entendu à l'autre bout de la ville !

James leva les mains en signe d'apaisement, même si un sourire insolent flottait toujours sur ses lèvres. Il se retenait de rire. Et moi de le frapper. Il plaisanta.

— Le destin vise parfois sous la ceinture.

— Ce n'est pas drôle, James, dis-je, dents serrées en avançant vers lui. C'était une erreur. Une énorme erreur que je compte bien corriger. Je déteste les Cosgrove, tous autant qu'ils sont. Il n'est pas question que ça change.

Son rire s'éteignit, et il me jaugea avec une lueur de sérieux.

— Et tu crois que… que Violette Cosgrove est le bras armé d'une machination familiale ? m'interrogea James.

— Ma tête était partout dans les journaux. Elle savait forcément qui j'étais et elle a cherché à traîner mon nom dans la boue, une fois de plus. Les Cosgrove sont des spécialistes de l'humiliation.

— Ça ne ressemble pas à Violette, intervint James.

— Tu la défends ?

— Ce que je veux dire, c'est qu'elle est tellement discrète et à l'écart de sa famille qu'elle n'aurait jamais trempé dans un truc pareil.

— Tellement discrète que les seules photos publiques d'elle sont soit floues, soit anciennes.

— Ses frères se chargent de la médiatisation familiale. Violette fait de son mieux pour la fuir. Elle a une vie plutôt normale pour une Cosgrove et ne fait rien pour revendiquer son nom.

— C'est pour ça qu'elle me l'a caché ? demandai-je.

Je pris ma bouteille d'eau et en avalai quelques gorgées. James me fixa, entre stupéfaction et perplexité. Lui parler de Violette m'avait soulagé et m'avait permis de mettre de la distance entre elle et moi

— Tu veux faire quoi au juste ? s'inquiéta-t-il.

— L'ignorer, pour commencer. Me concentrer sur mon entreprise et sur mon prochain procès, ensuite. Violette et sa famille appartiennent déjà au passé, et ils vont regretter de s'en être pris à moi.

Je passai le week-end dans un des hôtels les plus chics de la ville, pendant qu'une équipe de ménage, diligentée par Linda, s'occupait de remettre mon appartement en état. De toute façon, avec ma porte d'entrée détruite, je ne pouvais pas y rester.

J'appelai Barthelemy le dimanche pour faire le point sur nos dossiers les plus urgents. Je voulais être parfaitement au courant des détails de chaque projet pour contrecarrer d'éventuelles attaques du conseil d'administration. J'avais trois mois pour réussir et consolider ma place.

Le lundi matin, je franchis les tourniquets d'accès de l'entreprise alors que les gardiens de nuit n'avaient pas été relevés. Les bureaux étaient encore déserts et le jour pointait à peine à l'horizon. C'était mon moment préféré de la journée : ce calme apaisant qui me permettait de canaliser mes pensées avant que tout ne s'emballe. Après le chaos de ces derniers jours, c'était exactement ce dont j'avais besoin.

Je rejoignis mon bureau et déposai mon sac à dos sur le fauteuil pour en sortir mon ordinateur. L'écran s'illumina, affichant une avalanche de mails. Parfait. Justement ce qu'il me fallait pour occuper mon esprit et éviter de le laisser divaguer.

Mais même dans ce silence parfait, même en me penchant sur ma messagerie, une silhouette, un nom rôdait. Violette Cosgrove était toujours présente, dans un coin de ma tête. Je secouai la tête. Ce matin, il n'était pas question de penser à elle.

Ni à ses mots.

Ni à son regard.

Ni à la manière insupportable dont elle avait réussi à perturber mon équilibre.

Deux heures plus tard, Linda, sourire aux lèvres, entrait dans mon bureau. Je gardai les yeux rivés sur mon écran, tandis qu'elle me présentait mon planning de la journée.

— Merci, Linda, répondis-je quand elle eut fini. Pourquoi la réunion de 16 heures est annulée ?

— Barthelemy est cloué au lit avec une grippe. Il sera absent toute la semaine.

— Vous n'envoyez personne pour vérifier ? ironisai-je en haussant un sourcil.

Un léger rougissement s'empara de ses joues, et elle serra sa tablette contre elle, comme pour se protéger. J'abandonnai la lecture de mes messages pour m'enfoncer dans mon fauteuil.

— Nous étions tous très inquiets. Contacter votre avocat paraissait la meilleure option.

— Et sa meilleure option à lui a été de démolir ma porte, l'informai-je.

Aussi vite qu'elle avait rougi, le sang quitta son visage. Mon assistante se dandina d'un pied sur l'autre, mal à l'aise.

— Je… Je suis désolée, murmura-t-elle.

— Effectuez simplement votre travail, d'accord ?

— À ce sujet, reprit-elle timidement, il y a quelqu'un qui vous attend dans le hall.

— Un nom peut-être ? répliquai-je, agacé.

— Elle n'a pas voulu le donner

— Elle ? répétai-je.

Mon assistante hocha la tête, toujours aussi nerveuse.

— Elle a dit que c'était important et qu'elle voulait vous parler.

Je n'avais pas besoin de demander qui c'était. Une partie de moi le savait déjà. Tous mes efforts et toute ma volonté ne serviraient pas à grand-chose si elle ne restait pas à distance.

— Dites-lui que je suis en réunion, lançai-je en attrapant un dossier sur mon bureau.

— Mais elle a insisté, tenta timidement mon assistante.

Je la fusillai du regard, et elle recula d'un pas.

— Je ne suis pas disponible, ai-je été clair ?

— Oui, monsieur Monroe, balbutia-t-elle avant de quitter mon bureau en hâte.

— Et trouvez-moi les clés du bureau de Barthelemy, il a des dossiers que je dois consulter, aboyai-je en colère.

Dès que Linda referma la porte, je frottai mon front du bout des doigts. Je faisais de mon mieux pour oublier Violette et sa trahison, mais son image semblait indélébile. Au bout de seulement quelques secondes, Linda apparut dans l'entrebâillement de la porte.

— Je n'ai pas les clés. Mais la sécurité à l'entrée doit les avoir. J'y vais si vous voulez…

— Non, je vais m'en occuper, répondis-je, énervé.

Avec un peu de chance, me dégourdir les jambes me ferait du bien. Et si Violette était encore là, je la mettrais moi-même dehors.

À mon arrivée dans le hall, Violette était effectivement présente, assise sur l'un des canapés gris de l'accueil. Quand elle me vit, ses yeux s'éclairèrent et elle se leva pour venir à ma rencontre.

— Hamilton, me salua-t-elle.

Je serrai les poings et pris une profonde inspiration. J'avais passé une partie de mon week-end à imaginer une éventuelle confrontation. Dans tous mes scénarios, Violette finissait par abandonner.

— On n'a rien à se dire, dis-je en me détournant pour aller vers l'agent de sécurité.

— Je pense que si, répondit-elle. On devrait parler.

Je marchais si vite qu'elle courait presque derrière moi.

— Je suis occupé.

— Cinq minutes, insista-t-elle.

— Violette, je n'ai pas le temps pour tes petits jeux, la tançai-je en me tournant finalement vers elle. Tu m'as menti, tu t'es servie de moi et tu oses venir ici pour qu'on parle ?

— Ce n'est pas du tout... Hamilton, je t'assure que je ne savais pas qui tu étais.

— Eh bien, maintenant, tu sais. Et je sais aussi qui tu es. Ça devrait te suffire comme explication. J'aimerais que tu quittes cet endroit. Si tu ne le fais pas, je te ferai escorter par un agent de sécurité.

Elle me dévisagea et je vis ses yeux s'éteindre peu à peu. Elle ouvrit la bouche mais aucun son n'en sortit. Je gardai un visage de marbre, déterminé à couper les ponts et à oublier cette histoire.

— Je ne me suis pas servie de toi, murmura-t-elle finalement, les yeux brillant de larmes.

— Sors d'ici ! Et ne reviens plus !

Je suivis sa silhouette du regard pendant qu'elle quittait le hall. J'avais tenu, mais sa fragilité m'avait touché, et mon cœur battait plus fort que je ne l'aurais voulu.

Après avoir récupéré la clé du bureau de Barthelemy, je remontai dans le mien et y passai toute la journée. Quand je me décidai à partir bien longtemps après mes collaborateurs, le ciel, visible depuis les grandes baies vitrées, s'était teinté d'un bleu presque noir. Je rangeai mon ordinateur, embarquai quelques dossiers et enfilai ma veste.

Alors que je me dirigeais vers la porte du parking, une silhouette, assise sur le rebord du trottoir, juste en face de l'entrée du bâtiment, capta mon attention.

Violette était là, emmitouflée dans son manteau et fixant la porte. Elle m'attendait. Je grognai en sortant du bâtiment.

— Tu es encore là ?

Elle se redressa et vint à ma rencontre. Sa peau était blême et ses yeux rougis. Elle planta son regard dans le mien, avec cette petite lueur de défi que je connaissais.

— Il faut qu'on parle, dit-elle doucement.

— Je n'ai pas très envie de discuter. En particulier avec toi.

Je filai en direction du parking, mais Violette, pugnace, me retint par le coude.

— Violette, je veux oublier cette histoire, dis-je en me dégageant. Tu devrais rentrer chez toi et retourner dans tes livres. Ça limitera les dégâts.

Elle inspira profondément, son regard s'assombrissant légèrement.

— Je me fiche des dégâts. J'ai besoin de ton aide.

Chapitre 16

Violette

Déjeuner avec mes parents était rarement une expérience agréable. Même quand le repas se déroulait dans un restaurant gastronomique, je touchais peu à mon assiette. Et invariablement, je débriefais ce déjeuner avec Rita qui, avec son humour et deux bonnes pizzas, parvenait à me faire oublier ce désastre.

Aujourd'hui encore, alors que le maître d'hôtel poussait ma chaise, je mourais d'envie de prendre la fuite de ce restaurant à l'ambiance feutrée.

Surtout, je mourais d'envie de retrouver Hamilton. Son visage de cendre, ses yeux gris foncé, ses lèvres pincées, chaque détail me hantait et était autant de coups au cœur. En voulant garder mon nom caché le plus longtemps possible, j'avais provoqué une véritable déflagration.

Depuis que mon arrière-grand-père avait ruiné les Monroe, abusant de ses relations politiques de l'époque pour rafler les contrats municipaux, ces derniers avaient eu leur revanche, rachetant petit à petit des entreprises de bâtiment, forçant ma famille à sous-traiter avec eux. Néanmoins la guerre économique se poursuivait et tous les coups étaient permis.

Aussi, les Cosgrove et les Monroe se haïssaient depuis des années. J'aurais dû prévoir sa réaction et j'aurais dû agir autrement. Pour autant, je refusais de croire que notre histoire était terminée. Ce qu'il m'avait avoué sur la terrasse et la façon dont il m'avait touchée démontraient qu'il tenait à moi.

Cosgrove n'était qu'un fichu nom, un nom que je repoussais de toutes mes forces pour pouvoir exister. Il ne pouvait pas faire obstacle. Quant à Hamilton, je me fichais qu'il soit un Monroe. C'était lui qui m'intéressait, pas son nom.

— On ne t'a plus vue après le gâteau ! dit ma mère après avoir bu une gorgée de son vin.

— J'ai beaucoup discuté avec les invités. Merci pour cette soirée, c'était... mémorable !

Sur ces mensonges, j'affichai un sourire forcé, pendant que mes parents échangeaient un regard. Pour une raison inexplicable, cela me mit encore plus mal à l'aise. Mes parents tenaient à ce déjeuner hebdomadaire. Pour eux, c'était une manière de me garder liée au clan Cosgrove, alors que je faisais tout pour m'en tenir éloignée.

— Je t'en prie, ma chérie. Ta mère et moi tenions à fêter comme il se doit ton vingt-cinquième anniversaire, répondit mon père, avant d'appeler un des serveurs.

— Violette, ton père et moi avons réfléchi et nous pensons qu'il est temps que tu te... stabilises.

Puis, comme si ce qu'elle venait de me dire était banal, elle s'empara d'un des menus et se cacha derrière. Je me tournai vers mon père qui affichait une mine sérieuse.

— Il est temps que tu prennes tes responsabilités, renchérit ce dernier.

— Mes responsabilités ? Vous... Au sein de l'entreprise ?

J'imaginais déjà mon arrivée téléguidée au sein d'une des filiales du groupe Cosgrove. Mes frères marchaient dans les traces de mon père mais, de mon côté, je n'avais aucune envie d'intégrer le monde des affaires. Un début de panique me gagna. J'avais toujours réussi à repousser les ambitions de mon père. Cette fois, cependant, il semblait décidé à me faire plier.

— Non, Violette. Nous pensons qu'il est temps que tu envisages un mariage… avec quelqu'un de stable et respectable.

— Et de loyal envers les Cosgrove, ajouta mon père.

Mon père disait loyal, il pensait soumis. Entrer dans cette famille, c'était adhérer à ses valeurs et à son mode de fonctionnement, sans jamais le remettre en cause.

— Quelqu'un comme Benjamin, suggéra ma mère.

— Me marier avec Benjamin ? répétai-je, incrédule.

C'était forcément une plaisanterie. Ou un truc pour éprouver ma confiance. Je regardai tour à tour mes parents. Ils arboraient ce visage sérieux et impassible, dénué d'une quelconque empathie. Ce n'était pas nouveau, mais là cela me frappait.

— Benjamin est responsable et brillant. Son père va prochainement lui passer les rênes de son entreprise. Cela te mettra à l'abri du besoin.

— Je n'ai pas besoin d'un homme pour être à l'abri du besoin.

— On ne peut pas se permettre de laisser n'importe qui entrer dans cette famille, reprit mon père, retenant difficilement sa colère.

— Benjamin est vraiment un excellent parti. En plus, il est très séduisant. Vraiment Violette, que veux-tu de plus ?

— Je veux avoir le choix ! ripostai-je en fusillant ma mère du regard.

Les mains tremblant de colère, je tentais de calmer ma respiration. J'avais l'habitude de la surprotection de mon père et de l'ingérence de ma mère dans mon existence. Mais, là, ça allait trop loin. Je voulais mener ma vie, et notamment ma vie privée, en étant libre de mes décisions. Ils agissaient comme si j'étais un simple pion, à caser dans un coin.

— Tu es une Cosgrove, tu vas hériter d'une partie de la fortune familiale, me rappela mon père dans un ricanement. Nous devons protéger tes intérêts.

— Mes intérêts ou les vôtres ? rétorquai-je, cinglante.

— Violette, Benjamin Bradford est un excellent choix. Vous vous connaissez en plus, c'est presque une évidence.

— On se connaît, c'est vrai. Nous sommes amis, leur rappelai-je. Il n'a jamais été question d'autre chose avec Ben et il le sait.

— Violette, chérie, nous voulons simplement t'aider, surenchérit ma mère.

— Je n'ai pas besoin de votre aide. Il s'agit de ma vie privée et j'entends la mener comme je le veux. Je me fiche d'être une Cosgrove ! criai-je, incapable de retenir ma frustration.

Mon père frappa du poing sur la table, faisant tinter les verres et la vaisselle sur la table. Ma mère sursauta de surprise et posa sa main manucurée au-dessus du poing de mon père. Autour de nous, les clients du restaurant s'intéressaient maintenant à notre conversation.

— Je t'interdis de dire ça ! tonna-t-il, furieux. Jamais ! Tu es une Cosgrove, Violette. Et tu le resteras, que tu le veuilles ou non !

Je pouvais donner tous les arguments possibles, mais marcher sur le nom des Cosgrove était insoutenable pour mon père. Ce nom, c'était sa fierté, son héritage. C'était tout ce qui comptait à ses yeux, plus que moi, plus que mes désirs, plus que ma liberté.

— Ce nom t'offre tout ce que tu as, reprit-il d'un ton dur. Tu dois le respecter.

— Le respecter ? Alors que vous voulez que j'épouse un homme que je n'aime pas ? Ce nom est une prison pour moi, une prison dans laquelle vous voulez m'enfermer, répondis-je, les larmes aux yeux.

— Ne sois pas insolente ! Benjamin Bradford est une excellente option. C'est le fils de mon vieil ami, un homme qui partage notre vision du monde et nos valeurs. Il fera un époux convenable, et je ne te laisserai pas gâcher cette chance par pure obstination !

— Je refuse, dis-je d'une voix ferme. Je ne suis pas un vulgaire pion.

— Cesse ton caprice d'enfant gâtée immédiatement, reprit ma mère. Nous allons bientôt parler de ce projet à Benjamin et à son père. Je doute qu'il refuse, lui.

Je me sentais acculée, prise au piège de mes propres parents. Parler, argumenter ou même renier mon nom ne servirait à rien, sinon à durcir encore plus leurs positions. Il fallait que je trouve une parade, que je leur démontre que je vivais ma vie comme je l'entendais.

— Il refusera sûrement quand il apprendra que je suis avec quelqu'un, lâchai-je.

— Ton historique ne plaide pas en ta faveur. Tu trouves toujours le moyen de nous ramener des moins que rien ! grogna mon père.

— Qui est-ce ? demanda ma mère, piquée de curiosité.

— Ça ne vous regarde pas, répondis-je en me levant brutalement de ma chaise.

Je pris mon manteau et mon sac, prête à quitter cet endroit et les idées tordues de mes parents au plus vite. J'avais l'estomac bien trop noué pour avaler quoi que ce soit et je n'étais pas certaine que mon mensonge tienne face à leurs assauts répétés de questions.

— Tu es ma fille, éructa mon père en se levant à son tour. Tout ce qui te concerne me regarde !

Je m'immobilisai, les doigts crispés sur la sangle de mon sac. Ma colère et ma détermination étaient plus fortes que le respect que je devais à mon père.

— Non, papa, murmurai-je d'une voix tremblante. Pas cette fois.

Son regard se durcit, mais je ne cillai pas. Je lui tenais tête, et cela le déstabilisait. Autour de lui, il ne faisait face qu'à trop peu de résistance pour savoir comme réagir.

— Tu commets une grave erreur, Violette, déclara mon père, sa voix coupante comme une lame.

J'enfilai mon manteau et coinçai la sangle de mon sac sur mon épaule. Je leur adressai un dernier sourire, mélange de tristesse et de fierté.

— Peut-être. Mais au moins ce sera la mienne.

Le vent glacé mordait mes joues, mais je ne bougeais pas. J'avais trouvé refuge dans le parc, assise sur une des structures de jeu pour enfants, mes jambes dans le vide. Il y a encore quelques jours, ma vie était simple. J'avais le café, l'association, mes amis. J'étais une Cosgrove, mais, j'avais suffisamment de distance pour que cela ne me pèse pas.

Aujourd'hui, tout était différent. J'avais revu Hamilton, découvert qu'il était un Monroe, compris qu'il me détestait, et mes parents voulaient en plus que j'épouse un homme pour qui je n'éprouvais rien.

Et j'avais menti.

Comment ma vie avait pu déraper si fort et si vite ? Et surtout, comment allais-je pouvoir me sortir d'un tel guêpier sans y perdre des plumes ? Avouer mon mensonge donnerait raison à mes parents avec ce mariage arrangé.

Je poussai un lourd soupir, prenant conscience que c'était insoluble. J'avais dit à Hamilton que j'aimais le chaos. J'étais servie.

— J'espère que tu as envie de café, parce que j'en ai pris deux !

La voix de Rita me tira un maigre sourire. Elle me tendit un gobelet fumant de café au lait. Son parfum me réconforta et j'appréciai la chaleur de la boisson entre mes mains. Rita s'installa près de moi, balançant, elle aussi, ses jambes dans le vide.

— T'es un ange, murmurai-je avant de boire une gorgée du liquide brûlant.

— C'est vrai, dit-elle avec un sourire. Je devrais me le faire tatouer quelque part !

— Tu ne devrais pas être au café ? m'inquiétai-je.

— C'était calme et Meghan peut gérer seule pendant que tu me confies tous tes secrets obscurs.

Je secouai la tête, incapable de ne pas sourire malgré mon humeur maussade. J'avais de la chance d'avoir Rita dans ma vie.

— Mes secrets ne sont pas si obscurs, dis-je en jouant avec le couvercle de mon gobelet.

— Tu veux dire que tu n'es ni une justicière masquée, ni une espionne à la solde d'un pays lointain ?

— Franchement, je crois que je préfèrerais.

— Mais tu es assise ici, dans un parc désaffecté, toute seule, à contempler un tas de feuilles mortes, avec une humidité atroce même pour des chauves... Ça ressemble à un mauvais cliché !

— Je ne sais pas par où commencer, soufflai-je. Il y a encore quelques jours, tout allait bien et maintenant... j'ai la sensation de ne plus avoir le contrôle sur quoi que ce soit.

— C'est la soirée d'hier soir ? m'interrogea Rita.

— Je ne savais pas que c'était Hamilton Monroe, me justifiai-je aussitôt. Pour moi, c'était juste un prisonnier rencontré en atelier et... Je n'arrête pas de me dire que j'aurais dû être plus honnête.

— Violette, tu n'as rien à te reprocher. Et s'il était un peu intelligent, il comprendrait que ce nom n'est... qu'un nom. Il n'a pas cherché à te contacter ?

Je secouai la tête. Hamilton avait quitté la soirée dès qu'il avait compris que j'étais une Cosgrove. Il n'avait rien fait pour me retrouver ; de mon côté, j'avais été trop mal à l'aise pour le solliciter. Je me souvenais encore parfaitement de la lueur de colère dans son regard. Peut-être valait-il mieux attendre que les choses se tassent.

— Je crois que c'est mieux comme ça, murmurai-je.

— Je crois que tu essaies de t'en convaincre. Tu avais l'air tellement... embarquée par cette histoire de messages dans les livres.

— Je me fiche qu'il soit un Monroe. Mais il m'en veut, et son clan a toujours aimé nous détester.

— Violette...

— Et donc, continuai-je pour changer de sujet, puisque ma vie amoureuse n'a jamais été très animée, mes parents ont décidé de prendre les devants.

Rita m'écoutait avec attention, tout en buvant son café. Vu toutes les choses que mes parents avaient faites - m'expédier en pensionnat à huit ans, puis dans un collège à l'étranger - me voir proposer un mariage arrangé n'aurait pas dû me surprendre.

— Ils veulent que je me marie.

Rita manqua de s'étouffer avec son café. Elle toussa à en pleurer, avant de me fixer, intriguée.

— Dis-moi que tu plaisantes ? fit-elle.

— Absolument pas. Ils craignent que je ramène une brebis galeuse et que le nom des Cosgrove soit traîné dans la boue.

— Quand je pense que j'ai failli tuer ma mère quand elle a osé donner mon numéro au fils du gérant du supermarché.

Je ris doucement. Rita avait l'art et la manière d'alléger les situations. J'admirais sa capacité à rire de tout et à dédramatiser. Son imagination débordante et son sens de l'observation m'avaient fait rire de nombreuses fois. Je plaisantai :

— Un bon parti.

— Sûrement. Mais apparemment son projet de vie consistait à collectionner les nains de jardins. Quand il m'a dit que chaque nain avait son histoire et qu'il voulait me les présenter pour faire connaissance, j'ai déguerpi aussitôt !

Elle esquissa un frisson de peur qui me tira un nouveau rire. Imaginer Rita déambuler au milieu de nains de jardins était hilarant.

— Ça a au moins le mérite de te changer les idées, s'amusa-t-elle. Avec qui tu dois convoler ?

— Benjamin Bradford.

— Benjamin Luke Charles Bradford, troisième du nom ?

Je hochai la tête, pendant que la bouche de Rita s'ouvrait à n'en plus finir. Je bus un peu de ma boisson, la laissant digérer la nouvelle.

— Eh bien, le fils du gérant du supermarché avait du potentiel. Mais, définitivement, Benjamin ne joue pas dans la même catégorie.

— Un « bon parti » qui me mettra à « l'abri du besoin », dis-je, sans masquer mon amertume.

— C'est évident. Je vous y vois déjà : lui avec son dressing de costumes et son tiroir à cravates, toi avec tes piles de livres. Tu lui feras des burgers qu'il mangera avec des couverts et vos rapports sexuels devront avoir lieu entre la fermeture de la bourse de Tokyo et l'ouverture de celle de Londres.

— Évite de parler de rapports sexuels, de Benjamin et de moi dans une même phrase. C'est terrifiant ! rétorquai-je en m'esclaffant.

— Pas tant que ça. Je l'ai vu en jean il y a quelques mois, je peux t'assurer qu'il a un cul à damner un couvent tout entier.

— Tu mates le cul de Ben ?

— Si on oublie la caricature du gendre idéal, il a un potentiel de décadence, ce mec ! Crois-moi, je le materais bien tout entier s'il me laissait faire. Et donc, dans le plan de tes parents, tu deviens une sorte de trophée ?

— Dans le plan de mes parents, je ne suis qu'un pion. J'ai dit que je refusais, évidemment. Que je voulais avoir le choix et… j'ai fini par leur jeter à la tête que j'étais déjà avec quelqu'un, avouai-je.

Rita écarquilla les yeux. Maintenant que j'y repensais, c'était ce mensonge qui me coûtait le plus. Je pouvais assumer de tenir tête à mes parents, de me confronter à Benjamin, de revendiquer mon envie de liberté et le rejet même de mon nom de famille. Mais ce mensonge, petit, ridicule et totalement improvisé, me mettait au pied du mur.

— C'était une bonne idée, commenta finalement Rita.

— Oui, mais je dois maintenant trouver une solution, m'afficher avec quelqu'un, pendant quelque temps pour calmer mes parents et leur prouver que je n'ai pas besoin de ce mariage.

— Tu n'es quand même pas désespérée au point de vouloir le numéro du collectionneur de nains ? Et pourquoi pas Alex ? Il sera plus que ravi de te rendre service.

— J'aime beaucoup Alex, mais j'ai peur de lui donner de faux espoirs. Ça ne serait pas honnête. Il n'a pas à être embarqué dans mes histoires de famille. Et puis, jamais il ne tiendra tête à mon père, il a trop d'admiration pour lui.

— Tu n'as pas le temps d'être honnête. Mais… tu as sûrement raison. Alex serait trop content que tu lui donnes une excuse pour tenter vraiment sa chance. Liam, lui, eh bien, il est hors concours !

— Je crois que je vais embaucher un acteur, conclus-je. Un truc payant, sans aucune implication émotionnelle. Ça sera plus simple pour tout le monde.

Rita resta silencieuse. Et c'était foutrement inquiétant. Elle prit une gorgée de son café, dodelina de la tête comme si elle hésitait, avant de diriger son regard vers l'autre bout du parc, là où toute une collection de jeux pour enfants cernait le plan d'eau.

Quand Rita se tourna vers moi, ses yeux brillaient de malice et elle avait un air ravi. Et c'était encore plus inquiétant que son silence.

— J'ai une idée, dit-elle, énigmatique.

Elle retourna son attention vers le plan d'eau, son sourire s'agrandissant autant que mon angoisse. Et soudain je compris. C'était délirant et dangereux.

— Tu es complètement folle ! criai-je si fort qu'une nuée de moineaux s'envola. Jamais… Jamais, c'est impossible !

— D'accord, d'accord… Dans ce cas, tu ne m'en voudras pas de choisir dès demain la couleur de ma robe de demoiselle d'honneur pour ton mariage avec Ben ? Vert émeraude, proposa-t-elle.

— Je ne ferai pas ça ! dis-je, avec conviction.

— Tu vas le faire. Tu vas le faire, Violette. Parce que si un homme peut tout changer dans ta vie, c'est lui. Il répond à tous les critères : aucune implication émotionnelle, du même milieu que Ben et surtout, il n'hésitera pas à tenir tête à ton père.

Plus Rita parlait, plus son idée faisait sens. Ma vie était déjà un désastre, je n'avais donc plus grand-chose à perdre. Et si je devais simuler une relation et des sentiments avec quelqu'un, autant le faire avec quelqu'un qui m'inspirait.

Et puis, ses yeux gris me hantaient toujours. Je me tournai vers Rita, affichant une incroyable fierté. Je manquais de temps et, hormis avouer à mes parents que j'avais menti, je n'avais guère d'autres solutions.

— Je vais aller parler à Hamilton.

Chapitre 17

Hamilton

Vu ses joues rouges et ses doigts glacés, Violette devait m'attendre depuis un long moment. J'étais toujours en colère contre elle, contre ses mensonges et sa trahison. Mais en voyant ses yeux implorants, ma rage vacilla. Je ne l'avais jamais vue si vulnérable.

Il fallait clôturer cette histoire – vite avortée – et prendre nos distances. Avoir une conversation nous aiderait à reprendre nos vies respectives.

J'inspirai profondément, cherchant à maîtriser ce tourbillon d'émotions contradictoires. Même si j'étais fermement résolu à l'oublier et à me concentrer sur mon entreprise, en quelques mots, Violette me bouleversait toujours.

— Il me semblait t'avoir demandé de quitter les lieux, lui rappelai-je, sèchement.

— C'est vrai. Mais je voulais vraiment te parler. Je pensais même que tu étais déjà parti.

— Je suis souvent le dernier à quitter cet endroit. Privilège du patron.

Un frisson la traversa et elle sembla chercher ses mots. Le silence nocturne fut perturbé par une voiture passant près de nous, me forçant à me rapprocher d'elle.

— Sois tu parles, soit tu meurs de froid ici, dis-je d'un ton sec.

— Est-ce qu'on aller quelque part ? J'ai repéré un café et…

— Non, la coupai-je.

Elle pinça les lèvres, encaissant tant bien que mal ma colère. Une bourrasque nous surprit, et ses cheveux volèrent en tous sens. J'enfonçai mes poings dans mes poches, cherchant les clés de ma moto. Les yeux de Violette s'embuèrent, et je me sentis contraint de me justifier.

— La plupart de mes employés passent leurs soirées dans ce café. À ton avis, que penseraient-ils de leur patron, Hamilton Monroe, en train de discuter avec une Cosgrove ?

— Je ne suis pas une Cosgrove, répondit-elle avec un rire amer.

— Il me semble que si. La benjamine de quatre frères. Ces mêmes frères qui pourraient me faire la peau s'ils savaient que tu es ici, en train de me parler en tremblant de froid.

— Je n'ai jamais... Je ne suis pas une Cosgrove, répéta-t-elle. Je n'ai pas le tempérament de ma famille, ni leur ambition. Je fais tout, depuis des années, pour m'en écarter. Je pensais avoir réussi, ajouta-t-elle, un ton plus bas. Jusqu'à toi, jusqu'à cette soirée, je pensais avoir réussi.

Je la fixai, surpris par son aveu. Ses yeux brillaient de sincérité et sa voix tremblante trahissait son émotion. Une pointe de culpabilité me perça l'estomac. Je rassemblai toute ma bonne volonté pour ne pas la prendre dans mes bras.

— Tu as sûrement fait de ton mieux pour rester incognito, mais tu restes une Cosgrove, dis-je, d'une voix glaciale. Et je crois que nous n'avons plus rien à nous dire.

Le répéter, encore et encore agissait comme un mantra. Je devais m'en souvenir, je devais me rappeler sa trahison et la colère intense qui m'avait submergé pendant tout le week-end. C'était le seul moyen de ne pas céder devant elle.

— Je comprends, dit-elle finalement. Je... Je pensais que... Tu as raison, je devrais rentrer chez moi.

Elle afficha un sourire forcé qui masquait mal sa déception et sa tristesse. Une nouvelle bourrasque glaciale souffla entre nous. Ma colère me paraissait soudainement dérisoire face à sa vulnérabilité. Je pris une profonde inspiration, essayant de trouver les mots justes.

— Tu vas reprendre ta vie, et je vais reprendre la mienne, Violette. Et toi, comme moi, on va oublier cette histoire.

Elle releva les yeux vers moi, un éclat de douleur dans son regard. Elle hocha la tête, silencieuse, avant de se détourner, son sourire s'effaçant lentement.

— À bientôt, Hamilton, murmura-t-elle.

Je me contentai de hocher la tête, les mots restant coincés dans ma gorge. Je luttais autant contre l'envie de la retenir que contre le besoin de la repousser. Des vies séparées, loin l'un de l'autre, comme les Monroe et les Cosgrove le faisaient depuis trois générations. Elle remonta l'allée qui menait jusqu'à la rue principale. Je la regardai s'éloigner, jouant avec les clés de ma moto. Quand sa silhouette disparut, je rejoignis le garage.

À ma grande surprise, toutes les lumières étaient allumées et la grille principale ouverte, comme si quelqu'un l'avait franchie avant moi. J'entendis de légers coups frappés contre une vitre.

— Monsieur Monroe ?

De l'index, Miles, le gardien du parking, me demandait de le rejoindre dans sa guérite.

— Quelqu'un a laissé ça pour vous, expliqua-t-il en me tendant un paquet.

À la dimension de l'objet et à son poids, je sus tout de suite de quoi il s'agissait. Je refoulai des souvenirs persistants, conscient que Miles m'observait.

— Qui l'a déposé ? demandai-je inutilement.

— Une jeune femme. Elle a refusé que je vous prévienne avant que vous descendiez ici !

Je glissai le livre dans mon sac à dos. Violette avait sûrement anticipé ma réaction et ma colère. Quand nous ne pouvions pas vraiment nous parler, les livres nous avaient permis d'échanger et de créer un lien. Sa poésie me tira un sourire.

— Merci, répondis-je. Miles, tant que je suis ici, pouvez-vous me dire pourquoi tout est allumé ? Je pensais être le dernier à quitter les lieux.

— C'est en panne depuis deux semaines ! Les lumières s'allument seules et la grille est coincée. J'ai prévenu la maintenance, mais ça ne semble pas leur priorité pour le moment !

— Je vais les appeler dès ce soir pour régler ça. Et prévenez-moi si ça se reproduit !

— Sans problème !

J'enfourchai ma moto, repensant à ma conversation avec Violette. Elle m'avait attendu pour solliciter mon aide, finalement, elle était partie sans rien me demander. Je mis mon casque et démarrai. Mais même le bruit assourdissant du moteur de ma moto ne couvrait pas mes pensées envahissantes.

Visière baissée, je poussai le moteur et sortis du garage en trombe. Je me sentais vaguement coupable de ne pas avoir voulu l'écouter, alors qu'elle m'avait sûrement attendu toute la journée dans le froid. Je remontai l'allée, puis empruntai le boulevard principal. Malgré moi, je me surpris à la chercher du regard. En si peu de temps, elle n'avait pas pu aller bien loin.

Je tentai de me raisonner, de me souvenir du week-end horrible que j'avais passé, de la sensation de brûlure causée par sa trahison, de son mensonge... Mais notre conversation de ce soir, où elle avait semblé si fragile et impuissante me remuait plus que je ne voulais l'admettre.

Je m'arrêtai à un feu et posai un pied à terre, relevant la visière de mon casque, scrutant le trottoir à la recherche de sa silhouette.

Ce n'est qu'en tournant la tête vers le taxi sur ma droite que je la vis. Assise sur la banquette arrière, elle essuyait ses joues, tout en répondant à un message sur son téléphone. Quand elle se tourna vers moi, elle me reconnut aussitôt et tressaillit, avant de vite détourner le regard comme pour mieux se protéger.

Je restai immobile, l'observant longuement. Ma colère me rongeait toujours, sourde et puissante. Mais les larmes de Violette me touchaient.

C'était sûrement la dernière fois que je la voyais.

Incapable de me raisonner et prenant conscience que notre dernière conversation ne m'avait pas donné toutes les réponses que j'espérais, je frappai contre sa vitre.

Stupéfaite et incrédule, elle tourna son visage blême vers moi.

— Descends cette fichue vitre, Violette, dis-je en tapant à nouveau dessus.

Elle s'exécuta, pendant que le chauffeur protestait, craignant sûrement que le froid s'engouffre dans l'habitacle.

— Tu veux toujours qu'on parle ? demandai-je d'un ton tranchant.

Elle hocha doucement la tête, comme si elle craignait de répondre. M'interrogeant encore sur mon geste, je mis ma moto sur béquille, indifférent à la circulation autour de moi. J'ouvris la porte du taxi et tendis la main pour la faire descendre. Ses doigts gelés trouvèrent les miens. Toujours hésitante, elle osait à peine me regarder.

Le conducteur protesta à nouveau, et je lui donnai assez d'argent pour le faire taire et compenser trois journées de courses. Il démarra l'instant suivant, ses pneus crissant sur le macadam.

— Enfile ça, lui intimai-je en retirant mon casque.

— Et toi ?

— Je ferai sans. J'habite à dix minutes d'ici, répondis-je durement.

Elle obtempéra et parvint à attacher la jugulaire avec une dextérité étonnante. Encore un des secrets de Violette qui titillait ma curiosité. Je remontai sur ma moto, levai la béquille et Violette s'installa derrière moi, les mains accrochées à mon blouson. Quand je redémarrai, son corps se pressa contre le mien.

Je n'avais aucune idée de ce que je faisais, ni de pourquoi je le faisais, mais la sentir si proche de moi me disait que, d'une manière ou d'une autre, j'avais fait le bon choix.

Je verrouillai la porte dès que Violette et moi franchîmes le seuil. Je posai mon sac, mon casque et mon blouson, pendant qu'elle dénouait le nœud qui ceignait son manteau à la taille.

— Tu habites ici ? demanda-t-elle, les yeux rivés sur la baie vitrée.

— Depuis deux ans.

Elle retira son manteau et l'abandonna sur une chaise de la salle à manger. Lentement, elle s'approcha de la baie vitrée, contemplant les lumières nocturnes d'Ashbourne à nos pieds. Je restai à l'écart, admirant, malgré toute ma colère contre elle, ses fines jambes enfermées dans un jean moulant et ce gilet trop ample tombant sur son épaule.

Cette épaule. Celle qu'elle avait dévoilée lors du deuxième atelier et qui m'avait fait perdre ma concentration.

Celle que j'avais caressée des lèvres trois jours auparavant, incapable de retenir mon attirance pour elle.

Je me pinçai l'arête du nez, frustré par ce souvenir. Ce corps, ces gestes si familiers me torturaient encore. Et même si je lui en voulais, même si sa trahison avait tout bousculé, cette attraction indescriptible persistait.

Elle croisa les bras sur sa poitrine, comme pour se protéger, et se tourna vers moi, avec un sourire fragile aux lèvres.

— C'est impressionnant, murmura-t-elle.

— Sûrement moins impressionnant que la vue du balcon de l'hôtel particulier des Cosgrove, rétorquai-je.

— Il y a toujours une certaine agitation chez mes parents. C'est beaucoup plus calme, ici.

J'allumai une des lampes du salon et défis les premiers boutons de ma chemise. Être avec Violette, ici, était perturbant. J'avais autant envie de la garder avec moi que de la repousser. Son parfum de jasmin chatouillait déjà mes narines et, malgré toute la détestation que j'avais pour elle, je ne pouvais pas empêcher mes yeux de s'attarder sur son visage angélique.

— Oui, c'est calme, fis-je d'un ton distant.

Elle se mordilla la lèvre inférieure, hésitante. Je n'avais pas envie de me laisser attendrir par cette fille. Elle méritait ma colère et mon ton désagréable. Mais elle ne baissa pas les yeux, cherchant visiblement à garder son aplomb.

— C'est pour cette raison que je me suis mise à lire, expliqua-t-elle. La maison était toujours en mouvement. Entre mes frères qui couraient partout, ma mère avec ses réunions caritatives et mon père et ses entrevues pour le travail… Ça bourdonnait en permanence. Les livres m'apaisaient.

— Je ne t'ai pas fait venir ici pour une séquence nostalgie !

— Je sais. Je veux juste que tu comprennes que quand je te dis que je ne suis pas une Cosgrove, je le pense vraiment.

— Et je veux juste que tu comprennes que quand je te dis que je hais les Cosgrove, je le pense vraiment.

Elle retint son souffle, comme si elle avait pris un uppercut. Je me demandais maintenant si venir ici avec elle était une bonne idée. J'avais l'impression de me faire voler une partie de mon intimité. Nous nous affrontâmes du regard : elle, cherchant une solution ; moi, refusant de lui laisser le rôle de la victime.

— Je sais, murmura-t-elle. Quoi que tu en penses, je n'ai pas cherché à te mentir.

Je croisai les bras, déterminé à ne pas céder. Elle parlait à voix basse, avec prudence, comme si elle pesait chaque mot de crainte de raviver ma colère.

— Alors explique-moi. Pourquoi avoir caché ton nom ? Pourquoi n'avoir rien dit ?

Ma rage couvait, prête à me submerger. De tous ce que nous avions subi avec les Cosgrove, elle était la plus tentante et la plus atroce des trahisons. Elle me devait des explications. Elle inspira profondément, ses mains tremblant légèrement.

— Je ne donne jamais mon nom, répondit-elle. Depuis que je suis petite, j'en connais les effets.

— C'est un nom puissant, répondis-je. La meilleure des armes possibles.

— Je ne veux pas d'arme, répondit-elle dans un gémissement. Je veux juste… exister, dit-elle dans un soupir las. Je ne veux pas qu'on voie mon nom, je veux qu'on me voie... moi. Comme tu l'as fait depuis notre première rencontre.

Elle remuait des souvenirs doux-amers. Lors de nos échanges en prison, Violette n'était que Violette, déterminée, forte et désirable. Désormais, elle n'était qu'une Cosgrove hésitante, perdue... et toujours aussi désirable.

— On te voit, Violette, répondis-je. Je te vois, ajoutai-je un ton plus bas.

— Pas depuis que tu sais qui je suis.

Elle baissa la tête, presque honteuse, avant de relever les yeux vers moi, comme si elle cherchait à sonder mes pensées.

— On traite ma famille avec admiration, alors que mon père prend plaisir à écraser ses concurrents, et ma mère... Ma mère aurait pu être une grande philanthrope. Mais de ce que j'ai vu la seule cause qu'elle défend, c'est la sienne.

— Ne joue pas à la victime, dis-je, dents serrées.

— Tu trouves que je crache dans la soupe ? dit-elle avec un rire triste.

— Je trouve qu'il y a pire comme destin, répondis-je.

— J'ai toujours su que mon nom de famille passait avant moi. À vrai dire, il passe avant tout. Je ne veux pas qu'on me juge sur la base des actions nauséabondes de ma famille. C'est pour ça que je me tiens éloignée d'eux, c'est pour ça que je ne suis pas à la une des journaux chaque semaine. C'est pour ça qu'on ne me reconnaît pas, termina-t-elle à bout de souffle.

— Tu n'as jamais pensé que me mentir était pire ? répliquai-je, un brin sarcastique.

— Ce n'était pas mon intention, répondit-elle avec sincérité. J'agis toujours de cette façon, à l'écart de ma famille, loin de leur réputation. Tu ne peux pas m'en vouloir d'espérer être plus que la fille de. Je sais que tu as toujours tout fait pour sortir de l'ombre de ton père.

Un silence épais et tendu s'installa entre nous. Violette soutint mon regard, pendant que je jaugeais sa sincérité. Il y a encore quelques jours, j'avais confiance et je croyais en elle. Désormais, il planait l'ombre du doute sur tout ce qu'elle me disait.

— Je vois que tu as effectué des recherches, commentai-je.

— En effet. Tu as monté ton entreprise, tu l'as fait sans ton père, sans son argent et sans son réseau. Tu es indépendant et tu as réussi. Et j'ai lu des articles très élogieux dans la presse.

Je ravalai un rire. Certes, les médias avaient été en ma faveur. Mais le plus souvent, les journalistes préféraient se régaler de mes coups d'éclat. Le procès leur avait donné du grain à moudre. Par chance, mon séjour en prison avait été peu documenté.

— Tu n'as sûrement pas tout regardé, fis-je avec humour.

— Je ne m'intéresse pas à votre... guerre permanente. Et je ne suis pas non plus une grande lectrice des potins ! J'ai regardé ce qui m'intéressait. Toi, en l'occurrence. Pas le fils Monroe. Je te promets que je ne savais pas que tu étais Hamilton Monroe. Il n'y a pas de complots, ou de coup foireux derrière ça. C'est juste moi... et nous.

— Il n'y a pas de nous, Violette.

— Parce que je suis une Cosgrove ? demanda-t-elle.

— Tu es une Cosgrove et je suis un Monroe. Je crois que cela suffit comme explication. On devrait s'arrêter là, ajoutai-je.

— Ça ne te posait pas de problème avant mon anniversaire, contra-t-elle.

— Avant ton anniversaire, c'était différent, je ne savais pas qui tu étais, répondis-je sèchement. Les choses ont changé. Nous avons changé. Cette soirée a tout changé. Et tu sais que j'ai raison, parce que j'ai vu ton regard quand tu as compris qui j'étais.

Elle recula d'un pas, comme si mes mots venaient de la gifler. Pourtant, elle ne baissa pas les bras. Son regard était déterminé, fort. Mon corps me faisait mal d'être si tendu, mais nous devions rester loin l'un de l'autre.

— C'est vrai, admit-elle. Mais je crois qu'on peut essayer de...

— Violette, je t'ai fait venir pour parler. Toi, comme moi, avons des responsabilités et un héritage. Tu détestes peut-être ton nom, mais j'aime le mien. Et je ne compte pas l'associer au tien.

— D'accord, répondit-elle dans un murmure. Apparemment, je me suis trompée sur toi.

— Les gens se trompent souvent sur moi. Je vais t'appeler un taxi pour que tu rentres chez toi.

Je composai le numéro, observant Violette du coin de l'œil. Malgré son explication, elle semblait tétanisée. Elle se mordillait l'ongle du pouce nerveusement, fixant la vue de la ville à ses pieds sans vraiment y prêter attention. C'est en entendant la voix de l'opérateur de la compagnie de taxi, me demandant en quoi il pouvait m'aider, que cela me revint.

Je coupai aussitôt la communication et jetai mon téléphone sur un des fauteuils du salon.

— Pourquoi m'as-tu attendu toute la journée ?

Violette releva les yeux vers moi, surprise par ma question. Son regard restait incertain, comme si elle hésitait à se livrer.

— Parce que je devais te parler, répondit-elle finalement, sa voix à peine audible.

— Non, répondis-je, glacial. Devant l'immeuble, tu as dit que tu avais besoin de mon aide.

Je croisai les bras, attendant la suite. Elle inspira profondément, comme pour rassembler son courage.

— C'était une mauvaise idée, éluda-t-elle.

— J'aimerais en juger par moi-même.

— Je ne crois pas...

— Violette, tu as attendu toute la journée dans le froid pour solliciter mon aide. Tu m'as apporté la tienne quand j'étais derrière les barreaux. Je peux sûrement te renvoyer l'ascenseur.

— Pourquoi fais-tu ça ?

— Ça quoi ?

— Souffler le chaud et le froid en quelques minutes. C'est très... perturbant.

— J'aime être imprévisible. Et quand quelqu'un a assez de courage et de détermination pour m'attendre une journée entière, j'estime légitime de lui accorder cinq minutes pour l'écouter. Par ailleurs, si un Cosgrove vient me demander mon aide, ça titille forcément ma curiosité. Parce que c'est soit du désespoir, soit de la folie furieuse.

Elle prit une profonde inspiration, comme si elle allait plonger en apnée. Je restai néanmoins à distance, curieux d'entendre sa requête.

— Les deux, répondit-elle. De la folie furieuse désespérée.

— Ça m'intéresse de plus en plus, l'encourageai-je.

— Mes parents souhaitent me caser. Me marier, en fait, corrigea-t-elle en roulant des yeux. Histoire de conserver le contrôle sur l'empire familial et d'être certains que je ne ramène pas un chanteur de jazz, un ancien résident d'hôpital psy ou...

— Un ex-taulard ? finis-je pour elle.

Nous échangeâmes un sourire, le premier depuis cette fameuse soirée d'anniversaire. C'était douloureux de l'admettre, mais cette complicité silencieuse entre nous m'avait manqué.

— La dernière fois que je me suis intéressé à la question, les femmes avaient leur mot à dire sur ce sujet, dis-je.

— Mes parents vivent dans une époque parallèle.

— Qui est l'élu ?

— Benjamin Bradford.

— Ben Bradford ? m'exclamai-je.

Je fis comme si l'information ne me faisait pas l'effet d'un coup bas. Je repoussai l'image de Violette et Ben, main dans la main et heureux. Cela ne faisait que raviver ma colère, sous une autre forme, plus sournoise et irrépressible.

— Tu le connais ? demanda Violette.

— Assez, oui. Joli parti, pensionnat anglais, costumes sur-mesure, très bonne réputation. Tes parents seront ravis quand ils apprendront que la femme de son patron est sa maîtresse.

Violette grimaça. Ben Bradford était brillant et redoutable en affaires. Il disposait d'un réseau tentaculaire qui lui permettait d'avoir ses entrées aussi bien dans le monde politique que dans le monde culturel. C'était un choix évident pour les Cosgrove, une sorte de gendre idéal qui parvenait à camoufler tous ses secrets avec une habilité déconcertante. Il cultivait une double vie soigneusement dissimulée : entre des aventures passagères étouffées à coups de chèques bien placés, et une réputation préservée par des alliances stratégiques.

— Je ne vois toujours pas en quoi je peux t'aider. Tu veux que je lance les pétales de rose pendant que tu remontes l'allée menant vers l'autel ? ironisai-je.

— Je ne veux pas me marier avec lui, Hamilton ! rétorqua-t-elle avec énergie.

— Dis-le à tes parents, alors.

— Déjà fait. Et mes parents ont décidé que c'était un bon plan pour unir deux familles influentes. Moi je suis juste... l'élément de liaison. Mon avis est sans intérêt pour eux.

— Si tu es venue me soutirer le numéro de téléphone d'un tueur à gages, tu te trompes sur moi.

— Non, je... J'ai dit à mes parents que... Enfin, que je refusais ce mariage, évidemment. Et que j'avais déjà quelqu'un, ajouta-t-elle un ton plus bas.

Elle releva les yeux vers moi et, en une seconde, je compris ce qu'elle voulait. Violette, la fille qui aimait le chaos, la fille qui m'avait attendu dans le froid, la fille qui était ma faille, voulait m'entraîner dans sa folie désespérée.

— Non, assénai-je fermement.

— Je n'ai pas d'autre solution.

Je laissai échapper un rire sec et amer. Du culot. C'était du culot absolu. Après ce que nous avions vécu, après m'avoir caché son nom, après avoir creusé un trou profond dans mon cœur, Violette m'approchait avec une détermination nouvelle.

— Tu es un Monroe, Hamilton. Personne n'est mieux placé que toi pour faire échouer les Cosgrove.

Chapitre 18

Violette

— Tu es en train de me demander de devenir ton petit ami ? répéta Hamilton, sidéré.

Il me dévisageait avec stupeur et incompréhension. Après avoir passé une main nerveuse dans ses cheveux, il recula d'un pas, comme s'il venait de prendre un coup et tentait de ne pas tomber K-O au sol.

— Mon faux petit ami, corrigeai-je.

Hamilton laissa échapper un rire, espérant sûrement que j'allais lui annoncer que toute cette histoire était une plaisanterie. J'affichai un visage déterminé et fis comme si ce flottement entre nous n'était pas en train de me torturer.

— Tu es sérieuse ? demanda-t-il.

— Très. C'est le seul moyen pour que mes parents oublient ce projet de mariage avec Benjamin.

— Je connais des tas de secrets sur Ben. Je pourrais les partager avec toi pour que tu écornes son image.

— Mes parents ont pris l'habitude de ne pas m'écouter. Et ils diraient certainement que je fais ça uniquement pour ne pas me marier avec lui, alors que je veux surtout qu'ils comprennent que je mène ma vie comme je l'entends.

— Violette, c'est... c'est délirant et improbable. Tu te rends compte de ce que tu me demandes ?

— Je sais que ça te paraît insensé, mais je n'ai pas d'autre solution. Et je n'ai pas vraiment le temps d'en trouver une.

Je tentai de canaliser mon stress, mais je connaissais mes parents. Cette idée n'avait pas germé du jour au lendemain. J'imaginais que Benjamin devait déjà être au courant de nos prochaines noces, les cartons d'invitation étaient certainement prêts à être expédiés, le traiteur d'ores et déjà réservé et le voyage de noce programmé.

Ce tourbillon m'angoissait autant que le silence d'Hamilton.

— Et pourquoi moi ? Pourquoi pas quelqu'un d'autre ?

Je pris une inspiration, pesant mes mots.

— Mes parents connaissent la plupart de mes amis. Ils comprendraient immédiatement la supercherie si je présentais l'un d'eux comme mon petit ami.

— Parce que leur présenter un Monroe est plus crédible ? demanda-t-il avec un rire.

— Une Cosgrove et un Monroe ensemble : c'est justement tellement improbable que ma famille ne pourra pas imaginer que c'est faux.

Hamilton passa une main sur sa nuque, visiblement tiraillé entre l'absurdité de ma proposition et sa propre réflexion. J'avais conscience que je jouais mon va-tout, que si Hamilton refusait, j'allais me retrouver incapable de défendre mon mensonge.

— Tes parents ne vont jamais avaler un truc pareil, lâcha-t-il finalement.

— Si je leur montre que je suis avec quelqu'un d'inattendu, quelqu'un comme toi, ils n'auront plus d'autre choix que d'accepter que je décide de ma vie.

— Te pointer avec un Monroe... Ton père prendra ça pour une trahison.

— C'est lui qui a commencé en me proposant cette histoire de mariage avec Benjamin. Je veux lui faire comprendre qu'il ne peut pas diriger ma vie comme il dirige ses entreprises.

— Tu joues un jeu dangereux, Violette.

— Je te l'ai dit, j'aime jouer avec le feu.

Hamilton pinça les lèvres, visiblement partagé. Il détourna le regard vers la baie vitrée, observant les lumières de la ville comme si elles allaient lui apporter une réponse. Je retins mon souffle

— Ça reste délirant, murmura-t-il à lui-même.

Le silence s'étira, lourd et suffocant. Hamilton hésitait, ses yeux fixés sur l'horizon, comme s'il cherchait une issue dans la lueur des lumières d'Ashbourne. Il finit par bouger, récupéra son téléphone et composa un numéro. C'est en l'entendant donner son adresse que je compris qu'il me commandait un taxi.

Ça ressemblait à un retour à la case départ. Je baissai les yeux, abattue. J'avais l'impression d'avoir mis toute mon énergie dans cette discussion, sans succès. Ma détresse ne semblait pas l'émouvoir.

Le plus terrifiant, c'était de réaliser que je m'étais trompée au sujet d'Hamilton. Je lui avais fait confiance, j'avais cru déceler un lien entre nous. J'avais eu tort et ça me faisait encore plus mal que cette histoire de mariage avec Benjamin.

— Le taxi est en route, dit-il d'une voix grave.

— Très bien.

— Je ne peux pas faire ce que tu me demandes, Violette.

Je fermai les yeux un instant, tentant de contenir la colère et la déception qui m'envahissaient. Tout ce que nous avions partagé ne comptait pas. Et maintenant, il ne restait que l'humiliation de l'avoir attendu toute la journée pour encaisser cet échec.

— Merci de… de m'avoir écoutée, dis-je d'une voix étranglée.

Il se contenta de hocher la tête, pendant que je me dirigeais vers la porte de son appartement. Quand je la fermai derrière moi, Hamilton n'était déjà plus dans son salon.

Le lendemain, mon visage affichait les résultats d'une nuit blanche et d'une journée entière à réfléchir à une solution. Me concentrer sur la préparation des ateliers lecture n'avait pas réussi à me distraire du projet de mes parents. À midi, ma mère m'avait contactée pour m'informer d'un dîner avec les parents de Benjamin pour célébrer l'heureuse nouvelle. Fuir à l'autre bout du monde m'avait alors semblé être la meilleure solution.

En l'absence de Rita, j'avais pourtant dû sortir de mes pensées obscures. Servir le café, conseiller des livres, proposer des pâtisseries avaient au moins eu le mérite de m'occuper les mains.

— J'ai passé la journée à courir partout, mais je crois que j'ai réussi à convaincre deux auteurs de *thrillers* horrifiques de venir faire des lectures pour notre soirée Halloween ! lâcha ma meilleure amie.

Elle s'effondra sur l'un des canapés, la tête en arrière, les yeux rivés au plafond. Je refermai la boîte de viennoiseries et la rangeai avant de m'installer en face d'elle.

— C'est une bonne nouvelle, dis-je. On fera une mise en avant de leurs livres.

— Et toi, tu as survécu à ta journée ? m'interrogea-t-elle en se redressant.

— À peu près, répondis-je en haussant les épaules.

— À peu près ? Violette, ton ombre est en meilleure forme que toi ! Est-ce qu'Hamilton a fini par céder à tes charmes et t'a empêché de dormir ?

Ses yeux pétillaient de malice. J'étais certaine que les miens devaient ressembler à deux lacs sombres désespérés. Plus je retournais la situation, plus je me sentais prise au piège. Tout ce que j'avais toujours repoussé – de mon nom de famille à mon train de vie en passant par le prestige – me revenait façon *boomerang* et je ne savais pas quoi faire pour l'éviter.

— Pas vraiment, non, marmonnai-je.

Rita haussa un sourcil intrigué.

— Il a finalement accepté qu'on parle, et je lui ai expliqué pourquoi je ne donnais jamais mon nom. Je lui ai dit qu'il n'y avait rien d'intentionnel, que c'était une habitude.

— Mais j'imagine que son allergie aux Cosgrove est toujours aussi virulente ? lança-t-elle, un sourire en coin.

Je soupirai, me frottant les tempes comme pour chasser un mal de tête imaginaire. Les mots durs et tranchants d'Hamilton me hantaient. Sa haine pour ma famille était plus forte que tout le reste.

— Il est en colère contre moi, chuchotai-je.

— En colère ou frustré ? Parce que, crois-moi, ce n'est pas la même chose.

— Ça fait une différence ?

— Ce qui fait une différence, c'est ce que j'ai aperçu sur ce balcon lors de ta fête d'anniversaire. J'ai vu deux personnes l'une contre l'autre qui se fichaient du reste du monde. J'ai vu Hamilton qui te regardait comme toutes les femmes veulent être regardées.

— Peu importe ce que tu as vu. Il a refusé ma proposition, expliquai-je. Et ensuite, en bon gentleman, il m'a commandé un taxi pour que je rentre chez moi.

Ma meilleure amie éclata de rire, se laissant tomber en arrière sur le canapé. Vexée et un peu humiliée, je me renfrognai, m'enfonçant dans le canapé.

— Sérieux ? Il t'a mise dehors comme un vulgaire importun ?

— Il ne veut absolument rien avoir à faire avec les Cosgrove, résumai-je.

— Tu sais ce qu'on dit : un Monroe qui dit non, c'est un Cosgrove qui doit redoubler d'ingéniosité. Tu as un plan B ?

— J'ai pensé à la fuite en Laponie, à l'usurpation d'identité ou à simuler ma propre mort, récitai-je.

— Évite de simuler ta mort, je ne sais pas pleurer sur commande et on ne peut pas se permettre de rater un enterrement... Ça ne ferait qu'ajouter de la difficulté !

Je laissai échapper un rire. Sans Rita, je serais allée me cacher dans ma réserve jusqu'à la fin de mes jours. Même si ma situation paraissait plutôt désespérée, elle trouvait le moyen de me faire rire.

— Est-ce qu'il a vraiment dit non ? m'interrogea Rita.

— Il a été plutôt catégorique.

— Je crois qu'il doute, fit-elle avec sérieux.

— Il m'a littéralement chassée de chez lui ! Il a dit que l'idée était délirante et que c'était de la folie.

— Mais c'est génial ! s'enthousiasma-t-elle.

Je clignai les yeux, incrédule. Rita devait avoir passé une journée particulièrement chargée pour être aussi perturbée. Hamilton avait été ferme et définitif. Surtout, il n'avait pas laissé un quelconque doute planer sur sa décision.

— Pardon ? Tu trouves ça... génial ?

— Bien sûr ! Si c'était vraiment une idée stupide, il n'y aurait même pas réfléchi une seconde. Le fait qu'il trouve ça délirant prouve qu'il y a pensé, et le fait qu'il t'ait chassée prouve qu'il est mal à l'aise. Traduction : il va craquer !

— C'est ça, ta théorie ? m'exclamai-je.

— C'est évident.

— Ma théorie, c'est qu'il a dû penser que j'étais une folle furieuse. Et il a effectivement trouvé l'idée délirante et assez improbable. Il n'a pas ri, parce qu'il était trop sous le choc pour le faire. Ensuite, il m'a expédiée chez moi pour pouvoir appeler tous ses potes et leur raconter cette histoire.

— Tu es en train de baisser les bras ? s'étonna-t-elle.

— Je... Je ne sais pas. J'ai l'impression d'être dans une impasse.

Rita me dévisagea, avant de sortir son téléphone et de composer un numéro. Je fronçai les sourcils, inquiète à l'idée qu'elle fomente un nouveau plan tordu pour me tirer d'affaire. Mais, devant ma mine intriguée, elle posa sa main sur les miennes, que j'étais en train de tordre en tous sens.

— On va aller dîner. On va s'offrir une table incroyable, boire du vin hors de prix et on va finir par trouver une solution ! J'appelle mon frère pour qu'il nous trouve une table.

— Au Tempest Lounge ? m'exclamai-je. Mais c'est sûrement complet depuis des mois !

— Pas pour une Cosgrove, dit-elle avec un large sourire.

Elle parvint à convaincre son frère de nous trouver une table et ne se gêna pas pour utiliser mon nom avec emphase pour appuyer sa demande. Elle finit par raccrocher, le sourire aux lèvres, une lueur de victoire dans le regard.

— Être une Cosgrove n'a pas que des inconvénients, ajouta-t-elle. Je vais chercher mon sac, je te laisse fermer la boutique ?

Alors que je me levais, prête à suivre Rita pour une soirée de détente et surtout pour oublier ma vie en sursis, la clochette de la porte retentit. Je tournai la tête, m'attendant à voir un client ou un livreur, mais mes épaules se raidirent aussitôt.

— Benjamin ?

Il se tenait dans l'entrée, vêtu d'un costume impeccable et arborant un sourire digne d'une publicité pour un cabinet dentaire. Dans cette librairie, il détonnait.

— Bonjour Violette, dit-il. Tes parents m'ont dit où te trouver.

— Très aimable de leur part. On allait fermer, répondis-je aussi sèchement que possible.

— Je voulais te parler, répondit-il en s'avançant.

Je m'affairai à ranger rapidement le comptoir et m'assurai que nos deux machines à café étaient bien débranchées. Benjamin avait toujours été courtois et amical, avec un peu de chance, il comprendrait que cette soudaine agitation m'empêchait de lui parler.

— Je sais que tu es au courant, dit-il en tentant de capter mon attention. Et je sais que tu n'es pas convaincue par ce projet.

— Assez étrangement, je me suis toujours dit que le jour où j'accepterais de me marier, ce serait parce qu'on me l'aurait demandé de manière... traditionnelle.

— Oh, salut Ben ! s'exclama Rita en ajustant la bandoulière de son sac sur son épaule. On y va ? lança-t-elle à mon attention.

— Écoute, reprit Benjamin, en ignorant superbement ma meilleure amie. Je ne veux pas que tu penses que je suis d'accord avec leurs méthodes. Mais... je crois que toi et moi on pourrait s'entendre.

— S'entendre ? répétai-je, sceptique.

— Nous venons du même milieu, du même univers, Violette. Nous comprenons les attentes, les responsabilités. Ce mariage peut fonctionner.

J'éclatai de rire. Benjamin avait l'air sérieux et convaincu. Il négociait comme si j'étais l'objet d'un des contrats de son entreprise. Je jetai un coup d'œil vers Rita, qui faisait mine de s'occuper en feuilletant un livre.

— Pour qu'il fonctionne, il faudrait que je sois d'accord. Je sais que tu as l'habitude de traiter des acquisitions agressives, que tu mènes tous les jours des négociations difficiles, mais je tiens à te prévenir, je ne céderai pas.

— Ce mariage pourrait nous être bénéfique à tous les deux, dit-il en s'appuyant contre le bar, détendu.

Je haussai un sourcil, ravalant un nouveau rire. J'étais éloignée du monde des affaires, mais je n'étais pas stupide. Cet improbable mariage ne me servait en rien. Benjamin, lui, bénéficierait d'une entrée dans une des familles les plus prestigieuses de la ville. Son nom accolé au mien lui donnerait un nouveau pouvoir et un potentiel accès à l'héritage.

— Je ne vois pas en quoi cette union pourrait me rendre service, Benjamin.

Il recula légèrement, mais ne se démonta pas. Au moment où il allait reprendre la parole, la porte de la librairie s'ouvrit de nouveau. L'instant suivant, je suffoquai presque, en voyant Hamilton, en chemise noire et pantalon de costume gris, m'adresser un hochement de tête.

— Je savais qu'on aurait dû investir dans cette machine à pop-corn, lança Rita.

Je me cramponnai au bar, sentant mes jambes flageoler. Si je pouvais tenir tête à Benjamin, je doutais réussir le même exploit avec Hamilton.

— Monroe, quelle bonne surprise ! lança Benjamin en lui tendant la main.

Hamilton jeta un coup d'œil autour de lui, comme s'il vérifiait quelles étaient les forces en présence. Puis, il toisa

Benjamin, qui, mal à l'aise passa un doigt dans son col pour mieux respirer. Sa main retomba ensuite lourdement.

— Bradford.

L'atmosphère dans la librairie devint instantanément électrique. Rita avait les yeux brillants, visiblement ravie du spectacle qui s'annonçait. Je ne savais plus où regarder : Hamilton, droit et imposant, ou Benjamin, qui semblait avoir rétréci d'un ou deux centimètres sous la pression invisible qu'Hamilton exerçait par sa simple présence.

— Je vois que je tombe au mauvais moment, continua ce dernier d'un ton tranquille mais chargé de sous-entendus.

— Pas du tout, répondit Benjamin. Je discutais justement avec Violette de notre projet commun.

Hamilton haussa un sourcil, un sourire froid effleurant ses lèvres. Je retins mon souffle. Je ne l'avais jamais vu ainsi, avec ce regard carnassier et cette attitude belliqueuse. La colère que j'avais aperçue flamber dans son regard la veille paraissait désormais presque fade.

Il croisa furtivement mon regard apeuré avant de retourner son attention sur Benjamin.

— Un projet commun ? C'est intéressant. Et de quoi s'agit-il exactement ?

— Notre union, répondit ce dernier avec un sourire satisfait. Nos parents préparent notre soirée de fiançailles.

— Évidemment, murmura Hamilton. Tu as toujours été très ambitieux.

— Violette et moi ferons un très beau mariage.

Hamilton resta un instant silencieux, son regard rivé sur Benjamin avec une intensité glaciale. Je n'osais plus respirer, et encore moins bouger. Impuissante, j'assistais à la confrontation entre les deux, incapable de savoir si je devais intervenir.

— Un beau mariage pour toi, certainement, commenta Hamilton, d'une voix tranchante.

Benjamin redressa légèrement les épaules, comme pour affirmer sa position, mais resta muet. Hamilton ne cilla pas, dans une maîtrise parfaite et effrayante de ses émotions.

— Je pense pouvoir apporter beaucoup à Violette, dit finalement Benjamin en m'adressant un sourire. Nous nous connaissons depuis longtemps et nous sommes amis. Elle sait que je pourrai la rendre heureuse.

— La rendre heureuse ? Vraiment ? As-tu au moins pensé à le lui demander ?

Hamilton fit un pas dans ma direction et je me tétanisai encore plus. Je jetai un coup d'œil vers Rita qui, elle, jubilait et se régalait du spectacle. Un lourd silence s'installa, pesant et froid.

— Je veux dire, au milieu de toutes tes considérations sur ta carrière, ton image et tout ce que tu cherches à construire, poursuivit Hamilton avec un calme presque effrayant. Est-ce que tu as demandé à Violette ce qui pourrait la rendre heureuse ?

À nouveau, il avança vers moi. Benjamin l'observait avec attention, comme s'il cherchait à anticiper la prochaine attaque. Prudent, il s'éloigna de deux pas et je me sentis soudainement moins oppressée.

— Je pense qu'elle sait que je suis une valeur sûre, répondit Benjamin, sa voix légèrement plus tendue qu'auparavant. Elle sait qu'elle peut me faire confiance et compter sur moi.

Hamilton laissa échapper un rire froid, avant de poser les yeux sur moi. Il me scruta avec une telle intensité que j'en eus le souffle coupé. Il me sondait. Hamilton mesurait ses chances et évaluait la situation. Je laissai échapper un petit sourire, et il reporta son attention sur Benjamin.

— Une valeur sûre, répéta-t-il. Fascinant. Peut-être que tu devrais demander à Violette si elle préfère une valeur sûre... ou quelqu'un qui la voit réellement pour ce qu'elle est.

D'un dernier pas, Hamilton réduisit la distance entre nous. Son bras touchait le mien et je fis tout mon possible pour ne pas trembler comme une feuille. L'atmosphère était irrespirable et être proche de lui m'empêchait de réfléchir convenablement.

— Tu sais, Bradford, je dois te reconnaître une chose : tu as l'œil pour repérer les opportunités. Mais ton plus grand défaut, c'est que tu n'es jamais le premier à les voir.

Hamilton se tourna vers moi et pressa délicatement mon menton, me forçant à relever les yeux vers lui. L'orage y grondait, fort, sombre et impétueux. Avant que je puisse dire quoi que ce soit, ses lèvres trouvèrent les miennes dans un baiser tendre et brûlant.

— Salut, murmura-t-il contre ma bouche, un sourire dans la voix.

— Salut, répondis-je, troublée au-delà des mots.

Benjamin émit un bruit indistinct, entre le raclement de gorge et le soupir outré, mais Hamilton ne daigna même pas tourner la tête. Son regard restait rivé au mien, intense et déstabilisant. Il entoura ma taille de son bras, m'attirant plus près de lui encore.

Je posai mes mains contre son torse, pendant qu'Hamilton posait un nouveau baiser contre ma tempe. Mon angoisse avait subitement disparu, dissoute entre ses mains.

— Je ne suis pas sûr de comprendre ce qui se passe ici, lâcha finalement Benjamin.

— C'est pourtant simple, expliqua-t-il en se redressant légèrement. Violette avait prévenu ses parents qu'elle était avec quelqu'un. Et ce quelqu'un, c'est moi. Je te conseille donc d'informer les tiens que leur plan est... tombé à l'eau.

— Violette ? m'interpella Benjamin. Tu... Tes parents savent que tu es avec Hamilton Monroe ?

— Non, répondis-je calmement en plantant mon regard dans celui de Benjamin. Ce que je fais de ma vie et avec qui je la partage ne regarde que moi.

— Ton père n'acceptera jamais ça ! s'écria Benjamin. Et puis tu n'es probablement qu'une prise de guerre pour lui !

La main d'Hamilton se pressa plus fermement contre mon dos, en guise d'encouragement. Toute cette scène n'était qu'une mise en scène improvisée. Pourtant, la chaleur de son contact me traversa, ravivant la même agréable sensation que sur le balcon : il me protégeait et veillait sur moi.

— Une superbe prise, répondit Hamilton, sincère, les yeux toujours dans les miens.

Au milieu de ce splendide chaos, dans cette atmosphère étouffante, sa remarque me tira un rire franc et libérateur. Mon corps se détendit et mes inquiétudes de la journée s'estompèrent.

Sans un mot de plus, Benjamin quitta la librairie, sa démarche rigide trahissant sa frustration. Dès que la porte se referma derrière lui, je soufflai un coup, relâchant enfin la tension qui m'avait figée.

— Tu es complètement fou, murmurai-je en levant les yeux vers Hamilton.

— Probablement, répondit-il avec un demi-sourire et en me libérant de son étreinte.

Immédiatement, je me sentis mal à l'aise. Hamilton avait agi sous le coup d'une impulsion, motivé par l'envie de tenir tête à Benjamin. Maintenant qu'il avait quitté les lieux, nous allions retrouver notre dynamique habituelle entre silence et colère froide. Malgré tout, c'était sûrement la meilleure solution pour éloigner mon prétendant.

Je me tournai vers Rita qui avait observé la scène avec délectation. Elle fixait la porte de la librairie avec un petit sourire narquois.

— Ce qui est remarquable chez Benjamin Luke Charles Bradford III, c'est son putain d'incroyable fessier ! Sérieusement, pour un type aussi détestable, c'est un miracle, non ?

— Les trois prénoms, Rita ? Vraiment ? m'écriai-je dans un rire.

— J'ai toujours eu un faible pour ces petites poussées de testostérone. Je suis Rita, se présenta-t-elle en tendant la main à Hamilton.

— Rita dirige le café. Et c'est aussi une experte en analyse anatomique, expliquai-je à Hamilton.

— Hamilton Monroe, se présenta ce dernier.

J'ignorai délibérément le regard scrutateur de Rita, qui semblait passer notre visiteur au crible avec une précision chirurgicale. Quand il libéra sa main, elle profita d'un moment d'inattention de sa part pour s'éventer furtivement de la main, me faisant lever les yeux au ciel.

— Je pense que vous avez des choses à vous dire et, moi, de mon côté, j'ai une machine à pop-corn à commander. Donc je vais rentrer.

— Mais...

— Et Violette, n'oublie pas que tu as une table réservée au Lounge ! Hamilton, ça a été un plaisir de te rencontrer.

Elle s'éclipsa dans la foulée, me laissant seule avec mon visiteur. Je frottai mes mains l'une contre l'autre, nerveuse. Notre dernière conversation avait été plutôt houleuse et l'échange avec Benjamin avait rajouté une nouvelle dose de tension. Je redoutais presque de retrouver l'orage de ses iris.

— Je ne savais pas que tu pouvais improviser, lançai-je en espérant alléger la tension entre nous.

— Quand Bradford me défie, j'ai tendance à rendre coup pour coup.

— C'était... spectaculaire, dis-je, encore remuée par leur affrontement.

— C'est d'accord, lâcha finalement Hamilton.

— Tu... Pour... Vraiment ? balbutiai-je, prise de court.

— Mais si on doit jouer, Violette, on va jouer selon mes règles.

Chapitre 19

Hamilton

— Tu avais peut-être raison, lança James dès que le serveur du restaurant japonais dans lequel nous étions installés, s'éloigna.

— J'ai souvent raison. Tu peux être plus explicite ?

— Les détournements de fonds. J'ai demandé à Serena de reprendre ton dossier, d'éplucher toutes les pièces à conviction, de faire toutes les vérifications possibles.

— Tu cherchais une excuse pour la faire venir dans ton bureau plus souvent ? demandai-je sans masquer mon sourire chargé de sous-entendus.

James ignora superbement ma remarque, sortant un dossier cartonné de sa sacoche. Il avait sollicité ce déjeuner pour faire un point sur l'avancée de mon dossier. De toute évidence, il n'était pas d'humeur à évoquer des sujets plus personnels. Méthodiquement, il glissa deux feuilles dans ma direction - des relevés de compte - affichant des sommes astronomiques.

— Serena a retracé le chemin de l'argent, expliqua James.

Il posa son index sur la première feuille, désignant les quelques lignes qui y apparaissaient.

— Cinq dates différentes pour cinq transferts de fonds. Toujours les vendredis, me fit-il remarquer.

Je plissai les yeux, cherchant un schéma dans cet enchaînement.

— L'argent transite le week-end et rien n'apparaît sur les comptes avant le mardi suivant, murmurai-je. Ça laisse plusieurs jours pour masquer l'opération.

— Exactement. Tout semble millimétré. L'argent sort légalement : les ordres de virement sont impeccables, avec ton en-tête d'entreprise et ta signature. La banque n'a aucune raison de les refuser.

— James, je n'ai pas fait ces virements. Je n'ai rien signé !

— Je te crois, assura mon avocat.

Il passa à une autre feuille, où figurait une liste de transactions bancaires. Je sentais la colère monter peu à peu. Quelqu'un m'en voulait et avait travaillé sur chaque détail de son piège.

— Une fois l'argent transféré, il est dirigé vers un compte à l'étranger, puis ventilé sur plusieurs comptes *offshore*. Ce genre de montage est classique dans les affaires de détournement de fonds.

Je serrai les dents, incapable de contenir mon impatience.

— Et à qui appartiennent ces comptes ? lançai-je, dévoré de curiosité.

— À une société-écran. Extrêmement bien ficelée, enregistrée au Panama. Ses comptes bancaires sont éparpillés dans plusieurs pays, un véritable labyrinthe financier. Tout est quasiment intraçable, un vrai travail d'orfèvre.

— Il y a forcément une faille, repris-je, avec véhémence. Personne ne détourne de l'argent pour la beauté du geste, James. Il y a un type, quelque part, qui va s'offrir une vie de rêve avec l'argent de mon entreprise !

— On a retrouvé les noms des trois administrateurs. Mais...

Il fit une pause, pesant ses mots, et je sentis mon estomac se nouer.

— ... Ce ne sont que des fausses identités. Des prête-noms fabriqués de toute pièce. Celui qui a monté cette opération est d'une rigueur impressionnante. Tout est méticuleusement verrouillé.

— Quel est le nom de la société ? demandai-je.

— Dixon Limited. Ça te dit quelque chose ?

Je secouai la tête. James hocha la tête, comme s'il s'attendait à cette réponse.

— Ces boîtes sont faites pour être intraçables.

— James, pourquoi aurais-je monté un truc si brillant pour laisser ma signature en bas des ordres de virement ? Ça n'a pas de sens. Il y a forcément un détail, une erreur...

— Je t'ai dit que Serena était la plus douée de nos chargées de recherches, non ?

Les lèvres de James s'étirèrent dans un sourire à peine perceptible, mais suffisamment rare pour attirer mon attention. Mon avocat n'était pas du genre à se réjouir à la légère. Si Serena avait fait une découverte, elle devait être déterminante.

— Et je te dois des excuses, continua James. Ton intuition était juste.

— Les Cosgrove ?

James sortit un nouveau feuillet de son dossier et je le lui arrachai presque des mains.

— Serena est parvenue à trouver les documents de la création de Dixon Limited. Et derrière ce travail de dissimulation, il y a le cabinet d'avocat des Cosgrove.

Je parcourus le document rapidement, mes yeux scrutant chaque ligne avec une intensité dévorante. Là, au milieu des clauses et mentions légales, le nom des Cosgrove brillait comme un aveu.

— Leur cabinet habituel, murmurai-je, plus pour moi-même que pour James.

— Exactement, confirma-t-il. Ils ont supervisé la création de Dixon Limited. Et ils sont sûrement derrière ce montage complexe. C'est indirect, mais leur implication est indéniable.

Je reposai le papier sur la table, mon esprit déjà en pleine ébullition.

— J'en étais certain. Ils ont manœuvré pour m'impliquer dans une affaire et me discréditer. Ça a presque marché, mais on va trouver la parade, soulignai-je.

— Uniquement si tu as eu de la chance. Comme je le disais, reprit James en récupérant le document qui impliquait mes ennemis, c'est indirect. Ils pourront toujours argumenter qu'ils ne sont pas au courant des affaires de leur cabinet.

— James, tu sais comme moi que ça ne peut pas être une coïncidence ! m'écriai-je.

— Je le sais. Mais devant une cour, ton intuition et ce document ne suffiront pas. Serena poursuit ses recherches.

Mon avocat se redressa lentement et posa ses coudes sur la table. Les mains jointes devant lui, il darda son regard sur moi. Intrigué, je l'imitai instinctivement, me penchant légèrement vers lui, poussé par une curiosité grandissante.

— Nous aurons du mal à trouver d'autres preuves, dit doucement James. Entre la société-écran et le cabinet d'avocats, s'ils sont vraiment impliqués, voire commanditaires, ils ont certainement pris soin d'effacer tous les indices.

— James, je ne retournerai pas en prison. C'est un coup monté et je ne vais pas rester ici à regarder les Cosgrove gagner.

— Je sais. J'ai compris que tu étais proche de Violette Cosgrove, non ?

Je me renfonçai dans mon siège. J'avais passé une partie de la nuit à penser à Violette et à réfléchir à sa proposition. C'était une mauvaise idée, mais sa détresse me hantait et j'avais été tenté plusieurs fois de revenir sur ma décision. Je tenais un parfait prétexte pour me venger des Cosgrove. James m'observait, son expression neutre masquant à peine sa curiosité et ses soupçons.

— Je me trompe ? ajouta-t-il, en penchant légèrement la tête, comme pour m'inciter à parler.

— Tu penses qu'elle trempe dans cette histoire ?

La seule idée qu'elle puisse avoir joué la comédie me révulsait. Ça ne lui ressemblait pas et c'était même aux antipodes de ce qu'elle m'avait expliqué hier soir. Elle faisait tout pour se détacher de son nom de famille, je ne l'imaginais pas comploter pour avoir ma peau.

— Non, ce n'est pas ce que je voulais dire. Si tu veux mon avis, Violette est certainement la seule Cosgrove digne de confiance.

Il but une gorgée de son vin, ses yeux toujours sur moi. Quand je pris conscience de ce que James me suggérait, je secouai la tête. Il voulait que j'utilise ma relation avec elle pour faire avancer son investigation.

— Je ne ferai pas ça, dis-je.

— Elle t'offre une parfaite porte d'entrée.

L'idée de la manipuler me tira une grimace. C'était une ligne que je refusais de franchir.

— Non, répliquai-je en secouant la tête. Je ne veux pas me servir d'elle.

Un silence tendu s'installa. La perspective de trahir quelqu'un, même pour ma propre liberté, pesait trop lourd. Violette avait été sincère avec moi et j'avais moi-même demandé de la distance entre nous deux. Elle n'avait pas à plonger dans ces eaux sombres.

— Elle ne mérite pas ça. Je lui ai reproché son mensonge et sa trahison. Si je fais la même chose, qu'est-ce que ça fait de moi ?

— Tu peux la mettre dans la confidence. Elle peut même t'aider.

Je poussai un lourd soupir. Je me retrouvais au pied du mur et je détestais ça. Violette était certainement ma meilleure option. Elle était même probablement la seule pour réussir à prouver mon innocence. Un mélange de culpabilité et de résignation me noua l'estomac. Manipuler, jouer avec les gens, placer mes intérêts en premier : j'avais un véritable talent pour faire ça. J'avais construit mon entreprise ainsi. Je le faisais sans état d'âme.

— Tu l'as déjà fait des milliers de fois, Hamilton, reprit James avec un petit sourire sarcastique.

— Pas comme ça.

James laissa échapper un ricanement moqueur et je le fusillai du regard. Le visage de Violette, son rire communicatif, ses yeux pétillants m'obsédaient. J'avais choisi de rester à distance d'elle pour la préserver de ma vie en lambeaux et pour oublier ce que je ressentais pour elle.

Mais cela ne suffisait pas.

— Je me suis trompé, fit James alors que son assiette de sashimi venait d'être servie.

— À quel sujet ?

— Sur elle et sur toi. J'ai cru... Elle te plaît, en fait.

— James...

Il éclata de rire, nullement impressionné par ma voix menaçante. Le serveur posa mon assiette devant moi, alors que je serrais les poings à m'en faire mal. J'avais plus envie de retourner la table que de manger. Quand le rire de James s'éteignit enfin, il me dévisagea et son attitude moqueuse disparut.

— Putain. Elle te plaît vraiment.

Me trouver nez à nez avec Benjamin Bradford clôturait parfaitement cette très mauvaise journée. Alors que j'avais simplement envisagé d'entrer dans le café et de parler à Violette, en espérant trouver un terrain d'entente, j'étais tombé sur cette dernière dans les griffes de ce crétin.

Mes plans avaient donc changé.

Benjamin était un paon. Très beau, qui faisait la roue pour séduire, épatant la galerie avec son grand sens de la conversation et riant au bon moment. Il incarnait le gendre idéal : il inspirait confiance aux hommes et faisait fondre les femmes.

Et là, il jouait son numéro, tout près de Violette, la regardant comme un prédateur jauge sa proie, prêt à fondre sur elle sans aucun scrupule.

La protéger était devenu prioritaire sur le plan tordu de James.

Chaque fibre de mon corps brûlait d'envie d'arracher les yeux de Bradford et de les lui faire avaler. Mon poing me démangeait, prêt à transformer son visage en cible d'entraînement.

Mais tout avait changé quand j'avais croisé le regard effrayé de Violette. Si hésitante, si vulnérable...

Et soudain, une idée s'était imposée à moi. Une idée qui, en quelques secondes, s'était transformée en besoin, puis en évidence.

L'embrasser.

L'embrasser était une putain d'évidence agréable et douce.

Dans le café désormais vide, Violette osait à peine croiser mon regard. Sa nervosité était palpable, et elle devait certainement attendre une explication à mon comportement, alors que mon esprit divaguait à propos du souvenir fugace de ses lèvres sur les miennes.

— Quand Bradford me défie, j'ai tendance à rendre coup pour coup, expliquai-je.

— C'était... spectaculaire, répondit-elle.

— C'est d'accord, finis-je par lâcher.

Elle me fixa, interdite.

— Tu... quoi ? Pour... Vraiment ? balbutia-t-elle.

Je m'approchai d'un pas, plongeant mon regard dans le sien.

— Mais si on doit jouer, Violette, on va jouer selon mes règles.

— Qu'est-ce qui t'a fait changer d'avis ? demanda-t-elle en haussant un sourcil.

— Comme tu l'as dit, il n'y a pas mieux placé qu'un Monroe pour affronter les Cosgrove. Tu as une table au Lounge, tu veux qu'on aille dîner ?

Elle me dévisagea un instant, avant de laisser échapper un rire. Sa réaction m'intrigua et je cherchai en vain ce qu'il y avait d'hilarant dans ma proposition.

— Tu veux qu'on aille dîner au Lounge ? répéta-t-elle avec un large sourire.

— C'est ce que j'ai dit. Tu as une réservation et c'est un endroit assez neutre pour discuter de notre... arrangement.

— Hamilton, peut-être que tu n'es pas au fait des codes sociaux habituels mais, en nous voyant au Lounge, la charmante population d'Ashbourne pensera que nous avons un rendez-vous... intime.

— J'avais cru comprendre que c'était justement ce que tu voulais, non ?

Elle cligna les yeux, un mélange de surprise et de méfiance passant sur son visage. Je risquai un sourire confiant, amusé par une Violette en plein doute.

— Certes, mais... disons qu'il y a une différence entre simuler une relation et dîner dans le restaurant le plus romantique de la ville.

— Benjamin nous a vus nous embrasser. La nouvelle doit donc déjà être en train de se répandre partout.

— Donc, d'après toi, autant enfoncer le clou ?

— Exactement, répondis-je avec un sourire en coin. Autant contrôler la narration, non ? On fixe les règles, Violette.

— Tu es terriblement pragmatique, Hamilton.

— Merci, répondis-je en feignant la modestie. Enfile ton manteau, je suis à moto.

Je fis comme si tous les clients du restaurant ne nous avaient pas observés alors que nous traversions le restaurant pour nous attabler. Notre table se trouvait dans un coin discret du Lounge, nous offrant une intimité parfaite. Assise en face de moi, Violette affichait un visage doux éclairé par la lueur d'une petite bougie.

Mes yeux glissèrent sur ses lèvres et je me forçai à chasser le souvenir de notre baiser.

— Très romantique, non ? fit-elle, un peu embarrassée.

— J'imagine. Comme tu l'as dit si bien, je ne maîtrise pas bien les codes sociaux.

— Vraiment ? Tu n'as jamais amené une fille dîner quelque part ?

— Ce n'est pas ce que les femmes attendent de moi, répondis-je avec un sourire lourd de sous-entendus.

— C'est dommage. Elles loupent une expérience... intense.

— Est-ce que tu es en train de me draguer pour de vrai ? lui demandai-je, amusé.

— Je tente de rendre la situation agréable, Hamilton. Tu as été clair sur ce que tu ressens pour les Cosgrove. Je ne voudrais pas que ce dîner devienne un supplice pour toi.

— La situation est inédite, mais supportable.

Elle haussa les sourcils, un air de défi dans les yeux. Elle se redressa et posa sa main à proximité de la mienne. Elle était redoutable quand elle me regardait ainsi, comme si elle voyait mes sombres secrets et qu'elle s'en moquait.

— Ça ressemble à un compliment, dit-elle doucement. Je rends la situation supportable ?

— Disons que tu as ce don pour rendre les choses... intéressantes.

Le serveur nous apporta une bouteille de vin que Violette avait choisi sans hésitation. Après son départ, je posai mes coudes sur la table, la fixant. Ou l'admirant plutôt. Dès que je l'avais vue en prison, elle m'avait attiré. Mais ce soir, alors que j'étais en face d'elle et sur le point de négocier notre petit arrangement, je la trouvais... irrésistible.

— Je te remercie encore de m'avoir aidée avec Benjamin tout à l'heure. Il était particulièrement...

— Tenace ?

— On se connaît depuis longtemps. Je pensais qu'il comprendrait que je ne veuille pas de ce mariage.

— Il n'en veut pas non plus. Il veut une fusion. Votre amitié lui importe peu. Mais je pense qu'il en faudra plus pour qu'il oublie définitivement ce projet.

— Plus qu'un baiser furtif entre nous deux ?

Elle se mordilla la lèvre inférieure, alors que ces joues prenaient une coloration rosée. Tout mon corps se tendit et mes yeux se braquèrent sur sa bouche. Nous faisions semblant depuis à peine quelques heures et déjà ma résistance se fendillait.

— Je me devais d'être crédible.

— La scène aurait pu être crédible si je n'avais pas réagi comme un lapin pris dans des phares, rétorqua-t-elle avec une pointe d'humour, en jouant nerveusement avec le pied de son verre de vin.

Un sourire en coin étira mes lèvres. Dans mon souvenir - celui qui allait me hanter quelque temps - Violette avait été parfaitement à la hauteur.

— À en juger à la tête de Benjamin, je dirais que tu t'en es plutôt bien sortie.

Elle haussa un sourcil, toujours sceptique.

— Ça, c'est surtout grâce à toi et à ton sens de l'improvisation. Tu étais très convaincant.

— Ça t'a dérangée ?

— Non.

Elle resta silencieuse et ses yeux trouvèrent les miens. L'air se chargea d'électricité et je compris que l'un comme l'autre nous étions en train de revivre la scène. Encore. Et encore.

— Pour ce que ça vaut, ce n'était pas désagréable, murmurai-je. Ce qui est une bonne chose, puisqu'on va sûrement être amené à le faire à nouveau.

Son souffle se bloqua un instant, et elle détourna les yeux, visiblement déstabilisée. Je lui adressai un petit sourire. Elle semblait assise sur des charbons ardents, s'agitant sur sa chaise.

— Violette, dis-je doucement, reprenant un ton sérieux. Si on veut que ça fonctionne, il faut qu'on joue le rôle à la perfection. Et ça veut dire qu'il faudra parfois... dépasser les limites.

— Dépasser les limites ? répéta-t-elle, un mélange d'hésitation et de curiosité dans la voix.

— Quand tu as imaginé ce plan, tu devais te douter que nous devrions être proches, non ? Que nous devrions nous toucher, nous embrasser et...

— Je sais, je sais, me coupa-t-elle vivement. C'est juste que... j'ai besoin d'un petit temps d'adaptation. J'ai... j'ai une question, fit-elle, soudainement plus sûre d'elle.

Je hochai la tête. La tension entre nous était toujours présente. Violette semblait à bout de souffle et perdue, pendant que je me rappelais, en boucle, que tout ça n'était qu'une mise en scène. Et que cette mise en scène allait me permettre de me disculper.

Rester concentré sur mon avenir : c'était la solution pour éviter de laisser mes pensées divaguer vers cette femme et ses lèvres.

— Je... Le soir de mon anniversaire, tu as dit que tu ne savais pas si tu parviendrais à me laisser.

Je gardai mes yeux rivés aux siens. Le souvenir de cette soirée était très présent : la douceur de sa peau, la chaleur de son corps, sa détermination admirable. Cela me remuait d'y repenser.

— Est-ce que c'était vrai ? demanda-t-elle.

— Oui, répondis-je, sincère.

J'ignorai mon cœur battant la chamade et la pointe de regret dans le regard de Violette. Tout était différent sur cette terrasse. Nous étions seuls au monde, loin du tumulte de nos vies respectives, loin de nos familles ennemies.

— Mais les choses ont changé, maintenant.

— Qu'est-ce qui a changé, exactement ? murmura-t-elle, sa voix presque hésitante.

— Tout, répondis-je doucement. Les circonstances, nos rôles... ce qu'on attend de nous. Notre histoire, ajoutai-je un ton plus bas. C'est pour ça que pour que ton plan fonctionne on doit fixer des règles.

— Pour éviter les complications, conclut-elle en ouvrant le menu devant elle.

— Pour que ça fonctionne, Violette.

Elle plongea le nez dans la carte et je repris mon souffle. J'avais envisagé ce dîner autrement, en proposant des règles de fonctionnement pour notre fausse relation, en lui posant des questions sur sa famille et en contenant mon attirance pour elle.

J'avais fait fausse route. Violette était sincère, douce, prévenante et contrariée par sa famille envahissante. J'avais plus envie de la protéger que de la manipuler. C'était un sentiment suffisamment nouveau pour me faire perdre le contrôle. Suffisamment inédit et fort pour que je ne lui avoue pas toute la vérité. Elle avait son histoire et voulait s'éloigner des Cosgrove : lui faire porter la mienne la tourmenterait encore plus.

J'allais devoir faire sans son appui.

— Tu sais, pour que ça fonctionne, il faut aussi qu'on apprenne à se connaître, dit-elle avec un sourire malicieux.

— Tu veux découvrir tous mes secrets ?

— Pas ce soir, Hamilton. C'est un premier dîner : je me contenterai de savoir ce que tu aimes manger.

Chapitre 20

Violette

— Un match de *base-ball* ? s'exclama Rita.

— Ça nous a semblé une bonne idée, me justifiai-je. Aller voir un match en couple est plutôt crédible, non ?

Je rangeais ma réserve de livres, déplaçant les cartons pour mieux l'organiser, dans le secret espoir d'occuper mon esprit. J'avais dîné avec Hamilton trois jours avant, et nous avions convenu de nous revoir ce soir pour afficher notre relation au grand jour. Mes parents avaient déjà tenté de me joindre plusieurs fois, mais j'étais parvenue à esquiver leurs appels. J'avais conscience que je repoussais l'inévitable. Mais les affronter et faire face à leurs multiples questions m'effrayaient.

— Oui, enfin j'imaginais plutôt un vernissage ou un truc mondain. Vous êtes quand même deux héritiers ! répliqua Rita en plongeant la main dans le paquet de chips.

— Ce sera notre première vraie sortie, on a besoin d'être à l'aise.

— Il avait l'air assez à l'aise quand il t'a embrassée devant Benjamin.

— C'était une mise en scène, Rita. Et cette soirée *base-ball* en est une aussi. On apprend à se connaître pour être crédible. Un jour ou l'autre, je devrai affronter mes parents et répondre à leurs questions. Ça sera plus simple si Hamilton et moi développons... une bonne relation.

— Vous avez déjà une bonne relation. Vous l'aviez le soir de ton anniversaire quand je vous ai surpris à deux doigts de vous embrasser, ironisa-t-elle en levant un sourcil.

— Ça ne se reproduira plus. Je suis une Cosgrove et c'est un Monroe. Hamilton m'aide et ça s'arrêtera là.

— Finalement, toi et moi, on se ressemble un peu.

Je relevai les yeux vers Rita. Elle était expansive, quand j'étais discrète ; elle était impulsive, quand je prenais le temps de la réflexion ; elle s'enthousiasmait de tout quand je restais sur la réserve : Rita et moi étions complémentaires. Devant mon expression incrédule, elle s'expliqua :

— Si, je t'assure. Tu es la Rita du lundi.

— Nous sommes jeudi.

— C'est bien ce que je dis. La Rita du lundi se lève de bonne humeur, pleine de bonnes résolutions. Elle lance trois lessives, fait le ménage, vire les produits trop gras du frigo, va au marché acheter des légumes frais et se promet de manger sainement pour perdre les cinq kilos qu'elle a pris l'an dernier, dit-elle en avalant une nouvelle chips.

Loin de m'éclairer, son explication me laissa encore plus perplexe.

— La Rita du lundi se berce d'illusions, conclut-elle. La Rita du lundi croit pouvoir renoncer à ce qui lui fait vraiment envie.

— Comme ce paquet de chips ? fis-je, un peu sournoise.

— Exactement. Tu en veux ? me proposa-t-elle. Donc, en ce qui concerne Hamilton, tu es la Rita du lundi. Tu es mesurée, tu es rationnelle et tu penses que tous tes plans vont se dérouler parfaitement.

— Tout va se dérouler parfaitement. Hamilton et moi savons très bien à quoi nous en tenir. On fait semblant, lui rappelai-je. Il ne veut rien avoir à faire avec les Cosgrove et, de mon côté, je cherche un parfait alibi pour éviter de finir avec le cul fantastique de Benjamin Bradford.

Rita éclata de rire, presque en s'étouffant avec une chips.

— Le « cul fantastique de Benjamin Bradford » ? répéta-t-elle.

Je levai les yeux au ciel, regrettant déjà mon choix de mots, mais elle enchaîna sans me laisser le temps de protester. Je continuai à ranger, inlassablement, espérant que Rita finisse par s'épuiser.

— Sérieusement, ma chère Rita du lundi, tu te voiles la face. Tu peux bien prétendre que tout ça, c'est juste un arrangement pratique, mais ton plan est déjà bancal.

— Et pourquoi ça, ma chère Rita du jeudi ?

— Parce que vous ne faites pas que semblant. Hamilton n'a pas l'air d'un gars qui fait les choses à moitié. Surtout quand il s'agit de toi, précisa-t-elle en me désignant avec une chips.

Je poussai un lourd soupir. Hamilton avait accepté de m'aider. Pendant notre dîner, je m'étais abstenue de lui demander pourquoi. Je craignais trop qu'il finisse par retrouver ses esprits et qu'il renonce. Je n'avais pas de plan B.

— La Rita du jeudi ne voudrait pas m'aider à ranger plutôt ? m'agaçai-je en agrippant un carton trop lourd.

— Tu cherches à changer de sujet.

— Rita…

— Violette, ce que je dis, c'est que ce que j'ai ressenti ici quand il t'a embrassée n'est pas si différent de ce que j'ai ressenti en vous surprenant sur la terrasse.

Je posai péniblement le carton sur le bar, sentant le regard de Rita percer ma nuque. De la main, j'effaçai la couche de poussière et l'ouvris. Ces livres devaient être là depuis plusieurs mois. Je frottai mes mains l'une sur l'autre, avant de rassembler mes mèches rebelles dans une pince.

Il fallait se rendre à l'évidence : cette histoire de rangement ne fonctionnait pas. J'étais nerveuse à cause de ma soirée à venir avec Hamilton et cela ne parvenait pas à distraire Rita de sa tirade fumeuse.

— Allégorie de ta vie amoureuse, plaisanta ma meilleure amie.

— Écoute, Rita, tu te trompes au sujet d'Hamilton, je t'assure. Il a été très clair. Et lors de notre dîner, il a gardé ses distances.

Comme le plan l'exige, ajoutai-je pour que Rita n'interprète pas cette remarque comme un regret.

— J'ai vu comment il te regardait Violette. Et si c'était ça, son regard le plus haineux, je veux bien qu'il me black-liste jusqu'à la fin des temps. À quelle heure est votre match ?

Son changement de sujet me perturba autant qu'il m'inquiéta. Rita n'était pas du genre à poser des questions pour faire la conversation. Aussi, j'abandonnai mon carton couvert de poussière et pivotai vers elle.

— Dans une heure. On doit se rejoindre là-bas. Pourquoi ? demandai-je, soupçonneuse.

— Parce qu'il est devant la librairie et vient de couper le moteur de sa moto.

Elle se tordit le cou pour regarder par la vitrine, pendant que je paniquais un peu. Je ressemblais à un plumeau de ménage couvert de poussière et de toiles d'araignée. J'avais besoin d'une douche et de fringues propres.

Rita s'approcha de la vitrine et je la vis faire un petit signe à Hamilton, pendant que je cherchais un trou dans le plancher pour m'y terrer avec mon look de ramoneuse du dimanche.

— Tu sais, j'ai toujours trouvé ça très cliché les mecs à moto. Toute cette testostérone qui déborde, ce côté rebelle, ces magnifiques cuisses puissantes qui enserrent l'engin et cette incroyable veste en cuir façon James Dean, débita-t-elle.

— Rita, ce n'est pas le moment !

— Je suis une femme de clichés, poursuivit-elle, ignorant ma détresse.

Je filai dans la réserve. Ce qui était, je le savais, une mauvaise idée. Encore plus de poussière et de saleté et aucun endroit où vraiment me cacher. J'entendis la sonnette de la porte d'entrée du café et maudis aussitôt ma lubie du rangement. Je ne mettais jamais d'ordre dans cette pièce, pourquoi avait-il fallu qu'aujourd'hui je me lance dans ce projet idiot ?

— Salut, Hamilton, chantonna Rita.

— Bonjour, Rita. J'avais dit à Violette qu'on se rejoignait au stade, mais j'ai terminé plus tôt et...

La voix d'Hamilton s'éteignit quand il me vit. Mes mains étaient grises de crasse et mes cheveux avaient récolté quelques toiles d'araignée. C'était d'autant plus injuste que lui était très attirant avec cette fameuse veste en cuir et son jean brut parfaitement coupé. Même d'ici, je devinais son parfum.

À l'instar de Rita, j'étais une femme de clichés.

Son regard me détailla de la tête aux pieds et un petit sourire apparut sur ses lèvres.

— J'avais prévu de passer chez moi avant d'aller au stade, expliquai-je, un peu humiliée.

— En tout cas, tu as l'air prête pour n'importe quelle aventure, répondit-il.

— On va se contenter du *base-ball*, si ça ne t'ennuie pas. Tu devrais... aller au stade, je vais prendre un taxi, puis une douche et ensuite te rejoindre.

— J'ai une meilleure idée, dit-il en me tendant son casque. Je te ramène chez toi et on ira au stade ensemble.

Son regard était à la fois léger et déterminé, comme si c'était la solution la plus évidente du monde. D'un mouvement peu discret de la tête, Rita m'encouragea à accepter avant de s'éclipser pour nous laisser seuls. Je pris le casque entre mes mains, m'inquiétant vaguement des limites qu'Hamilton avait souhaitées sans jamais les expliciter.

— Tu connais mon appartement, ça me permettra de découvrir le tien.

— Un Monroe chez une Cosgrove. Il est possible que la Terre ne tourne plus tout à fait de la même façon !

Faire une mauvaise plaisanterie m'aidait à rester sur la défensive et à mettre de la distance. Je ne pouvais pas me laisser aller à fantasmer sur Hamilton : mais je devais admettre qu'il avait un talent certain pour me faire flancher.

Hamilton se contenta d'esquisser un sourire. Je passai près de lui, prête à récupérer mon manteau et mon sac et surtout fière de lui avoir tenu tête, oubliant presque mon allure repoussante. Mais mon faux petit ami agrippa mon bras et m'attira à lui. Je retins mon souffle et Hamilton se pencha vers moi pour murmurer :

— À mon avis, depuis qu'on se connaît, elle ne tourne déjà plus tout à fait de la même façon.

À notre arrivée, le concierge de l'immeuble avait suivi Hamilton du regard comme si c'était un tueur en série en cavale. Mes parents avaient certainement dû lui demander de garder un œil sur mes fréquentations.

— Tes parents sont au courant, avait commenté Hamilton, son casque à la main, alors que les portes de l'ascenseur se refermaient sur nous.

— Je sais, avais-je soupiré en croisant les bras sur ma poitrine.

— Il faudrait que tu me les présentes, avait-il ajouté avec un sourire.

— Je crois qu'on a besoin de plus de préparation pour cette rencontre. Mes parents sont du genre curieux.

— Tu es leur seule fille. À leur place, moi aussi je poserais des questions. Et en plus tu leur ramènes un Monroe. Ton père a une arme ?

— Mon père pratique la chasse depuis qu'il a cinq ans. Ça répond à ta question ?

— Ça dépend. Il est bon tireur ?

J'avais échangé un sourire avec Hamilton. La situation semblait l'amuser, pendant que mon imagination envisageait déjà cette rencontre comme un fabuleux carnage. Mon père finirait par exploser de colère et ma mère se contenterait de me faire une remarque sur mes cheveux trop courts ou mon rouge à lèvres trop foncé.

— Je lui demanderai de te laisser un peu d'avance, avais-je ajouté alors que l'ascenseur s'ouvrait sur mon étage.

— Je croyais que tu aimais le chaos et le danger ?

Cette seule remarque avait suffi à me rendre maladroite. Mon trousseau de clé était tombé à mes pieds, trahissant ma nervosité. J'avais croisé le regard gris d'Hamilton, intense et perturbant et, après quelques secondes, j'avais fini par réussir à ouvrir la porte.

— Ça ne veut pas dire que je veux que tu prennes une balle pour moi, avais-je repris.

— Les Cosgrove ne me font pas peur, avait-il répondu en avançant dans mon salon.

Je jouais avec mes clés, toujours aussi nerveuse, suivant des yeux la longue et séduisante silhouette d'Hamilton. Ça semblait surréaliste. D'une part, parce qu'il était un Monroe et d'autre part, parce que je n'avais pas ramené un homme chez moi depuis plusieurs mois.

Il pivota pour me faire face, et je me sentis de plus en plus mal à l'aise. Il me dévisagea avec intensité, sa beauté sauvage me sautant aux yeux. L'air crépita dans la pièce et je me rendis compte que je cherchais mon souffle. Cette attraction, si forte et si puissante, que j'avais ressentie dès notre première rencontre, se manifestait à nouveau.

Quand les yeux d'Hamilton me détaillèrent à nouveau, un frisson me parcourut. Le silence s'étira entre nous, lourd, presque étouffant. Ce fut en le voyant serrer les mâchoires que je compris.

Cette électricité entre nous, cette tension insupportable… Je l'avais sentie en prison, je l'avais vécue sur la terrasse, mais cette fois, dans mon appartement, il n'y avait pas que cette attraction inexplicable entre nous.

Nous résistions. Nous luttions contre ce qui nous poussait l'un vers l'autre. Nous nous battions contre ce magnétisme irrémédiable. Malgré tout, chaque mouvement, chaque respiration nous rapprochait un peu plus du point de rupture.

Je jetai mes clés dans un vide-poche, espérant chasser le malaise diffus dans la pièce.

— La cuisine est à gauche, si tu veux te servir quelque chose. Il doit aussi y avoir de quoi grignoter.

— Je devrais pouvoir m'en sortir, répondit il.

— J'en ai pour cinq minutes.

— Prends ton temps.

Je pris la douche la plus rapide de tous les temps. Je ne cachais aucun secret, pourtant laisser Hamilton seul dans mon salon, me troublait. Les joues rougies par l'eau chaude, je fonçai jusqu'à ma chambre, enfilai un jean large avec un T-shirt et un gilet noir. Je revins dans le salon, en me frictionnant les cheveux avec une serviette.

Hamilton observait les cadres photos accrochés sur tout un pan de mur, près de ma bibliothèque.

— Ton enquête avance ? demandai-je.

— Je ne sais pas dire si elle avance ou si le mystère s'épaissit. Je fais juste un peu de recherche. Tu as bien dit qu'on devait apprendre à se connaître, non ?

— C'est vrai. Tu as découvert mes sombres secrets ?

Hamilton se tourna vers moi et esquissa un sourire épanoui. Il s'approcha avec une assurance tranquille, puis, d'un geste délicat, repoussa une mèche de mes cheveux humides qui s'était collée sur mon front.

— Il n'y a ni secret, ni obscurité avec toi, Violette, dit-il d'une voix plus douce, presque un murmure.

Son toucher me fit frissonner, et je dus lutter pour garder mon calme face à la chaleur croissante entre nous.

— Alors, qu'est-ce que tu as appris sur moi en visitant mon appartement ? demandai-je, mi-amusée, mi-nerveuse.

— Eh bien, j'ai vu beaucoup de photos de toi, de tes amis, de Rita.

— Rita est comme ma sœur. Nous avons quasiment grandi ensemble.

— Des livres aussi. Beaucoup de livres. Mais ce n'est pas vraiment une surprise.

— Je tente de canaliser mon addiction, me justifiai-je. Mais pendant très longtemps, ils ont été mes seuls amis. Je ne peux plus faire sans eux, maintenant.

Hamilton refit quelques pas dans la pièce. Je tirai nerveusement sur les manches de mon gilet, attendant sa prochaine remarque. J'avais la sensation qu'Hamilton fouillait mon intimité.

— Et je crois qu'ici, c'est ton fauteuil préféré, non ? Celui où tu lis et où tu regardes le fleuve.

Je hochai la tête. Hamilton réalisait un sans-faute.

— Oh, et tu es nulle en plante verte, fit-il en désignant un pauvre ficus auquel il ne restait que quelques feuilles.

— Je crois que c'est la troisième fois que j'essaie de sauver cette pauvre plante. Mais c'est plus fort que moi, je refuse de l'abandonner, expliquai-je en approchant du végétal à l'agonie.

— C'est ton côté sainte. Tu aimes les causes perdues.

— Je ne suis pas une sainte, protestai-je, un peu vexée.

Dans sa bouche, cela sonnait comme un défaut atroce. Hamilton haussa un sourcil avant de secouer la tête, comme s'il se régalait d'une vieille blague.

— Je suis une Cosgrove et je suis dans une histoire invraisemblable de fausse relation avec le fils du pire ennemi de ma famille, lui rappelai-je. Ça n'est certainement pas un truc de sainte.

— Donc, tu préfères être une pécheresse ?

Je fis comme si sa question n'avait aucun sous-entendu. Mais à la façon dont Hamilton me regardait et à la vague de chaleur qui était en train de m'engloutir peu à peu, c'était vain.

— À mon avis, être une pécheresse est bien plus... excitant, dis-je, par pure provocation. Rappelle-toi que j'aime jouer avec le feu.

— Je ne me souviens de rien d'autre, répondit-il d'une voix chaude.

Je soutins son regard quelques secondes et finis par abandonner avant de suffoquer. Je m'écartai de lui et pris mon sac, prête à rejoindre le stade. J'avais besoin d'air et de sortir de cet endroit qui manquait d'oxygène.

— On y va ? proposai-je.

Il hocha la tête et, quelques minutes plus tard, nous quittâmes mon appartement. Nous restâmes silencieux dans l'ascenseur et, au moment où les portes s'ouvrirent, Hamilton captura ma main dans la sienne.

— Ton concierge aura un truc à raconter à tes parents, expliqua-t-il alors que j'étais stupéfiée par son geste.

— Euh... Oui.

— On est censés être un couple, Violette. Les détails sont importants.

Ma main dans la sienne, nous traversâmes le hall de l'immeuble, sous le regard médusé du gardien, jusqu'à rejoindre la moto d'Hamilton garée devant. Ce dernier me libéra que pour me tendre son casque.

— Ça non plus, ce n'était pas si désagréable, fit-il avec humour.

— Tu espérais l'inverse ?

— J'espérais que tu en voudrais plus.

Mon cœur s'emballa, mais il se détourna avant que je ne puisse répondre, enfourchant sa moto avec une assurance nonchalante.

Je détestais autant que j'adorais l'état de nervosité dans lequel il me mettait. Mais plus je fréquentais Hamilton, plus il me regardait, plus les limites de notre relation devenaient floues. C'était aussi dangereux qu'excitant.

— Allez, monte, Cosgrove ! Et cramponne-toi !

— Oignons ?

Hamilton se tourna vers moi. Nous étions à l'un des bars du stade, au milieu de la foule. Deux bières nous attendaient déjà et Hamilton se chargeait maintenant de nos hot-dogs.

— Oignons ? répéta-t-il en me fixant.

— Toujours.

Il ne répondit pas tout de suite, mais je le vis ajouter une généreuse portion d'oignons frits sur mon hot-dog avant d'attaquer la préparation du sien. L'ambiance autour de nous était bruyante, l'odeur de bière et de nourriture grillée flottait dans l'air, et l'excitation du match se ressentait dans chaque conversation animée.

— Tu es du genre à avoir des principes immuables, constata-t-il en me tendant mon hot-dog.

— Disons que certaines choses ne se discutent pas. Les oignons en font partie.

— Je note. Oignons : sacrés. Autre règle de vie incontournable ?

Je pris un instant pour réfléchir, regardai sa barquette de frites, puis levai un doigt.

— Ne jamais faire confiance à quelqu'un qui mange ses frites sans sauce.

Il rit doucement, et je sentis quelque chose de léger s'installer entre nous. Un moment presque normal, presque simple, au milieu du chaos qui nous entourait. Voir Hamilton en dehors de son milieu habituel était une expérience stupéfiante. Il avait un large sourire, était parfaitement détendu et n'affichait plus ce regard ténébreux et inquiétant qui me déstabilisait.

— Tu es un fan, on dirait !

— Mon père avait pour habitude de m'amener ici chaque week-end.

— Dans les gradins ? m'étonnai-je.

— Dans les gradins, confirma-t-il.

Je hochai la tête et jetai un coup d'œil autour de moi. La foule se pressait au bar, les spectateurs riaient et une ambiance chaude et électrique embrasait la foule. Même d'ici, je pouvais entendre les supporters s'enthousiasmer autour du terrain. J'adorais cette sensation, je me sentais libre et euphorique.

— Laisse-moi deviner, les Cosgrove ont une loge à l'année où on boit du champagne et on déguste des petits fours au caviar ?

— Au homard, à vrai dire. Mes frères préfèrent.

Hamilton laissa échapper un rire. Puis, il prit une gorgée de bière, son sourire toujours accroché à ses lèvres.

— Et toi, tu préfères quoi ? demanda-t-il.

Je baissai les yeux sur mon hot-dog, puis balayai la salle du regard. L'odeur des frites, la chaleur humaine, les cris des supporters qui résonnaient jusqu'ici, Hamilton si heureux d'être là... C'était bien mieux qu'une soirée guindée ou qu'un restaurant chic.

— Ça, répondis-je simplement. La vraie vie. Avec des oignons.

— Bonne réponse, répondit Hamilton avant de mordre dans son hot-dog.

Je pris une bouchée à mon tour et laissai le goût salé et gras envahir mes papilles. Rien à voir avec le raffinement des réceptions dont raffolaient mes parents. Aucun faux-semblant, aucun code à respecter. Il ne restait que cette excitation enfiévrée et stimulante.

— Donc tout ça, c'est une première pour toi ? demanda Hamilton.

— Oui. Et tu peux te moquer, si tu veux mais...

— Je ne moque pas. J'aime bien l'idée d'être le premier à t'amener ici. On peut se créer des souvenirs ailleurs que dans les livres, Violette.

— Avoue que ça te plaît, dis-je.

— Quoi donc ?

— Jouer les guides touristiques pour les filles de bonne famille que tu arraches à leur destin de caviar et de champagne.

Un sourire en coin étira ses lèvres. Il frotta ses mains sur une serviette et repoussa son assiette quasiment vide. Il approcha de moi et posa sa main sur ma taille pour m'attirer contre lui.

— Je fais tout pour que tu deviennes une véritable pécheresse, murmura-t-il à mon oreille.

Un frisson me parcourut l'échine, autant à cause de ses mots que de la chaleur de son souffle contre ma peau. Je levai les yeux vers lui, tentant d'ignorer cette soudaine proximité et la façon dont son regard s'attardait un peu trop sur mes lèvres.

— On devrait y aller, dis-je d'une voix enrouée. On va louper le début de la partie.

Le match battait son plein, et malgré mon inexpérience complète et ma méconnaissance absolue du *base-ball* et de ses subtilités, je me surpris à vibrer au rythme de la foule. Cette énergie était contagieuse. Hamilton, assis à mon côté, avait les yeux rivés sur le terrain et s'appliquait à m'expliquer ce qu'il se passait.

— D'accord, résumai-je en plissant les yeux vers le terrain. Le lanceur essaie de tromper le batteur, mais s'il rate trois fois...

— Il est éliminé. Et si le batteur ne frappe pas correctement trois fois, il est aussi éliminé.

— Qui est l'être malfaisant qui a pondu les règles ? demandai-je avant de boire une gorgée de bière.

— Tu vas aimer, je t'assure. Regarde ! Notre meilleur batteur vient de se positionner.

Tout le stade se leva et après le brouhaha assourdissant et des applaudissements, un silence incroyable s'installa. Je me levai aussi, inquiète de faire tache au milieu des supporters.

Hamilton enroula son bras autour de ma taille et, surprise par son geste, je me crispai. Délicatement, il pressa ses lèvres contre ma tempe.

— Rappelle-toi qu'on doit ressembler au couple idéal, chuchota-t-il contre ma peau. Il y a sûrement une *kiss-cam* qui traîne, ainsi que des photographes un peu partout. Et j'ai même demandé à un de mes amis journalistes de pondre un article sur nous.

— C'est vraiment nécessaire ?

— Tout dépend. À quel point veux-tu épouser Bradford ?

Je levai les yeux au ciel et le batteur vedette loupa sa première balle. La foule retint son souffle pendant qu'il se préparait à son deuxième essai. Hamilton en profita pour resserrer légèrement son étreinte autour de ma taille, comme s'il voulait s'assurer que je ne lui échappe pas.

— Détends-toi, murmura-t-il, sa voix à peine audible.

— On peut encore tout arrêter, dis-je, un peu paniquée.

Soudain tout ce plan avec Hamilton me semblait bancal. Personne n'allait croire une histoire aussi bizarre entre un Monroe et une Cosgrove. Si la presse s'en mêlait, nous ne pourrions plus faire machine arrière. Le souvenir de mon dernier baiser furtif avec Hamilton me revenait, à la fois doux et perturbant.

Le batteur loupa son deuxième essai, et je sentis le public se tendre d'anxiété. Hamilton planta ses yeux dans les miens et pencha la tête.

— Je peux être très convaincant, tu sais. Ne me sous-estime pas !

— Je sais. Je m'en souviens.

Je me souvenais de tout, de chaque détail de ce baiser, de son regard gris étincelant, de la façon dont il m'avait forcé à le regarder dans les yeux, de la douceur de ses lèvres chaudes contre les miennes. Et tout cela suffisait à me faire frissonner d'excitation.

Un sourire en coin étira ses lèvres, et il resserra légèrement son étreinte, me maintenant contre lui comme si j'allais m'enfuir à la première occasion.

Le batteur se repositionna, ses muscles tendus sous la pression. Le lanceur amorça son geste, la balle fusa, et dans un claquement parfait, elle s'envola haut au-dessus du terrain. C'était certainement un point gagnant.

La foule retint son souffle et, l'instant suivant, la joie explosa. Tout le stade se leva d'un bond et des cris de victoire retentirent. Hamilton hurla de satisfaction me faisant craindre de perdre l'ouïe sous peu.

— Il faut fêter ça, dit-il en m'attirant contre lui.

Je n'eus pas le temps de protester. Sa bouche descendit sur la mienne avec une précision troublante, ni trop brusque, ni trop hésitante. Il pressa ses lèvres contre les miennes dans un baiser parfaitement dosé qui devait paraître spontané aux yeux des autres. Passé le moment de stupéfaction, je sentis un frisson parcourir ma colonne vertébrale. Je me hissai sur la pointe des pieds, ma main se refermant sur sa veste, plus pour garder l'équilibre que pour l'attirer à moi - du moins, c'est ce que je me répétais.

Sa main abandonna ma taille et se posa sur ma joue. Sa langue glissa entre mes lèvres, quémandant l'autorisation d'aller plus loin. Je n'entendais plus que les battements frénétiques de mon cœur. Notre baiser s'intensifia, doux, suave et lent, à l'opposé de l'énergie intense qui nous entourait. Hamilton menait la danse et un gémissement m'échappa.

Ce n'était pas un baiser, c'était un véritable péché commis dans les règles de l'art.

Je me pressai contre lui, avide et incapable de contenir le désir brulant qui me gagnait. Je devinais son sourire sur mes lèvres et il continua de me torturer avec patience et expertise, jusqu'à ce que je sois à bout de souffle.

Quand il s'écarta de moi, ses yeux avaient une teinte orageuse et foncé. Il pressa son front contre le mien, mêlant nos respirations haletantes. Il m'adressa un petit sourire.

— *Home run*, murmura-t-il.

Chapitre 21

Hamilton

— Est-ce que... Est-ce que tu veux monter ? me proposa Violette en me rendant mon casque.

— Je crois que je vais plutôt rentrer.

Violette hocha la tête, mais une touche de déception habitait son regard. Appuyé contre ma moto, je fis comme si cela ne me touchait pas.

Rentrer et m'éloigner d'elle était plus prudent. Les contours de notre mascarade devenaient de plus en plus flous. Et depuis le baiser que nous avions échangé, mon corps en réclamait d'autres.

Violette était une Cosgrove. C'était mon mantra et ce seul nom aurait dû agir comme un repoussoir. Rester à distance, me souvenir de ce que j'avais vécu en prison, garder en tête que sa famille était derrière le détournement de fonds... Je me le serinais, encore et encore. Ce plan n'avait qu'un seul but : m'innocenter.

Mais aujourd'hui, dans le stade à l'ambiance électrique, je n'avais pas pu agir autrement. Belle, douce, radieuse, Violette était irrésistible et je luttais contre cette insoutenable attraction.

— Très bien. Merci pour le match et pour tes cours particuliers, dit-elle avec un large sourire.

— La vraie vie t'a plu ?

— Bruyant, chaotique et inattendu. Tu sais faire passer un bon moment aux femmes !

J'éclatai de rire et elle ferma les yeux, embarrassée par ce qu'elle venait de dire. Sa spontanéité était rafraîchissante et avait le mérite de fendiller la tension persistante entre nous.

— Je vais sûrement faire graver cette phrase, dis-je.

— Pour la mettre dans ton bureau ?

— Pour l'expédier à ton père !

C'était un coup bas, même pour un type comme moi. Mais je devais lui rappeler que tout cela était faux. Que notre temps ensemble, nos baisers, nos rires n'était qu'une mise en scène pour l'aider et que tout cela ne durerait pas. Violette leva les yeux au ciel, et nous restâmes silencieux quelques secondes.

— Il se fait tard, je vais rentrer, lâcha-t-elle finalement. Et puis, il faut que je me prépare à un appel de ma mère dès demain matin.

Un silence s'installa, un peu trop lourd à mon goût. J'aurais pu en rester là, la laisser s'éloigner avec cette distance soigneusement rétablie entre nous. Mais au dernier moment, elle pivota vers moi.

— J'ai deux invitations pour un vernissage dimanche prochain. Tu veux venir avec moi ? C'est de l'art contemporain, précisa-t-elle.

Sa voix était calme, maîtrisée, mais je la connaissais assez pour y déceler une attente. Nous avions un plan. Même si rien ne nous obligeait à nous afficher ensemble à la première occasion, je voulais aider Violette.

Surtout, ce plan m'offrait un alibi parfait pour être avec elle. Parce que je prenais peu à peu conscience que j'aimais cela. J'aimais l'entendre rire et plaisanter, j'aimais sentir son parfum autour de moi.

Surtout, j'aimais la chaleur et la douceur qui émanait d'elle. Dans cette mascarade, nous jouions au couple ; mais Violette, elle, ne jouait pas. Elle était elle-même, comme elle l'avait toujours été depuis qu'elle était rentrée dans ma vie.

Je laissai passer une seconde avant d'acquiescer.

— Avec plaisir, répondis-je.

— Bien. Bonne nuit, Hamilton.

Elle tourna les talons, et cette fois, ne se retourna pas. J'enfilai mon casque et grimpai sur ma moto, suivant la silhouette de Violette des yeux. Quand elle disparut, je fis vrombir le moteur et m'enfonçai dans la ville.

En arrivant chez moi, avec la vue d'Ashbourne à mes pieds, je me demandais encore pourquoi j'avais refusé de monter chez elle.

— Tu aurais pu rester dans la voiture, dit James dans un soupir de lassitude. Au lieu de tourner comme un lion en cage.

Je jetai un regard mauvais à mon avocat, tout en continuant de faire les cent pas dans l'accueil de la prison. Je détestais être ici. L'odeur suffisait à me donner la nausée. James essaya de plaisanter.

— Ils ne vont pas te remettre en cellule, tu sais.

— Ça, tu n'en sais rien, répondis-je cinglant.

— Pas aujourd'hui en tout cas. Et, de ce que j'ai vu, tu mets toutes tes chances de ton côté pour te disculper.

— C'est pour ça qu'on est ici. Que font les gardiens ? m'énervai-je.

— Ils font les vérifications d'usage, Hamilton. Mais je ne parlais pas de Jonah.

Je stoppai net mes allées et venues et plissai les yeux vers James. En bon ami et excellent avocat, il n'avait posé, pour le moment, aucune question sur Violette et moi. Je savais pourtant qu'il lisait la presse – mon pote journaliste avait bien fait son travail – et qu'il passait du temps sur les réseaux sociaux. La photo de nous deux en plein baiser pendant le match ne lui avait sûrement pas échappé.

— Tu as tenu trois jours ? ironisai-je.

Il haussa les épaules, l'air faussement innocent. Je laissai échapper un rire.

— J'ai fait de mon mieux.

— Je croyais que tu étais là pour Jonah.

— Je peux faire plusieurs choses à la fois. C'est un talent. Et puis, on a encore un bon quart d'heure devant nous avant qu'il ne soit libéré. Donc, ça te laisse le temps de m'expliquer.

Je levai les yeux au ciel. Je n'avais pas particulièrement envie de rendre des comptes à James. Ma relation avec Violette était publique et régalait les journalistes mondains. Pour autant, ce qu'il y avait entre elle et moi - le définir restait une difficulté - ne concernait que nous. Je fixai l'horloge accrochée au mur. Encore quinze minutes à tuer. Je pouvais tenter de gagner du temps.

— Tu sais déjà tout, dis-je finalement.

— Tu crois vraiment que je vais me contenter de ça ?

— James...

— Il n'y a encore pas si longtemps, tu tapais dans un sac de sable et tu criais à la trahison parce qu'elle était une Cosgrove. Et maintenant, vous la jouez « romance sur les gradins » ?

— C'est stratégique.

Un silence s'installa. James attendait une véritable explication à ce retournement de situation. Violette ne m'avait pas demandé de garder le secret, mais je présumais qu'ébruiter notre histoire pouvait faire échouer son plan.

Et si son plan échouait, le mien aurait aussi du plomb dans l'aile.

— Et cette stratégie consiste à... ?

— Je suis obligé de répondre à tes questions, maître ?

— Tu peux garder le silence, mais je suis tenace. Et puis, je vais avoir besoin d'éléments quand la police viendra me voir parce qu'ils auront retrouvé ton corps dans un bosquet.

Des gardiens surgirent près de nous, engagé dans une conversation animée. Quand ils me virent, leur visage se crispa et, joueur, je leur adressai un petit signe de la main.

Je savais que la nouvelle de ma libération anticipée ne leur avait pas fait plaisir et qu'ils attendaient tous le moment où j'allais revenir entre ses murs.

Dès qu'ils se furent éloignés, James reprit son interrogatoire alors que je m'installais sur une des chaises en plastique.

— Hamilton, la plupart du temps, je me fous royalement de qui tu sautes. Mais là, on parle de Violette Cosgrove. Je connais cette fille et même si je comprends que tu veux les impliquer, elle ne mérite pas que tu la manipules.

— Que... que je la manipule ? répétai-je entre deux rires.

— Jamais tu ne paraderais avec une Cosgrove sans arrière-pensée.

— James, c'est particulièrement gonflé de ta part : c'est toi qui as suggéré que je me rapproche d'elle !

— Te rapprocher. Pas l'ajouter à ton tableau de chasse pour une vengeance à la con ! s'agaça-t-il.

— Je ne savais pas que tu l'appréciais au point de défendre son honneur, dis-je sans masquer le sarcasme dans ma voix.

— Je m'inquiète autant pour elle que pour toi. Tu as un don pour te foutre dans les emmerdes. Et Violette Cosgrove est une putain d'emmerde. Tu...

— Ne parle pas d'elle comme ça, le coupai-je sèchement.

James me dévisagea et s'enfonça dans son siège, comme s'il encaissait ma remarque. Puis, lentement, un sourire s'étira sur ses lèvres, me donnant envie de lui en coller une. Je savais ce qu'il pensait.

— Avant que tu imagines quoi que ce soit, c'est une relation arrangée, expliquai-je en guettant la porte, espérant voir Jonah arriver.

— Une relation arrangée qui inclut des baisers passionnés en public ? s'étonna-t-il.

— Elle est venue me voir après son anniversaire. Ses parents veulent qu'elle se marie avec Ben Bradford. Au départ, j'ai refusé de l'aider, mais puisque j'avais besoin d'avoir une porte d'entrée chez les Cosgrove...

— Donc elle se sert de toi. Et, elle, elle sait que tu te sers d'elle ?

— Non. Elle n'a pas besoin de le savoir. Je veux la préserver de tout ça.

— Tu veux la préserver ? Est-ce que tu te fous de moi ? Depuis quand tu préserves quelqu'un ? demanda-t-il avec un rire incrédule.

J'ignorai les sarcasmes de James et repensai au baiser que j'avais échangé avec elle lors du match. Ni totalement vrai, ni totalement faux. J'étais dans une zone grise et bancale. L'embrasser faisait partie de la mise en scène, mais dès que j'avais senti ses lèvres bouger contre les miennes, j'avais perdu tout contrôle.

— Tu avais raison à son sujet, repris-je plus doucement. C'est une fille bien.

— C'est une Cosgrove, me rappela James.

— C'est une Cosgrove, acquiesçai-je.

Nous échangeâmes un regard, refoulant la culpabilité qui me tourmentait. Violette était une fille bien. Trop bien même.

— Tu sais, au début, reprit James, je pensais simplement qu'elle te plaisait, que c'était... un truc physique, parce que c'était la seule femme que tu avais vue en prison, une espèce d'attirance et...

— Et maintenant, tu penses quoi ?

— Je pense que tu joues avec le feu. Je pense que tu veux préserver la fille Cosgrove, tout en la manipulant. Je pense que toute cette histoire de mise en scène est insensée.

Je me relevai de ma chaise et repris mes cent pas. J'étais parvenu à refouler tous les signaux d'alarme que ma conscience m'avait envoyés. Mais entendre James formuler à voix haute mes craintes les rendaient encore plus réelles.

— Et je pense surtout qu'il s'agit de plus qu'une simple attirance. Parce que, comme tu le dis si justement, Violette est une fille bien.

— Merci pour la thérapie express, ironisai-je. Nous sommes adultes et elle comme moi savons ce que nous faisons.

L'une des grilles de la prison grinça sur ses gonds, mettant fin à notre conversation. James se leva à son tour, et Jonah apparut, habillé d'un jean débraillé et d'un t-shirt des Doors. En me voyant, le visage de Jonah s'éclaira et il secoua la tête.

— La liberté te va bien, dit-il en désignant mon costume.

— Elle t'ira bien aussi d'ici quelques jours. Je te présente James, mon avocat. Et le tien désormais.

— Eh bien vraiment enchanté de vous connaître, dit-il en lui serrant la main. J'avais menuiserie à 15 heures, mais j'ai l'impression que mes plans vont changer.

— Tes plans vont changer, confirmai-je.

Après avoir pris une douche et enfilé des vêtements propres, Jonah était déjà plus présentable.

— Jolie vue, commenta-t-il en se postant devant la baie vitrée.

— Tu as faim ? J'ai de quoi faire des sandwichs.

— Je sors de prison, Monroe. Manger est ma priorité. Merci pour les fringues et la douche.

Il me suivit à la cuisine et se hissa sur le plan de travail où il s'assit. Je lui sortis un soda et commençai la préparation de son encas. Jonah détaillait ma cuisine avec curiosité.

— C'est donc comme ça que vivent les riches ? demanda-t-il.

— J'y vis à peine, je suis plus souvent au bureau qu'ici.

— Oui, ou à des matchs de *base-ball*.

J'échangeai un regard avec Jonah. De toute évidence, les articles dans la presse concernant Violette et ce baiser échangé étaient parvenus jusqu'à lui.

— T'es au courant que la fille aux livres est une Cosgrove ? demanda-t-il avec un air innocent sur le visage.

— Elle s'appelle Violette, lui rappelai-je avec un sourire.

— Et c'est une Cosgrove. Et même si je ne vis pas dans ce genre d'appartement et que je ne fréquente pas la bonne société, je sais que les Monroe ne se mélangent pas aux Cosgrove.

Je lui tendis son sandwich et attendis patiemment qu'il avale deux bouchées. Je me souvenais très bien de mon premier repas à ma sortie de cellule. Je l'avais dégusté dans un silence religieux, comme si c'était le meilleur de ma vie.

Il essuya sa bouche d'un revers de la main et me fixa :

— OK, Monroe. Tu m'as fait sortir de prison, tu m'accueilles chez toi, tu me files des fringues, tu me fais un sandwich… Alors soit je t'ai beaucoup manqué, soit tu as un truc à me proposer.

— C'est… plutôt l'option B.

— Je m'en doutais un peu. Vu que pour l'option A, il semble déjà y avoir la fille des livres.

— J'ai besoin de quelqu'un en qui j'ai confiance, dis-je alors qu'il buvait une gorgée de soda.

— Ça sent l'emmerde à plein nez, ton histoire.

— J'ai consulté ton dossier et ton casier. Je sais de quoi tu es capable.

Il croqua à nouveau dans son sandwich. Jonah était ma seule et unique cartouche. Je voulais que personne ne fasse le lien avec moi. Il était capable de rester sous les radars et passerait inaperçu.

— Vas-y, crache le morceau, m'encouragea-t-il.

— Je veux que tu gardes un œil sur les frères Cosgrove.

Il s'interrompit en pleine bouchée et me lança un regard sceptique.

— Les fils à papa ?

— Eux-mêmes. Je sais qu'ils sont derrière mon emprisonnement. Mais j'ai besoin de plus d'éléments. Leurs fréquentations, leurs habitudes, leurs affaires en cours.

— Et pourquoi t'embauche pas un privé comme un mec normal ?

— Parce que je ne veux pas qu'on fasse le lien avec moi. Tu seras payé, évidemment. Je te fournirai ce dont tu as besoin.

Jonah mordit dans son sandwich. Il était aussi détendu que si je lui avais proposé d'aller boire un verre. Je le fixai, un peu nerveux. Nous nagions en eaux obscures et, pour le moment, seul mon instinct me dictait que les frères de Violette trempaient dans cette histoire. Ils étaient bagarreurs, véhéments et prêts à tout pour nuire aux Monroe. Et ils ne s'en cachaient pas.

— Bon, et concrètement, je commence par quoi ?

— Le cabinet d'avocats des Cosgrove. Ils servent d'intermédiaire.

— Je vais devoir me faire passer pour quoi ? Un client ? Un livreur ? Un mec qui traîne trop souvent dans le même café ?

— Je te laisse improviser. Tant que tu restes discret. Et si tu trouves ou entends quelque chose, tu me le rapportes directement.

Jonah termina son sandwich et descendit du comptoir. J'ouvris un des tiroirs, lui confiant un téléphone portable et une liasse de billets. Jonah me sonda du regard, comme pour s'assurer que j'étais bien conscient de ce que je lui demandais. Il tendit sa main vers moi pour sceller notre accord. Quelques minutes plus tard, je le raccompagnai à la porte.

— Je suppose que la fille aux livres n'est pas au courant de tout ça ? m'interrogea-t-il.

— Elle n'a rien à voir avec ça.

— Elle pourrait certainement t'aider plus efficacement que moi.

Je faisais de mon mieux pour écarter Violette de mes pensées. Malgré tous mes efforts pour garder mes distances, elle semblait avoir trouvé le moyen de se glisser partout dans ma tête. Mais mon avenir primait sur tout le reste. Avec un peu de chance, elle ne serait pas touchée par le scandale.

— La différence entre elle et toi, c'est que, elle, c'est une fille bien. Toi, tu sais comment nager en eaux troubles.

Chapitre 22

Violette

— Les talons ? Carrément ? commenta Rita en me voyant enfiler des bottines à talons aiguilles.

— Quoi ? C'est trop ? m'inquiétai-je.

— Non, c'est sympa. Mais je t'ai rarement vu faire autant d'effort pour aller à un vernissage. C'est de la soie ta robe ?

— Soie sauvage. Ma mère me l'a offerte l'an dernier. Je n'avais jamais eu l'occasion de la mettre.

— Et tu comptes survivre à la moto d'Hamilton habillée comme ça ?

— On y va en voiture. Il risque de pleuvoir, expliquai-je en attrapant ma pochette.

— Une voiture ? Monsieur le *bad boy* s'assagit... intéressant.

Je levai les yeux au ciel. J'étais passée au café pour déposer un carton de livres. Je savais que Rita allait glisser une ou deux remarques. Elle avait passé la semaine à tenter de me soutirer une information, cherchant surtout à savoir si le baiser que nous avions échangé lors du match de *base-ball* était vraiment factice. J'avais consciencieusement évité de répondre, refusant d'analyser ces quelques secondes parfaites d'oubli.

— Ce n'est pas un *bad boy*, dis-je dans un rire.

Rita croisa les bras, l'air faussement sceptique.

— Ah non ? reprit-elle. Un type qui sort de prison, qui roule à moto, qui parle peu, qui botte le cul de Benjamin Bradford et qui embrasse comme si sa vie en dépendait... C'est quoi, alors ? Un moine en reconversion ?

Je laissai échapper un rire et enfilai mon manteau.

— Tu sais, je vais finir par organiser un dîner avec tout le monde... et Hamilton. Il sera sûrement ravi d'apprendre qu'il a loupé une grande carrière dans les ordres.

— En attendant, il troque sa moto pour une voiture et vous allez à un vernissage ? Attention, c'est comme ça qu'ils t'attirent dans leur piège. Aujourd'hui, il t'ouvre la portière, demain, il te demande ton avis sur des rideaux.

— Le vernissage était mon idée !

— Mais il n'a pas dit non. Tu es en train de changer cet homme.

— Oui, bien sûr. Et la semaine prochaine, il adopte un chaton et se met au tricot.

— Tout à fait. Et dans un mois, il te propose un week-end dans une cabane cosy avec du vin chaud et des pulls en laine assortis.

Je ris malgré moi et Rita hocha la tête d'un air faussement grave. Je repassai une couche de rouge à lèvres sur ma bouche et vérifiai mon maquillage dans le reflet de la porte vitrée. Ma meilleure amie avait au moins raison sur un point : j'avais déployé plus d'effort pour cette soirée avec Hamilton que pour mes précédents rendez-vous avec d'autres hommes.

— Il est toujours en faux couple avec moi, pas en pleine crise existentielle.

— Pour l'instant ! Mais tu verras... D'abord, il dit que c'est pour l'image, ensuite, il commence à apprécier les verres de vin blanc et à faire des commentaires sur l'éclairage tamisé... et bam ! Mariage en Toscane.

— C'est dingue, tout ce que tu projettes sur lui.

— J'ai vu des choses, Violette. Des hommes tomber sous l'influence de robes en soie sauvage. C'est une pente glissante ! me prévint-elle.

Je ris à nouveau, avant de lui souffler un baiser.

— Je vais finir par être en retard. Je te laisse écrire ton prochain *one woman show* !

— Bonne soirée ! chantonna-t-elle avec un sourire malicieux. Et fais des trucs cochons !

Revenir chez Hamilton remuait des souvenirs. La dernière fois que je m'étais trouvée dans son salon, je l'avais supplié de m'aider. Sur le pas de la porte, j'étais nerveuse.

C'était une fausse relation. Un truc pratique, éphémère et mécanique. Hamilton avait été très clair : j'étais une Cosgrove et cela suffisait à construire un mur infranchissable entre lui et moi. Après avoir pris une profonde inspiration et m'être répété que tout cela était une mise en scène nécessaire, je sonnai à la porte.

Être zen. Être calme. Demeurer stoïque. Faire comme si tout cela était une relation strictement professionnelle. Reprendre son souffle. Conserver un visage neutre. Oublier les remarques de Rita.

La porte s'ouvrit et Hamilton apparut, habillé d'un pantalon de costume noir et... torse nu. Nu. Musclé. Sculpté et carrément tentant.

Putain de merde.

En une seconde, j'oubliai toutes mes auto-recommandations. Je restai pétrifiée devant la porte, serrant ma pochette de toutes mes forces. Ce fut en entendant Hamilton s'éclaircir la gorge que je parvins à détacher mon regard de son corps.

— Tu restes dehors ou tu veux entrer ? demanda-t-il avec un petit sourire entendu.

— Je... j'entre. Oui. Merci, bégayai-je, embarrassée.

Je m'introduisis dans le salon et retirai mon manteau. En le posant sur le fauteuil, je captai le regard d'Hamilton sur moi. Ses yeux balayèrent ma robe jusqu'à mes pieds avant de faire le chemin inverse pour finir par se planter dans les miens.

— Tu es magnifique ce soir, me complimenta-t-il.

Je haussai un sourcil, surprise par l'honnêteté de ses mots, mais je n'eus pas le temps de répondre qu'il ajouta, presque dans un souffle :

— Je veux dire, plus que d'habitude.

— Oh, merci. Tu... Tu devrais aller finir de te préparer, répondis-je en le désignant d'un geste flou de la main.

— J'en ai pour trois minutes. Installe-toi !

Hamilton prit la direction de sa chambre, pendant que je m'asseyais dans un des fauteuils. J'aurais aimé que mes yeux ne suivent pas sa silhouette, mais découvrir qu'il portait un tatouage impressionnant dans le dos était aussi irrésistible qu'intrigant. Du lierre s'étirait sur sa peau, partant de ses reins pour longer sa colonne et finir sur le bas de sa nuque.

Ma bouche s'asséchа et je me mis à jouer nerveusement avec mes mains. Hamilton m'avait attiré dès le premier jour. Mais depuis que nous jouions cette petite comédie du couple amoureux, depuis que j'en apprenais plus sur lui, cette attirance brute et animale se transformait en quelque chose de plus profond et plus intense.

Hamilton réapparut dans le salon, attachant une montre autour de son poignet, une chemise immaculée cachant désormais son torse. Je me promis de résoudre l'énigme de son tatouage très vite.

— Prête pour une nouvelle représentation ? demanda-t-il.

Il s'empara de mon manteau tandis que je me redressais. Galamment, il m'aida à l'enfiler, me tirant un sourire.

— Tu es plein de bonnes manières, dis-je en sentant son parfum titiller mes narines.

— Tu en doutais ?

Sa voix vibra contre ma nuque, me faisant frissonner. Je pivotai vers lui, nos corps si près l'un de l'autre que nos souffles se mêlaient. Voir le visage d'Hamilton si proche du mien était hypnotisant. Nous échangeâmes un sourire complice. Même si je l'avais entraîné dans mon histoire absurde, il semblait content de jouer le jeu.

— Tu es vraiment mystérieux ou c'est juste pour m'agacer ? l'interrogeai-je.

— Sûrement un peu des deux, répondit-il. Tu aimes ?

— Ça m'intrigue. Mais ce n'est pas nouveau, tu m'intrigues depuis le jour où je t'ai rencontré.

— J'allais dire la même chose te concernant.

— Je ne suis pas intrigante, Hamilton. Je n'ai rien de ces filles mystérieuses et séductrices que tu fréquentes habituellement.

— C'est justement ça qui m'intrigue, Violette. La plupart des gens me voient comme je veux qu'ils me voient, continua-t-il. Toi, tu t'en fiches. Tu me regardes comme si j'étais... comme si tu n'avais pas peur de ce que tu pourrais trouver, finit-il par dire.

— Jusqu'ici, ça ne m'a pas trop mal réussi !

Je tentais de détendre l'atmosphère. En quelques secondes, l'air autour de nous était devenu irrespirable et je peinais à reprendre mon souffle. Le sourire d'Hamilton s'épanouit légèrement, indéchiffrable.

— Alors voyons jusqu'où ça te mène, murmura-t-il en prenant ma main dans la sienne.

Mes talons claquaient sur le béton du parking de l'immeuble d'Hamilton. Les voitures - surtout des voitures de luxe - y étaient parfaitement alignées. Hamilton avait gardé ma main dans la sienne et marchait d'un pas décidé.

— Elles... elles sont toutes à toi ? demandai-je, incrédule.

— Oui.

— Donc tu regardes des matchs de *base-ball* en gradin et tu manges des hot-dogs, mais tu possèdes toute une collection de voitures de luxe ?

Hamilton fronça des sourcils, comme s'il venait de prendre conscience qu'il était un paradoxe géant. Qu'Hamilton Monroe ait de l'argent n'était pas une découverte - nous avions sûrement des comptes en banque équivalents - mais à chaque fois que je découvrais une de ses facettes, une nouvelle, différente et inattendue apparaissait.

— J'ai de l'argent, Violette. Je pensais que ce détail ne t'avait pas échappé.

— Et moi qui pensais que tu étais un homme simple.

Hamilton éclata de rire, un rire franc, chaud, qui résonna dans tout le garage.

— Tu es adorable quand tu fais semblant d'être naïve.

— Je ne suis pas naïve. Je sais que tu fais ça pour impressionner les filles. Ça doit leur plaire ce genre de... tape-à-l'œil.

— Donc, tu n'es pas impressionnée ?

Je haussai les épaules. L'argent avait toujours fait partie de mon quotidien. Le luxe, les montres, les voyages extravagants, les appartements aux quatre coins du monde... Je n'avais jamais fait comme si ce n'était pas plus facile d'être riche et à l'abri du besoin, mais cela corrompait toute sorte de relations. Et ça, ça me dérangeait.

— On va prendre la Mercedes, dit-il en désignant la berline gris métallisé.

— Tu vois, celle-ci, par exemple, ce n'est pas une voiture ! repris-je en m'arrêtant devant une rutilante Aston Martin bleu nuit.

— Quatre roues, un moteur et un volant : c'est une voiture, Violette.

— Non. C'est un préliminaire à elle toute seule. Je suis certaine qu'elle sent la débauche !

L'ombre d'un sourire flotta sur les lèvres d'Hamilton. Soudain, j'entendis le bip de déverrouillage de l'Aston et les portes s'ouvrirent.

— Après toi, fit-il, fier de son effet.

Je poussai un long soupir avant de rire aux éclats. Le voir si satisfait de son tour de passe-passe lui donnait un air juvénile et insouciant. L'orage permanent dans ses yeux semblait avoir disparu pour quelques secondes et cela le rendait encore plus attirant. Avant que je puisse faire un pas, il resserra sa main autour de la mienne.

— Je vais t'aider. Pour ton manteau.

Enfoncée dans le siège en cuir, j'étirai mes jambes pour être parfaitement à l'aise. Hamilton s'installa derrière le volant et l'instant suivant, un grondement grave fit vibrer toute la voiture. Dans une accélération vive et maîtrisée, il sortit de son emplacement, puis du garage. La pénombre de l'habitacle nous enveloppa tandis que les lumières de la ville défilaient.

— Et, là, je sais que tu es impressionnée, lança-t-il avec un sourire en coin.

J'étais plus qu'impressionnée. Mais Hamilton n'avait pas besoin de le savoir. Rejoindre la galerie où se déroulait le vernissage ne nous prit que quinze minutes. À notre arrivée, un voiturier ouvrit ma portière avec un large sourire, se régalant déjà de conduire l'Aston. Puis Hamilton posa sa main dans le bas de mon dos pour me faire entrer.

— L'artiste est une amie, expliquai-je à Hamilton.

— Oh. Donc, nous devons être convaincant devant notre public pour notre petit... show ?

— Exactement. En tout cas, suffisamment pour que personne ne se pose de questions ou doute de notre histoire.

— Je vois. Donc, tu veux que je te regarde comme si j'étais fou de toi, que je trouve des excuses pour te toucher et que je murmure ton prénom d'une voix un peu trop rauque ?

Mon estomac se contracta sous l'intensité de son regard. Il s'amusait, bien sûr. Mais derrière son ton léger, il y avait autre chose, quelque chose de plus troublant. Il tendit la main et, du bout des doigts, remit une mèche de cheveux derrière mon oreille. Cela suffit à me tirer un frisson de désir chaud et inattendu.

— Je te rappelle que tu dois aussi jouer ton rôle, fit-il, en plantant ses yeux dans les miens.

— Je sais jouer la comédie, répondis-je avec un sourire en coin.

— Bien sûr. Mais laisse-moi t'aider à peaufiner ton rôle.

Il fit un pas vers moi, réduisant l'espace entre nous jusqu'à ce que je sente la chaleur de son corps. Hamilton prenait beaucoup trop de plaisir dans notre petite mise en scène. Il avait été si difficile à convaincre, que j'étais désormais inquiète de constater son engagement et son enthousiasme.

— Évidemment, tu devras me regarder comme si j'étais la seule personne dans cette pièce. Avec un soupçon d'adoration dans les yeux.

— De l'adoration, rien que ça ?

— Un minimum. Et puis, il faudra des gestes tendres. Un frôlement de main, une caresse sur mon bras, peut-être même quelques baisers volés.

— Des baisers volés, répétai-je en croisant les bras.

— Oui. Des baisers. Furtifs, légers. Tu ne peux pas te laisser aller ici, donc tu te retiens par pure décence.

Sa voix s'était faite plus basse, plus intime. Il n'y avait plus que quelques centimètres entre nous, et son parfum envahissait mes sens. Je ne savais pas dans quel état j'allais finir cette soirée, mais j'étais déjà fébrile et haletante. Le sourire d'Hamilton et l'éclat malicieux dans son regard avaient disparu, brouillant encore plus mes repères.

— Tu crois que je vais réussir à jouer tout ça ? demandai-je, feignant l'innocence.

Hamilton glissa un doigt sous mon menton et le releva légèrement, son regard brûlant ancré dans le mien.

— Je n'en doute pas une seule seconde, murmura-t-il.

— Très bien, soufflai-je enfin. Je vais faire de mon mieux.

Lentement, j'effaçai l'espace déjà ténu entre nous et embrassai doucement ses lèvres. Ce n'était ni par jeu, ni par obligation. Mais la façon dont Hamilton me regardait, avec ce mélange de désir brut et de curiosité me commandait de le faire. Surpris, il se pinça les lèvres et risqua un sourire.

— Préviens moi la prochaine fois, que je participe, murmura-t-il.

— Il faut saisir les opportunités quand elles se présentent, répondis-je avec humour. En tant que dirigeant d'une entreprise florissante, tu dois le savoir, non ?

— Je crée mes propres opportunités, Violette, répondit-il d'une voix chaude qui sonnait comme un avertissement. On devrait y aller, j'ai envie de voir les œuvres présentées.

Je glissai ma main dans la sienne et nous avançâmes dans la galerie. La foule était encore éparse, et j'appréciai de contempler les tableaux dans un calme relatif. Au bout de quelques minutes, Hamilton abandonna ma main et entoura ma taille de son bras. Je sentais sa présence, chaude et attentive, à mon côté.

— On nous observe, murmura-t-il près de mon oreille.

Un frisson parcourut ma peau, alors que ses lèvres traînaient contre ma peau. Ma gorge se serra et je me concentrai le plus possible sur la toile devant moi, admirant les couleurs et la lumière qui en jaillissaient. J'aurais pu m'écarter et lui rappeler que nous n'avions pas besoin d'en faire autant. Mais une partie de moi - une trop grande partie - aimait cette sensation.

Hamilton ne bougea pas, son souffle effleurant encore ma peau. Je sentais la pression de sa main sur ma taille, la chaleur diffuse de son corps contre le mien. C'était une torture insoutenable de le sentir à la fois si proche et si inaccessible.

— Tu sembles captivée, murmura-t-il.

Je mis quelques secondes avant de comprendre qu'il parlait du tableau.

— C'est... magnifique, répondis-je en m'efforçant de me concentrer sur l'œuvre plutôt que sur la façon dont son pouce caressait distraitement le tissu de ma robe.

— C'est vrai.

Sa voix rauque me fit tourner légèrement la tête. Il ne regardait pas le tableau. Il me regardait, moi. Son sourire en coin était un mélange de malice et de curiosité, comme s'il testait mes limites.

— Tu devrais regarder l'exposition au lieu de...

— De quoi ?

Il se pencha légèrement vers moi, assez pour que son souffle frôle ma peau. Un frisson me parcourut, et je détestai la facilité avec laquelle mon corps réagissait à sa proximité.

— De jouer, murmurai-je.

Je posai une main sur son torse, voulant instaurer une distance, mais l'effet fut inverse : je sentis sous mes doigts la chaleur de son corps et la fermeté de ses muscles cachés par le tissu. Mauvaise idée. Très mauvaise idée.

Ses yeux se braquèrent sur mes lèvres et je n'entendis plus que les battements frénétiques de mon cœur. Hamilton bougea à peine, mais l'air entre nous changea. Son regard, fixé sur ma bouche, était une promesse en soi, une tension prête à éclater.

— Alors joue, murmura-t-il.

Je ne sus lequel de nous deux fit le premier pas. Peut-être lui, peut-être moi. Mais la sensation de ses lèvres contre les miennes, chaudes et sûres me fit perdre pied. Ce n'était ni un baiser prudent, ni un baiser destiné à être oublié.

Hamilton glissa une main sur ma joue, ses doigts effleurant ma peau avec une lenteur délibérée. Mon souffle se coinça dans ma gorge lorsqu'il approfondit le baiser, savourant chaque seconde, comme s'il testait mes limites. Et je l'autorisai à le faire, incapable de reculer, incapable de penser à autre chose qu'à la chaleur qui déferlait en moi.

Je m'accrochai à sa chemise, le tissu se froissant sous mes doigts. Il émit un son rauque, presque satisfait, avant de rompre le contact, juste assez pour me laisser respirer.

— Ah, c'est donc vrai.

La voix de Graham me sortit de ma torpeur. Je tentai de m'écarter d'Hamilton comme si j'étais prise en flagrant délit d'un crime atroce, mais ce dernier resserra sa prise autour de ma taille. Mon frère était à quelques mètres de nous, les mâchoires serrées, le regard noir. Il n'y avait pas de surprise sur son visage, juste une colère froide qui me fit instantanément me tendre.

— Bonsoir, Graham, dis-je d'une voix enrouée.

Il ne me salua pas. Son attention était entièrement dirigée vers Hamilton, et l'hostilité dans ses yeux était palpable. Une ambiance glaciale s'installa entre nous trois, typique d'une rencontre impromptue entre un Monroe et un Cosgrove.

— Je n'ai pas voulu y croire quand maman m'a montré la photo dans le journal. De toute évidence, vous aimez vous donner en spectacle !

— Nous sommes ensemble, parvins-je à articuler avec difficulté.

— Je t'ai toujours considérée comme une fille intelligente, sœurette. C'est quoi ? Une provocation envers notre nom ? Un jeu ? Un truc à prouver à maman ?

Son ton était acide, à la limite du mépris. J'avais toujours eu de bonnes relations avec Graham. Peut-être parce qu'il était l'aîné et qu'il avait une maturité dont le reste de ma fratrie ne semblait pas avoir hérité. Si je ne devais avoir qu'un seul allié dans la famille, c'était lui.

Et visiblement, à son regard noir et plein de dédain envers Hamilton, il n'avait pas pris cette option. À côté de moi, ce dernier demeurait impassible, mais je sentais son bras autour de ma taille, son pouce effleurant distraitement ma hanche dans un geste à la fois possessif et apaisant.

— Violette, qu'est-ce que tu fiches avec lui ? lança-t-il, la voix vibrante de colère contenue.

— Peut-être que c'est juste une évidence, répondit Hamilton avec un calme insolent.

— Tu te crois malin, Monroe ?

— Plus que toi, en tout cas. Et je reconnais une femme qui sait ce qu'elle veut.

Graham fit un pas vers lui, son corps tendu comme un arc. Je jetai un coup d'œil autour de nous. La plupart des gens étaient en pleine conversation et ne semblaient pas s'intéresser à notre confrontation.

— Pourquoi est-ce que tu sors avec ma sœur ? l'interrogea Graham. Qu'est-ce que tu cherches ? Traîner notre nom dans la boue ? La salir ?

— Peut-être qu'elle me trouve irrésistible, répliqua Hamilton avec un sourire en coin.

— Arrête tes conneries, gronda-t-il.

Ses poings se serrèrent et, pendant une fraction de seconde, je crus qu'il allait réellement frapper Hamilton. Entre eux deux, je me sentais impuissante.

— Après tout ce que ta famille nous a fait, tu crois que tu peux débarquer et l'entraîner dans tes magouilles ? Tu crois qu'on va juste... fermer les yeux ?

— C'est drôle, remarqua-t-il d'une voix plus basse, plus tranchante. Parce que j'ai l'impression que ce n'est pas à moi qu'il faut reprocher le passé.

Graham fit un pas de plus, son souffle court, la tension entre eux à son paroxysme. Je posai une main sur son bras, tentant de l'apaiser. Je savais qu'un jour ou l'autre, j'allais devoir me affronter ma famille avec Hamilton. C'était cette étape qui me permettrait de m'émanciper de mes parents et d'échapper à ce mariage stupide avec Benjamin. Mais j'avais sous-estimé l'animosité entre nos deux clans.

— Il se sert de toi, Violette ! Ouvre les yeux, bon sang ! s'emporta mon frère.

La douleur transperça ma poitrine. Mentir. Encore. M'imposer. Encore. M'opposer à Graham était crucial pour que ma mise en scène avec Hamilton soit crédible.

— C'est mon choix, rétorquai-je.

Graham m'adressa un regard brûlant d'incompréhension. Je fis comme si les larmes ne menaçaient pas de couler sur mes joues.

— Ton choix est stupide, Violette.

Un silence tomba, brutal, glacial. Hamilton bougea alors. Il abandonna sa prise autour de ma taille et se glissa entre mon frère et moi. Je reculai, soulagée de ne pas avoir à gérer cette conversation seule.

— Je vais être très clair, dit Hamilton d'un ton calme, sans appel.

— N'essaie pas de me menacer, Monroe.

— Je ne comptais pas le faire. Tu peux me mépriser autant que tu veux. Me menacer, me haïr. Je m'en fiche. Mais si tu crois une seule seconde que tu peux décider à la place de Violette, que tu peux la juger ou l'infantiliser, alors tu as un problème bien plus grave que ma présence ici.

Graham resta un instant interdit, puis me jeta un regard, cherchant du soutien. Je restai silencieuse, la gorge trop serrée pour dire quoi que ce soit.

— Elle est assez grande pour savoir ce qu'elle fait, ajouta Hamilton.

— Maman et papa veulent qu'on dîne ensemble dimanche prochain, lâcha mon frère brusquement. Tous ensemble, précisa-t-il. Ils veulent rencontrer Hamilton.

— Toute la famille ? demandai-je.

Graham hocha la tête avant de lancer un dernier regard menaçant à Hamilton. Je retrouvai mon souffle quand mon frère rebroussa chemin. Mais, avant de s'éloigner complètement, il se figea une dernière fois.

— Quant à toi, Monroe, je préfèrerais ne plus jamais te voir lui tourner autour, dit-il à Hamilton, d'une voix sombre. Tu ne la touches pas, tu ne l'embrasses pas et tu ne la regardes pas.

Hamilton haussa un sourcil, imperturbable. Un petit rictus amusé flotta sur ses lèvres quand son bras retrouva ma taille. Ses doigts pressèrent ma peau un peu plus fort, dans un élan possessif et protecteur.

— Fascinant. Tu crois vraiment que tu as ton mot à dire là-dessus ? Il n'y a que les Cosgrove pour penser pouvoir tout contrôler. Mais je n'ai jamais pris mes ordres chez vous. Et encore moins quand il s'agit d'elle.

Graham s'éloigna finalement et je soufflai lentement, constatant à quel point la tension m'avait crispée. Hamilton, lui, semblait parfaitement détendu.

— Charmant, déclara-t-il. Eh bien, on connaît la date de notre prochaine représentation.

— Tu veux... Tu veux vraiment y aller ?

— Tu veux vraiment épouser Bradford ? Je suis ravi d'être invité, en tout cas.

— Ce n'est pas un simple dîner, Hamilton. C'est ton peloton d'exécution.

Hamilton dut percevoir le début de panique qui me gagnait, car son sourire arrogant s'estompa peu à peu. En silence, il nous mena jusqu'au bar et nous commanda deux verres de vin. Je n'étais plus sûre de rien, ni de ma mise en scène avec Hamilton, ni de la façon dont je devais me comporter avec ma famille.

— Ne laisse pas ton frère te gâcher la soirée, murmura-t-il en me tendant mon verre.

— Il veut juste me protéger...

— J'ai plutôt eu l'impression qu'il te dictait ta conduite. Si tu veux que notre mascarade fonctionne devant tes parents, tu ne dois pas te laisser intimider, Violette. Tu vaux tellement mieux qu'eux, ajouta-t-il un ton plus bas.

Je relevai les yeux vers lui, surprise par sa remarque. Toujours nerveuse, je bus une gorgée de mon vin, espérant me détendre et sauver la soirée. Hamilton avait raison sur un point : je ne pouvais pas me laisser déstabiliser si vite. Il parvint à capter mon regard et reprit :

— Tu es brillante, Violette. Tu n'as besoin de personne pour décider à ta place. Tu te bats, tu refuses qu'on te dicte quoi faire de ta vie. Et tu m'attires bien plus que je ne l'aurais voulu.

Je retins mon souffle et dévisageai Hamilton. Il avait perdu son attitude joueuse et désinvolte pour un air plus sérieux et sincère. Il s'approcha de moi, son souffle chaud caressant ma gorge, sa main glissa sur le bas de mon dos.

Nous n'étions plus dans cette galerie et les murmures des conversations n'existaient plus. Seule persistait cette attraction indéfinissable et irrésistible entre Hamilton et moi, celle qui nous avait attrapés dès notre première rencontre et avec laquelle nous jouions depuis.

— Parce que chaque fois que je suis avec toi, chuchota-t-il à mon oreille, j'ai du mal à me rappeler que tout cela n'est qu'un jeu. Et crois-moi, je lutte, je lutte contre moi et contre ce que je ressens pour toi. Parce que je sais que je suis la pire erreur que tu pourrais faire.

Son regard glissa sur mes lèvres avant qu'il ne détourne brusquement les yeux, comme s'il craignait de franchir une limite invisible.

— Retournons voir les toiles, proposa-t-il en me tendant la main.

Je la pris. Cette fois, je ne jouais plus. Je n'avais plus la force de le faire. Nous déambulâmes dans la galerie, reprenant notre rôle avec une aisance feinte. Mais quelque chose avait changé. L'air entre nous vibrait d'une tension nouvelle, chaque regard était plus long, chaque geste plus conscient.

Il ne luttait plus.

Et moi, je savais que j'étais déjà en train de perdre.

Chapitre 23

Hamilton

— Hamilton ?

La voix de Jonah me tira de mes pensées obsédantes. Je relevai la tête et croisai le regard perçant de mon homme de confiance, un sourcil levé.

— Tu es sûr que c'est le moment ? Parce que, franchement, t'as l'air ailleurs !

— Un peu de fatigue, répondis-je, sans grande conviction.

Je ne savais pas comment Violette avait réussi cette prouesse, mais j'avais la sensation qu'elle était partout. Dans ma tête, sur ma peau, sur mes lèvres, dans l'air même que je respirais. Le vernissage de la veille m'avait laissé des souvenirs tenaces et une tonne de regret. La raccompagner chez elle, la regarder marcher seule dans ce hall en marbre avait été une putain d'épreuve.

De frustration, j'avais serré le volant de l'Aston, à m'en faire mal. Je la désirais, comme jamais je n'avais désiré une femme et sa façon de me parler et de me regarder brouillait mes repères habituels.

Et cette fausse relation… À quel moment avais-je cessé de simuler ? À quel moment, la fille qui aimait jouer avec le feu avait pris un tel ascendant sur moi ? Me répéter à l'envi que Violette était une Cosgrove ne fonctionnait plus. Je n'avais plus cette colère sourde contre elle.

Elle avait tout bouleversé. Sans prévenir, sans forcer, sans sembler s'en rendre compte. Et même pour ça, je n'arrivais pas à la détester.

— Hamilton, t'écoutes au moins ?

Jonah soupira, croisa les bras et me jaugea avec cette perspicacité qui m'agaçait parfois. Il n'était pas seulement mon nouvel homme de confiance. Il était un ami, un des rares à qui je pouvais réellement me fier.

— Je t'écoute, rétorquai-je en me redressant.

— Vraiment ? Parce que t'as pas l'air concerné par ce que je te raconte. On parle des Cosgrove, de ceux qui t'ont envoyé en taule, et toi tu rêvasses ?

Je crispai la mâchoire. Il n'avait pas tort. J'avais voulu cette entrevue pour faire avancer mon enquête, pas pour me perdre dans des souvenirs troublants de Violette. Mais même en voulant me concentrer, une seule pensée me hantait : je devais la voir.

— Tu veux qu'on se retrouve plus tard ? demanda Jonah.

— Non, continue.

Je refermai le dossier devant moi et me massai les tempes. Violette ne devait pas me distraire de ma propre vie. Je risquais encore de retourner en prison et je devais blanchir mon nom de ces accusations odieuses.

Jonah me scruta un instant, sceptique, avant de reprendre son rapport.

— On tient quelque chose.

Je m'enfonçai dans mon fauteuil et serrai les mâchoires. Si j'arrivais à attraper le fameux Dixon derrière toute cette histoire, je me promis de lui faire passer un très très mauvais moment.

— J'ai trouvé une ancienne assistante du cabinet Cosgrove. Une certaine Melissa. Elle a quitté son poste juste après ton inculpation.

— Elle sait quelque chose ?

— Elle n'a pas de preuves matérielles, mais elle se souvient d'un nom qui revenait souvent dans les échanges internes : Dixon.

— Dixon ? répétai-je alors que Jonah me tendait une feuille.

Je me redressai, arrachai le document de la main de mon enquêteur et le parcourus en quelques secondes. Des lignes et des lignes de transactions financières apparaissaient avec son nom accolé.

— Dis-moi qu'elle sait qui est ce Dixon, dis-je d'une voix grave.

Jonah secoua la tête et le maigre espoir qu'il était parvenu à faire jaillir s'éteignit aussitôt. Ce Dixon était un fantôme insaisissable, et ça me rendait dingue. Dès que je pensais enfin découvrir son identité, il s'évaporait.

— Elle ne l'a jamais vu. Ce mec est prudent. Il apparaît dans des discussions sensibles, toujours en lien avec des transactions douteuses. Mais il n'est pas listé comme client, ni comme employé, ni comme associé officiel du cabinet. Juste… un nom qui circule en coulisses.

— Donc, on sait que Dixon est lié aux Cosgrove, mais pas qui il est ?

— Exactement. Et Melissa pense qu'il a joué un rôle dans ton inculpation.

— Comment ?

— Elle n'a pas de détails précis, mais elle se souvient d'un transfert de fonds important peu avant que les charges contre toi tombent.

Ce Dixon jouait en coulisses et souhaitait me faire tomber. Je serrai les mâchoires et fixai Jonah avec une détermination froide.

— Il me faut ce mec, sifflai-je. Son identité apparaît forcément quelque part. Personne ne lance des instructions de virement sans ordres écrits. Et si les avocats des Cosgrove le couvrent, c'est qu'ils le connaissent.

Jonah croisa les bras, pensif. Cette histoire me rongeait. C'était propre, rigoureux et parfaitement orchestré. Ce Dixon se donnait beaucoup de mal pour me nuire.

— La bonne nouvelle, c'est qu'on est certains de l'implication de Cosgrove père.

— Comment ça ?

— Un message automatique lui était transmis après chaque mouvement de fonds. Il est donc au courant. Melissa a promis de fouiller un peu plus. Apparemment, elle a une dent contre un des héritiers Cosgrove. Et elle est persuadée qu'il y a quelque chose de plus à trouver. Si Dixon a laissé une trace, même infime, elle pourra certainement mettre la main dessus.

— Très bien. Il faut qu'on avance vite, dis-je alors que Jonah rassemblait ses affaires.

Il se leva de sa chaise et je l'imitai pour le raccompagner jusqu'à l'ascenseur. La journée touchait à sa fin et le personnel dans les bureaux se faisait déjà rare. Linda était déjà partie et Barthelemy, que j'avais à peine croisé depuis son retour au bureau, était encore en réunion.

— Mec, de ton côté, il faudrait que tu réfléchisses, lança Jonah à mi-chemin de l'ascenseur.

— Que je réfléchisse ?

— À qui pourrait t'en vouloir.

— La liste est longue, Jonah, répondis-je en laissant échapper un rire.

— Je parle de quelqu'un qui aurait eu le pouvoir et les ressources pour orchestrer tout ça. Quelqu'un qui te connaissait suffisamment pour savoir où frapper. Quelqu'un qui voulait te voir disparaître, insista Jonah.

Les portes de l'ascenseur s'ouvrirent et Jonah me donna une tape sur l'épaule avant d'entrer.

— Réfléchis-y, mec. On sait que Cosgrove trempe dans ce truc… mais on cherche encore celui qui a monté toute cette histoire.

Les portes de l'ascenseur se refermèrent et je restai immobile quelques secondes, l'esprit en ébullition. Je retournai à mon bureau, croisant Barthelemy sur mon trajet.

— Tout va bien ? me demanda-t-il.

— Oui. Je suis un peu fatigué. Tu étais avec qui ?

— Un nouveau projet pour une résidence haut de gamme pour seniors. Rien de très innovant, mais c'est très rentable. Au fait, j'y pense, j'ai vu quelques articles ce matin, finit-il par dire d'un ton détaché.

— La presse à scandale se montre toujours très professionnelle.

— C'est vrai, alors ? Toi et la fille Cosgrove ?

Barthelemy semblait sincèrement surpris. Arrivé à mon bureau, je m'appuyai contre l'encadrement de la porte, bras croisés. Sans le savoir, mon associé me posait la question qui me tourmentait depuis plusieurs jours.

— Pourquoi, ça t'intéresse ?

— Disons que c'est... surprenant. Tu as toujours été méthodique, Hamilton. Et là, tout à coup, tu fricotes avec la fille de ton pire ennemi ?

— Ça te dérangerait ? demandai-je.

— Ça ne te ressemble pas, c'est tout. J'ai un rendez-vous en ville, on fait un point demain ? J'ai une liste de projets à te faire valider avant ton départ à l'autre bout du pays et il faut qu'on parle du budget prévisionnel pour l'annexe du bâtiment Gordon.

— Si tu veux. Tu as le bilan financier ? Ça fait deux jours que je l'attends et...

— Je vais relancer, me coupa-t-il précipitamment alors que son téléphone sonnait. Excuse-moi, il faut que je prenne cet appel, dit-il en s'éloignant.

Je retournai à mon bureau et décidai de lire mes mails en souffrance. Après dix minutes à parcourir encore et encore les mêmes lignes, il fallut me rendre à l'évidence, me concentrer était impossible. Violette était toujours là, camouflée dans chacune de mes pensées. Mon regard dériva vers la fenêtre, cherchant une solution, en vain. Agacé, je me redressai et ouvris machinalement le tiroir de mon bureau à la recherche d'un dossier à examiner.

J'effleurai un objet familier et baissai les yeux.

Un livre. Enfin deux même.

Celui qu'elle m'avait confié lors de sa dernière journée en prison et celui qu'elle avait laissé à Miles, encore emballé, lorsqu'elle avait attendu la journée entière dans le froid pour me parler. J'étais si en colère contre elle...

Je le déballai avec précaution et retins mon souffle en découvrant que Violette m'avait laissé un message. En un instant, je me revis derrière les barreaux, regardant la fille des livres comme si elle était le soleil au milieu de mon orage personnel et constant.

J'ai choisi le chaos. Et toi.

Je lus le message plusieurs fois, comme si j'espérais y découvrir une signification cachée. Mais tout était déjà là, en quelques mots griffonnés par Violette.

Je reposai le livre sur le bureau, un peu sonné. Je n'y arrivais pas. Je ne pouvais pas cesser de penser à elle, ni m'éloigner et je ne parvenais plus à faire semblant. Elle m'avait attiré dès le premier instant où nos regards s'étaient croisés. Imaginer que cette attirance s'évanouisse était vain et épuisant.

Sans réfléchir davantage, je pris ma veste et quittai le bureau. Il fallait que je la voie.

À mon arrivée au café-librairie, Rita était en pleine lecture, accoudée au bar, un mug de café fumant près d'elle. Elle leva brièvement les yeux vers moi. Du regard, je cherchai Violette aux alentours, mais je compris vite qu'elle n'était pas là.

— Hamilton Monroe, le héros tragique en personne.

— Bonsoir, Rita, la saluai-je alors qu'elle refermait son livre dans un claquement sec. Est-ce que tu sais où est...

— Violette, finit-elle pour moi. Tu es venu la chercher avec cet air sombre et tourmenté... Ça me rappelle ces types dans les tragédies grecques. Tu sais, ceux qui finissent généralement aveugles, morts ou maudits à vie.

— Charmant. Elle est là ? insistai-je alors qu'elle contournait le bar pour me rejoindre.

— Non. Mais si tu veux, je peux lui transmettre un message. Un truc dramatique, genre « Depuis que tu es partie, mon âme n'est plus qu'un désert aride. »

— Dis-lui que je la cherche, ça devrait suffire, marmonnai-je, contrarié.

Je sortis mon téléphone de ma poche, espérant qu'elle avait répondu à mon message. Apparemment, elle ne l'avait même pas lu. Je poussai un lourd soupir. Je devais la voir.

— Trop fade. Un homme de ton envergure devrait viser plus grandiose. Un serment de sang, un duel sous la pluie...

— Rita.

— Oui ?

— Où est-elle ? demandai-je d'une voix tranchante.

— Probablement dans son parc préféré.

La nuit était en train de tomber quand je soulevai le morceau de tôle rouillée qui condamnait le parc. Avec mes deux gobelets brûlants, je remontai l'allée masquée partiellement par les mauvaises herbes pour rejoindre l'aire de jeux. À en croire Rita, Violette avait ses habitudes solitaires sur la balançoire et pouvait passer des heures dans cet endroit, coupée du monde.

Les feuilles mortes s'accumulaient au pied de la balançoire. Mais Violette n'était pas là. Un long soupir m'échappa et je grimaçai au parfum de l'humidité autour de moi. Le ciel affichait un camaïeu de rosé et de doré et on percevait le bruit des branches bercées par le vent.

— Rita ne sait pas garder un secret, dit la voix de Violette derrière moi.

Je fis volte-face, découvrant Violette assise sur une des structures pour enfants, ses pieds dans le vide. Elle m'adressa un sourire qui me rassura sur son état d'esprit. Depuis le vernissage, nous ne nous étions pas parlé.

— Heureusement pour moi, répondis-je en m'approchant. Sinon, je serais encore en train de courir les rues à ta recherche, un café froid à la main et ma dignité en berne.

— Tu veux monter ? demanda-t-elle en tapotant la place près d'elle.

Je lui tendis nos boissons et grimpai sur la structure, m'asseyant près d'elle, nos épaules se touchant presque. Devant nous s'étendait le parc, avec ses arbres, son plan d'eau et tous les jeux pour enfants. C'était calme et apaisant, idéal pour s'isoler du tumulte de la ville.

— Tu viens souvent ici ? demandai-je

— Depuis que je suis enfant. Il n'y a pas que les livres pour contenir des souvenirs, s'amusa-t-elle. Merci pour le thé.

— Rita a insisté. Je n'ai pas osé le lui refuser.

Elle me lança un regard perplexe pendant que je buvais une gorgée de mon café.

— Tu as peur de Rita ? demanda-t-elle dans un rire.

— J'ai surtout peur de ses métaphores sur les héros grecs.

Violette fronça des sourcils, sans comprendre. Puis, nous nous dévisageâmes de longues secondes, jusqu'à ce que le silence nous engloutisse. Même à la lumière du crépuscule, Elle rayonnait. Ses yeux pétillaient et son visage, si doux, semblait défier les ombres qui s'étiraient autour de nous. Elle était une lumière entêtante, impossible à ignorer.

— Je pensais que tu étais... en colère après moi, dit-elle doucement. Vu que je n'avais aucune nouvelle depuis le vernissage.

— J'ai été assez occupé. Et surtout, je regrettais la fin de la soirée. J'aurais dû te raccompagner et...

— Non, me coupa-t-elle. C'était mieux comme ça.

— Mieux ? répétai-je.

Violette baissa les yeux vers son gobelet, le faisant tourner entre ses doigts.

— Si tu m'avais raccompagnée... je n'aurais pas voulu te laisser partir.

Un frisson imperceptible me traversa. Son aveu flottait entre nous, suspendu dans l'air, et je compris à cet instant que nous avions pensé la même chose ce soir-là. Que nous nous étions contenus. Que nous nous contenions encore.

— Ça aurait tout gâché. Tu aurais eu des regrets et on aurait fini par s'éviter.

— Tu es si sûre de toi ?

— Disons que je te connais un peu, maintenant.

— Ah oui ? Et qu'est-ce que tu sais de moi, exactement ?

Elle prit une gorgée de son thé, réfléchit une seconde, puis planta son regard dans le mien. Elle était si déterminée et si sincère que j'en eus le souffle coupé. Cette fille n'hésitait jamais à me parler, ni à me regarder dans les yeux, et j'adorais ça. Plus que tout ce que j'avais vu en elle, j'aimais son tempérament confiant.

— Je sais que tu détestes les Cosgrove, que tu ne laisses personne te dire quoi faire, que tu veux sauver ton entreprise. Je sais que tu aimes ton café noir, que tu détestes perdre, que tu ne dors pas beaucoup et que tu fuis dès que ça devient trop intense.

Ma gorge se serra. Elle ne jouait pas. Elle me voyait. Elle me voyait clairement et elle m'attirait encore un peu plus. Je n'avais jamais laissé une femme entrer dans ma vie de cette façon. Peu à peu, Violette s'était imposée, repoussant mes barrières et me faisant oublier son nom.

— Et malgré tout ça, tu es encore là.

Elle haussa légèrement les épaules, comme si c'était une évidence.

— Je n'ai jamais été du genre à fuir, murmura-t-elle.

Un sourire naquit sur mes lèvres, involontaire, incontrôlé. Son regard ne quittait pas le mien, et je sentis quelque chose basculer, imperceptiblement. Comme si, à cet instant précis, nous arrivions à un point de non-retour.

— Et on a encore un dîner à assurer avec mes parents, ajouta-t-elle dans un rire.

Notre bulle sembla éclater dans son rire. À nouveau, nous échangeâmes un regard, lourd de regrets. J'avais la sensation de l'avoir ratée, d'avoir manqué notre histoire et cela ne tenait qu'à moi. Elle, elle ne m'avait jamais tenu rigueur d'être un Monroe.

— C'est vrai. C'est d'ailleurs pour cette raison que je voulais qu'on se voie. Pour qu'on répète un peu.

— Répéter ? reprit-elle, intriguée.

— Le dîner avec tes parents. Il faudrait qu'on soit... crédibles.

— Et tu penses qu'une répétition va nous éviter de nous trahir ?

— Disons que ça peut nous empêcher de faire trop d'erreurs.

Violette prit une gorgée de son thé avant de me fixer avec une lueur malicieuse.

— Très bien. Alors dis-moi, Hamilton, comment comptes-tu convaincre mes parents que nous sommes un couple fou amoureux ?

Je posai mon café, pris un air faussement sérieux et soutins son regard.

— Eh bien, il faut qu'on soit raccord sur notre histoire. Où on s'est rencontrés, ce qui nous a plu. Et puis, des trucs plus personnels : ta couleur préférée, ta chanson favorite... Ce genre de choses.

— Et donc, on s'est rencontrés où ? reprit-elle.

— Une galerie d'art, répondis-je immédiatement.

Les souvenirs de la soirée affluèrent, doux et agréables. Le contact de la soie sur ma peau, la caresse de ses lèvres, la chaleur de son corps. Plus j'y pensais, plus cette soirée m'inspirait des regrets. Cette femme me plaisait, je ne pouvais plus le nier.

Elle me plaisait, et je me fichais de son nom, de sa famille et de ma propre vie.

— Vraiment ? fit-elle en haussant un sourcil.

— Être crédible nécessite quelques souvenirs communs. Ton frère nous a croisés au vernissage, c'est donc tout à fait possible. Et puis, tu aimes l'art sous toutes ses formes.

— Et toi ? demanda-t-elle.

— Moi ?

— Qu'est-ce que tu faisais là ?

— J'étais probablement en train d'évaluer si l'artiste pouvait être un bon investissement, répondis-je avec un haussement d'épaule.

— Bien sûr. Toujours pragmatique.

Nos regards s'accrochèrent et le silence s'étira. Quelque chose dans l'air changea imperceptiblement. Violette se cacha dans son gobelet de thé, pendant que je me perdais dans la contemplation du soleil couchant.

— Qu'est-ce que tu as aimé chez moi ? demanda-t-elle subitement.

— À part ton innocence ?

— Sérieusement, Hamilton. De ce que je sais, tu apprécies la compagnie des femmes. Alors pourquoi moi ? Quel est donc ce mystérieux trait de ma flamboyante personnalité qui t'a attiré ? demanda-t-elle dans un rire.

Je pris une inspiration et la détaillai, mon regard glissant sur son visage, la courbe de ses lèvres, la mèche de cheveux qui volait sur sa joue.

— Tu es… lumineuse, Violette, finis-je par dire.

— Lumineuse ?

— Tu éblouis, même. Une putain de lumière dans les ténèbres. C'est la première chose que je me suis dit en te voyant. Que tu étais belle, spontanée, délicate et incroyablement attirante.

Elle se raidit, prise au dépourvu par la sincérité brute de ma réponse. Son rire s'était éteint, remplacé par une lueur indéfinissable dans son regard. L'air crépita autour de nous et cela n'avait rien de dérangeant.

— Et toi ? demandai-je, ma voix plus rauque que je ne l'aurais voulu.

— Tes yeux.

— Mes yeux ? répétai-je.

Elle hocha lentement la tête. Je luttai contre l'envie brûlante de m'attarder sur ses lèvres. J'étais venu ici pour mettre un terme à la mascarade qu'était notre fausse relation. Je n'aurais pas su dire à quel moment nous avions arrêté de jouer. Tout ce que je savais, c'était que nous étions seuls, sans public, et que je voulais l'embrasser et me perdre en elle.

Surtout, je voulais jouer franc-jeu. J'avais la sensation de me servir d'elle et de lui mentir. Maintenant que j'étais assis près d'elle, en pleines confidences, je prenais conscience qu'elle comptait plus que mon enquête.

Elle comptait plus que tout.

— Cette couleur... On a l'impression que l'orage n'est jamais très loin. Tout ce que je fais, c'est pour le repousser constamment.

— Tu y arrives très bien, la complimentai-je. Tu es la seule à ne pas en avoir peur.

Violette cilla, comme si mes mots l'atteignaient plus qu'elle ne l'aurait voulu. Elle baissa les yeux sur ses mains refermées autour de son gobelet. L'air se raréfia, me donnant la sensation de suffoquer. Mon cœur menaçait de sortir de ma poitrine et je me demandais si j'avais déjà été si nerveux.

— Est-ce que ça t'arrive de te dire que certaines choses sont inéluctables ?

Sa voix était un murmure, mais il balaya tout le reste. Tout ce qui nous retenait, tout ce qui nous freinait. Lentement, je levai la main et effleurai sa joue du bout des doigts. Sa peau était chaude sous la mienne, sa respiration légèrement saccadée.

— Tout le temps, susurrai-je.

Et cette fois, je ne réfléchis plus. Je capturai ses lèvres, l'attirant contre moi comme si elle m'avait toujours appartenu. Elle répondit aussitôt à mon baiser, ses doigts s'accrochant à ma chemise comme si elle avait peur que je lui échappe. Il n'y avait plus de faux-semblants, plus de jeu. Juste nous.

Ses lèvres entrouvertes avaient encore le gout du thé, chaud et sucré. Je glissai ma langue entre elles, réprimant un gémissement de plaisir. Aucun public. Juste elle et moi, accrochés l'un à l'autre et cessant de lutter contre cette attraction puissante entre nous.

Violette se pressa un peu plus fort contre moi, tandis que des frissons d'excitation me parcouraient. Je posai mes mains sur ses joues, reprenant le contrôle de notre baiser. Je voulais en savourer chaque seconde, je voulais prendre mon temps et, à la fois, rattraper celui que nous avions perdu.

À bout de souffle, je finis par m'écarter d'elle. Je n'avais plus cette amertume logée au fond de mon estomac. Elle esquissa un sourire, comme une enfant prise la main dans le pot de confiture.

Je pressai mon front contre le sien, savourant cet instant de calme et d'apaisement. Je repris mon souffle, encore stupéfait par ce baiser dévastateur. Je descendis d'un bond de la structure et lui tendis la main.

— Je te raccompagne chez toi, proposai-je.

— Hum. Tu as l'Aston ? demanda-t-elle avec malice.

— J'ai l'Aston et la débauche.

Elle noua ses doigts aux miens et sauta à son tour de la structure. Elle déposa un nouveau baiser sur mes lèvres, doux et joyeux. Je la retins contre moi, l'embrassant à nouveau, savourant les gémissements qu'elle laissait échapper.

— Je ne veux plus jouer, murmura-t-elle contre ma bouche.

— Je n'ai jamais joué, Violette.

Chapitre 24

Violette

La pluie tombait en fine gouttes quand nous arrivâmes à mon appartement. Je verrouillai la porte derrière moi, faisant comme si une vague de nervosité n'était pas en train de m'envahir. Je sentais la présence d'Hamilton derrière moi, sauvage et féline. Il n'y avait plus de retour en arrière possible.

Son regard pesait sur moi, brûlant, avide. Je gardai ma main un instant sur la poignée de la porte, hésitant à me retourner pour lui faire face.

— Tu es nerveuse, chuchota-t-il derrière moi.

Je fermai brièvement les yeux avant de pivoter lentement. Hamilton était là, si près que je sentais la chaleur de son corps et le parfum de la pluie mêlé à celui du café sur sa peau. J'allumai une des lampes de mon salon, trouvant son regard envoûtant, et lui répondis d'un mensonge.

— Non.

Un sourire, presque carnassier, effleura ses lèvres.

— Vraiment ?

Il fit un pas, puis un autre. Chaque centimètre qu'il réduisait entre nous électrisait l'air. Mon souffle se coinça dans ma gorge. Il tendit la main et effleura ma joue du bout des doigts, traçant une ligne invisible sur ma peau. Ma poitrine se soulevait au rythme rapide de ma respiration.

— Violette, tu peux encore me dire d'arrêter et...

— Non, murmurai-je. Je ne veux pas que tu arrêtes.

Lentement, il déboutonna ma veste humide et la repoussa de mes épaules pour la faire tomber au sol. Un sourire se dessina sur ses lèvres et ma nervosité s'estompa peu à peu. À mon tour, j'empoignai sa veste et la lui retirai. Je posai mes mains sur ses épaules et les fit glisser jusqu'à son torse.

Sous ma paume, je devinais son cœur en plein emballement. Je plantai mes yeux dans les siens, prenant conscience que tout cela était réel, que nous ne luttions plus contre cette attraction irrésistible entre nous. Hamilton posa ses mains sur ma taille et m'attira un peu plus contre lui.

— Tu sais quand j'ai su que j'étais foutu ? murmura-t-il.

Mon cœur rata un battement pendant que sa bouche s'égarait dans mon cou. Je fermai les yeux, abandonnant définitivement toute résistance. Depuis que je connaissais Hamilton, j'avais toujours évité de fantasmer sur lui. Désormais, je savais que ma peau garderait le souvenir de chacun de ses gestes et de chacune de ses caresses.

— Dis-moi, dis-je dans un souffle.

— La toute première fois que je t'ai vue.

Il pressa sa bouche contre ma peau, longeant la ligne de ma mâchoire pour effleurer mes lèvres.

— J'ai essayé de ne pas te regarder. De ne pas penser à toi. Mais chaque fois que tu venais c'était pire.

Sa main se faufila sous mon gilet et ses doigts pianotèrent sur ma peau. Haletante, je me cambrai, sentant une onde de chaleur se propager de ma nuque jusqu'à mes pieds.

— Et là, Violette, maintenant, je peux enfin te toucher... Tu n'as pas idée depuis combien de temps j'ai envie de te toucher comme ça.

— Fais-le, chuchotai-je, suppliante.

Délicatement, il défit les boutons de mon gilet en laine bleu, embrassant au fur et à mesure chaque centimètre carré de peau qu'il dévoilait. Je me tortillai de plaisir entre ses mains et vacillai sur mes jambes.

— Viens par ici, m'intima-t-il en m'entraînant vers le canapé.
— Ma chambre est par là, répondis-je en désignant le couloir.
— Je ne veux plus perdre de temps. Et je te veux, toi !

Il s'assit sur le canapé et je m'installai sur ses cuisses. Je posai mes lèvres sur les siennes, me perdant dans un nouveau baiser lent et sensuel. Je me redressai et entrepris de défaire les boutons de sa chemise.

— Continue comme ça, et je vais croire que tu aimes me torturer, dit Hamilton alors que je prenais mon temps.

Je relevai les yeux vers lui, un sourire espiègle aux lèvres.

— Peut-être bien que j'aime ça, susurrai-je en faisant glisser lentement le tissu sur ses épaules.

Hamilton retira sa chemise, faisant sauter les boutons de ses manches dans la manœuvre. Ses mains remontèrent sur mes cuisses, me caressant du bout des doigts avant d'atteindre mes fesses, m'attirant un peu plus contre lui.

— Tu es bien trop habillée à mon goût, murmura-t-il en effleurant ma poitrine du bout des lèvres.

— Et qu'est-ce que tu comptes faire pour résoudre ce problème ? le provoquai-je.

Hamilton releva la tête, son regard brûlant ancré au mien. Avec un petit sourire, il tira sur le bonnet de mon soutien-gorge et libéra mon sein gauche. Il en captura la pointe érigée dans sa bouche et l'aspira doucement. J'enfonçai mes doigts dans ses mèches humides, soupirant de plaisir. Entre ses mains, j'avais la sensation de me consumer.

— Pour commencer, je vais faire en sorte que tu retires tes derniers vêtements, murmura-t-il.

Il repoussa l'autre bonnet et réitéra sa caresse, jouant de sa langue avec mon téton. Puis, en expert de la chose, il dégrafa mon sous-vêtement et m'en débarrassa. Ses mains glissèrent sur mon dos, s'attardant sur le creux mes reins.

— Ensuite, reprit-il en laissant ses yeux parcourir mon corps partiellement nu, je vais apprendre par cœur chaque centimètre de ton corps. Parce que je compte bien te garder en mémoire. Très longtemps.

Mes doigts glissèrent sur son torse, traçant les lignes de ses muscles. Sa peau frémit à mon contact et je sentis le corps d'Hamilton se tendre sous moi.

— La fille qui aime jouer avec le feu, murmura-t-il, alors que je m'aventurais sur son bas-ventre.

— Je n'ai pas peur de brûler, répondis-je.

Je sentis sa respiration s'accélérer quand mes caresses devinrent plus audacieuses, explorant les limites de sa patience. Je frôlai la boucle de sa ceinture, appréciant l'effet que je faisais à Hamilton. Il me fixait, crispé et entièrement à ma merci.

— Tu es bien trop patient, murmurai-je en déposant un baiser léger sur ses lèvres. C'est presque frustrant…

J'embrassai sa mâchoire, puis son cou, et à nouveau ses lèvres, effleurant sa peau sans jamais m'attarder. Sa main se plaqua au bas de mon dos, et ses doigts jouèrent avec la ceinture de ma jupe. J'ajustai ma position, ma poitrine écrasée contre son torse.

— Tu veux que je perde le contrôle ? répliqua Hamilton dans un souffle, sa voix rauque vibrant de désir.

— Je veux voir jusqu'où je peux aller avant que tu craques, répondis-je avec un sourire espiègle.

— Ne joue pas trop avec moi, Violette…

— Sinon, quoi ?

Hamilton ne répondit pas tout de suite. Il me scruta, lentement, sa langue glissant sur sa lèvre inférieure, appréciant déjà le plaisir qu'il allait prendre à me faire regretter mon audace.

— Sinon, tu vas vite comprendre que cela entraîne des conséquences, Violette.

Je me contentai de sourire, ravie de constater que j'avais autant de pouvoir sur lui qu'il en avait sur moi. Ses yeux, brillant de désir, avaient pris une teinte plus sombre provoquant de délicieux frissons. Je débouclai sa ceinture et tirai sur le cuir pour me laisser l'accès.

— C'est mon petit plaisir coupable : voir jusqu'où je peux te pousser avant que tu perdes le contrôle.

Hamilton émit un léger grognement, un mélange de frustration et d'anticipation. Je me redressai lentement, mes doigts glissant le long de son pantalon avant de le saisir fermement par la taille. D'un geste précis, je le fis descendre. Du pied, mon compagnon s'en débarrassa complètement.

Son boxer trahissait son excitation. Son sexe était gonflé et foutrement tentant. Un frisson d'anticipation me parcourut alors que mes doigts glissaient le long de son ventre, effleurant la bande élastique de son sous-vêtement. Hamilton ne bougea pas, mais je sentis la contraction de ses muscles sous ma paume, preuve qu'il était à deux doigts de perdre son précieux contrôle.

— Je peux ? demandai-je.

Il hocha la tête, me laissant mener la danse, mais je sentais son regard brûlant suivre chacun de mes mouvements. Lorsque je tirai son boxer, un sourire victorieux étira mes lèvres.

— C'est fou comme tu es docile, continuai-je, amusée.

— Ne te méprends pas, murmura-t-il en se redressant.

Toujours assis, il m'attira contre lui, ses mains sur l'arrière de mes cuisses. Il caressa ma peau, ses doigts chatouillant l'intérieur de mes jambes. Ma respiration reprit sa course folle et s'affola un peu plus quand ses yeux gris acier trouvèrent les miens.

— Je t'ai laissée jouer uniquement parce que j'adore voir à quel point tu me veux.

Lentement, il ouvrit le zip de ma jupe et elle tomba à mes pieds. Il embrassa mon ventre, longeant la bordure de ma culotte, me faisant frémir de la tête aux pieds. Tout mon corps tremblait d'anticipation. Hamilton me touchait, mais évitait sciemment l'endroit où je le voulais le plus.

— Je t'en prie, gémis-je.

— Tu veux que je te touche, Violette ? demanda-t-il d'une voix basse, suave, en traçant un cercle insoutenable du bout des doigts sur l'intérieur de ma cuisse.

Je hochai la tête, incapable de prononcer le moindre mot. Ses caresses me faisaient perdre pied, comme aucune autre ne l'avait fait avant. Il était précis de cruauté et je piaffais d'impatience.

— Il y a encore quelques minutes, tu jouais les provocatrices sur mes cuisses.

Je fermai les yeux une seconde, prise entre l'envie et l'embarras, mais mon corps parlait pour moi. Je sentais la chaleur entre mes jambes, la tension insupportable qui me consumait. Il devait me toucher, il le fallait.

— Je veux que tu me touches... là, haletai-je enfin.

— Là ? demanda-t-il, feignant l'ignorance alors que ses doigts glissaient à peine sur le tissu trempé avant de s'en éloigner. Ici ?

Je laissai échapper un gémissement frustré, mon corps s'arc-boutant vers lui dans une supplique silencieuse. Hamilton me torturait. Je payais les conséquences de mon petit jeu.

— Tu devrais être plus précise, dit-il avec un sourire moqueur.

Je plantai mes ongles dans ses épaules, sentant ma résistance s'effriter sous son regard insoutenable. Mon corps tremblait d'excitation et de frustration. C'était insupportable d'être à la fois si proche et si loin de lui.

— Je veux tes doigts en moi, murmurai-je enfin, la voix tremblante.

— Voilà qui est beaucoup mieux.

Il fit descendre ma culotte le long de mes jambes et, l'instant suivant, ses doigts caressaient mon intimité. Un râle de soulagement m'échappa et je me cramponnai à ses épaules pour ne pas flancher.

— Il faut... Hamilton... Je dois m'asseoir, bégayai-je, prise d'une bouffée de chaleur intense.

— Tiens bon, murmura-t-il contre ma peau, sa bouche frôlant mon ventre. Je n'ai pas encore fini de jouer avec toi.

Sa main sur ma hanche se raffermit, m'empêchant de me dérober. Il voulait que je sente chaque seconde de ce qu'il me faisait. Ses doigts s'enfoncèrent en moi, allant et venant dans une lenteur insoutenable, me laissant pantelante, à bout de souffle. Mon corps entier vibrait sous son contrôle, tiraillé entre le plaisir et la frustration.

Ses doigts se retirèrent presque entièrement avant de replonger, plus profondément cette fois, m'arrachant un gémissement incontrôlé. Je me cramponnai à ses épaules, tremblante, incapable de lutter contre la vague de sensations qui menaçait de m'emporter.

Une première vague de chaleur fondit sur moi, et je sentis les prémices de l'orgasme picoter ma peau. Je parvins à rouvrir les yeux, rencontrant le regard affamé d'Hamilton.

— Tu es sur le point de craquer, susurra-t-il, avec un sourire satisfait.

Il resserra sa prise sur mes hanches et son pouce effleura mon clitoris, m'arrachant un cri étranglé. Chaque mouvement était précis, implacable, conçu pour me pousser au bord du gouffre.

— Je veux voir exactement comment je te fais jouir.

Un gémissement incontrôlé franchit mes lèvres, mon corps entièrement livré à lui. Je me perdis dans l'intensité de ses yeux, dans la façon dont ils brûlaient de désir et de possessivité. Une déferlante de chaleur explosa en moi et, alors que l'orgasme me happait, il m'empoigna plus fermement, grognant mon prénom avec une intensité qui me fit chavirer encore plus fort.

Je m'effondrai contre lui, haletante, le cœur battant à tout rompre. Il m'accueillit dans ses bras, posant ses lèvres avides contre les miennes. Délicatement, il me fit asseoir sur le canapé et se leva, parfaitement et magnifiquement nu, pour fouiller les poches de son pantalon.

Il déchira l'emballage d'un préservatif et déroula la protection sur son sexe érigé.

Un frisson me traversa alors qu'il se réinstallait sur le canapé et m'attirait dans ses bras. Épuisée par mon orgasme, je posai ma tête contre son épaule. Hamilton glissa une main dans mes cheveux, ses doigts jouant distraitement avec une mèche alors qu'il embrassait ma tempe. Mon souffle était encore erratique, mais son corps à lui irradiait d'un contrôle absolu.

— Ce n'est pas fini ? demanda-t-il.

Un sourire satisfait étira mes lèvres, mais je n'eus pas le temps de répondre. Ses mains m'encadrèrent les hanches. Un frisson d'excitation dévala ma colonne vertébrale alors qu'il s'emparait de mes lèvres dans un baiser brûlant, ses mains guidant mon corps contre le sien avec une impatience à peine contenue.

— Tu me rends fou, murmura-t-il en mordillant ma mâchoire. T'imaginer, t'entendre, te sentir, te faire jouir...

Lentement, il glissa son sexe dans le mien, soudant nos corps. Le sentir en moi me tira un soupir d'aise, alors qu'Hamilton grognait dans mon cou. Ses dents raclèrent ma peau et ses mains s'enfoncèrent dans ma taille.

— Putain, Violette... J'adore te sentir autour de moi, gronda-t-il contre ma peau, sa voix rauque vibrant de plaisir.

Un frisson me traversa alors qu'il me remplissait entièrement, chaque centimètre de lui s'ancrant en moi avec une précision délicieusement brutale. Je me cambrai et m'accrochai à lui dans un équilibre instable. Je n'avais jamais ressenti une telle connexion et une telle alchimie avec un homme. Hamilton bougeait sous moi, venant à la rencontre de mes hanches, suivant un rythme parfait et millimétré.

— Regarde-moi, dit-il dans un chuchotis. Je veux voir chaque foutue seconde où tu prends ton pied sur moi.

Je m'exécutai, à bout de souffle, tandis qu'il imprimait un rythme lent et profond. Les effets de mon premier orgasme étaient encore présents, et déjà, un second, encore plus violent et inédit menaçait de m'engloutir. Son bassin se souleva, plus brutal, plus exigeant. Un gémissement incontrôlé m'échappa.

— Et t'entendre gémir comme ça, putain... Putain, Violette, t'as vraiment aucune idée de ce que tu me fais.

Un sourire arrogant se dessina sur ses lèvres alors qu'il plongeait une main dans mes cheveux, tirant légèrement ma tête en arrière pour exposer ma gorge. Il y posa ses lèvres, remontant jusqu'à l'endroit précis où mon pouls frappait. J'enfouis les mains dans ses cheveux, lui tirant un gémissement.

J'ondulai au-dessus de lui, imposant un rythme plus lent. Je reprenais le contrôle de notre étreinte. Je resserrai mes muscles autour de lui et il tressaillit sous moi. Il lâcha un souffle rauque, sa prise sur ma taille devint plus ferme.

Je collai mon front au sien, mes bras noués autour de sa nuque, nos deux corps intimement soudés et nos peaux brûlantes l'une contre l'autre. Hamilton esquissa un sourire. Il ne s'agissait pas que de sexe. Son regard s'adoucit un bref instant avant qu'une lueur plus sombre ne s'y installe, mélange de désir brut et d'une émotion bien plus profonde.

— Jamais personne ne m'a fait ressentir ça. Pas comme toi, murmura-t-il.

Son aveu me coupa le souffle. Je le sentis resserrer sa prise sur mes hanches, comme s'il voulait graver cet instant en nous, comme s'il refusait de me laisser m'échapper.

— Hamilton... murmurai-je, chavirée par ce qu'il venait de dire.

Mais il n'attendit pas de réponse. Il m'attira contre lui, sa bouche retrouvant la mienne dans un baiser langoureux, possessif. Il donna un coup de reins plus profond, et je perdis pied, dans un flottement doux et cotonneux. Mon orgasme déferla sur moi avec une force inédite.

Ses doigts s'enfoncèrent durement dans ma taille et ses dents mordillèrent mon épaule. Il prononça mon prénom plusieurs fois en grognant, dans une douce litanie.

Nous restâmes de longues minutes dans cette position, Hamilton accroché à moi, son sexe fiché dans le mien. Nous échangeâmes un nouveau baiser, paresseux et doux, qui contrastait avec l'énergie de notre étreinte précédente. Je frissonnai sous ses caresses, encore sensible.

— Je peux m'habituer à ça, fit-il en faisant courir ses doigts sur ma peau.

Je m'installai sur le canapé, Hamilton me couvrant du plaid épais qui y traînait. Lorsqu'il se débarrassa du préservatif, son tatouage dans le dos attira à nouveau mon attention. J'avais mille questions, mais je les gardai pour moi.

— Jolie vue, dis-je en détaillant ses fesses.

— Avoue que tu ne peux plus détourner les yeux, fit-il avec un sourire arrogant.

— Je me demandais si tu étais du genre... câlin après le sexe.

Mes paupières étaient lourdes de fatigue, mais les braises de l'excitation étaient encore chaudes et prêtes à s'embraser à nouveau. Sans rien dire, Hamilton grimpa sur le canapé et s'allongea derrière moi. Il entoura ma taille de son bras et pressa mon bassin contre le sien. Je laissai échapper un gémissement de satisfaction, bougeant mes fesses contre son sexe.

— Câlin n'est pas exactement le mot que j'aurais choisi, murmura-t-il en mordillant ma peau.

Sa main remonta jusqu'à ma poitrine et il agaça la pointe d'un de mes seins. Ses lèvres s'attardèrent sur ma nuque. Je me cambrai, savourant la sensation exquise qu'il provoquait en moi.

— Vraiment ? Parce que, là, tu me tiens dans tes bras, tu me caresses... on dirait bien un câlin, le taquinai-je.

Hamilton rit doucement contre ma peau, un son grave et terriblement séduisant. Il tira sur la pointe de mon sein et un lourd soupir m'échappa.

— Un câlin ne te ferait pas trembler comme ça, Violette.

Il réitéra son geste, roulant mon téton entre ses doigts. Un gémissement s'éleva dans la pièce. Mon corps, encore engourdi, réagissait malgré moi, lui obéissant.

— Tu aimes ? demanda-t-il

— Oui, avouai-je dans un souffle.

— Tourne-toi.

J'obtempérai, retrouvant ses yeux gris familiers et brûlants qui suffisaient à me faire haleter. Hamilton agrippa ma jambe et la coinça contre sa taille, accentuant notre proximité. Il m'adressa un petit sourire complice et lourd de désir, avant de prendre mon sein dans sa main et d'en aspirer la pointe entre ses lèvres.

Et aussi simplement que ça, je compris que mon corps était à lui. Il lui obéissait avec application et réagissait au moindre contact de sa peau contre la mienne. Je serrai les cuisses, prise au piège entre son corps et la tension délicieuse qui s'insinuait sous ma peau. Je le voulais. Encore. Et encore. Jusqu'à épuisement.

— C'est de la triche, susurrai-je.

— De la triche ?

Sa main descendit le long de mon dos, m'attirant encore plus contre lui. Nos souffles se mélangèrent.

— Tu évites une question en jouant de tes talents, expliquai-je.

Il libéra mon sein - ce que je regrettai aussitôt - et m'embrassa, glissant sa langue dans ma bouche. Contre ma cuisse, je sentis son sexe durcir et profitai de notre étreinte pour caresser son torse.

— C'était quoi la question déjà ? demanda-t-il en posant ses mains sur ma taille pour me faire basculer sur le dos.

Il glissa son corps entre mes jambes, embrassant ma gorge, mes seins, avant de faire le chemin inverse. Je remontai mes jambes contre son corps, devinant son sexe gonflé, pressé contre mon entrejambe. Le désir flambait à nouveau, impétueux et dévastateur. Je haletai.

— Si tu étais du genre câlin ?

Je me fichais maintenant complètement de la réponse. Le plaid finit au sol et il ne resta que nos deux corps nus et moites l'un contre l'autre.

— Je suis du genre à ne pas en avoir assez de toi.

Putain de merde

Chapitre 25

Hamilton

Au milieu de la nuit, épuisés, nous avions fini par nous endormir sur le canapé, le plaid entortillé autour de nous. Aussi, ce furent les premiers rayons du soleil par la baie vitrée qui me tirèrent du sommeil. Violette bougea contre moi, sa peau chaude et veloutée caressant la mienne.

Je déposai un baiser sur son épaule, avant de l'attirer contre moi. Elle gémit doucement et souleva ses paupières encore lourdes.

— Il faut que j'y aille. J'ai un vol cet après-midi, murmurai-je.

— Tu pars longtemps ?

— Quelques jours, pour boucler des dossiers. Tu veux venir ? demandai-je.

— Et jouer les potiches ?

— Je voyais plutôt ça comme une opportunité de réviser avant le dîner avec tes parents.

Violette fronça des sourcils et tira le plaid sur sa poitrine, comme pour se protéger. Je repoussai ses cheveux de son visage et caressai sa joue.

— J'avais compris qu'on... qu'on ne jouait plus, murmura-t-elle.

— Tu as mal compris. De mon côté, je n'ai jamais joué. J'aime être avec toi, j'aime apprendre à te connaître. J'aime te voir manger des hot-dogs aux oignons. Et j'aime encore plus te voir te perdre dans une toile.

Elle garda le silence, ses doigts crispés sur le tissu du plaid. Son regard scrutait le mien, cherchant sans doute une faille, un mensonge, une hésitation. Il n'y en avait pas. Je traçai lentement une ligne sur sa joue du bout du pouce, patient.

— J'aime ce qu'on est. Mais on ne peut pas faire comme si notre histoire était simple.

— Je suis une Cosgrove, dit-elle dans un soupir.

— Et je suis un Monroe. Nos parents se détestent depuis des années. Hier, on devait les convaincre que notre couple était crédible. Maintenant, on doit les convaincre que notre histoire est plus forte que tout.

Je portai ma main jusqu'à sa joue et déposai un baiser furtif sur ses lèvres. Après notre nuit ensemble, je savais que je ne pourrais plus ignorer ce que je ressentais pour Violette. Elle voyait parfaitement en moi, au-delà de mon passé en prison et de mon nom de famille. Je pris sa main et la posai contre mon torse, à l'endroit où mon cœur menaçait d'imploser.

— Tu fais de la tachycardie, remarqua-t-elle avec humour.

— Ne doute pas de moi, ni de nous, lui intimai-je.

— Je n'ai jamais douté. C'est toi qui as passé ton temps à me repousser parce que mon nom était une maladie honteuse !

— Parfois, je suis un véritable connard.

— Parfois ? répéta-t-elle, incrédule.

— Souvent. Mais là j'agis comme un type bien. Juste pour toi. Profite, ça pourrait ne pas durer.

— Rita l'avait prédit, répondit-elle. Que tu t'assagirais.

— N'exagérons rien ! Ce que nous avons fait cette nuit n'avait rien de... sage, murmurai-je.

Les joues de Violette prirent une teinte un peu rosée et son regard se voila. De la main, je caressai l'arrière de sa cuisse, m'attardant sur la courbe de ses fesses. La façon dont son corps réagissait à mon contact me rendait dingue. Après avoir lutté pendant des semaines contre notre attirance, sentir cette fille contre moi, entendre ses gémissements de plaisir était... un putain de tourment. Parce que j'en voulais plus. Encore plus.

Je remontai lentement ma main, savourant la chaleur de sa peau sous mes doigts. Elle frissonna, et son souffle se suspendit une fraction de seconde. Son regard, embué de désir, s'accrocha au mien.

— Hamilton... murmura-t-elle, en guise d'avertissement à peine convaincant.

Elle pressa son corps contre le mien, nichant sa tête dans le creux de mon cou. Le désir était là, intact, torride et incontrôlable. Nos corps se trouvaient naturellement, comme deux aimants aux polarités différentes.

— Faisons ce dîner avec tes parents, ça leur montrera que je ne suis pas le type infâme qu'ils imaginent. On improvisera et je leur démontrerai que Bradford ne te mérite pas.

— Ils diront certainement que tu ne me mérites pas non plus. Tu es un Monroe, me rappela-t-elle, tu pars avec... dix tours de retard !

— Je sais qu'ils me détesteront toujours, c'est certain ; mais si je fais un effort surhumain, ils finiront peut-être par me tolérer. Cela étant, j'apprécierais que tu me dises où ton père cache ses armes.

Un rire échappa à Violette et la tension autour de nous se dissipa. Elle se lova contre moi et il me fallut toute ma volonté pour m'arracher à son étreinte. Sous son regard, je me rhabillai.

— Tu reviens quand ? m'interrogea-t-elle en se levant du canapé, enveloppée dans le plaid.

— Vendredi. Tu veux qu'on aille dîner quelque part ? Je prendrai l'Aston, si tu veux, ajoutai-je avec un clin d'œil.

— Je n'ai jamais fait l'amour dans une voiture, répliqua-t-elle, avec un air faussement ingénu.

Un frisson de pur désir me traversa. Je plissai légèrement les yeux, esquissant un sourire en coin. Violette avait les lèvres encore gonflées par nos baisers et le regard toujours embué de désir.

— On peut régler ça, si tu veux. L'Aston est plus que confortable.

— Je ne sais pas... Peut-être que c'est surfait, fit-elle avec malice.

Je me rapprochai lentement, la forçant à reculer d'un pas. Son apparente innocence m'excitait plus que de raison. Entre hier soir et cette nuit, elle m'avait prouvé qu'il n'y avait rien de naïf chez elle.

— Surfait ? répétai-je en arquant un sourcil, ma voix traînante.

Je laissai un silence s'installer, savourant l'attente dans son regard. Puis je glissai une main sur sa hanche, mes doigts traçant un cercle lent contre le tissu du plaid. Elle tressaillit. Elle m'avait provoqué à dessein et je ne voulais pas quitter cet appartement sans lui rappeler exactement à quoi elle s'exposait.

— Violette, si je te faisais l'amour dans cette voiture, tu ne regarderais plus jamais un siège en cuir de la même façon.

Elle mordilla sa lèvre inférieure, et ce simple geste faillit me faire perdre toute retenue. J'embrassai sa bouche, savourant le gémissement qui vibrait dans sa poitrine.

— Vendredi soir, alors, repris-je, mon regard capturant le sien.

— Vendredi soir, confirma-t-elle, la voix un peu plus rauque.

— On fera en sorte que cette première fois soit un putain de souvenir inoubliable.

C'était une promesse.

Soudainement, Violette bascula tête en avant et poussa un gémissement plaintif, bien loin de ceux que j'avais entendus cette nuit. Quand elle releva son visage, elle avait l'air désolée et abattue.

— J'avais complètement zappé la soirée à la librairie, soupira-t-elle. Rita a tout organisé depuis des semaines, je ne peux pas lui faire faux bond.

— On ira ensemble, si tu veux. Et nous verrons cette histoire de siège en cuir, plus tard. Mon vol atterrit en fin de journée, je te rejoindrai là-bas !

— D'accord. Amène des amis, proposa-t-elle. Comme... ton avocat ou ton associé !

— Tu veux fréquenter mes sbires ? m'amusai-je.

— J'aimerais bien connaître tes proches et apprendre des choses sur toi. Surtout les trucs un peu croustillants !

Je ris doucement et attirai Violette contre moi. Je l'embrassai à nouveau, me rendant compte que j'allais devoir faire sans elle pendant plusieurs jours. La laisser me coûtait... mais je n'oubliais pas que mon futur était encore suspendu. Outre mon déplacement, j'avais surtout un rendez-vous avec James, puis avec Barthelemy. Il fallait que je garde l'esprit clair.

— Je t'appelle ce soir, dis-je en franchissant la porte.

— D'accord. À vendredi.

— À vendredi.

Je quittai l'appartement de Violette d'un pas rapide. Le concierge me lança un regard furieux, et je me contentai de sourire avec une joie non dissimulée. Je collai mon téléphone contre mon oreille et attendit que James réponde.

— Vire ton coup d'un soir et ramène-toi pour le petit déj' !

J'eus le temps de passer à mon appartement pour une douche rapide et un nouveau costume. Aussi, quand j'arrivai au petit restaurant, en bas de mon immeuble, James m'y attendait déjà. En me voyant, il secoua la tête et héla un serveur.

— Tu fais dans la grasse mat' maintenant ? demanda-t-il quand je m'installai en face de lui.

— On appelle ça une nuit productive, répliquai-je.

— Ça doit être agréable, une nuit productive. Moi, j'ai passé la mienne à relire un contrat chiant comme la pluie.

— Chacun ses plaisirs.

Deux cafés se matérialisèrent sur notre table et le serveur ajouta deux muffins au chocolat. Je m'emparai de l'un d'entre eux et croquai dedans à pleine dents. James me fixa avec intensité, son regard posant mille questions.

— Ta nuit a été productive et épuisante apparemment... me fit-il remarquer en portant sa tasse d'expresso à ses lèvres.

— J'étais avec Violette.

James arrêta son geste et reposa son café sur la table. J'avalai la bouchée de mon muffin à toute vitesse, prêt à me justifier.

— Tu couches avec elle ? demanda James avec une mine grave.

Je bus une longue gorgée de mon café, tandis que James me scrutait, son expression oscillant entre la curiosité et l'incrédulité. Je savais que notre relation allait susciter des questions et j'étais prêt à les affronter. Mais James se fichait de notre histoire, ce qu'il anticipait déjà, c'étaient les conséquences.

— Je ne sais pas si je dois te féliciter ou te passer un savon, lâcha-t-il finalement.

— Félicite-moi.

— Tu comprends ce que ça implique ? Tu fréquentes une Cosgrove, Hamilton.

— Je sais parfaitement ce que je fais.

— Non, tu crois savoir. C'est la fille de Cosgrove. Et toi... toi, t'es un putain de Monroe. Je t'avais dit de garder tes distances. Elle ne devait être qu'un pion et, toi, tu couches avec elle ! Ta tête va être mise à prix.

— Et alors ?

James pinça les lèvres, agacé par mon insouciance apparente. Je n'étais pas naïf. Ma relation avec Violette allait provoquer des remous. Mais personne ne savait vraiment ce qui se passait entre nous, personne ne pouvait voir à quel point nous étions attirés l'un par l'autre, à quel point lutter contre elle et contre nous m'avait coûté.

— Et alors ? répéta-t-il, incrédule. Tu te fous de moi ?

— Je compte être avec elle. Peu importe ce que ça implique.

James passa une main sur son visage. Soudain, sa fatigue s'y afficha. Il s'enfonça dans son siège et, impérieux, commanda un nouveau café. À sa mine concentrée, je compris qu'il cherchait un sens à ce que je lui racontais.

— Ne cherche pas à comprendre, James. J'ai rencontré Violette il y a des semaines. Je ne savais pas qui elle était. Et même quand je l'ai su... Tu l'as dit, elle vit à l'écart de sa famille.

— C'est vrai. Pour autant, tu cibles ses parents et tu enquêtes sur eux. Elle est au courant de ton plan ?

— Non. Elle n'a pas besoin de savoir.

— Elle n'est pas stupide. Elle finira par comprendre que tu te sers d'elle pour parvenir à trouver le mec derrière ton affaire. Tu soupçonnes sa famille, Hamilton. C'est même pour cette raison que tu t'es rapproché d'elle.

Il croisa les bras, me jaugeant avec cette foutue perspicacité qui m'agaçait autant qu'elle m'avait sauvé la peau plus d'une fois.

— Et quand elle découvrira que tu fouilles dans les affaires de sa famille ? insista-t-il. Que tu soupçonnes son père de t'avoir envoyé en prison ? Tu crois qu'elle réagira comment quand elle comprendra que ta petite vengeance risque de détruire une partie de sa famille ?

Je pinçai les lèvres, incapable de répondre tout de suite. Je n'avais pas envie d'y penser, mais je devais admettre que James disait tout haut ce qui me poursuivait dans mon sommeil depuis plusieurs jours.

— Jonah est sur une piste, dis-je en espérant que cela suffise à changer de conversation.

— Très bien. Parce que de mon côté, je patine. Ce Dixon est particulièrement doué.

— J'ai un service à te demander, dis-je finalement.

— Ça dépend. C'est un service dangereux, illégal ou simplement chiant ?

— Plutôt confidentiel.

— Évidemment, rétorqua-t-il dans un soupir en croisant les bras. Vas-y, balance.

— Je veux que tu gardes un œil sur Violette.

James me fixa, interdit, avant de poser lentement sa tasse sur la table. C'était inédit comme demande. Mais, à bien y réfléchir, ma relation avec cette fille l'était aussi. Comme James, j'avais plutôt l'habitude de passer d'une femme à une autre. Avec elle, évidemment, c'était différent.

Je ne voulais pas la perdre. Mais je savais que je multipliais les risques que cela arrive.

— Attends... Tu veux que je surveille ta copine ? m'interrogea James.

— Que tu veilles sur elle. Discrètement. Je vais partir quelques jours et je sais que Bradford va revenir à la charge.

— Elle sait se défendre, répondit James, en haussant un sourcil, sceptique. Tu crois vraiment qu'il osera tenter quelque chose ?

— Ce mec a un ego surdimensionné et un sérieux problème avec le mot « non ». Les parents de Violette ont une très bonne opinion de lui et vont sûrement le pousser à séduire leur fille. Elle l'a envoyé chier une fois, il ne va pas en rester là.

James prit une gorgée de café, songeur. L'idée même que Bradford approche Violette me donnait envie de le frapper jusqu'à déformer son visage de gendre idéal. Maintenant que les Cosgrove savaient que j'étais avec leur fille, ils allaient dégainer l'artillerie lourde.

— Je veux juste que tu gardes un œil sur elle. Rien d'intrusif. Si Ben tente une approche, tu interviens.

— Je suis avocat, Hamilton, pas baby-sitter ! Elle va adorer me voir rôder autour de la librairie parce que son mec est parano.

— Je ne laisserai personne la toucher, James.

Mon ton sérieux étouffa son rire. Je plantai mes yeux dans ceux de James. Je tenais à Violette. Plus qu'à tout, plus qu'à ma propre vie. Et je connaissais suffisamment Benjamin Bradford pour savoir qu'il n'était pas du genre à lâcher une proie. Surtout quand la proie lui ouvrait la voie vers une des familles les plus prestigieuses de la ville.

— Si elle m'assomme avec un livre, je t'envoie la facture du neurologue, me prévint-il.

— *Deal*, acquiesçai-je. Au fait, tu fais quoi vendredi soir ?

Linda avait eu la riche idée de commander des plateaux-repas pendant que je faisais le point avec Barthelemy. Il me tendit le bilan financier du semestre, m'expliquant avec détail, les pertes que nous avions essuyées.

Je pris le document en silence, parcourant les chiffres avec attention. Les pertes n'étaient pas catastrophiques, mais elles étaient là, bien réelles.

— On a un problème de rentabilité, commenta Barthelemy en pointant une colonne du doigt. On savait que ce semestre serait compliqué. Mais on va redresser la barre.

— Mon séjour en prison a effrayé les investisseurs. C'est pour ça que je veux qu'on rentre ce projet d'immeubles au nord de l'état. Tu doubles les équipes, on rendra les travaux plus rapidement et nous encaisserons plus vite les loyers.

— Doubler les équipes va nous coûter cher.

— Pas à long terme. Il faut qu'on démontre notre capacité à réussir. Le conseil d'administration m'a laissé quelques mois, il faut donc agir vite. On rééquilibrera avec le *cash-flow* dès que les loyers tomberont, répliquai-je.

— Comme tu veux. Pour les immeubles dans le nord de l'état, on sera en concurrence avec les Cosgrove. Ils ont fait une offre.

— Je vais retravailler la nôtre dans l'avion, dis-je en consultant les comptes. Nous avons encore des liquidités disponibles ?

— Normalement. Je peux en parler à la banque si tu veux.

— Les intérêts vont nous coûter les yeux de la tête. Mais on n'a pas vraiment le choix. On a une idée de l'offre Cosgrove ? Coûts ? Financements ? Calendrier ?

Barthelemy piocha une tomate sur son plateau-repas et me regarda. Un petit sourire s'afficha sur ses lèvres, pendant que j'ouvrais ma bouteille d'eau.

— Je crois savoir que tu as une informatrice de premier ordre pour répondre à ces questions, non ? fit-il avec un air satisfait.

— Violette n'a rien à voir avec le business.

— Je me dis qu'elle pourrait être... disons, une source précieuse.

— Je ne me servirai pas d'elle, répondis-je sèchement.

— Tu crois vraiment que tu peux être en couple avec elle et garder la tête froide face aux Cosgrove ?

Un silence tendu s'installa entre nous. Je pouvais lire l'inquiétude dans son regard. Il n'avait pas peur des Cosgrove, ni des répercussions économiques. Il avait peur que je perde le contrôle.

— Écoute, reprit-il en piochant distraitement dans son assiette. Je me fiche que tu sois avec elle, vraiment. Mais ne viens pas me dire qu'elle n'a rien à voir avec le business alors que tu es en guerre contre sa famille.

— Elle ne fait pas partie de leur monde.

— Elle porte leur nom. Et quoi que tu en penses, elle reste leur fille. Ça va leur donner une motivation supplémentaire pour te détruire. Tu n'as jamais eu d'états d'âme avec eux, cette fille pourrait t'en donner.

Je poussai un lourd soupir. Je n'avais pas envie de poursuivre cette conversation. Je comprenais les inquiétudes de Barthelemy, comme j'avais compris celles de James, mais aucun d'eux n'avait conscience de ce qui me liait à Violette.

— Nos revenus locatifs sont en baisse, constatai-je.

— Pas vraiment. On les fait transiter sur un compte rémunérateur. Ça nous fait gagner de l'argent, sans pénaliser nos comptes, m'expliqua mon associé.

— Notre banque habituelle ?

— Une banque d'affaires, spécialisée dans ce genre d'opérations. C'est tout à fait légal.

— J'espère bien. C'est une bonne idée, en tout cas. Merci pour tout ça.

— Ça ne compense pas toutes nos pertes, mais ça limite la casse.

Le téléphone de Barthelemy vibra sur la table et il y jeta un coup d'œil rapide. J'avalai une bouchée de mon sandwich, pendant qu'il renvoyait son appel vers la messagerie.

— Ton ex ? demandai-je, un peu amusé.

— La pire erreur de toute ma vie, répondit-il. Elle ne me lâche plus et trouve toujours un prétexte pour m'appeler. Hier, elle voulait me rendre des livres ; avant-hier, c'étaient des fringues.

Il se leva de son siège et rassembla ses affaires, passablement agacé. Il prit son sandwich et l'avala en deux bouchées.

— Tu pourrais simplement l'ignorer.

— C'est ce que je fais. Mais elle est tenace. Tu sais, si tu voulais des emmerdes, t'avais pas besoin de te mettre avec une Cosgrove. Une ex un peu trop collante, ça suffisait largement.

Après sa plaisanterie, je laissai échapper un léger rire.

— Tout ira bien avec Violette, assurai-je. À ce sujet, tu fais quoi vendredi soir ?

— A priori, je compte manger des pâtes instantanées, tout en bossant. Le patron de ma boîte est du genre exigeant.

— Abandonne tes plans. L'associée de Violette, à la librairie, a prévu une soirée. Et Violette aimerait beaucoup te rencontrer. Ça te changera les idées ! Et Rita pourrait te plaire !

— Rita ?

— Rita. Championne olympique de sarcasme. Du genre à tirer à balles réelles, et suffisamment brillante pour te faire regretter d'avoir ouvert la bouche. Je pense vraiment que vous pourriez... discuter.

Barthelemy leva les yeux au ciel et son téléphone vibra à nouveau. Je laissai échapper un rire, imaginant déjà son ex en train de trouver une nouvelle excuse pour le contacter.

— Tu crois que cette Rita pourrait faire quelque chose pour ça ? demanda-t-il en agitant son téléphone qui affichait le prénom de son ex.

— Elle pourrait lui servir un monologue acide sur le consentement et l'amour-propre, avec un petit supplément d'humiliation gratuite. Elle est très douée pour taper où ça fait mal.

— Bien. Vu que je suis vraiment intrigué, je viendrai. Mais interdiction d'interférer ou de raconter un truc embarrassant.

— Ne t'inquiète pas, je veux juste assister au carnage, répondis-je avec un large sourire.

Barthelemy ouvrit la porte, s'arrêta une seconde et ajouta, faussement détaché :

— Juste pour être sûr... Cette Rita, elle mord ?

— Uniquement si on le mérite.

Chapitre 26

Violette

C'était stupide et un peu niais, mais le retour d'Hamilton me réjouissait plus que je ne l'aurais imaginé. Nous avions discuté au téléphone et échangé des messages, mais il m'avait suffi d'une nuit pour prendre goût à la chaleur de son corps contre le mien.

> Quatre jours sans toi, c'est quatre jours de trop. Ce soir, je te préviens, la première porte qui se ferme derrière nous, c'est toi contre un mur et moi entre tes jambes. Je crève de t'avoir.

— Encore ? fit Rita.

— Encore quoi ?

— Tu rougis. En regardant ton téléphone.

Je relevai les yeux, crispant les doigts autour de mon portable comme si ça pouvait effacer le message d'Hamilton avant qu'elle ne devine quoi que ce soit. Mon rougissement s'intensifia, comme mon téléphone vibrait de nouveau. C'était plus fort que moi, comme une drogue euphorisante et profondément addictive.

> Tu passeras la nuit chez moi. Et crois-moi, entre mes doigts, ma langue et tout le reste, tu ne feras que gémir mon nom jusqu'au matin.

Rita arqua un sourcil, clairement amusée. Je refoulai une bouffée de chaleur et la vague d'excitation qui me tiraillait le bas-ventre. Hamilton avait un certain talent pour l'écriture et la suggestion.

— Tu sais que ton visage est un *spoiler*, Violette ?

Je mordis l'intérieur de ma joue, tentant de garder contenance, mais mon portable vibra une fois de plus et, cette fois, c'était un appel. Je coupai l'écran dans un geste paniqué, ce qui arracha un éclat de rire à Rita. Je n'étais qu'embarras.

— Wow. S'il te met dans cet état rien qu'avec des messages, je n'ose pas imaginer quand tu le retrouves en vrai.

Je lançai un regard noir à mon téléphone, puis à elle. Hamilton chamboulait mon univers et je me demandais si cette réaction était normale.

— Arrête, implorai-je Rita.

— Oh non, j'en veux plus. Il me faut du croustillant, là. Je vis par procuration !

— Tu ne sauras rien. Il rentre ce soir et… On… On a des plans, éludai-je.

— Dis-moi au moins s'il est plutôt du genre poète ou dictateur au lit.

Je faillis m'étrangler avec ma propre salive et lui lançai un regard scandalisé. Je glissai mon téléphone dans ma poche, luttant contre l'envie de répondre à Hamilton.

— Rita !

— Quoi ? s'amusa-t-elle en haussant les épaules. Je veux juste savoir si monsieur contrôle tout ou s'il te récite du Baudelaire entre deux assauts torrides.

— Je ne te dirai rien.

— Oh, donc « assauts torrides ». J'avais misé là-dessus.

Je roulai des yeux, mais mon silence en disait déjà trop. Rita frappa dans ses mains, ravie. Pendant une seconde, je pensai que cet aveu silencieux lui suffirait. C'était mal la connaître.

— Et quand il te regarde, c'est plus du genre « tu es ma douce moitié » ou « tu es à moi et je vais te le prouver » ?

— Je ne répondrai pas à ça !

— En même temps, c'est un Monroe. Le pouvoir, c'est leur truc. Oh, vous avez fait ça dans son bureau ? demanda-t-elle, dévorée de curiosité. Il est du genre à balayer les dossiers et à te faire asseoir dessus avant de te lé…

— Stop, Rita ! la coupai-je, au comble de l'embarras. Je ne veux pas parler de ça avec toi.

— Sûrement parce que je n'ai pas le lyrisme d'Hamilton.

— Parce que c'est… c'est intime, expliquai-je finalement. Et rassure-toi, tout se passe bien. Mais je… C'est…

Rita me fixait avec attention pendant que je cherchais péniblement mes mots. Parler de sexe, sans être une habitude, ne me gênait pas. Mais avec Hamilton c'était différent. Le sexe, les émotions, notre passé, la façon même dont il me regardait, cela me bouleversait.

— C'est compliqué, terminai-je dans un souffle.

Rita haussa un sourcil, un sourire en coin. Elle abandonna le rayonnage de livre qu'elle était en train de ranger et son regard, auparavant curieux, se voila d'inquiétude.

— Compliqué ? Violette, ce qui est compliqué, c'est de monter un meuble sans notice. Toi, tu es en train de me dire que ton histoire avec Hamilton est puissante.

— Je ne crois pas que mes parents le voient ainsi.

— Tes parents veulent te marier à Benjamin Bradford. Mignon, bien élevé, mais du genre à baiser sûrement comme il envoie ses mails : avec des formules de politesse et une pièce jointe.

— Rita ! m'exclamai-je, un peu outrée. Benjamin est gentil !

— Il est chiant, corrigea-t-elle. Je dis juste que tes parents veulent te coller avec un mec qui s'excuse quand il jouit et qui doit faire des tableaux Excel pour planifier ses câlins. Alors que, toi, t'es avec un type qui… qui n'a probablement jamais dit « désolé » de sa vie et qui doit plutôt t'ordonner de ne pas bouger pendant qu'il a sa tête entre tes cuisses.

À nouveau, mon téléphone vibra. Rita était parvenue à me faire rire et à me détendre. Mais dès qu'Hamilton se manifesta à nouveau, ma nervosité et mon impatience remontèrent à la surface. Je fermai les yeux. Je redoutais autant que j'attendais ses messages. Tremblante, je pris mon téléphone entre mes mains.

Deux messages d'Hamilton.

— Et de toute évidence, il est fou de toi, s'amusa Rita. Je prends les paris. Moi, je dis que ce message contient les mots « patience » et « fin de soirée ». Ou alors... « genoux » et « baise-moi », tenta-t-elle avec un sourire carnassier.

— Rita !

— Quoi ? Je sais qu'il fait dans le sale. Hamilton dégage cette énergie « je vais te posséder jusqu'à la moelle », alors forcément, je suis curieuse. Curieuse et grave jalouse !

Je cachai mon visage dans mes mains, sentant mon cœur cogner bien trop vite. Plus jamais je n'oserais regarder Rita dans les yeux. Elle lisait trop bien en moi. Je déverrouillai l'écran, et mon cœur rata un battement.

Imagine : mes mains sur ta nuque, ta peau brûlante, ta voix rauque quand tu murmureras exactement ce que tu veux. Un indice ? Ça commence par « baise-moi ».

Rita se pencha sur l'écran. Mes joues flambaient déjà et tout mon corps vibrait d'anticipation.

— Bingo, souffla-t-elle. Hamilton Monroe, prévisible... et terriblement efficace !

Rita excellait dans l'organisation d'événements. Elle avait transformé le comptoir en bar libre-service. Les rayonnages des livres avaient été repoussés contre les murs, laissant suffisamment d'espace pour la foule d'invités. La musique résonnait dans tout le café, les murs vibrant avec les basses. Les conversations et les rires fusaient, signe que l'alchimie entre les convives fonctionnait.

Malgré moi, je ne cessais de fixer la porte, attendant qu'Hamilton la franchisse. À chaque tintement de la cloche, le cœur battant, je me redressais et vérifiais si sa silhouette musclée et ses yeux gris apparaissaient.

— Tu vas finir par lui sauter dessus avant même qu'il ait mis un pied dans la pièce, murmura Rita à mon oreille, un sourire moqueur aux lèvres.

Je roulai des yeux, tentant de masquer mon impatience derrière une gorgée de mon cocktail, mais elle n'était pas dupe. Je me sentais un peu ridicule. J'attendais Hamilton comme si j'avais quinze ans et je trépignais sur place. Je me forçai à me calmer, tentant de conserver une attitude neutre.

Avant que je ne puisse répondre, la cloche de la porte retentit à nouveau.

Cette fois, je le sus avant même de le voir.

Un frisson me parcourut et mon souffle se bloqua un quart de seconde dans ma gorge. Il était là. Hamilton Monroe venait d'entrer dans le café. Sa silhouette imposante occupa immédiatement tout l'espace, malgré la foule. Son regard gris balaya la pièce, avec cette intensité tranchante qui faisait accélérer mon cœur, jusqu'à ce qu'il me trouve.

Un sourire lent, à peine esquissé, étira ses lèvres. Un sourire qui me promettait bien plus que des politesses.

— Oh, merde, murmura Rita à côté de moi. Ce mec ne te regarde pas comme s'il voulait te parler.

Elle n'avait pas tort. Hamilton avançait déjà vers moi, ses épaules larges se frayant un chemin sans effort à travers la foule, son regard ancré au mien, brûlant de promesses, son allure féline et sauvage captant toute mon attention.

Rita prit la fuite, pendant que je restais figée une seconde, mon cœur tambourinant à mes oreilles. Hamilton arriva à ma hauteur, et sans un mot, sans hésitation, il glissa une main sur ma hanche et baissa la tête vers moi.

— Tu m'as manqué, murmura-t-il, sa voix rauque se frayant un chemin directement sous ma peau.

L'instant suivant, il m'embrassait avec lenteur et désir. Cela ne fit qu'exacerber ma frustration de ces derniers jours sans lui. Je nouai mes bras autour de sa nuque, intensifiant notre étreinte, me fichant du public autour de nous. Hamilton ne s'embarrassait jamais des conventions. Ni du lieu, ni des regards curieux posés sur nous. Ses doigts pressèrent ma hanche, m'attirant plus près, comme s'il voulait effacer le moindre millimètre entre nos corps.

— Bordel, Violette...

Sa voix était un murmure entre nos lèvres, une prière, une promesse. Je frissonnai en sentant la pointe de ses doigts effleurer la peau nue de mon dos.

— Je te veux seule, dit-il contre ma bouche avant d'aspirer ma lèvre inférieure, la mordillant juste assez pour me faire haleter. J'ai pris l'Aston. Tu pourrais monter dans cette voiture et me laisser honorer la promesse que je t'ai faite.

L'idée me traversa l'esprit : partir d'ici, maintenant. Me faufiler dehors avec lui, sentir l'air froid sur ma peau une seconde avant qu'il ne m'embarque dans son Aston et referme la portière sur nous.

— Tu viens à peine d'arriver. Peut-être plus tard, dis-je d'une voix rauque.

Un éclat prédateur traversa son regard, comme si j'avais fait la remarque la plus stupide du monde.

Je luttais pour rester lucide, mais son parfum, son corps pressé contre le mien, la promesse brute dans sa voix... Tout conspirait contre moi.

— Et Rita s'est donné du mal pour cette soirée.

Je réprimai un sourire en relevant les yeux vers lui, savourant cette tension électrique entre nous. Il ne me quittait pas du regard, comme s'il pesait le pour et le contre, partagé entre l'envie de me suivre dans la soirée et celle de m'arracher d'ici immédiatement. Il expira lentement, un sourire dangereux étirant ses lèvres.

— Très bien. Je vais être sociable. Mais sache qu'à la seconde où cette soirée touche à sa fin, je t'enlève.

— D'accord. Tu veux un verre ?

Il fallait que je change vite de conversation. Hamilton m'attirait dans ses eaux profondes, sensuelles et tentantes. Même si je crevais d'envie d'être seule avec lui, je souhaitais lui opposer une infime résistance.

Il prit un verre sur le comptoir, sa main accrochée à ma taille.

— Tu es venu avec des amis ? J'aimerais les rencontrer.

— J'ai traîné ici mon avocat et mon associé à qui j'ai justement promis qu'on lui présenterait Rita. Ils sont là-bas, en train de parler.

Nos verres à la main, nous traversâmes la foule des invités. Je repérai leurs hautes silhouettes immédiatement. Avec leurs chemises sur-mesure, ils détonnaient au milieu des autres invités, la plupart en jean et sweat-shirt.

— Je crois que tu connais déjà James, fit Hamilton en désignant un grand brun aux yeux bleu océan.

— On s'est déjà croisé lors de soirées de bienfaisance, confirma ce dernier d'une voix posée.

D'un geste fluide, il prit ma main dans la sienne et y déposa un baiser léger, à l'ancienne. Une politesse désuète, mais élégante. À peine son geste accompli, je sentis la main d'Hamilton se resserrer imperceptiblement autour de ma taille. Une réaction infime, mais qui trahissait une jalousie aussi discrète qu'inutile.

— Enchanté, Violette.

— James est mon avocat, précisa Hamilton. À l'occasion, il joue aussi le rôle d'ami. Et voici mon associé, Barthelemy.

Barthelemy avait les cheveux ras et des yeux aussi sombres que la nuit. Son regard, direct et déterminé, se fixa sur moi. Puis, à l'instar de James, il s'empara de ma main et l'effleura d'un baiser.

— On se connaît depuis l'université. Et il est indispensable dans l'entreprise, il en connaît tous les rouages.

— Enchantée, répondis-je à James et Barthelemy. Bienvenue dans notre café-librairie. Rita – je la cherchais des yeux en vain – et moi gérons cet endroit. Enfin, surtout Rita. De mon côté, je m'occupe de l'association.

— Intéressant, répondit James en balayant la pièce du regard. J'aime l'ambiance, c'est... chaleureux.

— C'est Rita qu'il faut complimenter. Elle a toujours trois idées à la minute, elle m'impressionne.

Rita passa près de nous, un large sourire accroché aux lèvres. Je la retins par le bras, la forçant à s'arrêter.

— Rita, je te présente, James et Barthelemy. James est...

— L'avocat le plus en vue d'Ashbourne, termina-t-elle à ma place. James Everett Alexander : je suis heureuse que la librairie attire du beau monde aujourd'hui !

— Vous me flattez, répondit James, amusé.

— Je ne crois pas. Vous avez défendu la famille Moore lors de leur scandale financier l'année dernière, obtenu un non-lieu pour un magnat de l'immobilier accusé de fraude et, accessoirement, vous êtes l'un des célibataires les plus convoités du pays si l'on en croit certains articles... très documentés.

— Rita est en forme, murmura Hamilton à mon oreille.

Je hochai discrètement la tête, pendant que James éclatait de rire. Barthelemy pinçait les lèvres pour ne pas rire lui aussi.

— Et il ne s'agit que de la partie *soft* de mes recherches.

Hamilton tenta de l'interrompre.

— Rita...

— Dans ce cas, je suis curieux. Quelle est la partie non *soft* ?

— Certaines photos de soirées mondaines sont très révélatrices. Vous avez une fâcheuse tendance à attirer les héritières.

Barthelemy laissa échapper un rire discret, tandis que James levait les mains en signe d'innocence. Je me régalais du spectacle. Rita était d'un naturel déconcertant avec tous les gens qu'elle rencontrait, une véritable tornade qui se fichait de ce qu'on pensait d'elle.

— Enfin les héritières... sauf la plus connue de la ville. Violette, tu confirmes ?

Je haussai un sourcil, prise au dépourvu.

— Euh... pardon ?

— Je crois que Violette méritait mieux, intervint Hamilton.

— Un avis très objectif, évidemment, commenta James avec un sourire en coin.

— Objectif et partagé, insista Hamilton en resserrant encore sa prise autour de moi.

— Vous devriez prendre exemple, reprit Rita en scrutant James d'un regard perçant. Vous êtes beau, riche, influent... et pourtant toujours célibataire. Pourquoi ? Trop exigeant ? Peur de l'engagement ? Ou juste un emploi du temps trop chargé pour répondre aux textos ?

James ne répondit pas tout de suite, se contentant de soutenir son regard avec un sourire énigmatique. Pendant une seconde, j'eus peur que Rita soit allée trop loin dans son analyse. Son attitude détendue et familière pouvait être déstabilisante.

— Si mon cabinet recrute des chargés de recherche, je vous appellerai personnellement pour vous proposer un poste.

Barthelemy croisa les bras, l'air faussement méfiant.

— Je suis curieux. Vous avez aussi un dossier sur mon cas ?

— J'ai cherché, mais vous êtes bien plus discret que James et Hamilton. Une université cotée, quelques investissements judicieux, un penchant pour le whisky hors de prix... et une nette préférence pour les vêtements sombres.

Barthelemy posa une main sur son cœur, feignant l'indignation. J'étouffai un rire

— Et rien sur mon allure irrésistible ? Ou sur mon charisme indéniable ? Je suis presque vexé.

— Vous voulez que j'ajoute « ego surdimensionné » à la liste ?

— Je crois que ça, c'est plutôt moi, intervint Hamilton avec humour.

— Parfois Hamilton fait preuve de lucidité, répliqua James.

— Alors, dites-moi, Barthelemy, reprit Rita avec enthousiasme. Si Hamilton est l'homme à l'ego surdimensionné et

James, l'avocat brillant qui refuse l'engagement, vous, qui êtes-vous ?

Barthelemy observa Rita pendant de longues secondes, avant qu'un sourire s'étire sur ses lèvres. J'avais déjà eu l'occasion de voir Rita en pleine séance de séduction, mais cette fois, la façon dont ils se regardaient, entre curiosité et amusement, avait quelque chose de différent, proche de la partie de poker, bluff inclus.

— De toute évidence, une énigme ? fit-il.

— Vous avez toujours réponse à tout, Barthelemy, ou c'est un talent que vous réservez aux occasions spéciales ?

— Seulement quand l'adversaire en vaut la peine.

— Et moi qui pensais que vous n'étiez qu'un joli costume avec du mystère dedans.

— Vous seriez surprise de ce qu'il y a sous le costume, murmura-t-il, une lueur de défi dans le regard.

— Rita, l'interpella Hamilton, tu n'avais pas évoqué l'achat d'une machine à pop-corn ?

J'éclatai de rire, pendant que le regard de James passait de Rita à moi sans vraiment comprendre. Je me réjouissais déjà d'avoir suffisamment d'éléments pour bombarder Rita de questions dès que nous serions seuls. D'une certaine façon, Barthelemy et ses énigmes rétablissaient l'équilibre.

— Très bien, renchérit Rita. Commençons par une question simple : votre deuxième et troisième prénom.

À nouveau, je laissai échapper un rire.

— Rita a une passion pour les prénoms à rallonge, expliquai-je.

— Pourquoi ça vous intéresse ? demanda James, réellement curieux.

— Tu ne veux pas savoir, m'exclamai-je dans un rire.

— Moi, si, répliqua Barthelemy. Si je dois révéler des informations, je veux au moins savoir à quoi ça sert.

Rita me lança un regard et je haussai les épaules. Elle avait commencé cette conversation, elle allait devoir se débrouiller pour s'en sortir. Ma meilleure amie soutint le regard de

Barthelemy, un sourire en coin, avant de se pencher légèrement vers lui.

— Certains prénoms sonnent mieux que d'autres... dans certains moments, murmura-t-elle d'une voix chaude.

— Quels genres de moments ?

— Ceux où on ne réfléchit plus trop à ce qu'on dit.

Un silence surnaturel s'installa au sein de notre petit groupe. Rita affichait un sourire entendu et espiègle, pendant que James se réfugiait dans son verre. Pendant un instant, j'envisageai que Rita soit allée trop loin avec Barthelemy. Il donnait l'impression d'être réservé, loin de fréquenter une tornade comme elle.

— Un homme à terre, commenta Hamilton.

— Excellente technique d'interrogatoire, confirma James.

— J'aime bien laisser un peu de suspense, répondit finalement Barthelemy. Du suspense et du temps.

— Très bien, soupira mon amie, passant au tutoiement. Dans ce cas, tu ne me laisses pas le choix. Je vais devoir insister.

Elle sortit son téléphone et ouvrit son agenda. À l'air intrigué de l'associé d'Hamilton, je compris qu'il était sous le charme. Rita lui adressa un sourire lumineux et se permit même de réajuster le col de sa chemise.

— Disons... mardi, 17 heures. Un café. Et pas d'excuses. Même si Hamilton te convoque, tu viens au rendez-vous, indiqua Rita en coulant un regard féroce vers Hamilton.

— Je m'en voudrais de ruiner vos plans, répondit celui-ci.

— Tu m'invites à un interrogatoire ? s'esclaffa Barthelemy.

— Je t'invite à me prouver que tu n'as rien à cacher.

Il y eut un court silence où j'eus la sensation que Barthelemy pesait le pour et le contre. Ou peut-être qu'il évaluait ses chances de survie face à Rita.

— Très bien. D'accord pour jeudi, répondit-il finalement.

— Parfait. Je me réjouis d'avance, s'écria-t-elle.

— Rita, on en reparle de cette machine à pop-corn ?

Elle s'évapora dans la foule d'invités, laissant Barthelemy sonné par leur échange. Derrière moi, Hamilton se mit à rire et James se réfugia dans son verre. De mon côté, j'oscillais entre embarras et fierté.

— Je t'avais dit qu'elle te plairait, lâcha finalement Hamilton, hilare.

— À vrai dire, je ne sais pas trop ce qu'il s'est passé, répondit son associé.

— Elle t'a soutiré un rencard, l'informa James.

— C'est pas plutôt un interrogatoire ? corrigeai-je.

— Peut-être que je devrais la jouer plus mystérieux moi aussi, reprit James. C'est quoi au fait tes autres prénoms ?

— Mec, désolé d'être un peu brutal, mais tu n'es pas mon genre.

— Dommage, j'aurais pu t'inviter à un café, moi aussi.

Barthelemy secoua la tête avec un sourire avant de jeter un regard vers la foule.

— Je vais m'éclipser, avant que quelqu'un d'autre ne me fixe un rendez-vous. Ou un interrogatoire ! Violette, j'ai été ravi de te rencontrer. On devrait peut-être aller déjeuner à l'occasion.

— Ou planifier un *double-date*, s'amusa Hamilton.

— Avec plaisir, Barthelemy. Hamilton fait le malin, mais je compte sur vous deux pour me confier des trucs embarrassants à son sujet.

— Tu veux l'histoire de la *sex-tape* ou le scandale du dortoir des filles à l'université ?

— Ce que tu fais s'appelle de la haute trahison, le menaça Hamilton d'une voix grave.

— Ma préférée reste quand même l'attaque du golf, renchérit James.

— « L'attaque du golf ? » répétai-je, intriguée.

James hocha la tête, un sourire carnassier sur les lèvres. Je me tournai vers Hamilton qui lui lançait un regard noir, me tirant un rire.

— Disons juste qu'Hamilton et un club de golf ont eu un différend majeur... et que le club a gagné.

— Tu veux mourir ce soir, James ? répliqua Hamilton, imperturbable.

— Je n'ai pas le talent de Rita pour proposer des rendez-vous. Mais on va effectivement programmer ce déjeuner. Rapidement, ajoutai-je.

— Dégagez d'ici, s'exclama Hamilton, menaçant.

Et en deux secondes, Barthelemy trouva un intérêt à un rayonnage de livres de jardinage, pendant que James se dirigeait vers le comptoir. Hamilton les suivit des yeux jusqu'à leur disparition, puis reporta toute son attention sur moi. Son regard, sombre et affamé, glissa lentement sur mon visage avant de s'arrêter sur ma bouche.

— Enfin seuls, susurra-t-il, sa voix rauque effleurant ma peau comme une caresse. Tu veux vraiment rester ici ?

Je retins mon souffle, me perdant dans ses yeux gris. Mon estomac se contracta de désir, alors qu'il entourait ma taille de ses mains pour me presser contre lui. Hamilton se pencha légèrement, son souffle chaud contre mon oreille.

— Parce que, personnellement, je suis bien plus intéressé par l'idée de te retirer cette robe que de discuter littérature.

Hamilton glissa lentement ses doigts sur ma hanche, son regard brûlant d'une intensité qui me cloua sur place. Je frémis entre ses mains. Nous étions en public, mais ce que je ressentais me faisait tout oublier.

Résister. Je pouvais le faire.

— Tu devrais apprendre la patience, murmurai-je, savourant la tension qui s'enroulait autour de nous.

— Et toi, tu devrais apprendre ce que ça fait d'être plaquée contre un mur pendant que tu me supplies de te toucher, rétorqua-t-il avec un sourire dangereux.

Je ne tenais plus, mes jambes flageolant sous la vibration de sa voix contre ma peau. Je luttais contre une vague de chaleur, cherchant vainement à le contrer. Mais c'était peine perdue. Plus je luttais, plus Hamilton me poussait dans mes retranchements.

— Tu imagines la scène, n'est-ce-pas ? jubila-t-il en nouant nos mains.

— Oui, avouai-je sur ses lèvres.

— Allons-nous-en.

Hamilton m'entraîna à sa suite. Je croisai furtivement le regard pétillant de Rita, avant de franchir la porte d'entrée du café pour rejoindre l'Aston.

Toute résistance était inutile.

Chapitre 27

Hamilton

— Tu es certaine qu'on doit aller à ce dîner ? interrogeai-je Violette.

Je repoussai ses mèches humides et fis glisser mes mains savonneuses sur ses épaules, savourant la chaleur de sa peau sous mes doigts. Elle frissonna légèrement, s'appuyant sur moi.

— On a promis. Et si on n'y va pas, mes parents vont penser que nous avons des choses à cacher.

Mes mains s'attardèrent sur ses côtes, longeant la courbe de ses seins. Violette ferma brièvement les yeux, sa respiration suspendue, pendant qu'un petit gémissement lui échappait. Elle réagissait instinctivement à mes caresses. Mes doigts poursuivirent leur lente exploration, savourant chaque frisson qu'ils déclenchaient sur son corps. Violette bascula légèrement la tête en arrière, offrant sa gorge à ma bouche, et je ne me fis pas prier pour y déposer un baiser brûlant.

— Hamilton... tenta-t-elle, sa voix légèrement rauque.

— Oui ?

Je traçai le creux de sa nuque du bout des lèvres, laissant mes doigts explorer la cambrure de ses hanches. Elle s'appuya un peu plus contre moi, sa volonté vacillant sous la tension brûlante qui nous enveloppait.

— Si on continue... on ne partira jamais.

— Ce serait un drame, répliquai-je avant de capturer sa bouche dans un baiser lent, gourmand, destiné à la faire plier.

Elle gémit doucement, se pressant contre moi, et pendant un instant j'oubliai tout du dîner, des apparences, du reste du monde. Il n'y avait qu'elle. Qu'elle et cette envie dévorante de l'avoir encore et encore.

Malgré tout, Violette finit par échapper à notre étreinte pour se relever, la mousse de notre bain ruisselant sur son corps. Elle tendit la main vers moi, un sourire mutin aux lèvres, l'ombre d'un défi dans son regard.

— Être en retard ne nous aidera pas.

Je laissai échapper un grognement, partagé entre l'amusement et la frustration.

— Violette…

— Hamilton, répliqua-t-elle du même ton, en arquant un sourcil.

Je saisis sa main, mais plutôt que de me lever, je l'attirai contre moi. Son souffle se coupa tandis qu'elle retombait sur ma poitrine, sa peau glissant contre la mienne. L'eau éclaboussa le sol de sa salle de bains.

— On peut leur dire qu'il y avait de la circulation, non ? murmurai-je en effleurant sa bouche.

Son regard vacilla une seconde, entre tentation et raison. Puis elle m'embrassa doucement et je sus que j'avais perdu cette bataille.

— Pas cette fois, répondit-elle avant de s'échapper en riant.

La nuit était déjà tombée quand je garai la Mercedes devant l'entrée de l'hôtel particulier des Cosgrove. Violette avait refusé de prendre l'Aston, persuadée qu'un parfum de sexe et de dépravation y persistait. Main dans la main, nous franchîmes l'imposante entrée, entourée de colonnes d'inspiration gréco-romaine.

Derrière nous, les lourdes portes en bois massif se refermèrent dans un silence feutré, étouffé par l'épaisseur des tapis persans qui recouvraient le sol en marbre. Un gigantesque lustre de cristal dominait le hall, projetant une lumière éclatante qui se réfractait sur les moulures dorées courant le long du plafond. Chaque détail respirait la richesse, mais d'une manière ostentatoire. Les Cosgrove voulaient s'assurer que personne n'oublierait leur statut un seul instant.

Sur les murs, de grands portraits de famille, dans des cadres imposants, contemplaient les invités avec une solennité intimidante. À gauche, une double porte menait à un salon où des canapés en velours prune encadraient une cheminée monumentale, surmontée d'un miroir doré. À droite, un escalier aux rambardes finement sculptées s'élevait vers l'étage, où se trouvaient les quartiers privés.

— À coté de cet endroit, ton appartement passe pour un taudis, fis-je remarquer à Violette.

— Mes parents détestent mon appartement. Ils auraient préféré que je vive ici jusqu'à ce que je devienne une femme respectable.

— Et c'est quoi, une femme respectable, selon eux ?

— Disons... une femme discrète, bien sous tous rapports, qui ne fait pas de vagues et épouse un homme qu'ils auront approuvé.

Je glissai mes doigts entre les siens et la tirai légèrement vers moi. Violette esquissa un sourire, ses mains posés sur ma chemise.

— Donc, je ruine leur plan ? demandai-je.

— Je crois que je l'ai ruiné il y a quelques temps : dès que j'ai commencé à réfléchir par moi-même. Toi, tu es la folie qu'ils n'avaient même pas osé redouter.

J'esquissai un sourire. Si Violette et moi avions beaucoup discuté et passé les dernières nuits ensemble, nous laissions plutôt parler nos corps que nos cœurs. Aussi, son aveu, même voilé, me heurta avec une intensité inédite. Je resserrai ma prise sur sa taille et déposai un baiser chaste sur son front.

— Ils ne savent pas encore jusqu'où je suis prêt à aller pour toi.

C'était une promesse, plus qu'une provocation. Violette me faisait voir le monde différemment et avait réussi à apaiser la colère qui m'habitait en permanence. Pour autant, je n'oubliais pas qui était son père, ni le fait qu'il y était pour beaucoup dans mon séjour derrière les barreaux.

Cette soirée n'était pas qu'un dîner. Je devais déstabiliser son père, lui montrer que je savais et que je finirais par le faire tomber de son piédestal. La seule inconnue dans cette équation, était la réaction de Violette : j'avais refusé de l'impliquer dans cette histoire. Et maintenant que nous étions ensemble, lui cacher la vérité se révélait périlleux.

Avant que je puisse répondre, des éclats de voix indiquèrent que nous étions attendus. Je pivotai légèrement vers Violette, baissant la voix.

— Dernière chance, Violette. On fait demi-tour et on les laisse médire sur nous, proposai-je.

— Ce serait leur donner trop de satisfaction. Et puis... J'ai hâte de découvrir leur tête quand ils te verront. Barthelemy m'a dit que tu étais un très bon tribun. C'est le moment de faire tes preuves.

— Barthelemy parle trop. Mais, puisque tu insistes, allons semer un peu de chaos.

Les pas résonnèrent sur le marbre et, quelques secondes plus tard, les Cosgrove apparurent, impeccablement vêtus, le port altier, l'air souverain. À la seule vue du père de Violette, son regard lourd et dur sur moi, la rage qui m'habitait dès qu'il s'agissait des Cosgrove refit surface.

— Ma chérie, lança sa mère en ouvrant les bras avec un sourire radieux.

Elle serra Violette contre elle avec une chaleur indiscutable, un contraste violent avec la façon dont ses yeux s'étaient déjà posés sur moi : froids, perçants, pleins de mépris. Je lui rendis la politesse avec application. Cette femme, sous couvert d'aimer sa fille, tentait de diriger sa vie.

— Papa, maman, je vous présente Hamilton, lança Violette.

Un silence glacial s'imposa. Le patriarche Cosgrove m'observa comme une œuvre d'art contrefaite, cherchant les failles, avant de me tendre la main avec une lenteur étudiée.

— Hamilton, répéta-t-il d'un ton traînant, comme s'il mâchait un mets particulièrement indigeste. Ce n'est pas comme si on ne se connaissait pas vraiment !

Je saisis sa main avec calme. Sa poigne était ferme. La mienne plus encore. Son regard se durcit, tandis que je me promettais de mettre sa vie en morceau avec délectation. Quand il me libéra, j'offris un baise-main furtif à la mère de Violette, qui se contenta d'un sourire figé, tentant de masquer son dégoût.

— Hamilton, voici mon père, Alistair. Et ma mère, Sofia. On ne devait pas dîner en famille ?

— J'ai changé d'avis, indiqua le père de Violette. Pour une première, j'ai préféré un comité restreint. Nous verrons plus tard si un deuxième dîner est nécessaire. Mais, à ta place, je ne me ferais pas trop d'illusions.

— On m'avait pourtant parlé de la qualité de l'accueil chez les Cosgrove. Mais peut-être que votre légendaire hospitalité ne s'applique qu'aux invités qui servent vos intérêts, lançai-je, sans masquer mon animosité.

— Allons au salon, proposa Violette dans une volonté d'apaisement.

Son père releva le menton, signe qu'il était prêt à combattre. Je ne cachai pas mon sourire conquérant. Je pratiquais la boxe depuis plusieurs années : je savais rendre les coups.

Mieux, je savais les donner.

Le salon était une vitrine de la réussite des Cosgrove. Des dizaines de cadres photos étaient accrochés au mur, donnant un aperçu de la vie de famille : vacances au ski, remise de diplôme, soirées mondaines et événements caritatifs. Chaque cliché respirait la perfection, une façade méticuleusement entretenue pour projeter l'image d'une famille unie et respectable.

Je m'attardai sur une photo en particulier : Violette, adolescente, vêtue d'une robe sage, entourée de ses parents. Son sourire semblait figé, trop poli pour être sincère.

— Un véritable musée du bonheur, me moquai-je.

Sofia redressa un cadre de travers, comme si ce simple geste suffisait à restaurer l'ordre parfait qu'ils chérissaient tant.

— Ma famille est ma plus belle réussite, Hamilton. Je doute que votre père puisse en dire autant.

— Papa, s'il te plaît, intervint Violette.

— Non, Violette. Tu oses ramener un Monroe dans cette maison. Ne t'attends pas à ce qu'il bénéficie d'un accueil chaleureux. Il veut se frotter à nous et probablement profiter de ta naïveté, il savait à quoi s'attendre en franchissant cette porte.

— C'est vrai, je n'étais pas venu en quête de chaleur familiale. Mais, pour Violette, votre seule fille, je pensais que vous étiez au moins capables de faire semblant.

Violette poussa un soupir agacé, mais je sentis ses doigts serrer les miens, imperceptiblement. Un soutien silencieux, caché derrière une façade de neutralité. Je comprenais maintenant pourquoi les livres avaient été son refuge : ils lui avaient offerts de l'amour et de la chaleur dans une famille qui en manquait cruellement.

— Vous pouvez fanfaronner tant que vous voulez, rétorqua Alistair. Mais vous n'êtes rien d'autre qu'un scandale ambulant. Un Monroe, un repris de justice, et si j'en crois les dernières rumeurs, un homme d'affaires en chute libre.

Le silence s'abattit dans la pièce, lourd de mépris et d'attentes. J'avais à peine bu une gorgée de mon whisky, que le père de Violette m'affrontait. J'avais espéré un vague sursis, mais j'imaginais que la détestation que je lui inspirais lui faisait perdre patience et indulgence. C'était injuste, pour moi, comme pour Violette.

— C'est fascinant, cette obsession que vous avez pour ma famille et moi. Je ne vais pas faire comme si je vous appréciais, monsieur Cosgrove. Vous avez pourri la vie de mon père pendant des années avec des manœuvres douteuses. Mais pour Violette j'ai accepté de venir ici. Peut-être pourriez-vous avoir la courtoisie, pour une fois, de respecter ses choix ?

Un silence plana à nouveau dans le salon, à peine troublé par le bruit des glaçons dans le fond de mon verre. Être en territoire ennemi ne m'empêcherait pas de me défendre, ni de prendre le parti de Violette.

— Il faut croire que la prison vous a rendu plus téméraire qu'avisé, Monroe.

— Je vous remercie de vous soucier de mon avancement personnel, répondis-je avec un sourire poli.

— Ma chérie, si tu nous parlais du café. Est-ce que tout se passe bien là-bas ? demanda la mère de Violette.

Sa fille lui adressa un sourire de remerciement. Sofia Cosgrove était très attachée aux apparences. La sienne en particulier, et celle de sa famille de manière générale. Elle devait craindre que cette rencontre fuite dans la presse. L'image des Cosgrove était lisse et épargnée par les scandales, il fallait que ça dure. Et pour ça, Sofia Cosgrove était prête à jouer le rôle de sa vie.

— On peut en parler à table, si tu préfères, proposa sa mère en désignant la salle à manger.

Violette termina son verre d'un trait. Elle voulait autant que moi mettre un terme à cette soirée. Elle hocha la tête et, d'un même mouvement, nous nous dirigeâmes vers la table dressée pour quatre. Le personnel avait sorti l'argenterie et la porcelaine. Je n'étais pas le bienvenu, mais il fallait faire comme si.

L'entrée se déroula dans une ambiance de tension feutrée, chaque tintement de verre résonnant comme une gifle dans le silence pesant. Sofia fut la première à briser cette trêve artificielle.

— Alors, Hamilton, comment avez-vous rencontré notre fille ?

Je jetai un coup d'œil à Violette, un sourire en coin. J'hésitai à dire la vérité, uniquement par provocation. Je n'avais pas honte de mon séjour en prison - j'étais innocent - mais je savais que les parents de Violette ne voyait pas son association d'un bon œil. Je refusais de leur donner plus d'arguments.

— Disons que c'était une rencontre… inattendue.

Alistair posa lentement son verre sur la table. À côté de ce dîner, mon procès avait été une promenade de santé.

— On s'est rencontrés dans une galerie d'art, répondit Violette. On admirait la même œuvre.

— *Racines d'arbres*. Le dernier Van Gogh. Peint juste avant que la folie l'emporte, précisai-je en plantant mes yeux dans ceux de Violette.

Elle s'agita légèrement sur sa chaise et piocha un morceau de carotte dans son assiette. Nous allions réussir à sortir indemnes de ce diner. Ni son père, ni sa mère ne parviendrait à nous faire douter de ce que nous ressentions l'un pour l'autre.

— Et qu'est-ce qui vous a fait penser que vous étiez un bon choix pour elle ? demanda Alistair.

— C'est elle qui m'a choisi.

Un silence. Alistair arqua un sourcil, Sofia détourna à peine le regard de son assiette, lissant sa serviette du bout des doigts. J'échangeai un nouveau regard avec Violette, en face de moi. Un peu émue, elle se mordit la lèvre et hocha la tête.

— Et vous avez des projets tous les deux ? demanda Sofia.

— Nous profitons de ce que nous avons, répondis-je calmement. Tout ne se planifie pas à la perfection, parfois, il faut juste… vivre.

— Drôle de façon de voir les choses, commenta Alistair, sarcastique. Mais après tout, quand on n'a plus vraiment d'entreprise à gérer, on doit avoir du temps pour ça.

Un vent glacial souffla sur la table nappée de blanc cassé. Avec prudence, je pris mon verre et affichai un sourire poli. Je m'attendais à cette attaque : la presse, bien que mesurée, avait accès à nos bilans et à nos prévisions.

— On dit que vous frôlez la banqueroute, ajouta-t-il avec perfidie.

— Vous devriez revoir vos sources, Alistair.

— Papa, Hamilton est à la tête de sa propre entreprise. Il y consacre beaucoup de temps, il se bat pour ce qu'il veut, et il n'a jamais eu peur de prendre des risques. Il ne se cache pas derrière des apparences lisses et convenables. Il ne vit pas selon des règles imposées par d'autres. Il avance, même quand tout est contre lui. Et, ça, c'est plus qu'admirable.

— Nous nous intéressons toujours aux hommes qui tournent autour de notre fille, Hamilton. C'est pour cette raison que nous avions choisi Benjamin Bradford pour elle. Lui, au moins, sait ce qu'il fait, et son passé n'est pas entaché de scandales en tout genre. Et puis, Violette le connaît, Benjamin était une évidence pour nous.

— Benjamin est un ami, asséna Violette, dents serrées. Je vous ai déjà dit que je n'accepterais pas ce mariage.

Je laissai échapper un petit rire, tout en faisant tourner mon verre entre mes mains. Que les Cosgrove planifient la vie de leur fille était une chose, mais qu'ils se pâment au sujet de Bradford démontrait à quel point ils ne savaient rien sur lui.

— Ça vous amuse ? s'exclama Alistair. Ce n'est pas un jeu, Hamilton. Vous devriez plutôt vous concentrer sur vos problèmes au lieu d'entraîner ma fille dans vos histoires.

Il frappa du poing sur la table, faisant vibrer les assiettes. Sofia s'essuya les lèvres avec sa serviette, pendant que Violette, au bord des larmes, me scrutait. Pour ce seul regard, j'aurais été capable de renverser la table et de prendre la fuite aussi vite que possible. Mais cette fuite ne servirait à rien d'autre qu'à confirmer les a priori des Cosgrove sur moi.

— Vous n'êtes pas digne de ma fille, reprit Alistair. Et vous ne le serez jamais, Monroe.

Le silence se fit à nouveau, glacial et lourd. Je posai mon verre sur la table et plantai mon regard dans celui du père de

Violette. Qu'il parle ainsi de sa fille et de notre histoire me rendait dingue.

— Outre le fait que Bradford est loin d'être le gendre idéal qu'il tente d'incarner, vous oubliez un détail essentiel. Violette n'a besoin de personne pour exister. Elle a construit sa vie selon ses propres règles, loin des dorures et des carcans que vous tentez de lui imposer. Elle est brillante, indépendante, passionnée. Elle ne suit pas les chemins tout tracés, elle les invente. Et c'est précisément pour ça que je l'admire. Personne - ni vous, ni moi, ni aucun Benjamin Bradford - ne pourra jamais la modeler à sa convenance

— Admirable, en effet, dit-il avec froideur. Mais les rêves ne paient pas les factures.

— Vous savez, au début, je ne savais pas que Violette était une Cosgrove. Quand elle me l'a dit, elle m'a indiqué qu'elle vivait à l'écart de sa famille. Je comprends mieux pourquoi.

Alistair fusilla sa fille du regard et cette dernière m'adressa un sourire de gratitude. Ses yeux étaient humides d'émotions contenues. J'espérais ne pas être le premier à la défendre. Mais après avoir parlé à son frère, puis à ses parents, j'en doutais.

— Et c'est précisément pour cette raison que je suis tombé amoureux d'elle.

Un silence s'abattit autour de la table, lourd et chargé de tension. Les Cosgrove me fixaient comme si je venais de profaner un temple. Violette, elle, ne détourna pas les yeux. Son souffle était un peu plus court, ses doigts tremblaient imperceptiblement sur sa serviette.

— Ce qui vous effraie, ce n'est pas moi. C'est le fait que vous ne pouvez pas garder le contrôle sur votre fille. Violette veut faire ses choix, vibrer et vivre comme elle l'entend. Elle vous échappe et vous ne le supportez pas.

Alistair me fixa, des flammes de colère brûlant dans ses yeux. Il me haïssait définitivement. Pas tant pour avoir séduit sa fille, mais pour lui avoir parlé avec franchise et sans courbettes. Cet homme ne méritait ni mon respect, ni Violette.

Sofia, elle, demeurait figée, le dos droit, les lèvres pincées, son regard oscillant entre sa fille et moi, comme si elle espérait que cette dernière infirme mes propos.

— Hamilton a raison. Je n'ai pas besoin que l'on décide pour moi. Ni que l'on trace mon avenir à ma place. Il me comprend et me fait me sentir libre. Et c'est pour cette raison que je veux être avec lui, déclara Violette d'une voix douce mais qui ne souffrait aucune contradiction.

— Libre ? répéta Alistair avec une ironie mordante. Libre de quoi, exactement ? De faire les mauvais choix ? De t'enticher d'un homme dont l'entreprise est moribonde ? D'un ex-taulard dont le nom traîne dans toutes les rubriques à scandales ?

— Si vous voulez m'insulter, Alistair, faites-le directement. Je préfère les hommes qui assument leur mépris plutôt que ceux qui le déguisent sous des faux-semblants de bienséance.

Un silence tendu s'étira, rompu par les vibrations de mon téléphone. Jonah était d'une ponctualité parfaite. Je me levai de table, m'excusant pour le dérangement et m'éclipsai dans le large couloir de la maison Cosgrove. Je n'avais que quelques minutes pour agir, je devais donc trouver rapidement le bureau du père de Violette.

— Je dois prendre cet appel, dis-je à une des employées de la maison. Monsieur Cosgrove m'a autorisé à utiliser son bureau, vous pouvez m'indiquer où il se trouve ?

— Au bout du couloir, dernière porte à droite.

Le bureau d'Alistair Cosgrove était à l'image de l'homme : imposant, froid et calculé dans les moindres détails. Une vaste pièce aux murs lambrissés d'acajou, où chaque meuble respirait l'opulence et l'autorité. Un immense bureau en bois massif trônait au centre, son plateau impeccablement ciré ne laissant transparaître aucun désordre, si ce n'était une plume Montblanc parfaitement alignée à côté d'un carnet de cuir embossé à ses initiales.

Un épais tapis persan étouffait les bruits de pas, tandis que des rideaux lourds, couleur bordeaux, filtraient la lumière, créant une atmosphère feutrée et austère. Sur le mur, un portrait de famille trônait dans un cadre doré, capturant une époque où Violette, encore enfant, semblait moins étrangère à cet univers de contrôle et de perfection.

Je coupai ma fausse communication avec Jonah et entrepris de fouiller le bureau. Aucun papier ne traînait sur le vaste bureau en acajou. Je tirai les tiroirs un à un : chaque document était classé, organisé, parfaitement à sa place. Bilan financier, contrats, correspondances officielles... Rien qui puisse réellement m'intéresser.

J'épluchai rapidement les dossiers, cherchant l'identité du fameux Dixon. À ce stade, je prenais en compte n'importe quel indice. Je repérai un secrétaire contre le mur et délicatement l'ouvris avec la clé fichée dans sa serrure. À l'intérieur, des chemises cartonnées impeccablement rangées. Je m'apprêtais à refermer le secrétaire lorsqu'un détail attira mon attention : un ordinateur portable ultraplat, jouant les caméléons dans les dossiers.

Avec un peu de chance, il contiendrait des preuves de mon innocence.

Je rappelai Jonah. Il devait sûrement connaître quelqu'un capable d'extraire des infos du disque dur.

— Je m'en charge. Tu peux me l'amener ce soir ? Ça nous évitera de perdre du temps...

— Si tu savais comme je déteste ces gens. Je savais qu'ils étaient derrière tout ça. Je hais les Cosgrove, répondis-je, soulevé par une colère inédite. Je les hais.

— Peut-être que mes parents avaient raison, finalement, dit Violette, livide. Tu n'as qu'à mentir à nouveau en disant que tu as une urgence au bureau, je vais demander au chauffeur de papa de me raccompagner.

— Violette, ce n'est pas du tout ce que tu imagines, m'écriai-je.

— Ne me dis pas ce que je dois imaginer ou croire. Tu m'as assez menti.

Chapitre 28

Violette

— Je ne suis qu'une pauvre fille naïve et trop crédule, déclarai-je en remontant mes jambes contre ma poitrine.

Il était tard, et Rita avait assuré la fermeture du café. Mais devant mon attitude déprimée, elle avait renoncé à sa soirée avec Barthelemy - deuxième rencard-interrogatoire - pour rester avec moi. Nous étions au parc, perchées sur l'une des structures, admirant la nuit tomber sur la ville.

— Tu n'es pas naïve, Violette. Tu es juste humaine. Et, entre nous, c'est bien mieux que d'être une cynique qui ne croit plus en rien.

— Être cynique permet de se protéger de ce genre de situation, lui fis-je remarquer.

— Ce genre de situation ? L'amour tu veux dire ?

— Quand je pense que j'ai tenu tête à mes parents ! Ils m'ont dit qu'Hamilton n'était pas fiable et que je ne devais pas lui faire confiance...

Rita porta son gobelet de thé à ses lèvres, pendant que je me rejouais la scène du dîner avec mes parents. Nous avions souvent eu des échanges tendus, mais cette soirée avait atteint un sommet dans le genre. Les remarques de mon père, le regard froid de ma mère et, surtout, la façon dont ils m'avaient fait sentir que mes choix n'avaient aucune valeur... C'était comme si je n'étais qu'une enfant qu'ils pouvaient manipuler à leur guise.

Mon amie soupira, déposant son gobelet près d'elle. Elle me fixa un instant de son regard compréhensif mais ferme.

— Tes parents ont toujours voulu te garder sous leur contrôle. Ils te voient encore comme une petite fille à protéger. Il ne s'agit pas d'Hamilton ; il s'agit de toi et des choix que tu fais.

— Hamilton m'a défendue, expliquai-je, le cœur en lambeaux. Et... Et j'ai vraiment cru qu'il était sincère.

— Il l'était.

— Il s'est servi de moi !

— Je ne crois pas.

— Rita, il a fouillé dans le bureau de mon père, il m'a menti, il m'a manipulée. Et je suis... je suis tombée dans le piège comme une pauvre gourde. C'est humiliant et... Bon sang, de quel côté es-tu ?

— Du côté du pop-corn.

Je n'avais pas le cœur à rire, malgré les efforts de ma meilleure amie. Depuis mon départ de la maison de mes parents, je repensais à ce repas. Hamilton m'avait soutenue, avait pris mon parti devant eux. Maintenant, tous ses discours avaient un goût amer.

Et, pour couronner le tout, il avait osé dire qu'il était tombé amoureux de moi. C'était cruel et douloureux.

— Violette, ce que je veux dire c'est... Au départ, toute cette histoire partait d'un mensonge, non ?

Je dévisageai Rita, sans comprendre. Notre histoire avait commencé par une série de non-dits et de frustration. Je n'avais pas mesuré, en montant cette mise en scène avec Hamilton, à quel point le piège allait se refermer sur moi. Maintenant, j'avais la sensation d'avoir tout perdu et de n'avoir aucune solution.

Dès que mes parents apprendraient l'échec de ma relation avec Hamilton, ils m'imposeraient Benjamin, l'homme fiable et propre qu'ils espéraient pour moi.

— Hamilton t'attirait déjà quand tu ne savais pas qu'il était un Monroe. Et quand tu l'as su, tu as fini par lui demander de t'aider. Je vous ai vus, Violette. J'ai vu la façon dont il te regardait ce jour-là, quand Benjamin jouait les gros lourdauds. Et la soirée à la librairie, vous dégagiez tellement de tension sexuelle que même les livres ont failli prendre feu !

Je déglutis difficilement en entendant les mots de Rita. Elle avait observé… Elle avait discerné ce que je pensais être caché derrière les sourires et les paroles, ce que j'avais tenté de masquer sous le poids du jeu. Je ne savais plus démêler le vrai du faux.

Je poussai un lourd soupir, refoulant un début de migraine. À force de ressasser ma relation – pseudo-relation ? – avec Hamilton, je ne parvenais plus à réfléchir. Je n'étais pas triste, j'étais en colère et frustrée.

— Tu devrais lui poser la question, me conseilla finalement Rita.

— J'ai des milliers de questions, Rita. Des questions existentielles, des questions sur l'univers, des questions sur mon avenir… mais surtout des questions sur lui. Et puis, c'est toi la reine des interrogatoires !

— J'utiliserais volontiers mon talent sur Hamilton, mais ce mec est une putain d'énigme. Il a sûrement un doctorat en mystère et une maîtrise en silence.

Pour la première fois en plusieurs jours, je laissai échapper un rire. L'instant suivant, je replongeai dans un abîme de tristesse : Hamilton aurait adoré débattre avec Rita. Ce fut à cet instant que je compris qu'il me manquait, que ma vie si sage et rangée me semblait fade sans lui.

— Va lui parler, me conseilla Rita. Parce que, là, tu rumines !

— J'aime ruminer. J'ai un master en déprime avancée et une spécialisation en paranoïa.

— Tu sais, quand tu m'as raconté que tu étais allée le voir, que tu avais fait le pied de grue devant son immeuble pour le convaincre de t'aider, j'avais trouvé ça carrément culotté.

— C'était stupide, grommelai-je.

— C'était fou, corrigea Rita.

Hamilton était la plus grande folie de ma vie. Une folie improbable, inattendue et spectaculaire, une folie dont j'avais apprécié chaque seconde.

Ma folie la plus douce et la plus intense.

Mon cœur se fendillait encore un peu et se remplissait peu à peu de regrets.

— Tu as déjà fait preuve de courage pour l'affronter une première fois, alors pourquoi pas de nouveau ?

— Parce que j'ai peur de me faire encore avoir, avouai-je.

— Il faut que tu choisisses ton poison : soit tu vas lui parler et il répond à tes questions, soit tu restes dans ce fauteuil et tu rumines des doutes jusqu'à la fin des temps !

Un nouveau soupir m'échappa. Dans le fond, je savais que Rita avait raison. Le silence qui s'étirait entre Hamilton et moi était insupportable. J'avais bloqué son numéro et trouvé refuge chez Rita, craignant qu'il ne vienne chez moi. Mais je ne pouvais pas fuir éternellement et j'estimais avoir droit à une explication.

— Et pourquoi ça serait à moi de faire le premier pas ?

— Violette, tu l'as bloqué partout. Tu filtres ses appels, tu as rejeté tous ces messages. Et tu as même abandonné ton appartement. Il ne te reste plus qu'à changer de nom et à intégrer un monastère tibétain.

Lentement, je sortis mon téléphone de ma poche. Mon pouce vola au-dessus de l'écran, hésitant à débloquer Hamilton. Pourtant, je savais que Rita avait raison : si nous n'avions pas une conversation, mes questions me hanteraient pour un long moment.

Je pris une profonde inspiration et le débloquai. Aussitôt, une avalanche de messages déferla sur l'écran.

Rappelle-moi.
Violette, réponds-moi.
Il faut qu'on parle
Je suppose que si je t'envoie un pigeon voyageur, lui aussi finira bloqué ?

En d'autres circonstances, son dernier message m'aurait tiré un sourire. Mon cœur battait à tout rompre tandis que j'appuyais sur l'icône d'appel. La sonnerie retentit à l'autre bout du fil... mais aussi tout près de moi. Je sursautai et me tournai vers Rita qui sirotait tranquillement son thé avec une mine faussement innocente.

— Oh, ne me regarde pas comme ça. J'ai juste... un tout petit peu arrangé les choses.

— Rita... Qu'est-ce que t'as fait ?

— J'ai appelé Hamilton juste avant la fermeture pour lui dire que tu voulais lui parler. Et non, je ne suis pas désolée. C'est même mon plus grand coup de l'année ! se réjouit-elle en descendant de la structure.

Je relevai les yeux vers le parc, devinant la silhouette d'Hamilton se découper dans le soleil couchant. Ça aurait pu être romantique, si je n'avais pas eu autant d'amertume contre lui et autant d'exaspération contre Rita.

— Il vous fallait juste un coup de pouce. Sinon, vous seriez encore en train de vous ignorer sur votre lit de mort.

Mon cœur battait à tout rompre tandis qu'Hamilton s'avançait vers moi, l'air sérieux, le pas assuré. J'aurais voulu paraître impassible, en contrôle, mais mes mains moites et mon souffle court trahissaient mon état intérieur.

— Bon, reprit Rita en sirotant son thé. Soit tu lui parles, soit tu te caches derrière ce buisson.

Je jetai un regard au fameux buisson. Trop petit. Et puis, à ce stade, autant affronter l'orage de face. Je pris une grande inspiration et me redressai. Rita s'éclipsa et je retrouvai Hamilton, mains dans les poches, en bas de la structure.

— J'envisage de tuer Rita, marmonnai-je.

— J'espère que tu te forgeras un bon alibi, parce qu'elle a l'air du genre à laisser une lettre d'adieu où elle t'accuse formellement, répondit-il.

Hamilton esquissa un pas vers moi et, d'un coup, toute l'irritation que je ressentais envers Rita s'évapora. Parce que maintenant, j'étais face à lui. À nous. Et je n'avais plus d'échappatoire.

— Tu comptes me regarder en silence longtemps ? lança-t-il doucement.

J'humectai mes lèvres, ravalant les milliers de questions qui me brûlaient la gorge. Je pris une inspiration, les bras croisés sur ma poitrine, comme une barrière invisible entre lui et moi.

— À vrai dire, je ne sais même pas par où commencer, répondis-je, un peu durement.

— Est-ce que tu veux qu'on aille manger un truc ? Ou boire un verre ?

Je pinçai les lèvres, l'observant en silence. J'étais venue chercher des réponses, pas un dîner. Mais j'avais aussi conscience que cette conversation ne se solderait pas en cinq minutes, debout au milieu d'un parc.

— D'accord, répondis-je finalement. Mais choisis bien l'endroit, parce que si je suis encore en colère après le plat principal, je pourrais t'assassiner avec une fourchette.

— Alors, évitons les restaurants qui proposent des couteaux à steak, répondit-il en tendant sa main pour m'aider à descendre.

Je roulai des yeux, mais, à l'instant où sa main saisit la mienne, je sentis mon cœur s'emballer dans ma poitrine. Hamilton esquissa un sourire, ces envoûtants yeux gris orage plantés dans les miens. C'était sûrement parce que je ne l'avais pas vu depuis plusieurs jours, et aussi surtout parce qu'il me manquait, mais je le trouvais beau à couper le souffle.

Le Balcò était niché dans une ruelle pavée, à l'abri de l'agitation de la ville. Une impressionnante file d'attente s'étirait devant l'accueil et je doutais qu'on puisse dîner ici ce soir. Je le dis dans un souffle à Hamilton :

— On devrait aller ailleurs, le restaurant n'a pas l'air très grand et il y a au moins quinze personnes devant nous.

En silence, ce dernier posa sa main dans le bas de mon dos et m'entraîna vers l'entrée, dépassant tous les clients qui attendaient. Une femme d'une cinquantaine d'années accueillit mon compagnon avec un large sourire, avant de l'embrasser sur les deux joues avec chaleur et bonhomie.

— On ne t'avait pas vu depuis des semaines ! lui fit-elle remarquer. Viens, entre !

Dès que nous pénétrâmes dans la salle, une douce odeur de basilic, de tomates confites et de parmesan fondu m'enveloppa, réveillant une faim insoupçonnée. Les lumières tamisées projetaient une lueur dorée sur les murs en briques apparentes, décorés de vieilles affiches de films italiens. Au fond de la salle, une mélodie de jazz feutrée se mêlait aux éclats de voix et au cliquetis des couverts. L'endroit dégageait une chaleur intime, propice aux confidences et aux rencards qui s'éternisaient.

— Vraiment ? dis-je en lançant un regard sombre à Hamilton.

— C'est l'un des meilleurs restaurants de la ville, se justifia-t-il.

— On est passé devant tout le monde ! Tu avais tout prévu ? m'agaçai-je.

À nouveau, j'eus la sensation d'être piégée. J'avais espéré de la franchise et de la spontanéité et Hamilton me traînait dans un restaurant romantique, ayant pris soin de réserver en amont.

— Hamilton ! fit un homme, d'une voix tonitruante avec un accent italien.

Il était trapu, frôlant la soixantaine, avec un sourire prodigieux. Son tablier autour de sa taille laissait échapper son ventre proéminent. Il posa ses yeux sur moi et fit un commentaire en italien auquel Hamilton sourit.

— C'est le propriétaire. Et le chef, m'expliqua Hamilton.

Je détestais être l'objet d'une conversation dont je ne maîtrisais pas un mot. Nous avançâmes dans la salle, slalomant entre les tables toutes occupées.

— Qu'est-ce qu'il a dit ? demandai-je en croisant les bras.

— Il dit que je n'amène ici que des femmes magnifiques... et que tu es de loin la plus belle.

Le propriétaire baragouina encore un truc en italien. Cette fois-ci, Hamilton laissa échapper un rire qui s'éteignit quand il croisa mon regard sombre et passablement énervé.

— Il a dit que tu allais me donner du fil à retordre !

— Tiens donc, un vrai visionnaire.

Je le suivis jusqu'à une table près d'une grande fenêtre donnant sur la ruelle illuminée de guirlandes. La table était entourée d'une banquette en velours bordeaux, une disposition qui obligeait les convives à être proches.

— Voici ta table, Hamilton, lança un homme trapu en tablier, un large sourire éclairant son visage. La même que d'habitude.

— *Grazie*, Marco, répondit ce dernier avec cette aisance qui me donnait l'impression qu'il était chez lui partout où il allait.

Il me laissa m'installer avant de prendre place à côté de moi. Proche, mais pas trop. Juste assez pour que son parfum me trouble et que la chaleur de son corps me rappelle que j'étais venue chercher des réponses... pas un tête-à-tête romantique.

Le propriétaire nous tendit nos cartes, puis marmonna une nouvelle remarque à destination d'Hamilton. Ce dernier planta ses yeux dans les miens, visiblement amusé.

— Et là, il a dit quoi ? demandai-je avec méfiance.

— Que j'ai intérêt à bien me tenir si je ne veux pas finir avec une assiette de pâtes sur la tête.

— J'aime beaucoup cet homme, déclarai-je en ouvrant mon menu.

Le chef s'éclipsa en cuisine, nous laissant choisir notre dîner. J'osais à peine regarder Hamilton, qui, lui, n'avait même pas pris la peine de consulter les plats. Après avoir pris une profonde inspiration, je refermai ma carte et bus une gorgée d'eau.

— Tu avais prévu que j'accepte ce dîner ? demandai-je finalement en canalisant ma colère.

— Pas vraiment. Marco me garde cette table tous les mardis soir.

— Je ne suis pas du tout impressionnée !

Hamilton se contenta d'esquisser un bref sourire. Déjà, la femme que nous avions croisé à l'accueil nous apportait deux verres de vin et les posait devant nous, près d'une bougie à la flamme vacillante.

— Tu veux savoir ce qui m'agace le plus ? repris-je. Ce n'est pas cette table, ni ce restaurant, ni même le fait que tu sois pote avec le chef. C'est que tout ça te donne un air... sincère.

— Et c'est un problème ?

— Oui. Parce que ça complique mon envie de t'assassiner avec une fourchette.

— Si tu me tues, tu n'auras jamais l'explication que tu mérites. Tu devrais goûter le vin, c'est un barolo. C'est délicieux, précisa-t-il en portant le verre à ses lèvres. Certaines discussions passent mieux avec un bon millésime.

Hamilton reposa son verre avec une lenteur étudiée, puis planta son regard dans le mien.

— Tu ne m'as jamais demandé pourquoi j'ai passé du temps en prison.

Je me figeai, prise de court. Il n'y avait pas de provocation dans sa voix, juste une affirmation brute, sans détour. Je réfléchis à toute vitesse, me refaisant le film de notre histoire. C'était vrai : jamais je n'avais parlé de la prison avec lui. Peut-être parce que je me fichais du motif. Sûrement aussi parce que ça ne m'intéressait pas.

— Le directeur m'a dit que tous les participants à l'atelier effectuaient des courtes peines pour des faits mineurs. Je savais donc que tu n'étais pas un tueur, précisai-je.

— Et tu n'as effectué aucune recherche ? Rita ne t'a rien dit ? s'étonna-t-il.

— Non. Ça peut te paraître idiot, mais je ne suis pas du genre à fouiller le passé des gens que je côtoie. Et, puisque je dois être honnête, je ne vois pas en quoi cela aurait changé quoi que ce soit.

— Vraiment ? répliqua Hamilton, un sourcil levé. Tu es en train de me dire que tu es tombée amoureuse d'un ex-taulard sans même chercher à savoir pourquoi il avait été enfermé ?

— Tomber amoureuse est un bien grand mot.

— Ah oui ? répondit-il en s'appuyant contre la banquette, un sourire en coin.

Je serrai les dents. Ce sourire-là me faisait frémir. Arrogant, sûr de lui, comme s'il venait de marquer un point dans un jeu auquel je n'avais même pas envie de jouer.

— Ce que je veux dire, repris-je, c'est que ça n'aurait rien changé. Je regarde les gens pour ce qu'ils sont. Si tu étais dans mon atelier, cela signifiait que tu n'étais pas un psychopathe avide de revanche. Cela me suffisait.

— Violette, j'ai été condamné pour des malversations et des détournements de fonds. En gros, on m'a accusé d'avoir sorti de l'argent de mon entreprise pour le cacher dans un paradis fiscal.

— Et tu l'as fait ?

— Non. Évidemment que non. Je suis parfaitement innocent.

— Et pourquoi on t'a accusé, alors ?

Il prit une gorgée de vin avant de répondre, comme s'il pesait soigneusement ses mots.

— Parce que quelqu'un de très méticuleux a fait en sorte que toutes les preuves pointent vers moi.

Son visage était tendu, ses traits tirés, oscillant entre fatigue et détermination. Je retrouvai la couleur gris foncé de son regard, celle qui annonçait un orage imminent et violent. Une serveuse vint prendre nos commandes, permettant ainsi de soulager l'atmosphère étouffante à notre table. Dès qu'elle fut hors de portée, je me cramponnai à ma serviette, consciente que la soirée allait être mouvementée. Soudain, une évidence écœurante me frappa.

— Et tu penses que ça vient de ma famille, dis-je d'une voix terne. Tu penses... Tu imagines que nous sommes derrière tout ça.

— Violette...

Tout faisait sens maintenant. Tout s'expliquait : de sa volte-face spectaculaire quand il avait accepté de m'aider au dîner chez mes parents, en passant par son altercation avec Graham. Toutes les pièces du puzzle s'emboîtaient, et je me sentis encore un peu plus flouée.

— C'est pour ça que tu as accepté ? demandai-je d'une voix blanche.

Ses mâchoires se serrèrent. Je ne savais pas si j'étais plus capable d'encaisser la vérité que de subir un nouveau mensonge. Il releva prudemment les yeux vers moi et j'y décelai un éclat de sincérité.

— J'avais besoin de réponses, admit-il enfin.

— Tu voulais te servir de moi ? Pour prouver ta folle théorie ?

— Elle n'est pas folle. James a trouvé des éléments qui impliquent le cabinet d'avocat avec lequel ton père et tes frères travaillent.

— Alors quoi ? C'était juste pour te venger ? Tu voulais me sauter et m'humilier juste pour salir le nom des Cosgrove.

J'avais la nausée. C'était au-delà de tout ce que j'avais imaginé. Un vrai cauchemar, atroce, pénible et traumatisant. Le regard d'Hamilton s'embrasa et, pour la première fois depuis le début de cette conversation, il perdit son calme. L'orage grondait en lui tandis qu'il agrippait fermement ma main.

— Ce n'était pas ça, merde ! Tu crois que je t'ai utilisée ? Que je t'ai séduite juste pour t'arracher des infos et te jeter après ?

— C'est l'impression que ça donne, oui, rétorquai-je, le cœur au bord des lèvres.

— Tu crois que j'aurais supporté tout ça si tu ne comptais pas pour moi ? répliqua-t-il, la mâchoire serrée. Que j'aurais encaissé chaque seconde à ton côté juste pour un putain de renseignement ?

Ses doigts se crispèrent légèrement sur ma main, son regard brûlant ancré dans le mien.

— J'avais besoin de réponses, oui, admit-il d'une voix rauque. Mais toi... Toi, tu as tout chamboulé. Dès que je t'ai vue à cet atelier, Violette.

Je sentis mon souffle se bloquer. Il desserra sa prise sur ma main et, délicatement, caressa ma joue du bout des doigts. J'aurais voulu le repousser. J'aurais voulu lui dire qu'il était trop tard, que je ne le croyais plus. Mais mon cœur, ce foutu traître, battait à tout rompre.

— Tu m'as menti, murmurai-je. Tout ce temps, on était ensemble Hamilton. On s'est parlé, on a passé des nuits ensemble. Je n'arrête pas de me dire que tout cela était faux, que c'était un stratagème cruel pour… pour parvenir à tes fins.

Hamilton se pencha légèrement vers moi, son souffle effleurant ma peau.

— Je ne sais pas à quel moment c'est devenu réel, murmura-t-il. Je ne sais pas quand j'ai arrêté de chercher des réponses et commencé à ne vouloir que toi. Peut-être dès que je t'ai vue devant mon bureau, frigorifiée. Ou peut-être quand Bradford t'a approchée et que j'ai voulu lui arracher les yeux.

Sa voix était froide et déterminée et ses yeux flamboyaient de colère contenue. Mon ventre se tordit douloureusement. Je voulais le croire. Je voulais me laisser happer par ces mots, par la fièvre qui brûlait dans son regard. Mais le doute s'accrochait en moi.

— Et pourtant, tu as fouillé le bureau de mon père, répliquai-je, la voix tremblante.

— Je voulais la vérité, Violette. Pas me venger. Pas te blesser. La seule chose qui m'importe aujourd'hui, c'est toi.

— Ma famille ne ferait pas ça, dis-je, moi-même surprise de les défendre.

Hamilton recula et s'enfonça dans la banquette. La serveuse revint avec nos commandes, mais je n'avais plus faim. Je ne savais plus qui je devais croire, ni même ce que je devais penser. Hamilton prit une lente inspiration, comme s'il pesait chacun de ses mots avant de parler.

— Je ne suis pas un saint, Violette. J'ai fait des affaires avec des gens puissants, j'ai côtoyé des requins. Mais je ne suis pas un voleur. Quand l'affaire a éclaté, tout a été si rapide, les preuves contre moi étaient accablantes... et je n'ai pas eu le temps de me défendre.

— Hamilton, je sais que nos familles se détestent. Mais... au point de t'envoyer en prison ? C'est délirant.

— Ta famille est puissante, Violette. Les Monroe et les Cosgrove ne se font jamais de cadeaux, tu le sais aussi bien que moi.

Je serrai les poings, mal à l'aise. Bien sûr que je le savais. J'avais grandi avec ces rivalités, ces batailles silencieuses, ces coups bas déguisés en stratégies d'affaires. Mais envoyer un homme en prison ? Détruire sa vie ?

— Graham et mon père ne sont pas des criminels, insistai-je, la gorge serrée. Ils n'auraient jamais...

— Leurs noms apparaissent dans les dossiers, me coupa Hamilton, la voix plus tranchante. Les transactions passent par leur cabinet. Ton père, ton frère... Ils sont liés aux sociétés-écrans qui ont servi à détourner l'argent.

Je déglutis, troublée. Une partie de moi voulait lui dire d'aller au diable. Mais une autre, une partie de moi puissante et sincère, voulait connaître la vérité.

— Violette, si j'avais juste voulu me servir de toi pour trouver des preuves, je ne serais pas avec toi ce soir. Je ne t'aurais pas envoyé tous ces messages.

— Tu vas détruire ma famille, murmurai-je, les larmes aux yeux.

Sa main trouva la mienne, et je sentis la chaleur de sa peau, rassurante et déstabilisante à la fois. Ma poitrine se serra douloureusement.

— C'était mon plan. Avant toi. En prison, j'ai rêvé des dizaines de fois de la mettre en pièces.

Sa voix était rauque, grave, pleine d'une douleur contenue. Je sentis un frisson remonter le long de ma colonne vertébrale. Hamilton était sincère et cela me touchait bien plus que je ne voulais l'admettre. Il planta ses yeux dans les miens et j'en eus le souffle coupé. Plus de colère, plus de vengeance. Seulement une intensité brute qui me cloua sur place.

— Et maintenant ? chuchotai je, à peine audible.

— Maintenant, je te veux juste toi. Je ne peux pas oublier ce qu'on m'a fait mais, toi, Violette... Tu es la seule belle chose qui me soit arrivé dans cette histoire. Je ne veux pas te perdre.

Je voulais lui répondre. Lui dire que moi non plus, je ne voulais pas le perdre. Mais les mots restaient coincés, trop de contradictions s'entrechoquant dans ma tête. Malgré tout, quand Hamilton libéra ma main pour effleurer ma joue, je ne pus m'empêcher d'épouser sa caresse.

Notre attraction était palpable et inévitable. Repousser Hamilton ne servait à rien et m'épuisait. J'avais l'esprit embrumé et encore une multitude de questions, mais j'avais une certitude : c'était ce que je ressentais pour Hamilton.

Prendre la fuite, partir, m'écarter...

Rester ici. Le croire. L'aimer. C'était insensé. Dangereux. Peut-être même stupide.

J'avais le choix.

Je déglutis, partagée entre la peur et l'évidence. Il ne me suppliait pas, ne me promettait rien d'autre que la vérité brute et son désir indéniable.

Alors je choisis.

Je tendis la main et agrippai sa chemise, le tirant légèrement vers moi. Ses yeux s'assombrirent et, en un battement de cœur, il réduisit la distance entre nous. Je posai mes lèvres sur les siennes, scellant mon destin incertain au sien. C'était doux, lent et une explosion d'étincelles autour de nous. En un instant, mes doutes s'effacèrent et mes peurs s'éteignirent.

Quand je m'écartai, hors d'haleine, une seule question me taraudait :

— Et maintenant, on fait comment ?

Chapitre 29

Hamilton

Dès que nous avions franchi la porte de mon appartement, un désir, brutal et insatiable nous avait saisis. Nous avions abandonné nos vêtements sur le chemin de ma chambre et l'air s'était chargé d'un parfum de peau chauffée et de sexe. Pendant quelques minutes, nous avions oublié la menace au-dessus de nos têtes.

— Je crois que j'ai laissé des marques sur ta peau, murmurai-je en caressant le dos de Violette.

— Et je crois que j'ai tiré sur tes cheveux, répondit-elle avec un sourire lascif.

J'embrassai son épaule, avant de la repousser pour qu'elle soit sur le dos. Je me couchai sur elle, son corps chaud épousant parfaitement le mien. Je pressai mes lèvres contre sa gorge, et descendis lentement vers sa poitrine.

— Oh non. C'était parfait. J'adore quand tu perds le contrôle.

Violette gémit sous moi, et c'était ma musique préférée depuis que je la connaissais. Elle savait s'abandonner à moi et oublier tous ces doutes. Mes lèvres remontèrent sur son corps, jusqu'à trouver les siennes. Mon sexe tendu caressait son entrejambe, et elle se tortilla sous moi, incapable de contenir le désir qui nous consumait. Ses yeux étaient sombres d'excitation. Elle se cambra, agrippant la tête de lit derrière elle.

— Je n'en ai pas fini avec toi, Violette. Pas tant que tu n'auras pas oublié ton propre putain de prénom.

M'enfoncer en elle était incroyable. Son bassin bougeait en rythme contre le mien. Elle murmurait mon prénom comme une incantation tribale pendant que je plantais mes mains violemment sur ses hanches. J'allais et venais entre elles jusqu'à l'oubli.

— Tu me prends si bien, Violette.

Sa respiration était saccadée, ses lèvres entrouvertes cherchant désespérément de l'air alors que je martelais son corps du mien. Mon nom glissa de sa bouche dans un souffle, et je me penchai pour capturer ses lèvres, lui arrachant un gémissement que je sentis jusque dans mes tripes.

— Encore, murmura-t-elle, dans un gémissement.

Je la voulais à bout de souffle, les muscles tremblant sous moi, incapable de penser à autre chose qu'à moi, à ce qu'on faisait, à la manière dont je la possédais entièrement. Je lâchai sa hanche pour venir agripper sa gorge, relevant son menton pour la forcer à croiser mon regard.

— On ne... Je n'ai pas de préservatif, Violette.

Elle papillonna des paupières, encore perdue dans l'extase, ses joues rosies, ses lèvres entrouvertes et gonflées par nos baisers. Mon contrôle vacillait dangereusement. Son regard s'accrocha au mien, une lueur brûlante dans ses prunelles sombres. Ses jambes se resserrèrent autour de mes hanches, m'attirant plus profondément encore.

— Reste en moi, murmura-t-elle, sa voix rauque et tremblante.

Mon contrôle, mon putain de self-control était en miettes. Mais avec elle, c'était toujours le cas. Son intimité se resserra autour de moi, signe qu'elle était proche de l'orgasme. La voir, offerte et tremblante sous moi, fut ma perte. La jouissance me saisit l'instant suivant. Violette ferma les yeux et alors que j'étais encore fiché en elle, je fis glisser ma main entre nous deux.

J'atteignis son intimité, traçant des cercles lents et précis sur son clitoris, devinant les vibrations de plaisir de son corps. Un sourire ravi se dessina sur ses lèvres. Ses ongles se plantèrent dans mes bras, et son regard brûlant s'accrocha au mien.

— Juste là, dit-elle, le souffle court, dans une supplique.

Je scrutai son visage, fasciné par sa réaction, et obéis à son ordre, intensifiant mes caresses jusqu'à ce qu'elle se tende brutalement sous moi. Son orgasme l'emporta dans une vague de plaisir brut, et elle lâcha un cri étranglé, son corps secoué de spasmes incontrôlables. Je la regardai se consumer sous mes mains, les joues en feu, les lèvres entrouvertes, magnifique et indécente à la fois.

— J'adore te voir jouir sous moi, murmurai-je en me retirant doucement de son intimité.

Je la gardai contre moi, mon front pressé contre le sien, savourant chaque battement erratique de son cœur.

J'aimais cette femme. Plus que tout, plus que moi-même.

— Et j'adore quand tu perds le contrôle, chuchota-t-elle.

De sa main, elle caressa mon visage. Malgré nos étreintes, la réalité revenait systématiquement. Ses parents, mon affaire, notre avenir : tout était encore nébuleux. Mais Violette me donnait de la force. C'était d'ailleurs ce qu'elle faisait depuis notre première rencontre.

— On devrait aller prendre une douche, suggéra-t-elle.

— Il est encore tôt, répondis-je en vérifiant l'heure sur mon téléphone.

— Je sais. Mais Graham prend son petit déjeuner chaque matin à 7 heures dans le même café. C'est le moment idéal pour lui parler !

Elle repoussa le drap et se leva l'instant suivant, exhibant son corps nu et tentant devant moi. Elle entra dans la salle de bains et je me redressai, analysant la situation. Affronter Graham me paraissait prématuré.

— Je crois qu'on devrait attendre, dis-je, en entendant l'eau de la douche couler. Histoire d'avoir plus d'éléments.

Je me levai à mon tour et retrouvai Violette dans la salle de bains, un sourire complice aux lèvres.

— On pourrait aussi réfléchir un peu plus. Trouver une autre approche, proposai-je. Quelque chose de plus stratégique. Il faudrait que j'en parle avec James et...

Violette m'interrompit en ouvrant la porte coulissante de la douche. L'eau ruisselait sur elle et son regard pétillait de malice. Sans rien dire, elle tendit sa main dans ma direction, m'invitant à la rejoindre. L'eau chaude cavala sur moi, me réveillant pour de bon. Violette posa ses mains sur mon torse avec délicatesse avant de relever les yeux vers moi.

— Hier soir, tu m'as dit que tu étais convaincu de l'implication de ma famille, que tu avais trouvé ce dossier et que tu étais déterminé à découvrir la vérité.

— Violette...

— Si ma famille est derrière tout ça, il faut qu'on le sache.

Je serrai les mâchoires. J'avais passé des semaines à traquer cette vérité, à assembler les pièces du puzzle, et maintenant que j'étais sur le point de l'obtenir, j'hésitais. Ce que nous allions découvrir risquait de briser Violette, de laminer sa famille et d'anéantir les liens qu'elle avait avec eux.

— De quoi as-tu peur ? demanda-t-elle finalement.

— Tu es en train de sacrifier ta famille pour moi, Violette.

— Ce n'est pas toi qui les mets en péril, Hamilton. C'est eux. Si Graham est responsable, alors c'est lui qui a tout détruit, pas moi.

Je fermai brièvement les yeux, partagé entre l'envie de la croire et la crainte de ce qu'elle découvrirait. Je repoussai les cheveux collés sur son visage et l'embrassai doucement.

— Tu as dit à mon père que j'étais libre et indépendante. Je sais que tu essaies de me protéger, mais je peux affronter ça.

Je laissai échapper un soupir résigné, incapable de lutter contre sa détermination. Elle avait raison. Je voulais la préserver, mais c'était à elle de décider.

— J'ai toujours été proche de Graham. Si on le confronte à ce qu'on sait, je saurai déceler s'il ment, assura Violette.

— Tu sais que ton frère me déteste ?

— Graham déteste tout ce qu'il ne contrôle pas.

Je passai une main sur mon visage, pesant encore le pour et le contre. Affronter Graham, c'était provoquer un homme brillant, calculateur et sans doute prêt à tout pour protéger ses intérêts.

— Mais Graham tient à moi, reprit Violette. Il m'a toujours protégée. Je sais qu'il me dira la vérité. Il n'est pas du genre à fuir une confrontation. Il a plein de défauts, il est orgueilleux au possible... Mais il ne ment pas. Il a trop de fierté pour ça.

Un nouveau soupir m'échappa. Mon instinct me criait que c'était une mauvaise idée, mais j'étais aussi certain que, de toute façon, Violette n'en démordrait pas.

— Je suis tombé amoureux de la fille la plus déterminée d'Ashbourne, murmurai-je.

Violette esquissa un sourire satisfait avant de poser une main sur mon torse, traçant lentement un cercle du bout des doigts.

— Exactement. Et la fille la plus déterminée d'Ashbourne a besoin que tu lui racontes tout ce que tu sais avant d'aller voir Graham.

Sur le trajet qui nous menait au café que Graham fréquentait, j'expliquai à Violette les éléments que je possédais : les versements litigieux, l'usage frauduleux de ma signature, l'existence d'une société-écran - la Dixon Limited - et le dossier trouvé dans le bureau de son père détaillant les dates de versements et les montants.

À cette heure matinale, la circulation était encore fluide dans Ashbourne. Aussi, nous arrivâmes rapidement à destination, et je garai ma voiture dans une rue adjacente. Dans l'habitacle, Violette réfléchit un instant, le regard fixé sur le café devant nous. Puis elle se tourna vers moi, la mâchoire serrée, son expression plus déterminée que jamais.

— Si on l'accuse directement, il va se braquer. Et s'il est impliqué, il aura déjà une version à nous servir, dit-elle, stratège.

— Tu le connais mieux que moi. Tu préfères que je reste dans la voiture ?

— Non. Au contraire, il faut qu'il voie qu'on est ensemble, qu'il comprenne qu'on n'abandonnera pas. D'ailleurs, le voici qui arrive ! Mon frère est très prévisible, s'amusa-t-elle.

Graham, habillé d'un costume sur mesure, entra dans le café. Il avait cette attitude de conquérant, typique de l'homme d'affaires impitoyable qu'il était. Pendant une seconde, j'eus envie de le suivre pour lui coller la correction de sa vie, mais la main de Violette sur la mienne me fit revenir sur Terre.

— On y va ensemble, me rappela-t-elle. Je vais lui dire ce que je sais et même si c'est compliqué pour toi, il faut que tu restes calme.

Je bouillais intérieurement. Ce mec qui, tranquillement, allait prendre son petit déjeuner dans ce café m'avait expédié en prison sans aucun remords. Il ne méritait pas vraiment ma clémence.

— Je ne souhaite pas que tu retournes en prison pour coups et blessures. Ou pire encore, reprit Violette avec humour. Je compte juste sur toi pour être plus malin que lui.

Un sourire effleura mes lèvres. Plus malin que Graham Cosgrove ? Ça, je pouvais le faire.

L'odeur de café me chatouilla les narines quand je franchis le seuil du commerce. Graham était assis à une table au fond de la salle, lui donnant la possibilité de savoir en un coup d'œil qui pénétrait dans les lieux. En voyant sa sœur, il esquissa un sourire qui se transforma en rictus quand il vit ma main dans celle de Violette.

— Bonjour, Graham, fit-elle en s'installant en face de lui.

— Tu sors les poubelles ? dit-il en portant sa tasse de café à ses lèvres.

— On est venus prendre un petit déjeuner avec toi, expliqua Violette avec patience. Tu pourrais être un peu aimable !

— Je suis aimable. Mais pas avec les parasites. Je t'avais pourtant dit que je ne voulais plus que tu rôdes autour de ma sœur.

— Sinon quoi, Cosgrove ? rétorquai-je.

— Sinon je m'occuperais personnellement de ton cas. Et crois-moi, j'y prendrais beaucoup de plaisir.

— Graham, s'il te plaît, intervint Violette. Nous ne sommes pas venus ici pour nous battre avec toi. Nous voulons seulement discuter.

— Discuter ? Tu veux qu'on parle de votre... relation ? Nos parents sont furieux, Violette. Au début nous avons pensé qu'il s'agissait d'une provocation de plus. Mais, d'après ce que je vois, j'ai l'impression que nous avons fait fausse route.

Il désignait nos mains jointes.

— C'est autre chose, confirma Violette en m'adressant un sourire.

— Cette journée commence vraiment mal. Tu te rends compte de ce que tu es en train de faire ?

— Assez oui, répondit Violette sans masquer le ton de défi dans sa voix.

— Tu es en train de nous humilier. Nous sommes la risée de la presse, tu passes pour la folle furieuse de service qui renie sa famille. Papa envisage de te priver de ton héritage et Benjamin... Benjamin ne veut pas passer après un Monroe.

Je laissai échapper un rire. Benjamin en pleine crise d'orgueil et de fierté était irrésistible. Ce mec collectionnait les histoires sordides, lavant son honneur avec des liasses de billets. Il parvenait à afficher une réputation impeccable.

— Benjamin devrait se détendre, lançai-je, amusé. À force de se tenir aussi raide, il va finir par se casser.

Graham me fusilla du regard, mais je n'en avais rien à faire. Ce type était tellement engoncé dans son arrogance qu'il m'horripilait. Sous la couche de vernis de politesse et de bonnes manières, Graham était redoutable et capable de vous broyer en deux. Je m'en méfiais.

— Épargne-moi ton humour, Monroe.

— Épargne-moi ton hypocrisie, Cosgrove, répliquai-je du tac au tac.

— Tu ne devrais même pas être ici, avec elle, dit-il en plantant son regard glacial dans le mien.

— Ah, le grand frère protecteur. Toujours là pour dicter à Violette ce qu'elle doit faire.

Un silence tendu s'installa. Violette posa une main sur mon bras pour m'apaiser avant de reporter son attention sur Graham.

— On n'est pas là pour ça, dit-elle fermement.

Graham croisa les bras, faussement détendu. J'ignorais l'histoire de sa relation avec sa sœur, mais il la regardait avec intérêt et confiance. Il la prenait au sérieux et cela me rassura.

— Alors éclairez-moi, quel est le but de cette charmante réunion de famille ? L'annonce de vos fiançailles ? Tu n'es pas enceinte au moins ?

— Est-ce que le nom de Dixon Limited t'évoque quelque chose ? l'interrogea Violette.

Elle était allée droit au but. Et vu la façon dont son frère blêmit sous nos yeux, son attaque avait fait mouche. Graham se redressa légèrement, son sourire s'effaçant une fraction de seconde avant de revenir, plus crispé.

— Dixon Limited ? répéta-t-il en haussant un sourcil, comme s'il cherchait à gagner du temps.

— Ne fais pas semblant de ne pas savoir, enchaînai-je d'un ton plus sec. On sait que cette société a joué un rôle clé dans ma condamnation.

Graham fit tourner une chevalière à son doigt, un tic nerveux que je notai avec satisfaction. Ses mâchoires se serrèrent davantage et il toisa sa sœur.

— Tu joues les détectives ?

— Je cherche à comprendre comment le nom de notre famille peut apparaître dans le dossier d'Hamilton. Ce n'est pas vraiment dans nos habitudes de nous mélanger aux Monroe ! ironisa-t-elle.

— Tu devrais rester éloignée de tout ça, lui recommanda-t-il.

Son ton avait changé. Son arrogance et sa suffisance avaient disparu, et Graham se révélait maintenant plus doux et fraternel. Il me lança un regard, comme pour s'assurer de notre détermination. Ce fut Violette qui brisa le silence.

— Nous ne partirons pas d'ici sans une explication.

— Je connais la Dixon Limited, admit-il enfin.

C'était plus fort que moi. Je me levai et frappai la première chaise que je vis. Elle tomba au sol dans un bruit sourd, attirant l'attention des rares autres clients.

En une phrase, Graham venait de confirmer ce que mon instinct me dictait depuis des semaines.

En une phrase, Graham, cet homme qui me détestait du plus profond de son âme venait de m'innocenter.

— Le dossier était sur le bureau de papa. Je lui ai posé des questions.

À nouveau, il fit tourner la chevalière autour de son doigt. Sa posture même - moins assurée, plus voûtée - trahissait une nervosité inhabituelle. Violette me lança un regard : elle était aussi soulagée de me savoir hors de cause que coupable de comprendre que sa famille était derrière cette escroquerie.

— Pourquoi ? demandai-je, en le fixant, mes poings fichés sur la table.

— Parce que le nom est apparu dans des transactions inhabituelles. Je voulais comprendre.

Violette croisa les bras, sceptique. Je passai une main dans mes cheveux encore humide : nous étions près du but, tout près de savoir qui était le fameux Dixon qui me pourrissait la vie.

— Et tu n'as rien dit ? demanda-t-elle, la colère flambant dans ses yeux.

— Je n'avais rien à dire. Papa n'a pas été particulièrement bavard sur le sujet. Il a rangé le dossier et cela signifiait que le débat était clos.

— Donc, tu penses que papa a monté cette histoire sordide ?

— Papa ? reprit-il en ricanant. Non. Papa ne fait pas ce genre de chose. Il laisse les autres se salir les mains. Il passe toujours par un intermédiaire. Ça ferait mauvais genre de finir avec les menottes au poignet en une du journal télévisé.

— Bah voyons, grommelai-je, à deux doigts de l'étrangler.

— Qui ? demanda Violette.

Graham la dévisagea. Je n'avais jamais vu cette femme aussi déterminée. Elle tenait tête à son frère, gardant son admirable sang-froid, ne perdant aucunement son objectif de vue, pendant que je ruminais ma colère et allais et venais comme un lion en cage.

— Rien d'original. Un certain Dixon, répondit-il. C'est la seule information que j'ai pu soutirer à papa avant qu'il se transforme en véritable tombe.

— Qui nous dit que tu ne trempes pas dans cette histoire ? demandai-je.

— Je ne fais pas dans l'escroquerie, Hamilton. J'ai ma fierté et j'aime la jouer *fair-play*. J'ai posé des questions à mon père parce que je n'aime pas naviguer à l'aveugle dans nos affaires. J'aime savoir dans quoi je m'embarque. Ça m'évite de devoir répondre à tout un tas de questions alors que je n'ai pas fini mon petit déjeuner, ajouta-t-il avec une pointe de sarcasme.

— Tu me promets que tu ne sais rien de plus ? l'interrogea sa sœur.

— Je te le promets. Je n'apprécie pas particulièrement Monroe, mais j'ai encore une conscience.

Violette soupira et se leva. Cette discussion lui avait coûté plus d'énergie qu'elle ne voulait l'admettre. Surtout, avoir la confirmation que son père était bien derrière mon séjour en prison la bouleversait. Tout ce en quoi elle croyait encore un peu était en train de se morceler.

— Merci, Graham, murmura-t-elle.

Il haussa un sourcil, surpris, avant d'esquisser un sourire en coin.

— Tu aurais fait une femme d'affaires redoutable, la complimenta son frère.

Il m'observa un instant avant de tendre la main. J'hésitai une fraction de seconde, puis la serrai. Pas un signe d'amitié, juste un pacte tacite de tolérance mutuelle. Lui, comme moi, aimions Violette.

Alors que je m'apprêtais à lâcher prise, son expression se durcit.

— Si jamais tu fais du mal à ma sœur, Monroe, je le saurai, dit-il en fichant son regard dans le mien.

— On dirait presque une menace.

— Presque, me confirma-t-il, avant de me relâcher.

Sans un mot de plus, nous quittâmes le café. Dehors, l'air était plus frais, mais la tension de la discussion nous collait encore à la peau. Nous avions avancé. Un peu. J'entourai la taille de Violette de mon bras et l'attirai contre moi. Elle était en train d'encaisser et semblait sur le point de s'effondrer.

— On va chez toi pour que tu te changes. Je t'amènerai ensuite à la librairie.

Elle hocha la tête, toujours silencieuse. Pendant que je conduisais, j'échafaudais un plan de bataille : revoir James, parler à Jonah, reprendre le dossier.

Trouver ce putain de Dixon.

Violette resta silencieuse durant tout le trajet. Chez elle, elle fonça dans sa chambre et se changea pour un jean noir et un pull en laine gris clair. Ses yeux rougis trahissaient ses larmes, mais, dans ses iris, je voyais toujours cette sincérité désarmante. Malgré la fatigue et le poids de mon histoire, elle restait belle et lumineuse.

— Rita dit qu'il faut toujours tirer du positif dans la moindre chose, dit-elle finalement alors qu'elle croquait dans une pomme.

— Rita va sûrement déployer toute son imagination pour te changer les idées.

Violette s'approcha de moi, abandonnant sa pomme sur un meuble. Elle enroula ses bras autour de ma taille et posa sa tête contre ma poitrine. Je la serrai étroitement contre moi. Dans le marasme de ma vie, elle était là, confiante et douce. Elle était ma chance.

— Ce que je veux dire, c'est que sans tout ça, sans ce fameux Dixon, on ne se serait jamais rencontrés. Ma vie est un véritable bazar, mon père se révèle être un escroc, mon nom de famille sera bientôt synonyme de scandale. Mais, malgré tout...

Elle releva les yeux vers moi et j'eus la sensation que le temps s'arrêtait autour de nous.

— Je t'aime, Hamilton Monroe. Ton chaos, tes orages et toi.

Chapitre 30

Violette

Hamilton poussa la porte de la librairie et me laissa entrer avant lui. Rita était derrière le comptoir et, dès qu'elle nous aperçut, un large sourire se peignit sur son visage.

Avant que je ne puisse la saluer, elle s'empara d'une cuillère en bois et nous accueillit à sa manière.

— Chers téléspectateurs, après des semaines de tension, notre couple star fait son retour triomphal ! Ont-ils enfin consommé leur amour interdit ? Ou bien cachent-ils un terrible secret ? Restez avec nous pour le prochain épisode de *Amour, Menottes et Livres* !

J'éclatai de rire devant son numéro, tandis qu'Hamilton, lui, se contentait de croiser les bras, l'air d'un homme qui regrettait déjà toutes ses décisions menant à ce moment précis.

— Ne râle pas ! C'était ça ou une version plus *gore*, genre *I Am a Killer*[1], reprit Rita en lançant un regard appuyé vers Hamilton.

— Rappelle-moi pourquoi tu n'as pas encore ta propre émission ? demanda ce dernier.

— Trop de talent, admit Rita avec un faux soupir. Bon, alors, on en est où ? nous interrogea-t-elle, son regard passant

1. *I Am a Killer* est une série documentaire, dans laquelle des condamnés à mort racontent leur histoire et les circonstances de leurs crimes.

alternativement d'Hamilton à moi. Vous avez décidé de céder à la passion et de m'offrir le spectacle que je mérite ? Ou vous comptez encore traîner votre tension non résolue sur plusieurs saisons ?

— Tu as l'air très investie, fis-je remarquer.

— Et qu'est-ce que tu veux qu'on te dise ? On a discuté, on est allé dîner et, ce matin, nous voilà.

Rita posa les mains sur ses hanches, l'air faussement outré.

— Je refuse d'accepter une réponse aussi fade. J'exige du croustillant, du scandaleux ! Hamilton, aide-moi un peu, toi, tu es supposé être le *bad boy* de cette histoire.

Je réprimai un rire, pendant qu'Hamilton lui lançait un regard blasé. Rita se donnait du mal pour lui arracher un sourire. Mais je soupçonnais ce dernier de lui résister uniquement pour l'agacer.

— Tu devrais te trouver une... occupation, dit-il finalement, sans masquer le sous-entendu graveleux dans sa voix.

— Une occupation ? répéta-t-elle. Tu as tout à fait raison. Je vais donc canaliser toute cette énergie dans un nouveau projet passionnant : vous observer et commenter chaque instant de votre relation.

Je poussai un soupir dramatique, pendant qu'Hamilton croisait les bras, imperturbable. Il n'avait pas encore compris que Rita était une espèce de monstre : la défier la nourrissait et elle se faisait un devoir de rendre coup pour coup.

— Je vais viser grand. Une chaîne YouTube, un podcast, peut-être même une tournée de conférences. Je pourrais aussi écrire un livre témoignage, suggéra-t-elle.

Je camouflai mon rire en cachant mon visage entre mes mains. Hamilton se tourna vers moi, faussement accablé.

— On devrait peut-être rompre tout de suite, ça lui éviterait d'aller trop loin.

— C'est vrai. Ça a été sympa, non ?

— Très.

— Non, non, non ! Si vous rompez, je veux une séparation spectaculaire, avec des larmes, des cris, et peut-être même un lancer de livre dramatique.

— J'ai une excellente visée, assurai-je en me mordant la lèvre pour ne pas rire.

Hamilton m'attrapa par la taille et m'attira contre lui. Il posa son front contre le mien et parce qu'elle avait encore un peu de savoir-vivre, Rita s'éclipsa... en faisant tomber le pot de petites cuillères à disposition sur le comptoir.

— Tu es certaine que tout va bien ? demanda-t-il, inquiet.

— Tout va bien, je t'assure. Il faut que je trouve comment affronter mon père, maintenant.

— Promets-moi de ne pas y aller seule. Je peux t'accompagner. Ou Graham acceptera certainement de t'aider.

Il semblait avoir renoncé à son plan d'anéantissement de ma famille. Mais il restait vigilant et prudent. Sa colère et son désir de vengeance n'étaient pas loin, canalisés, mais prêts à le submerger si la situation l'exigeait.

L'idée que je me confronte à mon père ne lui plaisait pas, mais j'étais certaine que c'était la solution la plus sûre et la plus efficace.

J'avais encore ce poids, au creux de l'estomac, mélange de culpabilité et de sourde colère. J'avais toujours vu mon père comme un homme d'affaires intraitable, puissant et dont le seul nom suffisait à faire plier un opposant. Mais cette fois, nous avions franchi un cap.

Pendant des années, il avait slalomé entre les affaires : du conflit d'intérêt à l'abus de pouvoir, ses avocats avaient systématiquement trouvé une parade pour le tirer des ennuis. Il claironnait en permanence qu'il était innocent et je l'avais cru. Maintenant, je n'étais plus sûre de rien. J'avais l'impression qu'on m'avait menti en permanence.

— Tout ira bien, répétai-je, autant pour me convaincre que pour rassurer Hamilton.

— On ne sait rien de l'implication de ton père. Et tant que nous n'avons pas démasqué ce Dixon, nous ne pourrons rien prouver.

— Je sais. Je croyais tout savoir sur ma famille. Et maintenant, j'ai l'impression que tout s'effondre.

Hamilton ne répondit pas immédiatement. Il se contenta de glisser une main sur ma nuque et d'exercer une légère pression, une chaleur réconfortante qui m'empêcha de sombrer complètement dans mes pensées.

— Rita va sûrement faire l'impossible pour te changer les idées, murmura Hamilton. De mon côté, je vais voir avec James comment on avance. Surtout, je veux que Graham soit épargné par les dommages collatéraux.

Un sourire m'échappa. J'appréciais qu'Hamilton ne mette pas toute ma famille dans le même sac. Graham nous avait aidés et je le croyais. Contrairement à moi, il avait perdu depuis longtemps sa naïveté concernant notre père. Je déclarai en plaisantant :

— Tu l'aimes bien, en fait.

— Je ne vais pas l'inviter à boire un verre tout de suite. Mais, il ne mérite pas d'être emporté par la vague.

Il m'embrassa sur les lèvres et une bulle de chaleur nous enveloppa. Au milieu du chaos, dès que nous étions ensemble, tout allait bien.

— On se voit ce soir ? Je vais demander à Miles de te laisser l'accès au parking et je dirai à Linda de me prévenir dès que tu arrives.

— Parfait. À plus tard.

Il quitta la librairie et je le suivis du regard jusqu'à ce qu'il grimpe dans sa voiture, laissant derrière lui un vide pesant. Je retrouvai Rita à l'étage de la librairie, contemplant une montagne de cartons de livres neufs.

— Eh bien au moins, ça m'occupera l'esprit, dis-je en m'approchant d'elle.

— Rien de tel qu'un bon déballage de nouveautés pour

oublier tes tourments existentiels, approuva Rita, pendant que j'attrapais un cutter.

Il y eut un court silence. Je sentais le regard de Rita sur moi. Elle trépignait de me poser toutes ses questions. Aussi, je finis par avoir pitié d'elle et j'abdiquai.

— Ça te coûte, n'est-ce pas ? lui demandai-je, amusée.

— Je ne vois pas de quoi tu parles, dit-elle avec une indifférence digne d'un Oscar

Je plissai les yeux, sceptique.

— Rita...

— Franchement, je suis la patience incarnée. Une sainte, plaida-t-elle en vidant un carton. J'ai tenu deux minutes entières sans poser de question, souligna-t-elle en agitant un doigt. C'est un record personnel.

— Très bien. Pose tes questions, qu'on en finisse.

Rita joignit les mains sous son menton, les yeux brillant d'excitation. Un rire m'échappa. Je pouvais compter sur ma meilleure amie pour chasser mes pensées sombres et mes inquiétudes. Elle ouvrit la bouche, avant de se raviser. De toute évidence, les questions se bousculaient.

— Donc... Vous vous êtes parlé ? demanda-t-elle.

— Oui.

— Putain, faut que j'évite les questions fermées si je veux des détails. Et... Vous vous êtes embrassés ?

— Ça me semble assez évident.

— C'est vrai. Au parc ? insista Rita.

— Non.

— Flûte ! Chez lui ?

— Non plus.

— Oh, je sais ! Dans sa voiture ? demanda-t-elle avec une lueur victorieuse dans le regard.

— Rita !

— Quoi ? Tu ne me dis rien, je suis obligée de te poser des questions. Franchement, tu gâches tellement de scénarios romantiques potentiels !

Je roulai des yeux en riant. Rita attendait certainement moult détails. J'étais heureuse d'avoir retrouvé Hamilton et notre complicité. Mais ma joie était ternie par notre conversation matinale avec Graham. Cette ombre persisterait tant que nous n'aurions pas fait la lumière sur les malversations.

— Sérieusement, Violette ! Hamilton coche un paquet de cases : mystérieux, milliardaire et sexy, énonça-t-elle en comptant sur ses doigts. Je veux du drame, de la tension, un baiser volé sous la pluie ou sur le capot d'une voiture en plein embouteillage !

— Tu regardes trop de films.

— Tu n'en regardes pas assez, rétorqua-t-elle en pointant un doigt accusateur vers moi.

— Tu veux quoi, un compte rendu en quatorze pages ?

— Minimum. Avec une analyse des émotions, une métaphore filée et une comparaison avec Ryan Gosling.

Je pouffai de rire et ouvris un nouveau carton. Des clients entrèrent dans la librairie, poussant Rita à cesser son interrogatoire pour les servir. Je profitai de cette trêve pour me plonger dans le déballage des livres, espérant que l'arrivée des clients détournerait durablement son attention. Mais je connaissais Rita et je savais que ce n'était qu'une question de temps avant qu'elle ne revienne à la charge.

Effectivement, à peine les clients partis, elle remonta à l'étage et se tourna vers moi, un sourire carnassier aux lèvres.

— Bon, où en étions-nous ?

— À l'instant où tu décidais de me laisser tranquille ?

Mon visage devait parler pour moi, car le rire de Rita s'éteignit aussitôt. Méthodiquement, je rangeai les livres dans les rayonnages et en disposai certains sur les tables. M'occuper les mains ne suffisait plus : je me repassais en boucle notre conversation avec Graham.

— Tout va bien ? m'interrogea Rita.

— Quand... Quand j'ai surpris Hamilton en train de fouiller le bureau de mon père, il cherchait des éléments pour se disculper.

— Merde. C'est... Est-ce que...

— Mon père, dis-je dans un soupir douloureux. Apparemment, il est derrière tout ça et... même si je ne suis jamais la première à défendre ma famille, j'ai du mal à comprendre.

— Je suis désolée, Violette. Comment va Hamilton ?

— Je crois qu'il est soulagé. Il a supporté la prison, mais l'humiliation d'être faussement accusé le ronge.

— Eh bien, tu n'as plus qu'à confronter ton père à ce que tu as découvert ! s'exclama Rita.

Dans sa bouche, cela semblait facile. En réalité, affronter mon père me terrifiait. Cela revenait à mettre en cause toute notre famille et mon éducation. Cela entacherait tous mes souvenirs avec lui.

— Ce n'est pas si simple.

— Pourquoi ?

— Parce que si c'est vrai... Si Hamilton a raison, alors tout ce en quoi j'ai cru s'effondre.

— Il faut que tu fasses un choix, Violette. Tu as Hamilton d'un côté et ta famille de l'autre. Depuis longtemps, on sait qu'ils sont incompatibles l'un avec l'autre. J'adorerais te dire que tout va s'arranger et que tout ira bien... Mais tu sais déjà que ce n'est pas possible.

Rita était la voix de ma conscience et la voix de la raison. J'avais déjà fait mon choix en tombant amoureuse d'Hamilton et tenter de concilier le vice de mon père et mes sentiments pour son ennemi était impossible. Pour le moment, nos destins respectifs étaient suspendus à cette ultime énigme : qui était l'intermédiaire de mon père ?

Qui était ce fameux Dixon ?

— On devrait finir d'ouvrir ces cartons, dis-je pour changer de sujet.

— Tu devrais plutôt me dire où tu as scellé ta réconciliation avec Hamilton !

— Dans un restaurant italien. Il a une table réservée chaque mardi.

La bouche de Rita s'ouvrit si grand que je crus, pendant une seconde, qu'elle était en pleine luxation de la mâchoire. Je ris doucement, tout en ouvrant l'un des derniers cartons.

— Ça colle avec tes scénarios romantiques ? demandai-je.

— Quand je pense que sans ce déguisement de burger c'est certainement moi qui prendrais mon pied avec Hamilton !

— Pardon ?!

— Bah oui, reprit Rita en croisant les bras. Si je n'avais pas porté ce fichu déguisement de burger, c'est moi qu'Hamilton aurait regardée avec désir et passion. À l'heure qu'il est, c'est peut-être moi qui aurais une place attitrée dans ce fichu restaurant italien.

J'éclatai de rire, libérant mon corps de la tension accumulée depuis ses dernières heures. Rita haussa un sourcil, comme pour appuyer sa démonstration. Nous passâmes la journée à la librairie où Rita donna le meilleur d'elle-même pour me distraire. Je reçus quelques messages d'Hamilton, s'inquiétant de mon moral. Je le rassurai de mon mieux, lui indiquant que j'avais hâte de le revoir après ma journée. Je ne voulais pas laisser Rita une fois de plus seule pour gérer la fermeture de la librairie.

— Tu veux vraiment fermer ? demanda-t-elle.

— Ça fait plusieurs soirs que tu le fais. Je peux m'en occuper. De toute façon Hamilton doit avoir quantité de travail. Je le retrouverai après.

J'avais surtout envie de retourner chez mes parents. Avec un peu de chance, mon père ne serait pas dans son bureau et je pourrais retrouver ce fameux dossier. C'était risqué, mais nécessaire.

— Eh bien, puisque tu insistes...

Rita attrapa son sac à main et en sortit un petit miroir de poche, avant de dégainer son rouge à lèvres et de l'appliquer avec une précision chirurgicale. Je plissai les yeux, intriguée.

— Où vas-tu comme ça ?

— Résoudre une énigme, répondit-elle avec un clin d'œil.

Je laissai un silence planer, puis pris un air faussement détaché. C'était le moment de lui servir un interrogatoire en règle, afin qu'elle comprenne ce que nous subissions tous avec elle.

— Oh, Barthelemy et toi... C'est le report de ton rencard annulé ?

— Oui.

— Deux rendez-vous en quelques jours, c'est prometteur.

— Oui.

— Putain, faut que j'évite les questions fermées si je veux des détails, ironisai-je. Et... vous vous êtes embrassés ?

Elle rangea son rouge à lèvres dans son sac avec un sourire en coin. Elle savait très bien ce que j'étais en train de faire et faisait son possible pour ne pas paraître agacée. Sinon, ça aurait ruiné tout son mode de fonctionnement.

— Je ne dirai rien, répondit-elle finalement.

— Allez, tu peux me le dire ! Moi aussi, j'ai envie de suivre une série palpitante ! Sérieusement, Rita ! Dis-moi que vous ne vous contentez pas d'échanger des regards chargés de tension sexuelle au-dessus d'un café.

— Nous avons aussi des conversations profondes et intellectuelles.

— Donc, il t'a complimentée sur ta robe et t'a demandé si tu préférais les polars ou les livres de développement personnel ?

— Ce sont des questions essentielles, Violette.

— Et ce soir, c'est quoi, alors ? Un dîner ? Un verre ? Un plan diabolique pour conquérir le monde à deux ?

— Nous n'en sommes pas là ! Il est très... réservé, expliqua-t-elle.

— Oh, donc il coche les cases : mystérieux, millionnaire et sexy ?

— A priori. Mais... comme je te le disais, il se montre un peu distant.

— Peut-être qu'il est timide ? suggérai-je. Ou juste coincé !

— Coincé et sexy, résuma-t-elle en ajustant une mèche de cheveux. Un combo dévastateur, un véritable défi ! Un peu comme... un Rubik's cube. Ou puzzle de 5 000 pièces de chevaux galopant dans les vagues.

Je hochai la tête. Même si Rita donnait le change, je sentais, à sa façon de parler que cette histoire semblait morte dans l'œuf. Ma meilleure amie avait besoin de défi, d'humour et d'un brin de folie furieuse ; il lui fallait un homme qui pouvait lui apporter tout cela et lui tenir tête.

— Laisse-lui une chance, plaidai-je. Tu es une femme très impressionnante, tu sais ! Il t'admire certainement !

— Je veux bien être vénérée, mais pas comme une relique sacrée !

J'étouffai un rire pendant qu'elle enfilait sa veste pour sortir. Elle se pencha vers moi pour m'embrasser sur la joue.

— Passe une bonne soirée, dis-je avec enthousiasme.

— Promis. On se voit demain ? Et si Barthelemy se révèle être plus qu'un joli costume, je te fais un compte rendu détaillé !

— J'ai hâte !

Elle ouvrit la porte du café-librairie et s'assura que les nuages dans le ciel n'étaient pas menaçants. Pour l'encourager, je déclarai :

— En même temps, un baiser sous la pluie, ça peut être très romantique !

— Barthelemy est le genre de mec à prendre un parapluie. Même en pleine canicule. Dommage, parce que j'avais percé un premier secret.

— Ah oui, lequel ?

— Ces prénoms. Il a fini par me les dire ! Comme si on pouvait me résister ! fit-elle en levant les yeux au ciel.

— Le pauvre ne sait pas à qui il a affaire ! Alors, tu vas fantasmer sur quels prénoms ?

— Barthelemy, Percy, Dixon.

La légèreté de la conversation s'évapora instantanément. Mon sourire se figea, mon souffle se bloqua. Un courant glacé remonta le long de ma colonne vertébrale. Mon cerveau refusa d'abord de connecter les points, puis, d'un coup, tout s'imbriqua.

Ça ne pouvait pas être une coïncidence. C'était impossible.

Rita, trop occupée à fouiller dans son sac, ne remarqua rien. Elle rejoignit sa voiture en lançant un dernier :

— Je t'envoie un message si jamais je m'enfuis en courant !

J'acquiesçai sans répondre, refermai la porte derrière elle et m'y adossai, les jambes tremblantes.

Dixon.

Chapitre 31

Hamilton

— Donc, si on présente cet ordinateur devant un juge, ça n'aidera pas mon dossier ? demandai-je à James.

— On pourrait t'accuser d'avoir manipulé des éléments ou de les avoir créés de toutes pièces.

— Super !

Dépité et en soufflant je me laissai tomber contre le dossier du fauteuil de mon bureau.

— Le procureur pourrait aussi t'accuser de vol, voire d'espionnage industriel. Crois-moi, le patriarche Cosgrove ne se gênera pas pour t'enterrer encore plus profond si tu lui en donnes l'opportunité.

— En conclusion, je suis coincé. Je peux prouver que je n'y suis pour rien, mais… la preuve n'est pas acceptable en l'état. C'est absurde.

— Je comprends ta frustration. Mais en tant qu'avocat, je peux t'assurer que si tu veux que ces preuves soient recevables, il faut les obtenir légalement. Ou au moins trouver un moyen de les faire authentifier sans qu'on puisse remettre leur origine en question.

Je levai les yeux au ciel. Bien sûr. Comme si c'était aussi simple.

— Est-ce que Violette…

J'interrompis James immédiatement. Je savais déjà où il voulait en venir.

— Je ne veux pas mêler Violette à tout ça. Pas plus qu'elle ne l'est déjà.

— Son frère alors ?

— Son frère n'ira jamais témoigner contre les Cosgrove. Il n'approuve pas les pratiques de son père mais il n'est pas prêt à voir l'empire s'effondrer. Surtout si c'est lui qui en provoque la chute !

— Donc, on oublie Graham. Ça nous laisse quoi ?

Je serrai les mâchoires, la frustration montant en moi. J'avais épuisé mes options, et James le savait. Pourtant, il continuait de me fixer, attendant que je trouve une solution, une échappatoire.

— Est-ce que Jonah a déterré d'autres pistes ? me demanda James.

— Pas vraiment. Il épluche la vidéosurveillance, il recoupe des infos. Mais c'est laborieux. Toute cette histoire a été réfléchie et planifiée. Donc, d'après Jonah, c'est une sorte de... traque.

— Et il a une idée de la façon dont cette personne aurait procédé ?

— Piratage de mes données, infiltration de mon entourage, surveillance physique... Jonah épluche tout ce qui pourrait indiquer une fuite d'informations. En tout cas, pour l'instant, nous sommes dans une impasse.

Un silence tendu s'installa. James ouvrit la bouche pour répondre, mais mon téléphone vibra sur la table. Le prénom de Violette clignota sur l'écran me tirant un sourire : un rayon de soleil au milieu de cette interminable tempête.

Je décrochai immédiatement.

— Tu es toujours à ton bureau ? demanda-t-elle sans préambule.

— Toujours au bureau. James est là aussi. Tu nous rejoins ?

— Je... Je crois que j'ai découvert un truc. J'arrive.

Aussitôt, je me relevai de mon fauteuil et commençai à arpenter nerveusement mon bureau, captant la légère hésitation dans sa voix. James se redressa de son fauteuil, m'imita, affichant un visage concerné.

— Découvert quoi ? insistai-je

— Je t'explique en arrivant. Je dois appeler Rita.

— Violette...

Mais elle avait déjà raccroché. Je baissai lentement mon téléphone, fixant l'écran noir, mon esprit tournant à plein régime. Par automatisme, je prévins Miles, le gardien du parking de l'arrivée de ma petite amie. Je vérifiai l'heure : avec la circulation de fin de journée, Violette mettrait au moins vingt minutes pour arriver.

Soudain on frappa à la porte, ce qui me fit sursauter. Dans l'entrebâillement, Barthelemy passa sa tête, un sourire aux lèvres. Je secouai la tête : toute cette tension et cette suspicion me rendait parano et trop nerveux.

— Je pars. Si tu as besoin, tu peux m'appeler, m'informa-t-il.

— Tu pars ? Le jour n'est même pas encore tombé, répondit James pour plaisanter.

— Disons que la compagnie de Rita est plus divertissante que le dernier appel d'offres sur lequel je travaille, ironisa-t-il.

— Regardez-le : prêt à se jeter dans la fosse aux lions, alors qu'il vient à peine d'échapper à son ex terrifiante, ajouta James.

— Amuse-toi bien, dis-je.

Je n'avais pas le cœur à plaisanter. La voix de Violette, ses quelques mots, la tension qui transperçait dans son appel m'inquiétaient. Si elle avait vraiment trouvé un nouvel indice, cela me permettrait sûrement d'être définitivement innocenté.

— Toujours un plaisir de voir que vous vous souciez de ma vie sociale, répondit-il Barthelemy avec sarcasme. Bonne soirée avec vos... dossiers !

Il referma la porte derrière lui, me laissant seul avec James. Ne tenant plus, quelques minutes plus tard, avec mon avocat sur mes talons, je rejoignis l'entrée de l'immeuble, attendant Violette. Les minutes s'écoulaient, interminables. Je ne comptais plus le nombre de fois où je vérifiai l'heure sur ma montre.

Un silence s'installa, rythmé par le vrombissement des voitures. Puis, au loin, je reconnus la silhouette familière de la voiture de Violette se faufilant entre les autres véhicules. Mon cœur accéléra légèrement.

— La voilà, murmurai-je.

James redressa la tête alors que la voiture s'arrêtait près de nous, au milieu de l'allée pavée.

— Elle ne va pas même pas au parking ? s'étonna James.

À peine eut-elle coupé le moteur de son véhicule que Violette en sortit, ses traits tendus, son regard fixé sur moi.

— Il faut qu'on parle, dit-elle sans détour en s'approchant. Tous ensemble, ajouta-t-elle en jetant un regard vers James.

De retour dans mon bureau, elle ferma la porte à clé derrière elle. James s'installa dans un fauteuil, tapotant nerveusement l'accoudoir de ses doigts, pendant que je m'appuyais contre mon bureau, les bras croisés sur ma poitrine.

— Après notre conversation avec Graham, j'ai passé une partie de la journée à réfléchir. Et, je me suis dit que j'allais aller chez mon père et que...

— Pitié, Violette, dis-moi que tu as renoncé à cette idée ! la coupai-je, inquiet.

— Voler cet ordinateur était une mauvaise idée, confirma James. D'un point de vue légal, ajouta-t-il.

— Je... J'étais sur le point d'y aller mais... Rita... Rita m'a dit qu'elle sortait avec ton associé.

— En effet, il vient de quitter le bureau, confirmai-je. Juste avant que tu arrives !

— Et quel est le rapport avec ton père ? l'interrogea James, intrigué.

— Rita m'a dit qu'elle avait découvert les autres prénoms de Barthelemy.

Je haussai un sourcil, perdu dans sa démonstration. Au téléphone, elle semblait affolée et inquiète... et elle me parlait de l'histoire entre Rita et Barthelemy. J'échangeai un regard avec James qui semblait tout aussi dubitatif que moi.

— Barthelemy, Percy, Dixon, lâcha finalement Violette dans un souffle.

J'eus la sensation qu'une grenade dégoupillée venait d'exploser à mes pieds. Ce n'était pas un uppercut, ni même un crochet, c'était comme si j'avais été pulvérisé en petits morceaux. J'ouvris la bouche, mais les mots comme mes pensées se bousculaient.

— Ça ne peut pas être une coïncidence, dit finalement James d'une voix blanche. Tu es sûre de toi, Violette ?

— J'ai rappelé Rita pour en être certaine. J'ai prétexté un pari avec vous deux sur le sujet. Barthelemy est Dixon.

J'étais sous le choc et j'avais la sensation que toutes mes forces, toute mon énergie m'avait quitté. Ça allait bien au-delà d'une simple trahison. C'était un coup porté droit au cœur, un coup qui remettait en question tout ce que je croyais savoir. Pendant des semaines, j'avais cherché l'instigateur de cette affaire, et il était là, dans le bureau près du mien, m'aidant dans mon travail, participant aux réunions et m'offrant à chaque fois des réponses cohérentes à toutes mes questions.

Violette s'approcha de moi et tenta d'accrocher mon regard. Délicatement, elle posa sa main sur ma joue, me forçant à la regarder.

— Je suis désolée, murmura-t-elle.

— Hamilton, c'est le moment d'agir. C'est ton entreprise, tu peux entrer dans son bureau pour tenter de trouver des informations.

Encore stupéfié par ce que venait de m'apprendre Violette, je peinais à comprendre ce qu'on me disait. Je me débattais dans mes émotions contradictoires, entre soulagement et colère.

Barthelemy. Je tentai de trouver un détail qui ne coïncidait pas avec ce scénario, mais chaque élément s'emboîtait à la perfection.

— Hamilton ?

La voix de Violette me sortit de ma torpeur. James me dévisagea. Contrairement à moi, il était déjà en train d'analyser la situation et de penser à la suite. J'étais trop sonné pour être lucide.

— Hamilton, tout coïncide, me fit remarquer James. Il avait accès à tous les comptes de la société. Et il a une procuration signée.

— J'ai... j'ai vu que nos bénéfices étaient en baisse, mais...

— Il a sûrement falsifié les relevés d'opérations pour camoufler toutes les malversations.

Je serrai les poings, sentant, peu à peu, une colère inédite et ravageuse me gagner. Je n'étais pas blessé, j'étais furieux, pris d'une rage froide, implacable et dangereuse. L'homme en qui j'avais placé ma confiance, celui à qui j'avais donné du pouvoir, celui qui avait eu accès à tout m'avait trahi et manipulé.

— Il faut qu'on vérifie son bureau, maintenant, lançai-je d'une voix tranchante.

James acquiesça sans un mot, Violette posa une main sur mon bras, comme pour m'apaiser, mais je n'étais plus en état de tempérer quoi que ce soit. Sans attendre, je me dirigeai vers la porte, bien décidé à obtenir des réponses.

Je tournai la poignée, mais la porte me résista. Le souvenir de mon retour ici, à ma sortie de prison, me revint. Barthelemy avait déjà verrouillé son bureau pendant une semaine. Refusant de perdre mon temps à récupérer un double auprès de la sécurité, je reculai et frappai du pied contre la porte, à hauteur de la serrure.

James, sidéré, et Violette, inquiète, m'observaient en silence. Taper dans cette porte me faisait un bien fou. J'évacuai ma fureur et ma frustration. Barthelemy avait de la chance de ne pas être à portée de mes poings. La porte céda dans un craquement sinistre et, sans hésitation aucune, j'entrai dans le bureau de mon associé avec détermination.

Le battant à peine enfoncé, je balayai la pièce du regard. Le bureau de Barthelemy était à son image : impeccable, froid. Tout était méthodiquement rangé.

Le mobilier, en bois sombre et acier brossé, dégageait une austérité presque intimidante. Un large bureau trônait au centre de la pièce, parfaitement aligné avec les immenses baies vitrées donnant sur la ville. Sur le plateau se trouvait un sous-main en cuir impeccable et un stylo Montblanc était posé juste au-dessus.

Ici, rien ne trahissait un quelconque intérêt personnel ni aucune fantaisie.

— Méticuleux, commenta James.

— Ça ne veut pas dire qu'on ne va rien trouver, répondis-je en tentant de fermer la porte.

— Il n'a pas laissé son ordinateur, constata Violette.

— Appelle Jonah, lui intimai-je tout en lui lançant mon téléphone. Dis-lui de vérifier le serveur, l'historique, les mails. Si Barthelemy se pense intouchable, il a peut-être été moins prudent. James, occupe-toi des tiroirs et de l'armoire.

Violette avait déjà le téléphone collé à l'oreille quand James ouvrait un à un les tiroirs. Il en sortit des dossiers, les feuilleta, avant de les abandonner au sol. De mon côté, je fouillai son bureau, soulevant son sous-main, vérifiant son tiroir.

— Des relevés bancaires, murmura James en fouillant un nouveau dossier. Mais rien d'exploitable. Je n'ai rien au nom de Dixon.

— Jonah est en train de regarder les mails, expliqua Violette.

— Quand je pense qu'il a tout orchestré. Il a déplacé les fonds sous mon nez. Et je n'ai rien vu…

— C'était un montage très complexe, Hamilton. Tu n'avais aucune chance de le débusquer.

Soudain, au milieu de notre conversation et des bruits de feuilles que nous consultions, trois bips retentirent. Violette me jeta un regard paniqué, pendant que James fronçait les sourcils.

— C'est l'imprimante, murmurai-je.

— Les bureaux ne sont pas vides ? s'étonna James.

— Normalement, si.

Un silence pesant s'installa, seulement troublé par le vrombissement de l'imprimante qui crachait une feuille quelque part dans la pièce voisine. Je retins mon souffle, imaginant un des membres de l'équipe de la sécurité en pleine séance de photocopies. Seul hic, cette imprimante était sécurisée. Sans code d'accès, impossible de la faire fonctionner.

L'imprimante s'arrêta et quand j'identifiai des pas dans le couloir, le doute ne fut plus permis. Je posai mon index contre mes lèvres, ordonnant à James et à Violette de rester silencieux.

La porte du bureau s'ouvrit et Barthelemy apparut dans l'encadrement, son regard fouillant la pièce en désordre avant de se figer sur moi. Il resta immobile une fraction de seconde, absorbant la scène, puis repoussa doucement la porte derrière lui, comme s'il voulait enfermer le chaos avec nous.

— Je me doutais que tu finirais par comprendre, finit-il par dire, un soupçon d'amusement dans la voix.

Je ne répondis pas immédiatement. J'observai son masque de contrôle, sa posture calculée, la façon dont ses doigts pianotaient négligemment sur le bois du bureau. Il n'était pas surpris. Ni effrayé. Il était prêt à m'affronter. James nous observait, prêt à intervenir.

Violette se tenait à l'autre bout de la pièce, le téléphone à la main, ses yeux humides de larmes. S'il touchait un de ses cheveux, je me promis de le tuer de mes propres mains.

— Tout ce temps... tu jouais contre moi, dis-je d'une voix glaciale.

— « Contre » est un bien grand mot, Hamilton. Je dirais plutôt... pour moi, répondit mon associé avec une voix glaciale.

— Explique-moi.

— Tu as toujours tout eu, Hamilton, expliqua-t-il avec calme. Le talent, l'instinct, l'argent. L'entreprise était ton héritage. Moi ? J'ai travaillé pour la construire. J'ai fait prospérer tes idées, j'ai pris des décisions que, toi, tu refusais de prendre.

— Nous avons monté cette entreprise ensemble, Barthelemy.

— Ensemble ? répéta-t-il dans un rire. Non, non, Hamilton. Tu donnais les idées et j'étais là, derrière, à exécuter les ordres et à faire en sorte que tout fonctionne. Des soirées, des nuits entières sacrifiées pour faire tourner cette boîte. Pour que toi, tu récoltes les lauriers !

Je déglutis, fixant Barthelemy, perdu. Nous nous connaissions depuis des années, je lui faisais confiance. Et maintenant, je découvrais son amertume et sa jalousie. Je découvrais qu'il me détestait. Je sentis mes mâchoires se contracter de rage.

— Et ça justifiait de détourner des fonds ? De me faire accuser à ta place ?

— Je me fichais de l'argent. J'en avais juste assez d'être un éternel numéro 2. Et à vrai dire, que tu finisses en prison n'a pas surpris beaucoup de monde.

— Et pourquoi les Cosgrove ?

— Parce qu'ils avaient les moyens de me protéger. Ta chute était une aubaine pour eux. Avant ton retour anticipé ici, j'étais en train de négocier la vente de certaines actions. Un nombre suffisant pour leur donner la main sur l'empire Monroe.

— Tu voulais... vendre l'entreprise ?

Ce que j'avais pris pour une jalousie incontrôlable se révélait être une véritable entreprise de destruction, un démantèlement organisé de mon entreprise.

— Le seul truc que je n'avais pas prévu...

— C'est Violette, finis-je pour lui.

— Te taper la fille Cosgrove... Je n'aurais pas misé un dollar là-dessus.

Il fixa Violette et un éclat de fureur traversa brièvement ses yeux avant qu'il ne retrouve son masque impassible. Ma colère ressurgit, plus forte et plus violente que jamais. La façon dont il la regardait, avec ce mépris palpable et cette haine farouche, me donnait envie d'écraser son crâne contre son bureau.

— Tu avais tout, Barth. Un pouvoir que personne ne t'aurait contesté. Pourquoi risquer autant ?

— Tu avais tout, corrigea-t-il. Dès la naissance, en un claquement de doigt ! Et maintenant tu as même l'héritière la plus convoitée de la ville, ajouta-t-il dans un rire nerveux. Moi, je n'ai que la meilleure amie de l'héritière.

Un frisson parcourut Violette à cette déclaration, mais elle ne détourna pas le regard. Ma mâchoire se contracta, ma colère menaçait d'exploser, mais je refusais de lui donner l'avantage. Je me contentai de fixer Barthelemy avec un mépris glacé.

Le regard de ce dernier revint sur moi, son sourire glissant lentement vers quelque chose de plus froid.

— C'est justement elle qui nous a permis de remonter jusqu'à toi. C'est joli, Dixon, comme troisième prénom, raillai-je.

— Je connais assez de secrets pour que ton entreprise n'en ressorte pas indemne, me menaça-t-il.

Je le dévisageai un instant. Il jouait sa dernière carte.

— Tu as tout foutu en l'air, murmurai-je.

— Je m'en sortirai, assura-t-il.

— Les Cosgrove ne te protégeront pas. Au contraire, ils vont s'essuyer les pieds sur toi pour s'en sortir !

Un bruit de pas précipités dans le couloir attira son attention. Puis une voix claire et autoritaire retentit derrière la porte. Barthelemy haussa un sourcil, à peine surpris et la police entra dans son bureau pour l'encercler. L'un d'eux lui lut ses droits pendant que l'autre lui passait les menottes. Il ne chercha même pas à se débattre, mais dans son regard brillait toujours cette lueur de défi.

En quelques instants, il fut escorté hors du bureau, son visage crispé par la rage et l'impuissance. Le silence retomba aussitôt dans la pièce.

Violette me rejoignit en deux secondes et j'enroulai mes bras autour de sa taille pour la serrer contre moi. Du coin de l'œil, je vis James secouer la tête en soupirant. D'un acquiescement, il me confirma que ça irait.

— Merci, murmurai-je à Violette.

— C'est Jonah qui a tout enregistré, expliqua-t-elle.

— Non, pour tout le reste.

James balaya la pièce du regard, les mains sur les hanches, avant de lâcher un soupir. Le bureau était dévasté, comme un symbole de la trahison de Barthelemy.

— Bon… je crois qu'on a mérité un verre, proposa mon avocat. Voire deux !

Violette rit doucement contre moi, et je sentis une partie de la tension se dissiper. Ce n'était pas fini. Dès demain, il faudrait affronter la presse, les actionnaires, les clients et nos investisseurs.

Il faudrait reconstruire et rétablir la confiance.

Mais après des semaines à me battre contre un fantôme et à vouloir réhabiliter mon nom, pour ce soir seulement, je m'autorisai à souffler.

Épilogue

Violette

— Tu crois que la presse finira par décamper ? m'interrogea Graham, mon frère.

Par la baie vitrée, il observait l'entrée de la résidence d'Hamilton, un verre de jus de fruit à la main. Je suivis son regard. En bas, une nuée de journalistes attendait, prête à bondir sur le moindre mouvement.

— Ils sont là depuis dix jours, ils vont bien finir par se lasser.

— Dix jours, répéta-t-il pensivement. Dix jours que notre nom est dans toutes les conversations, sur tous les écrans...

— Il faudrait qu'un nouveau scandale surpasse celui-ci. Mais soyons honnête, papa a mis la barre très haut.

Graham pinça les lèvres et hocha la tête. Il but une gorgée avant de s'installer dans le salon, s'asseyant sur un des fauteuils. En dix jours, j'avais la sensation que mon frère avait pris dix ans. Des rides étaient apparues autour de ses yeux, son visage semblait plus affaissé et il avait perdu cette lueur d'arrogance dans le regard.

— Tu sais qu'on ne reviendra jamais en arrière ? fit-il, sans masquer son amertume.

Son ton n'était pas accusateur, juste lucide. Une simple constatation d'un fait irrévocable. Papa et Barthelemy avait fait imploser notre monde. Il n'y avait même pas de morceaux à ramasser tant les dégâts étaient colossaux. Les entreprises du groupe Cosgrove étaient sous surveillance fédérale, des agents des finances inspectaient les comptes et toutes nos résidences – y compris mon appartement – avaient été perquisitionnées et mises sous scellées.

En une nuit, nous avions tout perdu.

— Comment va maman ? demandai-je.

— Elle vit à l'hôtel pour le moment. Je lui ai proposé qu'on déjeune tous ensemble, mais elle refuse de te voir pour le moment.

— Elle pense que c'est ma faute ?

— Oui, répondit-il. Il va lui falloir du temps pour digérer. Beaucoup de ses relations lui ont tourné le dos, pour éviter d'être éclaboussées par le scandale.

L'arrestation de mon père, à la descente de son jet, alors qu'il revenait d'un déplacement professionnel l'avait beaucoup choquée. Papa s'était débattu avec virulence et avait fini le visage écrasé sur le tarmac, maintenu au sol par deux agents, le temps qu'un troisième le menotte. Maman avait hurlé, insulté, menacé... Et cela avait, bien sûr, été retransmis en direct sur toutes les chaînes d'informations.

— C'est l'humiliation qui est compliquée pour elle, dis-je en m'installant sur le canapé.

— L'humiliation... et la solitude. Papa en prison, ses amies qui l'évitent, les journalistes qui guettent chacun de ses mouvements, sa fille en grande justicière et son fils aîné en informateur... Ça fait beaucoup ! Elle ne l'admettra jamais, mais elle est complètement seule.

Un silence s'installa dans l'appartement. À l'instar de maman, mes trois autres frères nous avaient aussi tourné le dos. Que je sois amoureuse d'Hamilton était déjà une provocation pour eux ; que je l'aide à se disculper en dénonçant notre père avait été le coup de grâce.

— La police l'a interrogée hier, reprit Graham. Pendant trois heures. Ils la soupçonnent d'avoir couvert les magouilles de papa. Elle jure qu'elle ne savait rien et, franchement, je pense qu'elle dit la vérité. Mais ils ne la lâchent pas !

Un frisson glacé me traversa. Maman, assise dans une salle d'interrogatoire, soumise au feu roulant des questions, elle qui passait sa vie à tout contrôler, à tout lisser... C'était une véritable disgrâce pour elle.

— Elle a dû détester ça, dis-je avec un petit sourire.

— Elle était furieuse. Contre la police, contre la presse... Je pense que tout Ashbourne l'a entendue vociférer contre son avocat !

— Maman est pleine de ressources, elle s'en remettra, répondis-je en haussant les épaules. Et toi, comment vas-tu ?

— Je ne sais pas trop. Je n'ai plus vraiment de travail, mes comptes bancaires sont sous séquestre, mes amis sont injoignables, mon père est en cellule pour s'expliquer sur un nombre d'affaires assez terrifiants et ma sœur m'héberge chez un mec que je déteste depuis des années !

— Tu peux rester autant que tu veux, assurai-je.

— C'est gentil. Mais vous voir roucouler en permanence me donne envie de m'arracher les yeux. Je vais trouver une solution, dit-il en hochant la tête.

Graham était épuisé. Depuis dix jours, il subissait de multiples convocations au siège de la police. Hamilton avait pourtant plaidé en sa faveur, mais travailler avec mon père faisait de mon frère un complice par défaut. Il savait qu'il devrait repartir de zéro pour tout reconstruire.

— Mais, en tant que grand frère, je suis rassuré : Hamilton prend soin de toi. C'est bien que tu ne sois pas seule. Et puis son appartement n'est pas si mal !

— Nous prenons soin l'un de l'autre, corrigeai-je. Il faudra aussi du temps à Hamilton pour digérer ce que lui a fait Barthelemy.

Mon frère m'observa un long moment, avant de laisser échapper un petit rire.

— Quoi ? demandai-je.

— Une Cosgrove avec un Monroe. À mon avis, y a un paquet de nos ancêtres qui doivent se retourner dans leurs tombes ! s'amusa-t-il.

— Tant mieux, ça leur fera faire un peu d'exercice, ironisai-je. Je ne savais pas qui il était, dis-je pour la millième fois à mon frère. Et même si je l'avais su, je crois que cela n'aurait rien changé !

— Tu sais quoi ? J'ai toujours su que tu étais la plus brillante d'entre nous.

— Graham, il n'y a encore pas si longtemps, tu voulais que je convole avec Bradford !

Il éclata de rire, manquant de recracher son jus de fruit. C'était l'un de ses premiers rires depuis qu'il habitait avec nous.

— Je sais, je sais, admit-il en essuyant une larme de rire au coin de son œil. Bon sang, quelle erreur monumentale...

— Ah, tu reconnais enfin que ton jugement était pourri ? demandai-je en croisant les bras, faussement triomphante.

— Disons que j'étais aveuglé par son pedigree, répondit-il. Il coche toutes les bonnes cases : famille influente, carrière brillante, pas de vagues, pas de scandales...

— Hamilton dit qu'il a assez de talents pour camoufler ses frasques. Personnellement, je trouve qu'il a le charisme d'un grain de maïs oublié au fond de la boîte, ajoutai-je.

— Tu tires à balles réelles ! À ma décharge, je pensais sincèrement que c'était ce dont tu avais besoin. Un mec lisse, rassurant... Mais je t'ai vue avec Hamilton. Tu as besoin de quelqu'un qui t'anime, qui te fait vibrer. Et, je déteste l'admettre, mais il est ce mec-là.

Je restai un instant sans voix. Graham n'était pas du genre à complimenter facilement, encore moins Hamilton. En bas de l'immeuble, nous perçûmes de l'agitation, des klaxons, puis des cris. Je me levai du canapé pour confirmer mes doutes : la presse s'agglutinait autour de mon copain, juché sur sa moto. Il releva la visière et tourna les yeux vers la baie vitrée.

Je lui adressai un petit signe de la main, incapable de savoir s'il pouvait me voir.

Quelques minutes plus tard, il franchissait le seuil de son appartement. Il posa son casque sur l'un des meubles et poussa un lourd soupir.

— Ils finiront par se lasser, dis-je pour le rassurer.

Hamilton se laissa tomber dans le canapé, ses traits, trahissant, pour lui aussi, une fatigue intense. Il dormait peu et mal et se levait aux aurores pour aller boxer. Appuyé contre le dossier, il ferma un instant les yeux, ne parvenant pas à chasser la tension qui persistait dans son corps.

— Tu veux manger quelque chose ? proposai-je en m'asseyant près de lui.

— Pas de réponse graveleuse, intervint mon frère. J'ai mes limites !

— Rappelle-moi quand tu déménages d'ici ? répondit Hamilton en soulevant une paupière.

— Violette me disait justement que je pouvais rester autant que de besoin !

— Tu as vraiment dit ça ? me murmura Hamilton avec une grimace.

J'acquiesçai avec un sourire. Il gémit de mécontentement, mais le petit sourire qui flottait sur ses lèvres me confirma qu'il s'en amusait. Graham se leva et alla dans la cuisine pour revenir quelques instants plus tard, avec des bières décapsulées.

— Grosse journée ? demandai-je en entrechoquant ma bouteille contre celle d'Hamilton.

— J'en ai passé la moitié avec des flics et des avocats. Et cet après-midi j'ai dû réunir le conseil d'administration et, ensuite, préparer la conférence de presse de la semaine prochaine.

— Une conférence de presse ? répétai-je.

Hamilton soupira et posa sa bière sur la table basse. Après l'arrestation de mon père, j'avais naïvement cru que tout irait bien. C'était une illusion : entre l'enquête de la police, la presse et son conseil d'administration, Hamilton avait été aspiré dans une interminable tempête. Et y survivre était épuisant.

— Je dois rassurer les investisseurs, répondre aux questions des journalistes et faire en sorte que mon entreprise ne s'effondre pas sous le poids des rumeurs.

— Tu veux dire que tu vas devoir jouer les gentlemen d'affaires respectables ? ironisa mon frère.

— Costume impeccable, discours maîtrisé, tout le *package*. Tu devrais essayer, Graham. De mon côté, j'aimerais juste que ça s'arrête un jour.

— Ça finira par arriver, dis-je doucement. Mon père et Barthelemy ne vont pas pouvoir se défendre en permanence. Et la presse trouvera un autre os à ronger très vite !

— J'espère bien. Parce que, franchement, je préférerais passer mes journées à faire autre chose qu'à rassurer une salle pleine de requins.

— Et tu ferais quoi alors ? demandai-je en espérant l'attirer sur une conversation plus légère.

— Toujours pas de réponse graveleuse, rappela mon frère.

Hamilton leva son majeur en direction de mon frère avant de poser ses lèvres sur les miennes. Il m'embrassa doucement, posant sa main sur ma joue pour me retenir contre lui.

— Et voilà, je vais vraiment devoir déménager, fit mon frère, me tirant un rire. Si ça ne vous ennuie pas, je vais mettre les doigts dans la prise pour oublier ces vingt dernières secondes !

Je m'écartai d'Hamilton, constatant que mon frère avait effectivement pris la fuite. Mon copain me retira la bouteille de bière des mains, avant de me faire allonger sur le canapé. Il couvrit mon corps du sien et m'embrassa à nouveau, avec passion et abandon. Ses mains se faufilèrent sous mon pull et pendant un instant, nous fûmes seuls au monde, loin du tumulte de la presse, loin du scandale des Cosgrove, loin du reste du monde.

Ce fut quand il sentit mes mains tirer sur sa chemise, qu'Hamilton se redressa, me laissant pantelante.

— J'adorerais qu'on poursuive, mais...

— Mais tu as peur que Graham finisse vraiment par se crever les yeux ? l'interrompis-je en plaisantant.

— Aussi. Mais, en fait, j'ai quelque chose pour toi.

Je me redressai à mon tour, fronçant les sourcils, en constatant qu'il remettait sa veste. D'un des meubles du salon, il sortit un deuxième casque et me le tendit.

— Je sais que ton petit côté nostalgique préfère l'Aston, mais à moto, je peux semer les journalistes plus facilement, expliqua-t-il.

— On sort ?

— On sort, me confirma-t-il. Tu me suis ?

Tous deux emmitouflés dans des vestes de moto, nous slalomions entre les voitures pour éviter les photographes. Hamilton bifurqua brusquement à gauche, esquivant un camion, avant de prendre une rue à contresens. De toute évidence, nous nous rapprochions du café. Je resserrai ma prise autour de lui, devinant les vrombissements de la moto sous mes fesses.

Quand Hamilton finit par ralentir, nous étions dans le boulevard longeant le café, confirmant mes soupçons. Il coupa le moteur et descendit de la moto, avant de m'aider à en faire autant.

— Tu as besoin de livres ? demandai-je amusé.

— Je gare juste la moto. Si on rentre maintenant dans le café, Rita ne va jamais nous laisser partir.

— Elle t'aime bien, dis-je pour la défendre.

— Je sais. Et je n'oublie pas que c'est grâce à elle si je suis désormais blanchi. Mais, la nuit va bientôt tomber et je veux t'emmener quelque part avant.

Hamilton esquissa un sourire, attrapa ma main et l'embrassa furtivement avant de glisser ses doigts entre les miens.

— Tu comptes me dire où on va ? demandai-je après avoir parcouru quelques mètres.

— Non.

— Et si je refuse de te suivre, tu vas me porter ?

— Tu fais dans la question rhétorique maintenant ? répliqua-t-il avec humour.

Il me guida vers une rue plus calme, longeant les boutiques encore éclairées. L'air était frais, et je resserrai un peu plus la veste de moto sur mes épaules. Hamilton serra ma main plus fermement dans la sienne et accéléra le pas.

Bientôt, nous arrivâmes devant le parc. Mon parc. Les barricades en tôle étaient couvertes de rouille et de graffitis délavés par le temps. De hautes herbes bordaient l'entrée. Je m'arrêtai net, le souffle court.

— Pourquoi on est là ? demandai-je, le cœur battant.

Hamilton se contenta de sourire, ce fameux sourire mystérieux et irrésistible qui était sa réponse à tout quand il n'ouvrait pas la bouche. C'était exaspérant.

— Tu es toujours aussi énigmatique ou c'est juste un truc pour m'agacer ? l'interrogeai-je.

— Un peu des deux, admit-il. Mais surtout j'aime bien voir ton impatience. Viens par-là !

Il arracha le panneau nous interdisant l'accès, le jetant au sol, puis il tordit une des barrières en tôle, nous faisant entrer clandestinement dans le parc. Je balayai l'endroit des yeux : les structures étaient toujours là, la nature avait repris ses droits avec des herbes folles et des feuilles mortes couvrant les allées de pavés.

— Hamilton, qu'est-ce qu'on fait ici ? demandai-je à nouveau.

— Tu es chez toi, murmura-t-il.

— Que... Quoi ?

— Ce parc. Il t'appartient.

— Tu as acheté ce parc ? répétai-je incrédule.

— Tu tiens à cet endroit et à tes souvenirs. Et puis j'en ai un ou deux sympas aussi, sur cette structure là-bas, fit-il en désignant l'endroit où nous avions échangé notre premier véritable baiser.

Sa voix était calme, assurée. Comme si m'offrir un parc était la chose la plus évidente du monde. Je relevai les yeux vers lui, incapable de trouver les mots. Émue, je laissai échapper une larme, qu'Hamilton effaça du pouce.

— Tu n'avais pas besoin de faire ça, dis-je d'une voix étranglée.

Il eut à cœur de plaisanter.

— J'ai fait une bonne affaire. Le marché de l'immobilier est surprenant, parfois.

— Ce n'est pas ce que je voulais dire.

— Je sais. Je refuse de passer devant cet endroit tous les jours et d'assister à sa destruction. Ce parc a une signification particulière pour toi, alors il devient aussi important pour moi.

Je secouai la tête, incapable de retenir mon sourire. Puis, sans réfléchir, je me jetai dans ses bras. Il les referma autour de moi, fort, comme s'il scellait quelque chose de bien plus grand que ce cadeau. Nous restâmes ainsi de longues minutes, l'un contre l'autre, bercés par le vent nocturne, à admirer ce parc en friches.

En friches, mais prêt à revivre.

— On peut aller voir Rita pour lui dire ? demandai-je finalement.

— J'envisageai plutôt de t'inviter au Balcò pour dîner. Et ensuite, de te ramener à l'appartement pour fêter ça... en privé, ajouta-t-il avec un sourire en coin.

— Tu es incorrigible, murmurai-je.

— J'aime savourer mes victoires. Et tu es définitivement la plus éclatante de toutes.

— Tu as relu l'intégrale des poètes romantiques anglais ? me moquai-je.

Il m'attira brusquement contre lui, son souffle effleurant ma peau. Mon cœur s'emballa et Hamilton posa ses lèvres sur les miennes pour un baiser étourdissant. Les jambes tremblantes, je m'écartai de lui, cherchant mon souffle.

— Je ne fais pas que dans le romantisme, Violette, murmura-t-il d'une voix rauque à mon oreille.

— Je sais. Mais avant toute chose, allons voir Rita. Je ne l'ai pas vue depuis dix jours, et nous nous sommes à peine parlé au téléphone.

Afin de préserver la librairie, j'avais préféré la laisser s'en occuper seule pendant quelques semaines. Elle avait travaillé dur pour que tout fonctionne, je refusais d'être celle qui ruinerait ses efforts. La presse campait déjà devant chez Hamilton, je refusais de devenir une attraction pour les clients.

J'avais su faire sans utiliser mon nom pendant des années, j'allais donc continuer.

Je nouai la main d'Hamilton dans la mienne et nous remontâmes l'allée principale du parc pour rejoindre le café-librairie.

— Tu gâches toujours mes plans, marmonna Hamilton.

— Je t'apprends la patience

Rita était en pleine fermeture quand je franchis la porte du café, suivie par Hamilton. En nous voyant, elle se précipita vers nous et me serra dans ses bras si fort que les larmes me montèrent immédiatement aux yeux.

Elle me libéra et nous pleurâmes toutes les deux, comme deux idiotes heureuses de nous revoir après une longue séparation. Puis, elle regarda mon compagnon, et sans lui demander son avis, elle le serra aussi contre elle. Il rit doucement et je l'entendis la remercier.

Elle finit par reculer, renifla lourdement et fouilla dans ses poches pour tamponner ses yeux d'un mouchoir.

— Bon, très bien. J'accepte votre réapparition miraculeuse à une seule condition : que vous me racontiez tout. Dans les moindres détails. Et si j'estime que c'est insuffisant, je me réserve le droit d'exagérer l'histoire auprès d'absolument tout le monde.

— Et qu'est-ce que tu comptes raconter ? demandai-je.

— Oh, je ne sais pas encore. Mais il y aura probablement un yacht, une chasse au trésor et une affaire d'espionnage internationale. Allez, asseyez-vous, proposa-t-elle en allant derrière le bar. Je vais chercher une bouteille. Vous me devez au moins ça !

— Rita, j'ai une meilleure idée, lança Hamilton. Si on allait dîner ?

— Hamilton a une table réservée à vie au Balcò, l'informai-je.

Elle fronça des sourcils et revint vers nous. Les poings sur les hanches, elle dévisagea mon compagnon, le mettant presque mal à l'aise.

— Une table au Balcò ? Donc, millionnaire, sexy, mystérieux, accusé à tort, amoureux transi, meilleur coup de l'année, y compris par message, et... et tu as une table au Balcò ? énuméra-t-elle.

— Tu veux que je m'excuse ? fit mon copain avec un large sourire.

Rita pencha la tête sur le côté, comme si elle étudiait sérieusement la question. Je ravalai un rire et Hamilton entoura ma taille de ses bras pour m'attirer contre lui. Il déposa un baiser contre ma tempe, la provoquant encore un peu plus.

— Avoue, au soleil, ta peau brille comme des diamants ! dit-elle.

— Il m'a offert le parc, lançai-je, juste pour en rajouter une couche.

Les yeux de mon amie s'écarquillèrent et son regard passa de moi à Hamilton, avant de revenir vers moi. Je hochai la tête, pour lui confirmer que je ne mentais pas. Elle finit par rire et elle sortit son téléphone portable de sa poche.

— Qu'est-ce que tu fais ? demandai-je.

— J'appelle ma mère. J'ai deux mots à lui dire au sujet de ce déguisement de burger !

Remerciements

20.

Bref, c'est le vingtième roman que je termine. Franchement, c'est la même émotion que pour le premier. Au début, je lance les premiers chapitres, je me demande vaguement où je vais, je cherche une sorte d'itinéraire… Vers le milieu du manuscrit, je me sens comme Tom Hanks dans *Seul au monde*. Un peu perdue, me demandant surtout « mais pourquoi ? », cherchant une solution pour m'en sortir. Enfin, quand arrive la fin, la fameuse lumière au bout du tunnel, c'est la joie qui domine.

Parce que oui, j'y suis arrivée et que, peu importe le succès ou les avis sur le roman, je suis parvenue au bout de mon histoire. Je suis arrivée à destination, en suivant mon propre itinéraire, plein de déviations, d'impasses et de virages serrés. Et ça, c'est chouette.

Maintenant, ce roman est entre vos mains et il ne m'appartient plus. Hamilton et Violette m'ont accompagnée pendant de nombreuses semaines et vivent désormais leurs vies.

20 romans, c'est un cap (ou une péninsule ?). Mais je n'ai pas pour habitude de regarder en arrière. C'est inutile et en plus, ça provoque des torticolis atroces. Je préfère largement aller de l'avant, me projeter sur de nouveaux projets et de nouvelles rencontres avec vous tous.

C'est pour cette raison que c'est la joie qui domine à la fin de l'écriture d'un livre. Parce que je sais que vous serez tous présents, que vous vous emparerez des personnages, que vous détesterez Benjamin, que vous allez rire avec Rita et qu'à la fin de votre lecture, vous serez en train de me réclamer une suite/un prochain roman/une nouvelle histoire/un bilan complet sur ma santé mentale (barrez la mention inutile).

Évidemment, vous direz que c'est trop court.

Évidemment, je répondrai que vous lisez trop vite.

Évidemment, ma maison d'édition dira « Mais c'est bon signe, ça ! »

Ça semble être une routine, mais c'est toujours différent. Chaque roman a sa sensibilité, son instant, sa propre histoire, son stress. Parce que oui, à chaque fois, le stress et l'appréhension sont présents. C'est un grand huit émotionnel, un roman. Qu'importe que ce soit le premier, le dernier, celui du milieu, le plus grand, le plus beau ou le plus triste... Et Dieu sait que je déteste les grands huit (parce que ça me décoiffe et que vous ne m'enlèverez pas de la tête que les montagnes russes sont terrifiantes, voire contre-nature. Et puis je tiens à la vie...).

Malgré tout, merci à vous tous pour ces grands huit. Merci d'être présents à chaque sortie, à chaque rencontre. Merci de lire trop vite, merci de patienter, merci de votre loyauté.

Merci à ma maison d'édition qui me soutient et me supporte depuis de nombreuses années. The *Love Boat* s'est attaché les services de brillantes femmes : Sandrine, Mélanie, Sylvie, Emmanuelle, Melody et toutes celles qui œuvrent dans l'ombre. Une pensée pour Clémence, mon incroyable attachée de presse qui m'aide dans le grand huit.

Un grand merci à mon amoureux : soutien indéfectible, appui inconditionnel. Sans lui, je ne survivrais pas au grand huit.

Et un grand merci à mes enfants. Sans eux, ça serait plus reposant, mais moins drôle, moins joyeux et vraiment, vraiment moins bien.

Bref, c'était mon vingtième roman. Et mes vingtièmes remerciements.